U0113255

大国工业

⚙ 第一卷 　 ★ 玄蓝狐 著

长江出版社
CHANGJIANG PRESS

长江 · 大风堂书系

目 录

目录

第一章　奇特的失忆案

1992 年，夏。

苏城，干将门派出所。

所长闫志义打开面前的一份卷宗，嘴唇紧抿，双眉拧成一团。

卷宗右上角，贴着一张一寸大小的证件照，一看就是才拍不久。照片上是一个很年轻的小伙子，剑眉星目，高鼻梁，嘴略显秀气，留着一头短发，青涩中又透露着几分精神。

"白云天，男，18 岁（自称），民族汉，籍贯未知。

八月十六日，该青年来到派出所，自称被人打晕。除知道自己姓名及年纪，家庭住址、亲人等信息全部都不记得了，希望派出所能提供协助，帮助其找到家人。该人随身只有一台形似随身听，被其称为学习机的电器，和一副类似听诊器的耳机，并无其他可以表明身份的物品。

检查发现，该青年后脑勺有一道两厘米的血口，疑似被钝器击打所致……"闫志义翻到卷宗后面的医院检查报告，上面是东城医院出具的检查报告，证实白云天后脑勺确实是因打击受伤，还附带了伤口照片、X 光片。他将医院报告翻来覆去看了很多遍，然后又翻回到前面，继续看着。

"该青年说话彬彬有礼，用词偏向书面化。言谈中不带任何方言口音，普通话非常标准，且无法提供任何有帮助的信息，故无法判断其籍贯。只能猜测，其或许是从小在大院环境长大，受父母影响，从小就学了一口流利的普通话……"闫志义抬起头，茫然地望着对面墙壁，陷入沉思。

对于这起奇怪的失忆案，他出于好奇和怀疑，曾亲自参与询问，确认白云天有着一口不逊色于播音员的标准普通话。从对方不假思索脱口而出的流利程度，他判断对方的确是从小就说着普通话长大，而不是后天学习养成。

他曾故意让所里一名擅长多种方言的民警，在对话中突然变换方言，以引诱或是诱导对方暴露出方言口音。

结果发现，白云天对使用范围较窄的方言完全没反应。对于流传范围较广的东北话、陕西话、四川话、山东话、广东话、浙江话能听懂，但感觉比较吃力，而回答时，则仍是用流利的普通话，丝毫没有破绽。

基本可以确定白云天说话，真真正正就没有一点地域属性！这也进一步，证实他确实是在普通话环境长大，没有任何的方言习惯。

而且对方说话斯斯文文，皮肤细腻光泽，连所里的两名女民警都羡慕不已。

由此可见，他原来的家境应该很好。

再以他多年办案经验判断，对方的迷茫、无助、痛苦、难过等情绪完全发自内心，绝非伪装。这也排除了对方报假案，戏弄办案民警的可能。

可他们连续走访了市里全普通话环境的政府大院、学校家属宿舍、党校系统、研究机构，甚至包括部队大院，一圈走访下来，均了无结果。

同时这段时间，市里也没有外来人口走失的报案。

这就让闫志义他们毫无头绪，不知道从何处查起。至于进一步扩大调查范围，将范围扩大到外市、全省甚至全国，限于权限和经费，他们又无能为力。

毕竟这只是一个不大不小的袭击失忆案，后果并不太严重，想要上级批拨更多经费一点也不现实。经过半个月耐心细致的调查，在没有找到任何线索的情况下，他们也只能草草结案。同时，所里请求丝绸工学院给予协助，将受害者的户口暂时落在工学院上挂着，并为其办了一张临时身份证，以方便他正常生活、工作。

接下来，就只能交给时间。或许时间一长，会有更多的线索出现，又或者白云天恢复了记忆，到那时，案情可能才会水落石出，得到一个完满的结果。

暂时也只能这样了。

闫志义叹了口气，合上卷宗，放到一边，然后打开了下一份卷宗，认真研究起来。

……

苏城古称吴，地处长江下游，地势平坦，境内河川纵横，即便在市区内河道也是星罗棋布，近百条经纬交织的水道，靠着三百多座桥把居民区连接起来。

这就形成了市内走船的独特文化景观。

河道边小码头上，总是停满了乌篷船。行走在市区，经常可以看到一艘艘小船从身边轻盈地划过，荡起一缕缕涟漪，让人平添一股幽静恬淡的水乡情趣。

这也为苏城赢来了东方威尼斯的美誉。

当然，这座古城拥有数千年文化底蕴，对骄傲的苏城人来说，他们更愿意将威尼斯称为西方的苏城！也正因为市内水道众多，拓展困难，所以从古至今，苏城一直变化不大。如今的苏城，也基本局限于护城河范围之内，南北略宽，约有4.5公里，东西较窄，最宽处也只有3.5公里，基本形状为南北向的长条状。

丝绸工学院所处的位置，是在东边相门外。

仅隔着一条外城河，河西还是城区，河东就已经是郊区。

由于正值盛夏，太阳灼射，学生不是躲在寝室里，就是在图书馆、教学楼。校园内除了湖边、河岸边林荫下有少许学生，大多数地方都空空荡荡。

被闫志义所长所断定失忆的白云天，正坐在一条河堤树荫下，捧着新领的临时身份证亲吻不已。"感谢这个没有网络的时代！如果是原来的星际时代，我哪里敢假装失忆，还大模大样跑去派出所报案，这不是自投罗网吗？谢谢闫所长，谢谢玲姐，谢谢周警官，谢谢所有为了我四处奔波走访的警官们。我知道很对不住你们，以后有机会，我一定会报答的！"他捏着这薄薄的塑料卡片，感慨不已。

他能够蒙混过关，说起来还是闫所长他们太善良了，发现他确实受伤，对他的话不自觉就相信了一半。再确定他的痛苦是真实的，就相信了另一半。

更重要的，这个时代的国家还处于发展中，并不富裕，大家都很不自信，想法设法就为了能过上好日子。从未想过会有人会假冒失忆者，只为了得到一个本国国民的身份！这就给了他钻空子的机会。

白云天的谈吐、仪表，让闫所长他们误会他家境很好，没把他送到收容所，还费心费力说服丝绸工学院，同意他暂时落户在学校。甚至还凑钱帮他买了几十块钱的饭票，让他可以在学校食堂就餐，度过前期最艰难的阶段。

感谢所有的好心人！白云天感恩之心渐渐褪去，领到身份证，只是他在这个陌生的时代立足的第一步，接下来该怎么办，他还需要好好想想。

学习高中知识，然后参加高考，进入大学学习，毕业后找份工作，逐步融入这个时代？他想了想，很快抛开了这个念头。

按照这个顺序，是最平稳融入时代的方式，他的与众不同，会随着时间流逝渐渐被人忘却。

但缺点也很明显：耗时太久。

高考一年一次，现在已经是八月底，今年的高考刚过。这意味着他还要等一年，才能参加明年的高考，加上四到五年的大学生涯，若是再考研、读博，按部就班走下来，五六年就这样无所事事地浪费了。

如果是为了求职，给人打工，取得一份不错的文凭那是没办法。

可作为从星际时代过来，拥有超时代见识的未来人，他可不想在某个单位为人做牛做马一辈子！开创自己的事业，这是必须的！

再说，他现在身无分文，生活都没有保障，又哪来的闲钱可以供自己去重新体验学生时代。无论是自己内心的意愿还是现实，都不允许他走这条路。

那么现在就开始创业？也很难。

说起来，他学的是机械设计与制造，然而考虑到这个时代的现状，他的专业几乎毫无用武之地。虽然星际时代距离现在只有几百年，但未来科技发展日新月异，有着太多突破性的发现，两者的差距自然悬殊。

如果一定要比较，那么星际时代与本时空的科技落差，就好比现代与石器时代相比一样，差距大得可怕！把本时空最顶尖的机械制造专家，放到石器时代，没有数控机床，没有计算机 CAD，没有各种高精密加工设备辅助制造，他能比原始人强多少？或许他可以慢慢爬科技树，但是在一开始，他能依靠的，唯有那双手！白云天也是一样。没有了未来种种高精尖的制造设备，在起步阶段，他能利用的，也只有本时空已经发明出来的各种机床等工具。他只能以这些工具为起点，慢慢提升制造技术。但是，这些他都不会啊！

车、钳、焊、铣、刨，在这个时空最基本的加工手段，他只在专业回顾中粗略接触了一下。真让他实际操作，说实话他只能傻眼！

所以在最开始，无论是理论基础与现实基础，他都不具备立即创业的条件。

说不好听点，现在就想这些，简直是好高骛远。

他现在考虑的重心，首先是生存！在这个基础之上，他才有可能伺机而动，在学习机的帮助下，为未来创业创造条件。想到学习机，白云天不自觉在裤兜上按了一下。感觉到一个方方正正的硬物，硌在大腿上的触觉，他焦急的情绪，慢慢沉淀下来，感到了几许安心。

学习机，这个陪伴他从星际时代穿越而来的随身物品，是他在这个时代安身立命的唯一本钱！是仅次于他生命，最为珍贵的宝物！

……

自从改革开放以来，一些以前没有或是政策不允许的经营项目，便逐渐在中国流行起来。比如酒吧、KTV 等。

丝绸工学院西门外，临着护城河一带，就零零散散开了几家酒吧、卡拉 OK、水吧、咖啡馆等休闲场所，以工学院的教职工、大学生为主要经营对象。

日渐黄昏，酒吧街上的店铺相继亮起了灯。

白云天推开眼前这家名为魅影的酒吧的窗花玻璃门，没有马上进去，站在门口朝内张望。门口，一名身穿红色小马甲、方格短裙的漂亮女接待，见到他长相，立即眼前一亮，巧笑嫣然，用柔软甜腻的声音热情地招呼道："欢迎光临！请问您要点什么？""不好意思，我先看看……"白云天对她笑笑，视线扫过酒吧。

酒吧内部灯光有些昏暗，装修比较简单。里面营业面积不大，估计也就十几二十平，普普通通一个开间，摆了六七台桌椅。

这么小的酒吧，自然也没有表演，只是用音响播放着轻柔的乐曲。

也许是还没开学，又或是还没到最热闹的时间段，酒吧里仅有三桌客人。两桌是形象稚嫩的年轻人，玩着常见的筛子游戏，哄笑打闹，一看就是工学院的学生。

单人那桌背对着门口，身形有点微胖，侧面判断是一名三十出头的男子。

这个年纪多半不是学生，即便是，也是博士生级别了。

白云天点点头，向女招待微微一笑："请问那位先生，您认识吗？"

面对他俊朗的笑容，女招待面孔微红，不自觉地多说了两句："我不知道他名字，他不是我们这里的常客。不过看起来比较面熟，好像是我们学校的老师，具体教什么就不知道了。""原来是老师……，谢谢！"白云天眉毛一扬，道了声谢，向里走去，在那名老师旁边的桌子坐下。

虽然不知道他具体擅长的技能，但至少也是一名老师，总比四处瞎跑乱撞强。

不像他原来的时代，每个人多多少少都有一些技能，少的有十几个，多的几十上百也很寻常，以获得更好的生活品质、鉴赏能力、择业方向等等。这个时代大多数人都做着低技术含量的工作，拥有高价值技能的人有限。

相对来说，老师还算是这个时代的高技术人才。

如果有时间，他当然会更加精挑细选，筛选出更合适的技能。但他现在饭票只剩几块钱，眼看就要吃不起饭了，没有资格挑挑拣拣，管他那么多，捡到盘里都是菜，先努力想法活下去才是第一要务！

不管这位老师会什么，第一项技能，就落在他身上了！

第一章　奇特的失忆案

星际时代，各种知识的传播早已摒弃了传统的教学模式，而是采用了记忆灌注的方式。天文地理、物理化学、琴棋书画，各门类各学科，所有的知识都能通过购买知识封包，采用记忆灌注的方式完成。哪怕是一个目不识丁的文盲，也能在一夜之间变得满腹经纶。甚至是实际的工作经验，也能通过记忆传输实现。

前提是，要购买对应的知识封包。

低到普通人出于兴趣分享，制作的个人封包；高到由星际政府权威部门，制作的专业封包，等级各不相同。

不同等级的封包，所能灌输的知识深浅程度，自然有着天壤之别，而价格也是相差悬殊。真正体现了知识就是金钱这个至理箴言。

学习机，就是一台集记忆提取剔除个人生活记忆技能分类打包、传输为一体的学生型记忆传输仪。

记忆传输的电流信号，会刺激脑细胞，为了安全，只有当成年以后，才能使用。

白云天也是大学入学以后，才领到了人生的第一台记忆传输仪。他兴奋异常，在驾驶飞车离校回家的路上，就急不可耐地登录校内网站，下载本学期所要学习的课程封包，准备尝试一下传说中一键成神的记忆传输。

谁知刚下载好《制造史回顾》这一款封包，就突遇交通事故，与一辆冲出空中轨道的飞车迎面撞上爆炸。然后就莫名回到了这个时代。

在以被袭失忆为名报案，被派出所联系丝绸工学院，让他暂时在学生宿舍落脚开始，他就在认真考虑以后该怎么办。

他很清楚，自己虽然来自未来，但之前没有接受过记忆传输，论学识能力，并不比这个时代的人强，甚至更弱。

他唯一比别人强的，是有一台学习机。

这是他安身立命的本钱！有了学习机，他才能有可能想办法从别人脑中盗取技能，制作封包，从而让自己逐渐变得强大。

在原时空，摄取别人技能是犯罪行为，会受到严惩。可在这个时空，科技还没有发达到可以进行记忆传输的程度，没有相应的法律法规，人们也没有足够的警惕，才让他有可能得逞。

但提取记忆，需要对方配合，放空思想，不能胡思乱想，更不能抗拒，以免造成记忆波干扰，导致提取失败。所以如何才能让别人心甘情愿，任他摆布，他也没有相应的经验。

他的打算，就是在酒吧守株待兔，等待对方喝醉，再伺机下手。

他身上那一点点资金即将告罄，要是今天一无所获，明天连进酒吧搜寻目标的钱都没了，后天恐怕连饭都吃不起。

无论如何，今天必须成功！白云天握着两元钱买的一罐嘉士伯啤酒，假装沉浸在酒吧优雅环境中，注意力始终集中在身后那位不知名的老师身上。

对方每一次挪动桌椅、每一次开罐时啪的声响、每一次举杯吞咽、每一次放下酒杯，他都竖起耳朵听着，心中暗自计数。

快喝吧，快喝醉吧……

他强行按捺住内心的焦虑，期盼对方赶快喝醉。

他甚至恨不能转过身，把对方点的所有啤酒全部开罐，然后一股脑都给他灌下去。可事与愿违，对方一点也不着急，喝得不快不慢，而且越喝还越有兴致，偶尔吃两颗干果，还跟着乐曲轻声地哼上几段，似乎有越喝越清醒的趋势。

白云天尽量节省着喝，过很久才喝一小口，罐子里的啤酒还是越喝越少，眼看就只剩小半罐。而那名老师还是兴致盎然。

倒霉！碰到一个久经考验老酒鬼了！

时间一点点过去，从他进酒吧，到现在已经过去了一个多小时。八点开始也是酒吧人气最旺的时候，来的人也渐渐增多。

其他人大多是呼朋引伴，三五个人，很少有像他和那名老师一样独自一人的。而且一坐下来，多半就是点一打酒，要不就是一大罐红酒兑长城干白，几个人分着喝。

基本上来一群顾客，就占掉一个桌子，还有两群客人，要两张桌子拼起来才能全部坐下。酒桌很快就被占完。

酒吧内，仍是一个人独处的，就只剩下白云天和身后那位三十多岁的教师，对方仍没有半点醉意。白云天手中，几乎就只剩一个空罐。

他快要绝望了。他总不能一罐啤酒，就把人家的桌子占一整晚，如果再来人，酒吧多半就会请他走人了。

"欢迎光临！"

想什么来什么，他正在着急，酒吧大门又一次被人推开，三个学生模样的青年走了进来。

完蛋了！白云天心中哀叹，这样子他只能离开酒吧，到外面等着捡尸体了。可学校大门和酒吧相距不到百米，哪怕身后这名老师喝醉了，也不可能连这点路都走不动。再说门口还有保安，看到本校的老师，没有不帮忙的道理，根本没有他半路劫道的机会。

这才是赔了夫人又折兵，两块钱花得太冤了！他背对吧台，面朝酒吧大门，假装半低头，眼睛上方余光注意到那名打工的学生女招待，将那三名学生迎进来以后，张望了一圈，看到到处坐满的酒桌，最后把目光投向了他和身后那名老师。

她犹豫了一下，然后带着三名学生径直朝他这一桌走来。

得！这两块钱白花了。对方越走越近，很快来到面前。

白云天脸皮再厚，也要装不下去了，叹了口气，就准备走人。

他在起身时，视线掠过身后那名老师，忽然脑中灵光一现，转身轻轻拍了那名老师肩膀一下。"干什么？"那老师回过头，奇怪道。

"您是工学院的老师吧？我也是工学院的，住在学生宿舍甲二栋。"白云天指指快要走到面前的女招待一行人，笑道，"酒吧好像没位置了，就只剩下我们俩还是单人占着两张桌子。大家都是一个学校的，不知道我能不能过来，和您拼个桌？"

"没问题没问题，过来坐！"这位老师很大方，当即将喝光的空罐扒拉到一边，给他扫出一片空位。"谢谢，不好意思了。"白云天拿着那罐近乎喝光的啤酒，向女招待微微一笑，很有风度地向自己那桌一摊手，自然地转到老师那桌，拉过椅子坐下。暂时，他不用那么早被人赶走了。

本来一个人占一张桌子，还只点一罐啤酒，是有些招人恨。现在借着拼桌的机会，他名正言顺和目标坐到了一起，这样哪怕他酒喝光了，只要目标不走，酒吧多半也不会当恶人赶他走。

离开的时候，他也能顺理成章地和这位老师一道，不用引起别人怀疑。

这算是一石二鸟了吧。他有些自得。

落座之后，他不等对面老师说话，先挑起话题："这位老师，我是今年新来的。不知道您贵姓？""免贵，姓田，我是教高等数学的，你叫我田老师就好。"田老师说话很和气。数学老师？

数学老师！白云天身体一顿，当时就傻眼了。

他居然选了一个教高等数学的老师，作为这次技能盗取的目标！

没错，高等数学也是一门技能，在这个时代算得上是高级技能了。可是，他要一个高数技能来有什么用？

苏城大学那么多，他为啥首选丝绸工学院？

不是因为借住于此，也不是他懒，而是丝绸工学院不光有纺织专业，还有声乐、绘画、影视等众多文化娱乐类专业。

他最希望的，就是得到声乐技能。哪怕嗓子差点，只要会用嗓子，一样能当一名好歌手，起码能够胜任酒吧驻唱歌手的角色。

他只要随便抄几首未来大受欢迎的歌曲，就能让他站住脚，收入足以养活自己，接下来才有精力考虑以后怎么办。其次，就是画画。

传输了这个技能，靠着给人画个素描、肖像，一天多少也能挣个三五块，吃饱饭没问题。实在不行，服装设计什么的也行，也算是有个一技之长。

这高等数学算什么！脱离了具体任务的数学，就是无本之源，啥用都没有，最多就能给人当个家教，还除了数学其他都教不了，严重偏科。

亏大了，这可亏大了。白云天苦笑了一下，只能认命地举起酒罐，怅然地喝了一口酒，然后，酒罐就空了。算了，既来之则安之。

高等数学就高等数学吧，花了两块钱呢，总不能啥都没弄到手就回去吧。

他打起精神，将空罐放在桌上，和田老师随意地聊起天来。

谁知这一聊，就聊上了瘾。

星际时代的孩子，小时候没有那么多课业拖累，教育主要以兴趣培养和逻辑思维训练及培养孩子广阔的视野为主。白云天即便没有刚进入大学，还没上一天课，但论见多识广，岂是这个时代的人可比，哪怕是大学教师，也不见得比他看得更透彻。

他对这个时代不说了如指掌，大致也了解个大致不离，尤其是未来的历史走势，更是如掌观纹。两人随便谈谈说说，不管哪个方面他都能接得上话，还言之有物，思维之清晰，便是成年人也不如他。

田老师一个人喝酒本是无趣，跟他说说笑笑，双方有来有往，谈得越发入巷，对他也是越来越亲热。见到他酒喝光，还主动为他要了两罐啤酒，抢着把钱付了，大有跟他成为忘年交的趋势。俗话说，酒逢知己千杯少。

这人一对上眼了，酒就越喝越多。

两人从八点过开始，一边吹牛一边喝酒，一直喝到晚上十点，田老师先后喝了足有近一打酒。听他说话，思路还是清晰的，就是说话的舌头慢慢有些大了起来。

白云天少点，也喝了有五罐。

既然对方身上没有自己想要的东西，双方聊得又尽兴，一番胡吹海聊，他心中的郁闷也消散了不少，他也就不想再继续骗对方，把自己的情况如实告知了对方。

当然，是对派出所编造的那番事实。

"我听说过，原来你就是派出所送来，暂居在我们学校的那个小伙子啊！没事没事，谁还没个难处，既然咱们哥俩聊得开心，以后你的饭我管。只要我田奇胜有一口饭吃，就少不了小兄弟你的。"田老师把瘦削的胸脯拍得嘭嘭作响，大声保证道。

"好，那我就靠着哥哥你了。"白云天跟他勾肩搭背，哈哈笑道。

他也是随口应承，没把这话当回事。酒桌上的承诺，能当真吗？"十点一刻，学校就快关大门了，走了，咱们明天……嗯，下回再来喝！"田老师酒喝得多，脑子还没完全糊涂，抬腕看看时间，便提议回学校。

不过他显然有些醉意了，起身的时候，身体跟跟跄跄，差点没把桌子给掀翻。

这点酒对白云天来说，就等于漱口，他架着对方，脚步稳稳地出了酒吧。

来到外面，夏夜的风一吹，田老师酒意上头，扑到一个角落哇的一声就吐了。

涂了以后，他的精神彻底就萎靡了，就跟一摊烂泥似的，挂在了白云天身上。

得！白云天之前挖空心思想把他灌醉，然后盗取技能。现在对方真的喝醉了，他却看不上了。高等数学……

唉！哪怕换一门呢，也好过这个吧。

白云天本来都放弃了盗他技能的打算，可人就在面前，走不两步就往下坠，眼看距离昏睡也就一线之间，感觉不盗都是一种浪费。

算了，高等数学就高等数学吧。

数学乃现代科技之基，以后无论他从事哪行，都少不了数学这门工具学科，盗就盗了吧。白云天横拖竖拽，把他扶到路边花坛边，就地坐下，看着他死鱼一样的眼珠子，轻声道："田老师？田老师？"

没反应。又拍拍他脸。

"唔……"田老师含糊不清地嘟囔了一句，手抬半截，还没举起来就又耷拉下去了。睡着了。

白云天耸耸肩，从大裤兜里掏出学习机。

在本时空人眼中，这学习机看上去和随身听差不多大小，也有一根线，连着两个耳机似的东西，也难怪派出所把它当成了随身听，记录在案。

由于声纹不合，民警捣鼓了半天也开不了机，还以为坏了，没有在意。

那两个类似耳机的东西，其实是自记忆软性金属，可以像吸盘一样吸附在人体皮肤上，内藏脑波接收、放大、传输装置，用以读取或是传送脑波信号。

"我是白云天，学习机开机！"

白云天轻声说道。

原本漆黑的显示屏，顿时发出一道瓦蓝色的光芒，伴随着一阵悠扬的音乐，播放开机动画，很快进入到主页面。

"制作技能封包。"

白云天将金属吸盘放到田老师两侧太阳穴，稍微调整了一下位置，在信号最强处将吸盘摁了下去，贴在皮肤上。

"开始进行记忆挖掘，请等待……"

学习机传来轻柔的音乐，一个大脑形状的动画中，一段段波纹在逐格进行扫描。

等了约二十分钟，深度记忆挖掘终于完成。

"开始剔除个人生活记忆……"

接受他人的技能封包，最忌讳的就是连对方的生活经历也一道拷贝过来，这会造成接受人的认知混乱。所以必须要将生活记忆彻底剔除，决不能留下一星半点。

又等待了十余分钟，屏幕上出现了搜集整理后的技能选项。

"厨艺，擅长度百分之七十三；数学，擅长度百分之六十一；

书法，擅长度百分之四十四；

茶艺，擅长度……"

白云天一看就呆住了，原来田老师这个数学还是个水货，他对自己教的这门课，掌握程度才仅有百分之六十一。

而他最擅长的，竟然是厨艺！这什么老师啊！

第二章　一夜变大厨

任何一项技能，都很难有人能做到全知全能，通常只在某个局部领域拥有较为突出的能力。

比如眼前这位田老师，这个百分之七十三的厨艺，并不表示他鲁菜、川菜、粤菜、苏菜各大菜系都会，而仅是指他会做的菜。

同时，这个擅长度，也不表示就真的达到了百分之七十三这个高度。而是提取了他的记忆，综合他自己以及其他人的判断，判定具有相当水准。

简而言之，就是他做的菜，他自己还有其他吃过的人，都觉得挺好吃的。仅此而已。

这种判断相当主观。也许他做的菜，真的有很多人吃过，大家都说好，那么学习机评判的百分之七十三擅长度，就相对比较可靠。但是如果只有他自己吃过，除了他学习机找不到其他评判依据，还是同样给出百分之七十三的标准，那就极不靠谱。

相对来说，他的数学技能，达到百分之六十一的擅长度，倒是可信度很高。因为数学是他赖以谋生的手段，不像厨艺那么私人，评判对象也不会仅止于自己。学习机给出的百分之六十一这个擅长度，自然是包括了他自己，以及领导、同事、学生的反馈，做出的评定，还是值得相信的。百分之六十，就表示他的水准达到了平均水平。

也就是说，他的数学水平在领导、同事、学生，以及他自己看来，是合格的，也仅仅是合格而已。百分之七十，可以称之为不错。

百分之八十，那就是非常好。

百分之九十，可以说是相当优秀。

至于百分之百，那表示在他的专业领域，所有认识的人都交口称赞，谁也比不过他，属于最顶尖的人才！单单这个标准，还说明不了什么。

白云天在厨艺一项上，点了一下，显示出更多内容——"评判参考对象：14人，家庭成员及亲戚朋友。"

好吧，看来他的厨艺不光是得到了家人的认可，朋友吃过以后也觉得好吃。

有一定价值。再来是数学，进一步说明是"评判参考对象：31人，领导、同事"，后面还有一句"最高评价人：国内省级理科大学副校长"。

他的学术能力，得到了丝绸工学院校领导的肯定。

面对一长溜技能，白云天为难了。

学习机是学校配发，出于成本考虑，简化配置，一次只能选择一个技能进行封包处理。深度提取记忆，对大脑细胞有较强刺激，不宜进行多次提取。过了这个村，下次还要再想从田老师这里盗取技能，可就不是那么容易了。

可很多技能，他都想要。

比如江浙话技能，可以让他更好地融入当地；比如自行车技能，可以让他立即学会如何使用这个时代最便捷的个人交通工具；比如教学技能，可以让他学会如何进行教学，以后实在没有出路了，去当个家教也能混下去……

他的视线瞟来瞟去，游移了半天，最后终于做出了最后决定，选择了一个技能。

……

白云天把田老师半扶半扛，带到大门口，向门卫问到了他家，又把他送回家出来，已经是晚上十一点过。校园里一片静谧。

经过几个小时的沉淀，无复白日的灼热。清风徐徐，吹得树叶沙沙作响，颇有几分清幽之感。走到学生宿舍区，只见一栋栋四五层高的宿舍楼内，早已熄灯。为了免除酷热，不少寝室的窗户都开着。有些寝室天花板上还映照着暗弱的灯光，这是不想早睡的学生，在偷偷摸摸借助自带的小灯熬夜看书。

宿舍楼内，唯有管理室还光明正大地亮着灯。

白云天朝开了半边门的入口走去。

"哎，你过来，你哪个系的？不看看这都几点了，怎么这么晚才回来？过来过来，登个记！"管理室内传来一个严厉的声音，叫住了他。

学校的学生怕他，白云天可不怕，瞟了他一眼，脚下不停，淡淡地说道："教高等数学的田老师喝醉了，我送他回家，所以回来晚了一点，下次我注意。"

说着，就施施然走进学生楼。

白云天来到顶楼522室，推开门，发现同寝室的几名学生已经睡了，房间里漆黑一片。他们这个寝室可以住六个人，不过之前就没住满，只住了四个学生，空余了两张床位。有两个学生暑假没回家，另外一个是前天才到，还有一个估计明后两天就到。"靠，原来是你，我还以为是管理员查房。"

进门的下铺，一盏小灯亮起一点微光，一个男生支起身，拍拍胸口，低声道。

"你还没睡？"白云天惊讶道。

这是纺织系的严季和，两名暑假没回家的学生之一。

"睡什么睡，起来嗨！"严季和从床上跳下来，一把掀开对面两个下铺的被单。

两名学生手里捏着纸牌，嘿嘿地从床上坐起来。

"听到脚步声，我们赶忙关灯上床。听到脚步在寝室门口停下，还以为被发现了，把我们吓坏了。"另外一个没回家的大二生徐洋惊魂未定地讪笑道。

另外那个才回来的包文山，跟他不熟，笑了笑没说话。

"管理员有啥好怕的。"白云天有些不明所以。

他在那个时代也是大学生，也要住校，可都是一人一个大套房。卧式、厨房、会客间、健身房、学习室都有，各种电器一应俱全，更没有什么停电、查房，你爱玩到几点就几点，通宵不睡也是你的自由。

"你当然不怕，你又不是我们学校的学生。要是我们，回来晚了或者是查房被抓住，可是要记过的。所以我们如果在外面玩得晚了，干脆就找个电影院、录像厅看通宵电影，索性不回来了。"徐洋三人又回到严季和的床上，用被单遮住灯光，玩了起来。白云天刚来时，为了拉进跟严季和、徐洋的关系，教会了他们斗地主，结果就一发不可收拾。

这种新奇的玩法，很快就让他们上瘾。包文山回校以后，跟着看了几把，也是一头就迷了进去，恨不能课都不上，最好是一天二十四小时都玩牌。

白云天摇摇头。这个时代的大学生实在是辛苦，上大学就像是进集中营，学习以灌输为主，枯燥乏味。娱乐方式又单调无比，没有虚拟游戏、没有全息电影、没有星际网络，一个斗地主都能让他们如此沉迷，真是可怜。

"你要不要来玩两把？"徐洋晃了晃手里的牌，小声问道。

"你们玩吧，我今天喝了点酒，有点头晕，听会儿音乐就睡了。"白云天爬上上铺，拒绝了他们的邀请。

今晚，他就要接受第一个技能的记忆传输，明天起来，他将大不一样！

白云天侧耳倾听了一阵，确认严季和他们全身心投入到斗地主之中，便掏出学习机，将脑波传送器贴到两侧太阳穴位置，嘴凑到学习机音波接受口，用微不可查的声音低声道："我是白云天，学习机开机！"

屏幕发出光亮，显出开机画面。他赶忙压低音量，发出指令："关闭屏幕，采用脑波信号传输！"屏幕立即一黑。

严季和三人用被单盖着头，玩得正起劲，丝毫没有注意到上铺一瞬即逝的亮光。

但在白云天脑海中，却出现了鲜亮的开机动画，与他眼睛所见相重叠，就像出现了重影一般。这是传送的脑波信号，经过大脑处理以后，直接将之转化为图像，所带来的副产品。

白云天闭上眼，切断了视觉信号，重影顿时消失。

"取消语音操作，改为发送脑波指令！"他心中一动，用脑波发出指令。

"指令已接收，立即切换控制模式……，模式已切换！"一个电子音，莫名地在脑海中显现。"技能不能给出深入列表，没有虚拟空间，没有虚拟管家，就一个提示音，而且还是最低级的电子音，什么破烂玩意儿。就这还要收两千八的设备费，学校也太黑了！"白云天心中暗骂学校抠门，光是这一个学习机，学校就不知从他们身上赚了多少钱。

可惜现在双方相隔两个时空，就算要投诉，都找不到地方，只能默默忍受，希望这学习机不至于烂到家。"进行技能传输。"

他将学习机放到针头下方，让身体放平躺好，尽可能放松，然后发出指令。

"请选择技能封包！"画面一闪，出现学习机内存储的所有技能封包，一共也就两个：制造史回顾、厨艺。

没错。白云天在选择封包制作时，没有选数学，也没有选本地方言等其他技能，而是选择了厨艺。在他看来，其他技能对他当前处境没有多大帮助。经过亲戚朋友认可，百分之七十三的厨艺，却有可能在短期内创造出价值来，改变当前现状。

"厨艺！"他毫不犹豫，对制造史回顾看也不看，立即选择了厨艺。

"检测到接收者脑波仍处于活跃状态，请放松大脑，平复情绪。"提示音再次响起，随即响起轻柔的音乐，柔和低缓，以帮助他放松。

白云天依照提示，做了两次深呼吸，当最后一口气呼出，精神完全放空。

为了避免杂念干扰，他按照从网上别人的介绍，注意力集中在呼吸之上，每次吸气就想象自己身心平静，呼气时，则放松身体。

慢慢的，他进入到一种万念俱空的境界，心中感到一片宁静。

在这种状态下不知过了多久，他突然感觉到有各种各样的思潮涌入大脑。

他顿时明白，记忆传输开始了。

他赶忙将探究的想法抛在脑后，就像之前屏息杂念一样，继续呼吸放松，尽可能放空大脑。时间一分一秒过去，他在努力放空大脑的同时，一股睡意涌上心头。

不知不觉，他陷入到了睡梦之中。

……

"唔……啊……"白云天打了一个大大的哈欠，伸了一个懒腰，睁开了眼睛，瞪着天花板看了几秒钟，猛然清醒过来。

天亮了？嗯？我不是在接收记忆传输吗，怎么睡着了？眼前又出现了重影，不过不用他再闭眼，一行红色的大字醒目可见："技能传输已完成，根据信号波反馈，记忆传输效果为优秀，成功率百分之九十九点九九……"

后面还跟了五六个九。但不管有多少个九，也绝不会是百分之百。

因为记忆这东西，哪有可能百分之百完全复制的，话说满了搞不好就会吃官司。因此每一个厂家都号称是百分之九十九点九九……，后面跟 N 多个九，就是不敢说百分之百。

传输完了？看看我都学了些什么。

白云天闭上眼，用回忆的方式，回想自己会做的菜，一溜菜名就浮现脑海：蛋炒饭、扬州炒饭、干煸菜心、韭菜炒鸡蛋、火腿炖芽菜、红烧肉……

总共有十几二十道菜。他可以确定，这些菜都是技能传输而来。

要知道，他以前从不下厨，每顿饭都是交给家庭机器人去做，他只会点菜，然后就是吃，绝对不会做，属于十指不沾阳春水的宅男。

现在一觉醒来，他也成了名厨。也不能说是名厨，这些似乎都是本地家常菜，并非什么名菜。不过对不会半点厨艺的白云天来说，也足够他惊喜的了。

稍一细想，这些菜从具体选材、洗菜择菜、切菜、调料、做法、火候把握等等，每一道工序在脑海中全都清晰无比，而且感觉非常熟悉，就像自己已经做过无数次一样。他有信心，哪怕自己一次都没做过，也能立即下厨做出来，味道不逊色于原版！这就是技能传输？太了不起了！白云天微微咂舌，第一次为以前司空见惯的技能传输，感到惊叹不已。

难怪人类科技从二十二世纪上半叶，开始出现大爆发，在很短的时间内，就展开了星际移民的步伐。有这么强大的外挂，人类只需要努力创新，所有最新科技就能用最短的时间，全面推广开来。

以前需要十多年苦学，数十年实际工作才能培养出来的精英人才，一下子增加了何止百倍、千倍、万倍！就连流水线上的一个普通工人，都具备了博士后的学识、顶级技工的操作水平，创造出来的社会价值何其之大！知识就是财富，真正变成了现实。太空船设计、量子物理，这些高精尖的知识固然价值不菲，被各研究机构、大专院校重金购买，用于培养自己的人才。就算是平平常常的养花遛鸟，也能制作技能封包，上传到网店卖钱，买者还不少。

白云天以前就曾决定，一旦成年，可以合法接受技能传输以后，就立即灌输一套省级足球技能。嗯，他的零花钱，也只买得起省级足球技能，更高的国家级、国际级，那只有专业俱乐部才出得起价。

这已经够了。放在没有技能传输的时代，普通球迷只能在场边呐喊助威的份。上场也不过是贻笑大方而已，哪能像专业运动员一样，可以在绿茵场上潇洒驰骋。

他的脑海中，浮现出一句星际时代的广告词：技能传输，助您实现人生梦想。

两千七，值！验证了技能传输的可靠，他对接下来的计划有了把握。

第一个技能到手，白云天心中大定。

"5到J！""7到K！"下铺，三人组还在斗地主。

白云天关闭学习机，取下脑波传输仪，塞进裤兜，扒着床沿，向下半探身："我说你们就没睡？""睡了两小时，七点就起来了。"徐洋抬起头，两只眼睛泛着血丝，"吵着你了？""你们这也太废寝忘食了。

"没事，我睡着了，你们就是敲锣打鼓我也醒不了。"

白云天心中吐着槽，抓着铁架从上铺翻下来，拖过一把椅子，装作看他们打牌。

"你们早饭吃了没有？""吃了，我还给你带了两包子，不过已经凉了，你凑和着吃吧。"徐洋打出一对8，回答道。他人不错，白云天刚来第一天没饭票，就是他帮着打的饭，还是一荤一素。平时在宿舍，也是他最热情。

"谢了！"白云天从上铺枕头下翻出饭票，取出两张两毛的给他。

看看剩下的饭票，已经不足三元钱。

再不赶快挣钱，就要吃不起饭了。

"你们觉得学校食堂的伙食怎么样？"他咬了一口冷包子，状似随口问道。

"难吃死了！""一般，菜色单调，翻来覆去就是莲花白、青菜、豆腐干、萝卜。""我觉得还可以，量足，能吃饱。"三个人异口同声，却给出了三种回答。

白云天点点头。

包文山家在本地，似乎家庭条件可以，穿的衣服虽说不是什么名牌，也绝不是地摊货。严季和、徐洋都是外省考过来的，严季和家里听说是普通工人，徐洋则是家在农村。

"怎么不去外面吃？"他又问道。

"怎么没有去外面吃？我每周都要去外面饭馆吃两次，要不然实在吃不下饭。"包文山打出一张 10，叫苦道。

"就是有点贵，随便叫两个菜，就要三五块钱。"严季和摇摇头，叹息道。

"就是，太贵了！学校的食堂虽然菜差了点，但饭只要三毛，一荤一素也只要五毛，还是在食堂吃便宜！"徐洋连连点头，对他的话大为赞同。

这个时代大学食堂还没有交给外人承包，虽然菜色单调，做得也不好吃，但价格低廉，而且对大学生十分照顾，饭给打得很多，绝对管饱。

"你说，我给寝室送外卖，有没有搞头？"白云天试探着问道。

"什么是外卖？"包文山抬起头，愕然问道。他们不知道什么是外卖？

白云天愣了一下，心中感慨，给他们解释道："就是我们点菜，饭馆做好了以后给我们送来，吃完再通知他们来收盘子结账，就叫外卖。"

"这个好！连路都不用跑了，也不用洗碗。你是准备做这个吗？说好了，等你开张，以后我每天都在你这里订外卖！"包文山大喜。

"你会炒菜？"严季和问道。

"会一些，一般的本地家常菜会做，别的就不会了。"白云天实话实说。

"手艺怎么样，好吃吗？"包文山只关心口味。

"应该还过得去吧，亲戚朋友吃过都说好。"白云天也不敢保证自己做的菜有多么美味，有点犹豫道。

徐洋之前一直在若有所思，此时也举手道："其实我也会做几个家常菜。"

"那还等什么，干起来啊！"包文山性子急，恨不能马上就吃到外卖，不用每天去食堂。"光你一个顾客，做什么生意。再说，我也没本钱，身上就五块钱，连锅碗瓢盆都买不起。"白云天苦笑道。

"谁说只有我一个顾客。学校里一半以上的学生都是苏城本地人，家里不会穷。

你不知道，每次去食堂，那些学生都是怨声载道，嫌菜难吃。你如果把这个外卖开起来，保你一天能卖几十上百个人！至于本钱，你又不开店，要得了几个钱？不够哥儿几个给你凑凑！"

包文山迅速起身，回到自己铺位，从枕头下取出一个钱包，掏出几张钞票，数了数，又放回去几张，回来，将一张五十的大票拍到他手上："先借你五十！够不够？不够我再找家里要！""够了够了！"白云天没想到他会这么大方。

前段时间跟严季和他们聊天，他知道这个时代城乡收入差异极大。

但即便是城市居民，一个月的基本工资也只有几十块。算上各种补贴、奖金，月收入也不过一百来块。五十块，相当于小半个月收入了！

"这真能挣钱？"徐洋将信将疑地问道，貌似有些意动。

白云天笑着拍拍他肩膀："要不我们这样，干脆我们合伙开个外卖店吧。小包出本钱，我负责炒菜，老严、老徐就负责烧饭，然后给寝室送外卖，赚了钱我们平分。""哪能平分！如果有赚，每个月给我一二十的就够了。"严季和马上摆手。

"嗯，我们能赚个跑腿费，就心满意足了。这样家里就能少给我寄点钱过来，也能过得宽松点。"徐洋也不敢平分。

白云天对外卖的前景并不看重，赚多赚少都没关系。他又不打算一辈子当厨师，不过是想借此摆脱目前的困境而已，所以才说平分。

严季和、徐洋的自觉，倒是觉得这两人可交，说话就多了几分真诚："要不我们按股份来分。餐饮是靠手艺吃饭，所以我个人占百分之五十，小包出了本钱，就拿百分之三十，你们两负责去每个寝室点餐、送外卖，就各算百分之十怎么样？多赚就多得，少赚就少得，赔了我们散伙！"说完，他就看向包文山。

大家搭伙，他出手艺，严季和、徐洋出体力，当前看，所有资金都是包文山出，百分之三十的股份感觉似乎有点吃亏，就看他干不干。

"没问题，就这么分，有钱出钱、有力出力，很公平！我说了，钱不够再找我要，多了没有，两三百块我还拿得出来！"包文山很聪明，见他看过来，马上一口应承下来。"那好，反正我们就是没几个本钱的野鸡铺子，也就不立合同了，大家口头上同意了就行。等钱赚多了，我们再搞正规点，办公司、签合同什么的，按照正规流程来，行不行？"白云天也很高兴事情就这么解决，当即拍板。

他虽然才来了十几天，跟严季和他们都不算太熟，但说话头头是道，不知不觉就把控了局面。

"别的饭店都有名称，我们这个外卖，是不是也要起个名字啊？"徐洋兴奋地说道。"那还不简单！"白云天随手一指寝室门，"我们既然大家一起创业，又住在522室，不如就叫522好了！简单、易记，一听就知道是本校同学，更容易获得大家认可，你们看怎么样？""522，好，我们就叫522！"

想到还没毕业，就能创业，所有人都有点小激动。他们不知道能不能赚钱，但这种感觉，好像一下子就从伸手向父母要钱的孩子，变成了可以自食其力的大人。

这种感觉真好！创业需要多少资金？白云天的答复是：多少皆可。

50元就想创业，听起来像是笑话。钱多有钱多的好处，钱少也有钱少的办法，关键是不要被既有观念禁锢了大脑。

"那我们什么时候开始？"徐洋现在热血涌动，干劲十足。

"现在几点了？"白云天朝包文山看去。这时代连手机都没有，在座众人，只有他手腕上有一块手表。"九点四十三分。""那我们今天中午就开始！"

"中午？只剩两个多小时了，来得及吗？"众人愕然，都觉得太赶了。

"没问题！我看你们也别打牌了，都跟我走。人多办事快，费不了多少时间！"白云天打了个响指，自信满满地说道。

50块在他算来已经足够，严季和等人可不见得也这么认为。

年轻人激情来得快也去得快，等他们这种亢奋平息下来，想到接踵而来的各种困难，多半就会失去动力。一个好汉三个帮。

他可没有精力又炒菜，又接单，还要负责送餐、结账。

必须要把他们三人都拉上。

"走走走，一起！"包文山等人正是热血上头的时候，更好奇他怎么能在短短两个小时，就完成所有工作，并且赶上中午的饭点，牌也不打了，兴致勃勃地就跟着他出了寝室楼。苏城继承了旧吴城的城市规模，全城被护城河所包围。

故而几座城门，成为沟通城乡的主要出口。丝绸工学院就在干将门外，属于城乡结合部。附近乡农经常挑着蔬菜贩卖，菜贩子也在这里收菜，久而久之，干将门外便自发形成了一个规模不小的农贸市场。这里摊位虽然混乱，但各种商品种类齐全，而且价格便宜。白云天一行人步行前往，耗时仅七八分钟。

他来到市场，首选询问商贩，找到售卖蜂窝煤炉的摊位，挑选了一番，从他那里购买了一个家用小蜂窝煤炉。

1990年代初，天然气还没推广开来，各家各户做饭做菜，用的全都是蜂窝煤。

即便是各个饭馆，也是一样。只有极少数的大饭店，用上了煤气罐。

通过这家摊主，询问到哪里有卖蜂窝煤的，可惜路很远，一时半会儿赶不回来。

其他人都有些气馁，白云天却发现老板自己用的也是蜂窝煤。于是他跟摊主软磨硬泡，以学生的身份，好话说了一箩筐，花一块钱，请老板让出了四个蜂窝煤。

"云天，你的口才好厉害！"从摊位出来，包文山赞叹道，严季和、徐洋虽然没说话，却也是一脸的钦佩。这个时代，仍然是分配制。只要考上了大学，能够顺利从学校毕业，就能分配工作。在计划经济尚未完全解体的时代，大多数人都觉得这一辈子就有了保障。所以大学生还觉得自己是天之骄子，或多或少都有一种高人一等的傲气。他们没有太多的紧迫感，进了大学除了少数家庭困难的学生会在外面打零工，大多数学生不是死读书，就是玩，几乎没有社会历练。

跟人打交道的情商、口才，还停留在中学生那个水平。在外抹不下脸，张不开嘴。

刚才听说这个市场上买不到蜂窝煤，所有人都泄了气。虽然他们也发现老板自己在用蜂窝煤炉，肯定会有备用的蜂窝煤，可谁都不好意思说这个话。

只有白云天，一发现机会，就立即抓住。而且在对话时虽然略显青涩，却毫无羞涩腼腆之意，跟摊主套近乎、说好话、讲学生的难处，赢得对方的同情心，最后如愿以偿，买到了蜂窝煤。

这种行动力，他们自恃绝对做不到。起初对他一开口就要百分之五十利润，心中还略存芥蒂的包文山，也不由得对他佩服起来，真心实意认可了他在团队中的主导地位。"现在是九点五十六，时间不多了，我们要抓紧。"白云天抓过包文山手腕，看了一下时间，"下面我们分成两路，小包你和老严一组，你们去买一个塑料桶、一口大铝锅。我和老徐一组，去买米。完了以后，我们在莫邪路那边的西二门外汇合。"白云天比画了一下，要多大的尺寸。

"只买这些东西？菜刀、碗、调料什么的不买？"包文山奇怪道。

"如果都在一起，那你们就买，如果要到处找，那就先等等。我们现在时间紧，所以先把首要的生火、锅、米解决了，把饭蒸起来。在蒸饭的时候，再转头把其他的置备齐，这叫合理分配时间。"白云天快速解释道。

"明白了！那我们立即分头行动！"包文山脑子灵活，立即醒悟过来，当即和严季和匆匆而去。"还没给你们钱！"白云天喊道。

包文山头也不回，摆摆手："我这里还有。"

"那找老板要发票，回来结账。"生意再小，白云天也秉承着公私分明的态度，对方垫资多少，就给他报多少。"这里哪会开什么发票，就是收据都懒得开。"徐洋笑道。"收据都没有？""没有！一手交钱，一手交货，谁耐烦给你开收据，又不是多大的生意。"白云天皱皱眉。这个时代做生意好混乱，完全是无序竞争。

但到哪山，唱哪歌，他不习惯也得逼迫自己适应，没有说让整个社会来迁就自己的道理。菜市场就在小商品市场隔壁，两人很快就找到买米的地方。

在木板搭的简易房内，摆满了一袋袋大米。口袋打开，露出里面的米，供顾客挑选。"我的天，有这么多种大米！"

徐洋虽不是浙省人，但也是城市户口，属于五谷不分的哪种。打小他只知道吃，不知道大米还有这么多种类，一时看花了眼，不知道该买哪种好。

白云天以前也是不懂，但自从接受了厨艺技能，就对各种大米的种类、口感，有了完全的了解。"大米主要是灿米和粳米、糯米三种。灿米主要产自南方，粳米主要产自北方。粳米形状是椭圆形，灿米比粳米长，多呈长椭圆状，很好分别。还有一种是糯米，小颗粒，乳白色，不小心容易跟粳米看混。"他对徐洋解释道。

徐洋凑到米口袋前，对比了几种米的外观，一下就看出了不同之处："那这是粳米，这是灿米？"

"对！"白云天有田老师的经验，看了一眼就辨识出来。"我们买灿米还是粳米？听说东北大米好吃，是不是我们就买粳米？"徐洋举一反三道。

"糯米没涨势，黏度大，适合做年糕。粳米涨势高于糯米，粘度略低，适合做饭或是熬粥。灿米涨势最高，黏度最低，适合用来炒饭。"白云天进一步说明道。

"这位小兄弟很懂行啊，说得头头是道。"米铺的老板笑呵呵在旁说道。

"经常帮家里买米做饭，买多了就懂了。"白云天谦虚道。

只不过经常买米做饭的不是他，而是田老师。他教学马马虎虎，却是一个合格的家庭妇男，做菜好手。

"哦，那我们今天做什么？"明白了几种米的区别，徐洋知道了要根据做什么饭，再决定买什么大米。

"炒饭！我们资金有限，第一天就专做炒饭，看看反馈再说。"白云天早有决定。

"那就是灿米了……，唑，这灿米好贵，比粳米贵了起码一倍啊！"徐洋一看标价，倒吸一口凉气。

"嗯，所以，我们买粳米！"白云天贼笑道。

第三章 外卖服务

"为什么？你刚才不是说籼米适合炒饭吗？"徐洋不懂了。

"因为它贵啊！"白云天一副理所当然的表情，在打开的米口袋中走来走去，挑选合适的粳米。"可是……"

白云天蹲到东北大米面前，抓了一把仔细看了一阵，对老板道："就这米，给我来三公斤。"趁着老板称米的间隙，他在徐洋耳边低声道："炒饭关键是要米粒松软，炒出来才好吃。而粳米容易粘黏，但我有办法解决。毕竟粳米要比籼米便宜得多。"

"原来是这样，你懂得真多。"徐洋真心佩服。

能分辨不同的大米也就罢了，还能有各种小技巧，用较低的价格，做出更好的饭，这是本事。"哈哈，以后跟着多学点吧。等你出师了，就由你来主厨。"白云天拍拍他肩膀，充满期许地对他笑道。

"真的？"徐洋又惊又喜。

"那是当然！若是我们这生意做好了，总不可能就我一个主厨吧？"

外卖，或叫快餐，目的是解决燃眉之急，他可没想当一辈子厨师。

厨师这行干到最高，也不过是多了一个顶级厨师。

对于任何时代，顶级厨师多他一个不多，少他一个不少，并无多大意义。他的最终目标，还是干回老本行：制造业。

这是一切现代科技、生活的立足之基，可以直接或间接带动整个文明向前发展。这种成就感，岂是一名厨师可比！三公斤东北大米，一共是一块六毛二，每斤售价仅二毛七。这还是东北大米好吃，价格更贵一点，一般的粳米每斤只要两毛三分。

这个时代的物价，太便宜了！

正是有这样的记忆，白云天才敢拿着五十块，就喊出了创业的口号。

白云天提着大米、蜂窝煤炉，徐洋用报纸包着四个蜂窝煤，快步往回赶，路上，他顺手捡了几根干柴。到西二门，发现包文山、严季和已经先回来了。

"塑料桶、大铝锅！"包文山指着地上，买回来的东西，得意地说道。

"好，这下就齐活了。你们拿着着塑料桶、铝锅，去学校找个水龙头清洗一下，然后接一大桶水回来，然后在河边来找我们。"白云天指着街对面道。

"你早说嘛。"包文山两人拿着桶、锅，兴冲冲而去。

白云天和徐洋穿过街，在护城河边随便找了个地，将东西放下来，开始生火。

白云天将废报纸裹作一团，顺着炉膛塞到底，然后将路上捡来的几根干柴横七竖八挨个放在纸团上方。

"打火机。"他用打火机从炉底伸进去，点燃报纸，等到干柴也烧起来，才将一块蜂窝煤小心地放了进去。呛人的浓烟顿时冒了出来。

"这就好了？挺简单的嘛，下次我来。"徐洋发现生火没他想的那么复杂，不觉跃跃欲试。"好，明天就你来。"

白云天看到街对面，端着锅、提着桶的包文山两人，快步穿过街道，帮他们接过来。洗过手，他将一口袋东北大米全部倒进了大锅，然后让严季和倒了一点水，用来淘米。为了不破坏大米表面，他只用手轻轻搅了两圈就算洗过了。倒掉淘米水，重新倒进适量的清水，这时干柴也烧得差不多了，蜂窝煤掉落下去。

顺着蜂窝煤眼，可以看到底部红红的火苗，说明蜂窝煤已经引燃。

将饭锅放到煤炉上，这第一步就算完成。

趁着煮饭的间隙，他让包文山看火，自己与严季和、徐洋又到市场上跑了一圈，把其他的东西都买齐。大铁锅、炒菜铲、饭盆、筷子、猪油、豌豆、大豆油、盐、味精……杂七杂八抱了一大堆回来。

包装很简陋，大都是本地小作坊生产，价格很便宜，总共才花了不到三十块钱。

算上前面的支出，总共也只用了四十二块六毛，还剩七块四毛钱。

不用租房子，不用置办桌椅板凳，真花不了几个钱。

耙豌豆洗一洗，用水泡上，就等饭熟。

等待的过程中，白云天用报纸垫地，放上菜板，就地开始切菜。

他将五条火腿肠剥去包装，切成一颗颗小粒，等待待会儿使用。

然后切葱，捣蛋，将锅烧热，放入清油练熟，将捣散的蛋倒入锅中。

蛋花迅速膨胀。他轻轻翻动炒蛋，让原本一碗蛋膨胀成了一大锅。起锅时，锅底的油已经吸收得半滴不剩。整个过程熟练无比，把包文山等人都看傻了眼。

如果谁要说，昨天以前他还是个厨艺门外汉，恐怕没有人会相信。

十点二十八分，饭好了。包文山上前揭开锅，看着满满一大锅饭，有些犹疑："这饭不能马上炒吧？家里做炒饭，用的都是剩饭，没听说用新鲜饭做炒饭的。"

其他两人也是点头，看向白云天。谁都知道剩饭可以做炒饭，这新鲜饭黏成一团，可怎么炒啊？白云天笑笑，将锅从炉上取下来，放在一边，开始给他们讲解："正常来说，刚煮好的饭太黏，这个时候炒容易黏作一团。一般都要等它凉透了，再来炒。但我们等不了那么久，所以有个取巧的办法，就是倒油……"

"我明白了，饭粒表面涂了一层油，就会不会粘黏了！"三人恍然大悟。

道理说起来很简单，就是一层窗户纸，可是白云天不捅破，他们抠掉了头发也找不到办法。这个方法，自然也是田老师想出来的。

至于他是在什么情况下，憋出这个法子的，由于剔除了他的生活记忆，白云天就不得而知了。不过根据口感记忆，用这种法子炒出来的饭，松软饱满，还有新鲜饭的香味。白云天在接受技能以后，没有完全照本宣科。

这个时代国内似乎没有精炼油，田老师用的是普通菜籽油，把饭粒搅散，炒出来的饭油味比较重。白云天在农贸市场，发现有花生油卖，灵光一现，就决定用花生油代替普通菜籽油。花生油没有菜籽油的腥味，炒出来的菜更好吃。

只是花生油比较贵，田老师舍不得放，才用菜籽油代替。对于这个时代的人来说，吃饱胜过吃好，味道大致差不离就行了。

白云天是要靠此吸引食客，当然不会像他那么抠门。

现场试验，效果果然如记忆中一般，搅散的饭粒表面裹了一层油，立即不再粘黏，看着一粒是一粒，非常的松散。

"乖乖，这比我们家里自己炒的饭，看起来好吃多了！"包文山吞了一大口口水，垂涎欲滴道。严季和、徐洋连连点头，也是大吞口水。

"这才开始呢。"白云天将捣散的饭放入大锅，稍微凉置，这会让饭粒更有嚼头。

期间顺便用大锅烧开水，将泡过的豌豆放入锅中断生，使之变得口感嫩滑。

等豌豆起锅，沥干水，再将饭倒回铝锅，炒锅中倒油、烧热，趁着锅烧得滚烫的时候，把饭倒入锅中快速翻炒，然后依次放入豌豆、火腿肠，以及盐、味精等各种调料。临起锅时，最后放入葱花。

又取出一小瓶香油，向内滴了十几滴。

一股沁人的香味，充满肺腑。包文山等人，早已经口水滴了一地。

虽然还没亲口尝过，他们已经敢发誓，这次的炒饭绝对比他们以前吃过的，还要好吃许多倍！对于白云天，他们只剩下一个大大的"服"字！

十一点半，李飞肚子就饿了。大学生正是长身体的时候，吃得多，饿得快。

"我去食堂了，要不要一起？"

他拿上饭盒，从枕头底下翻出饭票，对寝室的其他同学问道。

"这么早？食堂最早十一点四十才开始卖饭。"

"反正我饿了。再说，早点去可以早占位置，要不到时候人多，光排队都要排半天。"李飞觉得很饿，决定就算其他人不去，他也要先去食堂。

"一起一起！"年轻人喜欢热闹，做什么都喜欢呼朋引伴，打饭也是如此。

一群人拿上饭盒，嘻嘻哈哈下楼，还没走到寝室楼门口，就看见两个同学各站一边，抬着一大盆饭，正要进宿舍。

还有一个人，抱着一洗脸盆汤，跟在他们后面。一股香味，扑面而来。

大家都在同一宿舍楼住，抬头不见低头见，平时大家又经常串门，他们认得这是 522 的几个哥们儿。

还有一个个子高挑、皮肤白皙，长得很好看的男生，虽然见得不多，也知道是派出所拜托学校，暂时在宿舍借住的一名失忆青年。

"我的天，哥们儿，你们打这么多饭，是准备喂猪呢？""今天食堂做了蛋炒饭？""闻起来好香，食堂大师傅什么时候有这手艺了？"

一群人被他们的大阵仗吓了一跳，闻着炒饭的香味，所有人都忍不住口水直流。

"呵呵，这不是从食堂打来的，而是我们自己做了，准备抬到宿舍来卖的，有没有兴趣买一份？"那名借住在宿舍的青年听他们问起，笑着说道。

"你们自己做的？""手艺不错啊，虽然还没吃，光这味儿闻着就食欲大开。"

众人正要去打饭，闻听立即围了上来，看着洗澡盆大小的满满一盆的炒饭，眼前一亮。刚才只闻到香味，就已经让他们食欲大动，凑到近前，看见炒饭表面裹着一层油光，一粒是一粒，仿佛洁白的珍珠。伴着金黄的炒蛋、碧绿的豌豆、红红的火腿肠，散落的葱花，卖相极佳。

色、香、味如果以十分计，味且不说，前两项起码可以得八分！

李飞肚子早就饿了，闻着扑鼻的香气，看到眼前宛如艺术品一般的炒饭，嘴里满满都是口水。别说他，这个时段正是中午时分，进出大门的人特别多，都被这股香气给吸引了过来。

短短就这么停留的一点时间，在他们周围已经围了十几个人。

"你们这炒饭怎么卖？"李飞忍不住问道。

相比于食堂千篇一律的饭菜，这炒饭可以称得上是珍馐，胜出不止一筹。

他已经打定主意，如果不贵，今天就买一份，就当打牙祭好了。

"炒饭五毛钱一饭盒，汤一毛钱一水杯！"白云天看着他们手上的饭盒、水杯，笑嘻嘻地伸出巴掌，报出价格。"这么便宜！"所有人都大哗。

食堂白饭便宜，半斤只要三毛，再打一个素菜，总共才五毛钱。

但眼前不是白饭，这可是蛋炒饭！而且里面还有火腿，准确地归类应该算是肉菜了。再加一个汤，总共只要六毛钱。

食堂打半斤饭，再加一荤一素还要八毛钱呢。太便宜了，有没有！

李飞想也不想，立即将手上的饭盒急吼吼伸了过去，喊道："给我来一份！"

其他人慢了半拍，但也迅速反应过来，当即都把饭盒递了过去，喊道："给我来一份！""我要两份！""我还要加一碗汤！"

"谁帮我跑一趟，去把我的水杯拿来？"

白云天躲开他们的饭盒，笑眯眯地补充道："我们不收饭票哦，只收现金。"

"为什么？"有些人不乐意了。

"现金就现金！"大多数人不在乎这点区别，纷纷掏出钱，就要打饭。

白云天接过李飞递过来的五毛钱，揣进裤兜，握着饭瓢，结结实实给他装了满满一饭盒，顺口解释道："我们也不过是赚点辛苦钱，大家都是同学，这点何必计较，您说是吧？"李飞举起饭盒，心急火燎就往嘴里刨了一口，咀嚼了两下，眼前一亮："好吃！太好吃了！汤给我留着，我这就回寝室拿杯子，别把汤买完了！"

说完，端着饭盒，急匆匆就往楼上跑。

"有没有那么好吃啊，太夸张了！"其他还没买到的同学侧目而视，不相信区区一个炒饭，有那么好吃吗。"好吃，真的很好吃！"

"这炒饭口感软中带硬，嚼下去满嘴喷香，还有火腿的香味。这比家里自己做的，好吃太多了！""哥们儿，你是学过吧，这炒饭做得怎么这么好吃！"

一个个买到炒饭的人，都急着试吃了一口，然后纷纷惊喜地连道好吃。

白云天但笑不语。

公允地说，他承接自田老师的厨艺，做的扬州炒饭的确好吃。加上选料用心，蒸饭用的是口碑最好的东北大米，吃口比一般米饭香得多。同时又有自己的一点小创新，用花生油代替菜籽油，油腥味没有那么重，进一步凸显了米饭，以及火腿、豌豆、葱花本身的味道，让味蕾感受到的味觉更为纯正。

可要说好吃到爆，那也是夸张过度。缘由其实很简单，就是这些人本来就饿了。

同样一盘菜，人在不饿与饿的时候吃，感觉大为不同。不饿的时候，更集中在品味味道上，评价更为挑剔。而饿的时候，有着味蕾加成，八分的味道，也能吃出十分的美味来。他这炒饭，顶多也就一般大饭店的水平，但在这个时候，这些大学生口中，却能达到大厨的水准。

听到吃过的人都说好，围着的同学更兴奋了，都抢着将饭盒戳过来，生怕晚了就买不到了。听到门口的嘈杂，楼上楼下各个寝室的同学纷纷跑出来，听其他人一说，处于好奇、从众、试探等多种原因，也赶紧回去操上饭盒，围了上来。

洗澡盆大小的饭盆里，炒饭迅速减少，就连汤，也迅速见底。

可围着的人却越来越多。

炒饭松软，一饭盒炒饭装满了，只要不压实，其实也不到半斤。

白云天今天买了六斤大米，实际蒸出十二斤左右的米饭。

加上豌豆、火腿肠等配菜，实际也就十三四斤。

算半斤一份，总共能卖出二十七八份，汤也差不多分量。

可陆陆续续围上来的人，已经超过了四五十！白云天等人还打算把炒饭抬回寝室，然后再一间间兜售，结果在门口就被堵着走不动道，只能就地放下，现场开卖。

然后不到十分钟，整个饭盆就全部卖光，就连盆底沾着的一点米粒，都被刮了个干干净净。第一次尝试，就大获成功！

"五毛……三块六……七块一……十一块……十五块二……十六块三！好了，我们今天一共卖了十六块三！"

寝室里，包文山、徐洋凑在面前，看白云天将今天的收获一一清点完毕，又惊又喜。他们没想到炒饭卖得这么成功。

上午的豪言壮语，更多的是在表达一种情绪，表达一种渴望取得成功，获得认可的急切心情。做外卖，只是一个宣泄点。

能不能成功，他们其实一点把握也没有。

拿出钱来的包文山自己，也没当回事，想着无非就是请客让大家吃一顿大餐罢了。五十块钱就想创业？

创业这么容易，那满大街的人都该发财了，哪还能轮到自己。

别说这个时代创业成本低。做餐饮，你总要租一个门面吧，要有灶具吧，要有全套厨房餐具吧，要有桌椅板凳吧，要小小地装修一下吧……

乱七八糟下来，少说也要一两千块。

这还不算，你开店做生意，办不办执照？还有卫生许可证、消防证……，各种名目繁多的证件，每办一个少了收你几十上百块，多了恐怕还要两三百。

白云天宣称五十块就要搞餐饮，他们是不信的，只是不好反对而已，再加上自己热血上头，才说了那些现在想想觉得可笑的话。

就算资金解决，你找店铺不要时间，办执照不要时间，店面装修要不要时间？一来二去，大几个月就过去了。中午就开始？这牛也吹得太大了！

结果事实让他们傻了眼。白云天九点过决定做外卖，不到十点就把东西买齐了，十点半第一锅饭出锅。

店铺？就在护城河边，露天作业。

灶具？一个小蜂窝煤炉子，一口大铁锅，一口煮饭大锅就解决了。

洗菜淘米，一个塑料桶、煮饭锅轮换着来，三下五除二就统统弄好。

做出来了，包文山他们也不知道该怎么卖。

是找人宣传，还是等人自己看到，他们没有定计。

让他们自己去学校吆喝，他们拉不下这个脸，想着还是就在学校门口等吧。

结果白云天不等不靠，直接就带着他们，抬着做好的炒饭就往学校里走。遇到门卫阻拦，包文山等人还在满脸通红，不知如何解释的时候，他挺身而出，振振有词表示是几个寝室同学凑钱自己做的饭，准备抬回寝室分着吃，就顺利通过了门卫。

然后，还没回到寝室，十几斤饭就被一抢而空。

他们亲自经历了这一切，可直到现在，他们感觉还是如在梦中，颇有不真实之感。

这钱挣得容易吗？回想起来，好像挺容易的，如果再来一次，他们感觉似乎都能做到。可重新回到早上，他们依然会感到困难重重，望而生畏。

别的不说，单是如何科学分配时间，制定流程，就让他们不知从何着手。

成功的人，总能脱颖而出，获得成功。

而失败的人，纵然有同样的机会摆在面前，仍然会退缩，只能站在后面，眼巴巴看别人大发其财。

这就是差距！看着白云天手上捏着的钱，他们对白云天已经不仅仅是佩服，而是崇拜。这是一个注定会成功的人。

他们自问无法像他一样，那么如果不想被远远抛在后面，不如紧紧抱住他大腿，跟他一同前进，未尝也不是一个好办法。

他们的野心，被第一次创业的成功点燃。

朦朦胧胧中，他们有了更多的想法。

"今天我们一共花了四十二块六，收入十六块三。看起来收入没有支出多，不过因为是第一次做，今天的支出大多属于一次投入长期使用的固定资产投入。

实际的耗材成本，是米、火腿肠、菜、蜂窝煤，还有油盐味精等调料，总开销大概是三块钱上下……"包文山、徐洋眼神都恍惚了。

支出三块，收入十六块三，净入十三块！

赚钱就这么简单？一天十三块，一个月就是三百九，相当于一个双职工家庭的全部收入！"这钱我们暂时不分，和今天买东西存余的七块四一起，作为明天的菜金。等到月底，我们再根据收支情况，适当地分配一点利润，作为各自的报酬，你们同意吗？""本来就应该这样！"

包文山一个激灵，第一个表态："月底也不要分，我建议前期的收入都攒起来。等有钱了，我们完全可以请更多的人，做更多的菜，说不定还能租一个门面，正正经经地开一家餐馆！""对！我们学校有好几千学生呢，今天才二三十人，就让我们赚了这么多。以后如果整栋宿舍楼，还有别的宿舍都来找我们送外卖，一天还不赚上百、上千，甚至上万？"

想起全校几千名学生，全部在自己这里点外卖的壮观场景，徐洋感到一股热血涌上大脑，心跳都加快了几分。白云天失笑摇头。

全校师生都来点外卖？想想很好，很激动，可根本不现实。

学校的食堂没有外包，还是自己在做，反正有国家补贴，赚多赚少一个样，大师傅没有动力。趁着这个间隙，他们在校外自己搞外卖，赚点小钱没问题，食堂方面还乐得轻松，学校方面也会睁只眼闭只眼。

可是事情搞大了，那就不一样了。

不管学校赚不赚钱，真要让全校学生都去叫外卖，这不是在打学校的脸吗？

传出去，让学生宁可叫外卖，也不在食堂吃饭，别人还以为校领导有多贪，他们还想不想升官了？别说升官，搞不好原来的位置都坐不稳。

再说了，餐饮确实很赚钱，正规做，各种利税缴齐，也有百分之几十、甚至百分之百的利润。看着白云天他们数钱数到手的抽筋，学校会无动于衷？哪怕学校真是清廉如水，也有无数想赚钱找不到方向的利益攸关方，会站出来抢这门生意。

到时候，正规的不正规的小贩绝对会多如牛毛。到那时，他们真的也就挣个辛苦钱罢了。毕竟是还没出校门的大学生。

太年轻，太天真！算了，这三个人现在还算听话，做事也不偷懒，还有一定的主动精神，多带一段时间，说不定能锻炼出来。

等他赚到了启动资金，再询问他们的意见，看看愿不愿意跟着自己干。

如果不愿，那就把账结得干干净净，到时候和平分手吧。

终归是自己在这个时代，第一批创业伙伴，就当是结个善缘，没必要亏待他们。

"好吧，那我们去找严季和，问问他同不同意。"他不准备打击他们的积极性，笑着说道。说到严季和，包文山、徐洋才后知后觉，大叫出声。

"我的天，老严还在河边，守着我们的家什伙呢，他这会儿该着急了吧！"

三人大笑，藏好钱，疾步出屋。

走了几步，包文山说道："我怎么感觉有点饿呢？"

徐洋脚下一停。"我们还没吃饭呢！明明做了这么大一锅，十好几斤，结果我们自己却一口没吃！"

"别说饭，连汤也没了！"包文山哭丧着脸，悲痛欲绝。两人齐齐转头，看向白云天。"老大，大哥，行行好，麻烦你再做一锅吧，要不我们就都得饿死了！"

纺织工学院最早开了纺织、纺织机械、纺织化工三个系。

1980 年代以后，为了适应国家对新型人才的需要，同时也是为了增加收入，新开设了管理系、经济系、计算机系三个大系。近两年，又单独划出一个艺术分院，加设了绘画、声乐、艺术系。

丝绸工学院进一步呈现出阴盛阳衰的格局。

学校十几栋学生宿舍楼，其中女生宿舍就占了差不多三分之二，远多于男生。

由于还没开学，叶灵曼惬意地睡了一个饱觉，直到天光大亮才自然醒来。

一双雪白的胳膊伸出被外，不雅地伸了个懒腰。

薄被从肩头滑落，露出如脂赛雪的香肩，体香四溢。

"你不要搔首弄姿了，我们寝室没有男人！还不快起来，看你蓬头乱发的，就跟梅超风一样。"苗佩玲坐在对面床沿，对着小圆镜仔细地描着眉，打趣道。

第三章 外卖服务

·31·

"谁搔首弄姿了。"叶灵曼大羞。"是是，你没有搔首弄姿……"

她学着叶灵曼的样子，故意装出一副春色满面的样子，动作缓慢地向上伸起手，轻轻抚弄着肩头，檀口轻启，像是呻吟般打了一个哈欠，眉目含情，用甜得腻人的声调向叶灵曼挑逗道："帅哥，几点了，你怎么这么早就起来了，不陪我多睡一会儿？"扑哧，寝室里几名女生都笑出声来。

"苗佩玲，你要死了，今天我要跟你拼命！"叶灵曼又羞又急，光着脚就跳下床，朝她扑过去。两个女生打打闹闹，化好妆，很快就到了午饭时间。

"吃饭吃饭，我快饿死了，今天我要多吃一点。"叶灵曼蹦蹦跳跳，拿起自己的粉红色塑料饭盒，就催着室友一起去食堂打饭。

"还多吃，看你都胖成什么样了。"苗佩玲伸手在她胸脯抓了一把，啧啧叹道。

"苗佩玲！今天不是你死，就是我亡，我要把你捏爆！"叶灵曼满脸通红，大叫着放下饭盒，就要伸手去抓苗佩玲的胸，一定要把仇报回来。

"我怕你不成，抓抓更坚挺！"苗佩玲根本不怕，两人你抓我一把，我抓你一把，嘻嘻哈哈，春色满屋。"还闹，去晚了就没什么菜了！"其他女生看不过去了，催促道。"晚不晚有什么区别，食堂翻来覆去就这些菜，菜炒得又老又死，难吃死了。"苗佩玲将滑落的肩带扶正，整理了一下长发，嫌弃道。

"那你到外面吃啊。"

"外面的小饭馆脏死了，筷子都是黑的，那盘子上都是油，不知道洗过没有。我宁可在食堂吃猪食，也不去外面吃。"另一个女生一副恶心的表情。

她们是艺术生，家里相对条件较好，倒不觉得饭馆有多贵，但环境实在让她们食欲大减。一群女生一路七嘴八舌，来到食堂，正准备排队打饭，就感觉气氛似乎有些不对。"你听说了吗，甲二那边，今天有人卖炒饭，听说闹了好大的动静。"

旁边餐桌上，两个男生一边吃饭，一边说着话。

"听说了，说是整栋楼的男生都跑出来了，把宿舍楼都堵死了。"

"天天吃食堂，我也想换个口味啊！"先头说话那男生很是痛苦地舀了一勺饭，想吃药一般送入口中。

男生寝室那边有人卖炒饭？几个女生好奇地看了一眼，走过餐桌，不几步，又听到有人大声在跟同桌说话："那炒饭真的好吃，我从来没吃过这么好吃的炒饭。你们这几个牲口，把饭全抢光了，我自己都没吃几口。混蛋，这顿饭你们请！"

"好了好了，老五，不就一口饭嘛，明天多打几份不就得了。"旁边可能是他室友的男生劝道。

"那你明天去抢试试，他们就一锅饭，刚进大门就被抢光了，还多打几份。"那男生愤愤不平。"哥们儿，不就是炒饭吗，有没有那么好吃啊？"旁边有别的男生质疑道。"真好吃！"一桌男生异口同声回答道。

"说实话，我也没想到，一份炒饭会这么好吃。学校食堂的大师傅，啥时候有人家一半的手艺，我们就谢天谢地了。"一名男生像是在回味，赞叹道。

几名女生疑惑地相互看了看，苗佩玲性格开朗，上前问道："你们刚才在说什么？炒饭？"看见是几个美女，一桌男生受宠若惊，急着表现，纷纷开口把今天的事情说了一遍。"他们自己做的？"听完了前因后果，几名女生瞪大了眼睛。

"是啊，听说是甲二楼 522 室，几个男生买了锅碗瓢盆，自己做的。一个扬州炒饭做出了大餐的味道，好吃极了。"男生们怕她们不信，努力描述有多么好吃。

"寝室里不准生火！""他们没在寝室做，是在外面，就河堤边。好多人都看见他们生火，做饭。"有知情人透露道。

"哎，这是个办法哦，我们也可以自己做饭的啊！"叶灵曼眼睛一亮。

自己做饭，符合自己的口味，而且干净，比吃食堂还是外面下馆子都强得多。

可是苗佩玲一句话就让她泄了气："你会做饭吗？"

"呃，呵呵呵呵，你来做呗……"叶灵曼在她身上挨挨擦擦，讨好道。

"很遗憾，我只会吃，不会做！"

几个女生唉声叹气，埋怨寝室里没有做饭的人，只好继续吃食堂。

一中午，食堂里人来人往，就听到大家都在传 522 自己开火的事。有些同学受此启发，决定向他们学习，以后也自己做饭。

但更多的人，只是羡慕一下，便就此作罢。

自己做饭想起来很好，可是太麻烦了，完了锅碗瓢盆什么的放那里也不好解决。还不如吃食堂。

吃过饭，回到寝室没多久，一个女生敲开了寝室门："你们都在啊。"

"你有什么事？"寝室大姐景怡抬头，见是熟面孔，平时没交谈过但是同一楼的，开口问道。"522 的事，你们知道吧？"那个女生试探着问道。

听说与 522 有关，所有人都看过来。

那个女生咬了咬嘴唇，有点羞涩地说道："他们，他们是要长做，这是他们晚上的菜谱。如果你们想点餐，可以去 205 到我那里写单，我交给他们做好了以后送到寝室，我叫方芳。"还能点餐，做好再给她们送到寝室！

生意还能这么做？这样一来，既能享受到可以媲美饭馆的口味，又不用自己跑来跑去，只要在寝室等这就行了。522这群人，脑瓜子太灵活了。

几个女生一下来了精神，围了过来，从她手上接过手写的菜谱，兴致勃勃地看了起来。初战告捷以后，白云天立即推出了点餐服务，而且把顾客瞄准了女生宿舍。

原因很简单，就是为了提高利润。

做过餐饮的就知道，客人都赶着饭点吃饭，过了这个时候，客流量就急剧下降。

所以在这个时间段，他们只能蒸一锅饭。一锅饭满打满算，能蒸出十三四斤。

男生饭量大，一顿半斤不算什么，一顿八两的大有人在。这样分下来，一锅饭充其量就二十来个顾客，说不定还更少。

但是女生吃不了那么多，打饭多是二两、三两。

这样算下来，蒸一锅饭，就能卖给四十到六十个客人。

人不能光吃饭，总要来点菜吧。

那么能卖出去的菜也就多了两到三倍！一个简单的数学题而已。

结果也正如他所料。由严季和的女朋友方芳，充当点餐员，只跑了半层楼，就完成了销售任务，一共带回来五十七份订单。

每个女生，平均只有二两多。

但她们点的菜，却有八十二份，还是以肉菜居多，顺带着还卖出去二十一份汤。

总计收入二十四块七毛六。去除成本，扣掉给方芳的提成，实际利润十九块三毛八，比中午高出近一半！全天总利润三十二块。

包文山、严季和、徐洋拿着一叠元票、毛票数了又数，几乎不敢相信这是事实，开心得都快傻了，方芳也在旁边笑得合不拢嘴。

一天三十二，一个月就是九百多。

三个双职工家庭的收入，就这么轻易到手，做餐饮实在是太来钱了！他们只是小打小闹地搞了一下，就赚了这么多钱。

看到实实在在的报酬，所有人都更有信心，希望进一步把生意做大。

于是当白云天提议再添购一个蜂窝煤炉，买一个更大的蒸饭锅时，所有人都举双手赞成。包文山甚至连夜回了一趟家，骑着自行车带回来一堆蜂窝煤，解决了燃料问题。当天营业结束，大家抱着锅碗瓢盆，欢天喜地的搬回了宿舍。至于蜂窝煤和炉子，白云天给门卫每人送了一包烟，就得以获得允许在门卫室角落暂放。

多了一个炉子，第二天就多蒸了差不多二十斤饭。

这一次，白云天没有再耍小花招，同时在女生寝室和男生寝室开展点餐服务。

有了昨日的口碑，今天点餐的学生更加踊跃，都不需要上门推销，预计的一百人份就被一扫而空。"这么多！你一个人行吗？"

订单写得手软，众人在高兴之余，担心白云天一个人无法完成。

"没问题，十份也好，一百份也好，都简单！"白云天一笑置之。

他早有准备。一百份又怎么样，说来说去，不就是四个菜么？算上汤菜，也就六个！他将订单拿来，把相同的菜单放在一摞，很快就将所有订单分成了四摞。

第一摞，点的菜完全一样；第二到第四摞则都是部分相同。

看他分单，旁观的严季和等人猜出了他的解决方法，不由得啧啧称奇。

这不就是流水线作业嘛！流水线作业，他们没学过也听过，可谁也没想过，可以用在这个地方。又学了一招。白云天呵呵一笑，看着大铁锅烧到滚烫，倒入清油练熟，便手脚麻利地将洗净、切好的菜，全部倒进了锅里，用锅铲快速翻炒起来。

等到菜起锅，再平均分到每一个饭盒中，便算完成了所有相同菜色的烹饪工作。

他只怕种类太繁杂，不怕量多。用比平时单锅小炒略多一点的时间，便将所有的菜全部炒好，分到了各个饭盒。第一摞订单，全部完成！

"你这也太神了！"包文山张大了嘴，惊叹不已，学着周星星电影中的台词，一挑大拇指夸道，"白老大，我对你的钦佩犹如滔滔江水连绵不绝，又如黄河泛滥，一发不可收拾！你真是太了不起了！"

"白哥真棒！"严季和的女朋友方芳，也是满眼星星，"你的厨艺就算了，这奇思妙想实在是太多了，而且每次都能取得奇效。白哥，我佩服你！"

她明明比白云天大，现在也心甘情愿喊他白哥。"呵呵，好了，趁着菜还热，咱们赶紧给别人送去吧。这么多，你们怕要跑好几趟才能全部送完。"白云天笑了笑，不以为意。严季和等人赶紧忙碌起来，将装好的饭盒一个个重叠着，放到今天买的塑料箱里，两人一组抬着进了校门。

白云天再接再厉，很快又将后面三摞的订单全部完成。

耗时比昨天还少了几分钟。

"白哥！我们刚才去给各寝室送饭的时候，还有好多人想要下单。他们说宁可等久一点，也希望吃你炒的菜，说是比食堂的菜好吃太多了。你看我们要不要再炒一轮？"十几分钟以后，包文山、徐洋送完餐回来，学着方芳的称呼，也开始改口叫他白哥，兴高采烈地向他说着。

"算了，我们准备的菜就剩一点了，是给我们自己吃的，现在再去买菜已经来不及了。这样吧，下午你们去统计一下，有多少人订餐，我们酌情多买一点，晚上如果还有人愿意等第二轮，那我们就继续。"白云天考虑了一下，说道。

"好的，那我们待会儿就去问！"包文山、徐洋笑容满面，连声称是，干劲十足地将刚炒出来的菜，一一放进塑料箱。他们刚走一会儿，严季和、方芳也送完餐回来了。方芳是女孩子，体力不足，严季和又进不了女生寝室，只能帮她抬箱子，送到楼门口。接下来各个寝室送饭，就只能方芳独立完成。

他们这边，也传回了同样的要求。

昨天中午、晚上，连续两轮过后，在这里点过餐的同学都交口称赞，口碑越来越好，想吃外卖的人越来越多。她们都表达愿意等第二轮。

白云天把决定也告诉给他们，让方芳下午统计一下点餐人数，再决定是否炒第二轮。毕竟现在大学生都是年轻人，容易受氛围影响，一时兴起说是吃第二轮也没问题。可事到临头，说不定又会反悔，或是等不及去食堂。

菜买回来，当顿不炒，第二天就蔫了，他们是小本经营，可冒不起这个险。

全部订单送完，最后一合计，收入再次翻翻，总计达到了三十九块一毛二！

利润粗略估计，大约有六、七十！严季和等人高兴得都快疯了，冲着空旷的护城河又吼又叫，兴奋莫名。他们斗志昂扬，匆匆吃过午饭，帮助把东西收拾好，就心急火燎地去各宿舍乱转，统计意向订单数量。

但是他们才刚出去没一刻钟，就先后回来了，脸上的表情又是喜悦，又是苦恼。

"我去问的人，百分之八十都说想让我们送外卖……"

"我这边更多，基本上每个寝室都愿意！"

"女生寝室这边也差不多，问到都说好吃，想吃，等一等也没关系……"

如果结果为真，那岂不是表示全校的学生，都想吃外卖？

这可能吗？会不会是随口承诺，拿他们逗着玩？他们你看看我，我看看你，都不知道这个统计结果是否值得相信。

最后，所有人都把目光转向白云天，等他来拿主意。

他们相信，他们看不穿的迷雾，白云天一定能看透，准确地把握形势。

自己吃不准的，他能！

第四章 冲突

白云天看着他们期盼的眼神，失笑道："这有啥好担心的。既然反响这么强烈，那么即便不全部是真话，那么第二轮想来多多少少也能卖出去一部分。""没错！其实就算第二轮卖不出去又能赔几个钱，大不了我们摸清了行情，以后不做就是了。"包文山最先想清楚，摸着头自嘲道。其他人都是点头。

他们也是关心则乱，看见外卖的势头这么好，渴望把生意做大，忍不住就有些患得患失。实际静下心来想想，他们总共就这么点本钱，赔光了又能如何？转天赚回来就是了！

想通了这点，众人不由得放下心来，开始合计晚上这顿该如何分工。

现在他们要买的菜越来越多，回来还要择菜、洗菜、切菜，又要送外卖，他们几个忙前忙后，都是累得不行。今天中午这一百份外卖，他们跑上跑下，就用去了大半个小时。

有钱赚，他们倒是累得心甘情愿。但这样一来时间拖得太长，最后送到的外卖，都已经微凉，口感明显变差。

如果还来第二轮，他们肯定忙不过来。请人势在必行。

"方芳这边订单最多。她是女孩子，最辛苦，所以还要再请一个女生帮着送餐。"严季和心痛女友，帮着说道。"没事，我忙得过来。"方芳舍不得提成。"再找四个女生！"包文山比严季和更加激进，"小芳就专门负责传菜谱点餐，提成都算你的。我们这边也要再找两个男生，然后老严负责点餐，提成照算。"

他这个提议，算是同时照顾了方芳和严季和，让他们能多得一分收入。"那怎么好意思……"方芳扭捏道，又不舍得说不要这份提成。

徐洋连声赞同。

"请的人，最好去找那些家庭困难的学生，大家同学一场，也算是我们的一点心意吧。"他也有想法。包文山当即夸奖道："老徐这个建议提得好！我们越搞越大，学校可能会有想法。我们请那些家庭困难的学生来送外卖，学校看着，就算不高兴也只能捏着鼻子认下来，这样我们生意才能做得长久。"

学校有不少学生家庭困难，为了给他们一个勤工俭学的机会，学校会给他们安排一些清扫校园、看图书馆，去校办工厂打工的工作，每月给点钱补贴他们生活。

不过这种机会也不多，还有许多学生只能自己想办法，去外面打工。

他们请一些同学过来送外卖，既赚名又得利，学校方面嘴上不说，心里肯定满意，以后的生意就更好做了，至少不会轻易被取缔。

"那给他们多少钱呢？""二十够不够？"徐洋试探着说道。

严季和往他头皮一拍："这才几天，就想往资本家那边坐了！二十，亏你说得出！"众人都笑。

他们还没走入社会，没有经历太多洗礼，还保留着一份纯真，也觉得二十太少了。

"五十吧，我觉得挺多了。我们寝室，有人出去当家教，一个月也就挣三五十块。"方芳说道。"那就再管两顿饭！"包文山大气地说道。

他们在讨论的时候，白云天一直静静在旁倾听，由得他们自己拿出方案。

大的主意他拿了，具体的细节就交给他们自己解决，也是一个锻炼的机会。

他也不怕这些人学会了以后，另起炉灶。

不过是一个踏板，只要赚到了一定的启动资金，他自己都会干脆利落地放弃。

借着这个机会，他还能看清各人的本质，再决定以后带不带他们玩。

眼前看来，包文山有着吴城人的特色，头脑灵光，有一定的专营想法，做事还算厚道。就是视野还比较窄，有一点急功近利，格调较低。

徐洋有点抠门，或者说是比较贪，但心肠不坏。

方芳爱钱，不过对该给别人的，也不小气，说话还算公允。

严季和平时看着大大咧咧，平时干活卖力，跑腿积极，不争不抢，但给他好处他也能坦然接受，不自卑、不傲慢，就是对女友有点关照过度。

四个人都各有优点，缺点也很明显。

……

生意蒸蒸日上，大家都很有动力，当天中午就找来了六名愿意打工的学生。

加上他们，已经有了十一个人。

人多力量大，大家说说笑笑，才用了不到一个小时，就把准备工作做完了。

不但减轻了每个人的工作量，这个速度更是让所有人都很满意。

他们终归是学生，现在还没开学，闲着也是闲着。可是开学以后，他们就要上课了，不可能整天泡在这边，就算他们愿意学校也不会同意。

如今队伍配置齐全，以后每顿只要提前一个小时，就能完成准备工作，不会耽误大家正常的学习。这才是勤工俭学的本意。

"我们来打牌吧！这两天都在忙，都没时间打牌。"

干完了活，闲来无事，徐洋提议来斗地主。

"斗什么地主，趁着还有两天开学，不如去打会儿篮球才是正经！"两天没碰牌，严季和对斗地主没了起初的狂热，又想在女朋友面前露露脸，建议去打篮球。

"白哥，要不一起去打篮球？"包文山尝到了赚钱的瘾，对玩已不像以前那么积极。想着打牌就三个人，其他人只能在旁观战，而篮球则能让更多人玩，有利于团结同学，遂同意严季和的提议，并邀请白云天一起玩。

"这边一堆东西呢，我得在这看着。"白云天为难道。他也想玩。

论年纪，他比在场的所有人都小。在原来那个时代，对未成年人实行的是素质教育，以培养天性为主，不主张让学生读死书。年轻人热血，有激情。

他虽说没有接受技能传输，水平跟这个时代的普通大学生，大概也就半斤八两。但同样喜欢滑板、极限运动、打球等各种刺激的体育运动。

斗地主他没什么兴趣，可是严季和提议打篮球，他是真想去。

"要不我来守着好了。反正我对篮球没什么兴趣，正好趁这个时间看看书。"一个新招的女生主动要求自己留下来守。"我也不喜欢篮球，我陪郑燕，我俩正好搭个伴，你们去玩吧。"一个叫梁宁宁的女生，跟着举手道。

白云天心中意动："那你们先回寝室拿书，我在这里等着。老严你们先去占位，我跟着就来。""好，你动作快点！"严季和正是手痒，也不推辞，就和包文山等人一道，跃跃欲试地穿过马路，进了校门。等了七八分钟，没等到郑燕和梁宁宁，倒是方芳上气不接下气，从西二门里跑了出来。

隔着马路，她就喊道："白哥，严季和他们，跟别人打起来了！"

白云天一愣，这是什么情况。

好端端打个篮球，怎么会跟别人打起来了？

等方芳喘息未定地将前因后果讲清楚，白云天才明白是怎么回事。

第四章　冲突

丝绸工学院阴盛阳衰，女生多过男生。

但好歹这么大个学校，男生数量虽然少点，也有千来号人，喜欢体育运动的不在少数。可是丝绸工学院地盘不大，能供学生活动的场所有限，篮球场仅有五个。

于是每到课余时间，这几个篮球场都会有不少学生争抢。

按照约定俗成的惯例，通常大家都是各占一半，以缓解彼此的冲突。

严季和他们去的时候，发现其他球场都满了，只有一个球场，被一伙学生占着，就像往常一样，请对方让出一半来，大家各打半场。可那些人不但不肯让，反而口出不逊。听方芳口述，应该是认识严季和他们，知道他们做外卖赚了钱，有些嫉妒，所以说了些难听的话。双方争执之中，火气越来越大，最后就动了手。

结果对方人多，严季和他们吃了亏，被打了好几拳。严季和的腮帮子，都被人打肿了。方芳等女生害怕之下，不知谁首先想到了白云天，跑来让他想办法。

白云天有什么办法！打架？

他能打，以他经过基因调质的体质，肯定强于大多数同龄学生，一对一，甚至一打二都不怕。可乱战起来，双拳难敌四手，他一个人肯定打不过对方一群人。

"对面那些人你认识吗？都是些什么人？"

说话间，他看见郑燕、梁宁宁一脸惊慌地从西二门出来，指了指摊位，让她们过来接收。自己跟着方芳快步走向大门，询问对方情况。

"他们一共十几个，好像都是机械系的，其中还有两个人是校篮球队的。"方芳快速说道。"篮球队？"白云天沉吟了一下，开口道，"他们篮球打得怎么样？"

"我不知道，应该很好吧，毕竟是篮球队的。"方芳不知他的用意，后悔自己怎么想到去找白云天，怕自己走后严季和再挨打，焦急道，"要不我们去找老师？"

"那篮球队谁的球技最好？"白云天不急不忙，又问道。

"我哪知道！"方芳急了，"他们队长肯定最好，要不怎么当队长！唉，算了，我先去找老师了。"说着，就跑开了。

"哎，你性子怎么这么急。先别去找老师，你告诉我篮球队的队长姓什么叫什么，住在哪个寝室，说不定我有办法。"白云天哭笑不得，叫住了她。

"什么办法？"方芳急急问道。"我要试试才知道。你先别急，回去让老严他们把球场让出来，不要继续跟他们起冲突。我先去找他们队长，看能不能找他出来，说服对方。""那好吧，篮球队的队长好像叫辛安，具体住哪个宿舍我就不知道了。你去宿舍楼那边问一下，应该就能问到。"方芳想想也对，先把同伴劝住，至少不会继续吃亏，便转向朝篮球场那边跑去。"辛安是吗？"白云天重复了一遍这个名字，大步流星走向宿舍楼。来到宿舍区，他随便拦了一个男生，问到了辛安的寝室。

快步来到对方寝室，门开着。两名男生躺在床铺上，睡得正香。还有一个高个子，斜靠在枕头上，看着小说。另外三人聊天的聊天，写作业的写作业。

见到他，两个聊天的男生转头问道："你找谁？"

"我找辛安！"白云天摆出一副怒气冲冲的表情，恶狠狠道，"叫他出来！"

"我就是辛安。"那个斜躺着看小说的大个子，放下小说，站起身来，目测身高在一米八五以上，在这个时代算得上是鹤立鸡群，名副其实的长人。比起白云天来，也不矮多少。"你就是辛安，他们说你骂我！是不是有这回事？你出来，今天我们把事情说个清楚！"白云天提高嗓子，气势汹汹地吼道。

"等等，你说啥？你叫啥我都不知道，怎么可能骂你。你是不是找错人了吧？"辛安被他劈头盖脸一顿凶，有些摸不着头脑。他看白云天个子比他还高，虽然对他的态度有些不满，还是按捺着性子，跟他解释道。

"你中午是不是去了教学二楼？"白云天兀自不依不饶，横眉怒目地说道。

"这怎么可能？我中午在寝室哪都没去，不行你问他们好了。"辛安心头大定，转头看向室友，让他们给自己作证。"我证明，老大吃过饭就回了寝室，然后就没出去过。""你肯定认错人了。""要不然就是有人挑拨离间，辛老大从不背后说人坏话，这点我们可以保证！"他的室友纷纷开口，证明骂人的绝对不是他。

"是这样啊，呃，这个，我大概，可能是搞错了。不好意思，不好意思，我这人性子比较急，遇事爱冲动，这次不知道又是被谁给算计了，实在是对不起。"白云天一脸尴尬，拉着辛安的手，很是愧疚。

"算了算了，不过是误会嘛。"误会解除，辛安也松了口气，笑道。

"这怎么好意思，我一进来就骂了你，总要表示一下。"白云天作出一副羞愧难当的表情，拉着他手不放。"表示什么，把话说开就行了。"

"要的，要的，要不我心里过意不去。我以前经常无意得罪人，所以我妈告诉我，如果得罪了人，错在我，那就应该向别人赔礼道歉，补偿人家，这样才不会吃亏。"

白云天急切地在身上摸来摸去，似乎是想找什么东西，作为补偿。辛安啼笑皆非，连连推辞。这人长得像个女孩子，遇事又像个炮仗，知道自己认错了，又马上就要补偿，怎么有这么莫名其妙的人。

白云天手揣进裤兜，猛然喜道："对了！我外公给我从美国寄回来一个随身听，是国外最新款的，不用插磁带。而且耳机也是特制的，利用声波直接刺激神经，效果非常好，就跟现场一样，要不给你听听，咱们这事就算抹过去了，你看行不？"

辛安，正要拒绝，听说不需要磁带的随身听，顿时好奇心上来，问道："不要磁带？""对！这是外国的最新科技，里面集成了芯片存储器，只要把歌曲录进去，就可以播放了，比磁带方便得多，不信你试试？"白云天不待他拒绝，就热情地将吸盘式耳机，给他贴在太阳穴，"这个耳机也是外国的最新科技，通过震动直接将声波传送到大脑，效果好极了，比你听现场演唱会还要棒！"

"那我可要听听。"辛安也对这新奇玩意儿来了兴趣，笑着任他摆弄。

他的几名室友，也好奇地围了上来。"这随身听最大的特色，就是通过语音控制。在购买的时候就定制了我的声音，只有我才能控制。"白云天半真半假地吹嘘道。

"哇，这么先进！"众人瞪大了眼，更加好奇。

白云天故意和辛安并肩而立堵住门口，显示屏朝外让他们无法看到，将学习机凑到嘴边，大声道："我是白云天，启动！"屏幕一闪，显出开机动画。

一两秒钟后，辛安睁大了眼睛，大叫起来。

"我听到音乐了，非常清晰。天，就像是站在乐队中间一样，我都能分辨出每个乐器的位置！"室友一哄而上，抢着把耳朵凑过去，全都没注意到白云天一脸的狡诈，正在轻声发送指令。屏幕上，收集技能的进度条，正在快速推进。

篮球场上，两队人正在激烈地对抗着。

一个上身穿着印着阿迪达斯标记的篮球背心，下着篮球短裤，脚上穿着一双正版阿迪达斯篮球鞋的长发男生，手上运球，借着队友的阻挡掩护，快速插入篮下，于人群中高高跃起，单手持球，手臂划过一道弧线。

嘭！篮球被重重扣入篮筐，巨大的冲击力震荡得篮球架摇摇晃晃，就想要倒下来一般。"好球！""干得漂亮！"

场边观战的人大声叫好，队友们围上前去，热烈地拍着他手臂、肩背，表达他们的喜悦之情。那名男生一边接受着队友的祝贺，一边望向场边，朝几次想要冲上来，却被朋友拦下来的严季和瞥了一眼，食指在颈部横着划了一道，摇了摇头，意似不屑。他的队友们顺着他视线看过去，看着严季和怒不可遏的表情，哈哈大笑。

穿着阿迪达斯的男生手持篮球，面色不善："那个小瘪扬子看起来还不服气，是想再打一架？"

"当然不服气了，人家现在风头正劲，你不给他面子，还打了他，他服气才怪。"

有人笑道。"什么风头！一个摆路边摊的，算是什么东西！也敢在我面前摆谱！只要我舅说句话，他就别想做生意！"那个穿着阿迪达斯的男生朝地上啐了一口，表情极度蔑视。"黄磊，算了。他打了你，你也打把他脸打肿了。大家都是一个学校的，事情过就过去了，没必要揪着不放。来，我们继续玩。"他篮球队的队友出来打圆场，希望平息事端。

哼！黄磊想想学校方面，哼了一声，压住火气说狠话道："不看他是一个学校的，我早弄死他了！""哎，哎，他们还真的又来了！"这边才开打，听到场边有人喧嚣，他们闻声看去，只见严季和他们那群人果然走了过来，不过领头不是严季和他们，而是一个个子很高、长相俊秀、之前没出现的男生。

"这是他们找的人？"众人停下篮球，议论道。

"看他个子这么高，应该很能打。"有人看着比其他人高出一头的来人，担心道。

"这是严季和他们一个寝室，现在负责炒菜的那个家伙。听说他是临时借住在我们学校的，不是学生。"有认识的道出了来人身份。

"怕什么，就多一个人你们就怕了？"黄磊不相信对方一个人能打得过他们这么多人，手里抓着篮球，带头迎上去。他在场边的伙伴，也跟了过来。

双方气势汹汹，聚在场边。"你是领头的？"黄磊还没说话，对面来人先开口道。

"是又怎么样？要打架？我随时奉陪！"他先朝一副要打架样子的严季和，瞥了一个不屑一顾的眼神，抓着篮球，转了一圈，顶在手指上，吊儿郎当道。

"是就好！篮球场各占一半，这是规矩，你不会不懂吧？凭什么霸住整个球场，不让我们玩？"来人气势很盛，毫不客气地质问道。

"你算什么东西，跟我讲规矩，你没这个资格！我们要玩球，这个场地就是我们的，你们还是滚回去切你们的菜吧！"他根本不接对方的茬，蛮横道。

他身后的人哈哈大笑起来。

"那你又有什么资格？是因为是篮球队的，还是人多？"听他说话不客气，对方言辞也激烈起来。"你是个什么玩意儿！"黄磊火了，上前就要推搡对方。

来人退了一步，让开他："是不是要打架？你要动手，我立马去叫老师过来，让他评评理！"

"哈哈哈哈！我以为你多能，原来是叫老师！"黄磊笑得前仰后合，"你以为还是小学生啊，有什么事就去报告老师。笑死了，是不是还要请家长啊？哈哈，哈哈哈哈，哎哟，笑死老子了！"他身后的同伴也是狂笑不止。

那个相貌俊俏的男生一点也没有尴尬之色，反而冷笑道："你不是小学生，可你还是个学生！你知道这里是什么，是大学校园！这个地方，是你们这些混混可以横行霸道的地方吗？我告诉你，做梦！"

他越来越大声，最后几句话，近乎于怒吼。

黄磊等人都被他这气势给镇住了，笑声戛然而止。

他们觉得上了大学，不再像以前那样被老师严厉看着管着，就不再是小孩。心态自然而然，把现在和以前画了一条区隔线，觉得成了大学生以后，自己是成年人了。

可实际心中，仍存着对学校，对老师的莫名敬畏。

他们可以嘲笑对方叫老师的做法，可这也是他们在尽可能避免的事情。

对面那个俊俏的男生，见他们的气势被压住了，上前一步，大声道："既然你们不想打架，那我就有资格说话了吧！你们不是有两个篮球队的吗，有没有胆子跟我一对一单挑，谁胜谁就使用这个球场！怎么样，有没有种？"

黄磊被他用话逼住了，想也不想，当即答应道："好！我们就来单挑，谁赢了，这球场就是谁的！"呼啦啦，他一挥手，同伴迅速散开，给他们腾出球场。

斗嘴他不是对手，但是篮球他怕过谁？他经常在球场打球，学校的篮球好手他都过过手，谁强谁弱他了如指掌。

除了校队几个绝对主力，一般的球迷都不可能是他对手。

眼前这个男生比他还要高半个脑袋，可篮球不是个子高就能赢。

刚才他就注意到了，对方手上没有老茧。不是从来就没打过球，就是只是偶尔玩玩。他既然敢提议单挑，多半也是玩过，只是玩得不多。

这样自己还输，那也是无话可说。"白哥，你行不行？他们可是有两个篮球队的，你能赢过他们吗？"包文山小声问道。

"我也不知道。你们知道的，好多事我都不记得了，不过感觉自己应该打得很好，待会儿试试就知道了。"白云天没有把话说死。

因为他确实不知道，从辛安那里偷来的篮球技能，能发挥几成实力。

体育运动和炒菜不同，对肌肉的依赖性很大。

通过科学的锻炼，让特定的肌肉群得到锻炼，从而在某方面比普通人更强。并且经过长期训练，让肌肉形成记忆，大脑发出指令以后，就能本能做出准确反应。

这方面，他是远远不如专业运动员。行不行，比过才知道。

在两边助威声中，他不紧不慢，踏上球场。是骡子是马，那就拉出来遛遛。

一个是承接自校篮球队队长的篮球技能，一个是本校的篮球队员，就看谁更强！

"怎么比？"黄磊一身正版阿迪达斯球衣球裤，脚踏上千块的艾迪达斯篮球鞋，一头飘逸的长发，单手抓着篮球，充满自信。

"一防一守，各十球，谁进球多就谁赢。"

白云天穿的是 T 恤，上面印着卡通狗，下着一条休闲短裤，脚蹬一双红黄条纹的板鞋，一派这个时代所没有的休闲打扮，配上他俊朗的面容，好一个翩翩少年。

他这一身，就是穿越这个时空，原来的着装。

虽然只是普通休闲装，可是面料吸汗透气，轻柔不沾污，穿了这么久，仍干净如新。板鞋的弹跳能力，更胜过这个时代最先进科技制造的专用篮球鞋。

两人对面而站，光看卖相，他比对方更胜一筹。这种对比，只要是个明眼人就一眼便知。黄磊自己也很清楚。

看着对方明眸皓齿的模样，他心中就涌起一股厌恶，本能产生出敌视之意。

"你先来！"他接受对方提议，将球抛给对方，自己退到三分线外，随意摆了个不规则的防守姿势，以突显自己的轻视，等着对方来攻。

白云天没有急于进攻。他站在原地，拍了几下，结合自己以前打球的经验，和吸收自辛安的篮球技能，熟悉着手感。

这点很重要。他与辛安的身高、臂长、手掌宽度、体型、弹跳都有差异，直接按照辛安习惯的打球方式出手，肯定会有极大偏差，必须要适应一下。

做了几个运球动作，他手掌不够大，没控制住球，弹到了一边。

幸亏黄磊稳稳不动，让他把球追了回来，才不至于第一个球就掉出场外。

场外，黄磊的同伴看他一直在原地运球，猛然还有失手，不由得哄笑起来，嘲讽之声大作。包文山等人原还抱有期望，看到这一情况也是不忍目睹，沮丧不已。

女生甚至露出了难过之色。

黄磊哈哈大笑，对他的警惕又放松几分，故意不去追抢，放他多玩一会儿，多出点丑。白云天对场外的干扰视若不见，依然自顾自地熟悉着球性。有着来自辛安多年的篮球经验，他很快就调整了身体，肌肉群也迅速接受了这种记忆，动作以肉眼可见的速度变得熟练起来。

黄磊笑容一敛，心中警讯大作。

他看得出来，白云天确实是很久没打球了，但他的动作非常标准，不亚于职业篮球运动员。最关键的是，他的球性恢复快得惊人。

短短的一分多钟，他给人的感觉就从一个普通的篮球爱好者，变成了篮球好手，僵硬的身体似乎转眼就变得柔和了，运球的动作越来越流畅，速度越来越快。

他以前绝对是篮球场上的主力，不知道什么原因才放弃，但经验犹在。

黄磊感受到了威胁，不再放任不管，让他有更多时间恢复球技，立即逼上前去，进行逼抢，迫使他出错。白云天一个侧身，手中运球不止，就要突破。

好家伙，已经会突破了！

黄磊差点被他给过了，好在警觉对方实力以后，打起了十二分精神，马上停步，半转身，双臂张开扩大守备范围。白云天的技能还没吸收完毕，动作不够果断坚决，被他挡了下来，没有突破成功。但他毫不拖泥带水，就势来了个旱地拔葱，原地起跳，双手一上一下，托着篮球，轻舒猿臂，在三分线外一米处，就来了个超远距离投篮。更夸张的，是他的滞空时间。

所有关注的人，在这一刹那都感觉他好像停滞在了空中，直到篮球被稳稳投了出去。这家伙！每个看到这一幕的人，都张大了嘴，露出不可思议的表情。

这可不是来自辛安的篮球技能，而是白云天自己本身出色的身体素质。

经过基因调质的身体，各方面机能都达到了顶峰。虽然没有经过专门的篮球训练，特定的肌肉群或许不如辛安锻炼得那么出色，但综合素质，他远超辛安。

滞空力只是其中一方面。弹跳、反应、观察、判断，乃至肌肉运动的稳定性，都不是辛安能比得上的。如果说辛安经过了数年，甚至更长时间，才成为了一个不错的篮球运动员，那么白云天天生就具有极高的运动天赋。假如他肯花时间接受专业训练，就必然能在任何一种竞技运动中，取得相当高的成就。

去到奥运会上拿金牌，也并非不可能。黄磊都被他的动作给吓住了，对方才刚刚错位，就能立即由突破转为静止，继而原地起跳，跳得还那么高，出手又是那么稳。

没给他半分反应的时间，就算想犯规都来不及。

球从他上方越过，他只能张皇地张开双臂，昂着头，目光追逐着红色的影子，以一道优美的弧线，落到篮板前，发出"唰"一声轻响，空心入蓝。

尽管球飞行了这么长一段距离，却是跟白云天双脚同时落地。他抬起右手，对着黄磊伸出食指。一分！他已经先得一分。

噢！包文山等人疯了一样爆发起来，又蹦又跳，大喊大叫。

"神了，真的太神了，这么远距离，空心入蓝！"包文山大吼，脸上青筋直冒。

"关键刚才他看起来还不会！"严季和也在大声喊叫。

"好帅，他投篮的动作简直太帅了，当他专注地盯着篮框，投出球的时候，我感到心都快要停止跳动了！"几个女生激动得连声尖叫。

从绝望，到狂喜，中间只间隔了两三分钟。这个转变太突然，太戏剧化了，让他们无法自持。开始的情绪压得有多低，现在就爆发得有多高。

黄磊的同伴，却是鸦雀无声。

他们也被这一球给吓住了，如果白云天一上来就显现出超凡的水准，他们还能接受，可眼看对方几分钟内，从鱼腩变成无法战胜的强者，这心中的落差实在太多，大到他们有些无法承受，不愿相信。"再来！"黄磊满面狰狞，更不肯接受这个事实。

蒙的，他一定是蒙的。"再来你会更惨！你没有在一开始打败我，就注定你永远无法再战胜我！"白云天怜悯地看着他，摇摇头。

他本身超出本时代绝大多数人的超强体质，在吸收了辛安的球感、经验之后，已经达到了比原主更高的水准。哪怕辛安本人前来，也只能黯然落败。

"我不信，再来！没有人可以赢过我！"黄磊还算英俊的面孔，扭曲变形，嘶哑着嗓子喊道。

他的姿势做得更标准，防守更卖力，更具侵犯力。

可一切都是枉然。

十个球，他一个都没防住，只是成了白云天施展远投、突破、假动作、扣篮、爆投的背景板，进一步衬托出他不可战胜的强大。

强到让人失去斗志。

最后一个球入蓝，落到地上，发出嘭嘭的声响，黄磊高举的双手已经无力地垂在身边，眼神呆滞，仍保持着半蹲防守的姿态。

"还来吗？"

白云天站在他身后，淡淡道。

第五章　志不在此

白云天知道自己这话有点装，可他觉得很爽。

说实话，从科技超级发达的时代，穿越到这个相对落后的时代，说他心中没有落差，是不可能的。

就像本时空的人，回到古代，没有电灯、没有电话、没有电视、没有电影，生活艰辛而又枯燥。并且各方面条件极差，无法享受到现代医疗，生命朝不保夕，又有几个现代人能够安之若怡，坦然接受？

这些日子以来，白云天心中已经积累了太多负面情绪，只是被他生生压制了下来，可内心实在不好受。现在借着这个机会，痛痛快快发泄出来，他的心情反而豁然开朗，舒畅了许多。

看来以后时不时装下逼，也不错。

"如果你承认输了，那就按照约定，让出半个场子吧。"他笑得灿烂，等待对方做出让步。这种将自己的负面情绪，丢给别人的感觉真好。

黄磊脸色数变。他这次输得太惨了，信心也被彻底摧垮，几乎再无斗志，说什么"我会再来的"这种话，也无非是自取其辱。

"希望你以后不要出校门，要不然发生什么意外，别怪我没提醒你！"他无颜继续留下来看白云天他们的脸色，更怕看到旁人指指点点，咬牙切齿发了句狠话，就再不停留，掩面而去。

白云天让他在同学、朋友面前如此丢脸，对他来说是莫大的侮辱。

要不是理智尚存，他早就扑上去挥拳暴打对方了。

但这事绝对没完。这个仇，他一定要报！看到黄磊他们认输离去，包文山等人狂喜，冲进球场，围住白云天，心情激荡不已。

"好小子，想不到你篮球打得这么好，刚才那个篮球队的家伙简直被你像猪一样耍，拼尽全力也阻挡不了一个球，看得我眼睛都直了。"

"白哥这篮球，怕是有省队的水平了吧？""省队？我看进国家队都没问题！"

"哈哈，白哥藏得深啊，不声不响的，谁都不知道你篮球打得这么好！"

大家把他围在中间，又拍又打，高兴之极。

白云天还是不惊不喜的表情，微笑着解释道："我以前玩过篮球，水平还可以。不过好久没玩了，刚开始有点手生，重新熟悉了以后就好了一些。这次能赢，主要还是对方的实力不行，要不然我也没胆量找他单挑。"众人释然。

他们都清楚地看到，刚开始白云天还手生得很，无人防守拍球都差点脱手。但后来很快就适应了，然后就一发不可收拾，像砍瓜切菜一样把黄磊打了个落花流水。

如果不是以前玩过球，有深厚的功底，水平哪有可能提升得这么快。

"刚才我看那个人临走的时候，跟你说了几句，他说什么？"方芳心细，多问了一句。"没什么，无非是丢了面子，说两句狠话而已，不用管他。"白云天哂然道，一带而过，没有细说。那个男生发狠话时，眼中充满怨毒，肯定不只是简单一句场面话。他是来真的。可真的又怎样！无非是兵来将挡，水来土掩，见招拆招罢了。

还能为他在这个时代无聊的生活，增加一点趣味，何乐而不为？是带人堵他呢，还是找外面的社会青年收拾他？又或者还有别的手段？他可是很期待，希望能给他一点惊喜。

"好了，我们玩球吧。我们有七个男生，是三对三呢，还是找其他同学再组一队？"

"先三对三吧，有人来了，我们在玩五对五。"

"那好，我们怎么分组？"

"我要跟云天一队！"

"我也要！"

"白哥太强了，不跟他一队根本没法玩！"

"就是就是，要不，干脆把他踢出去吧，我们剩下六个人正好两队！"

"同意！"

"就该这样，他上场就是欺负人！"

"哈哈哈哈，白哥太可怜了，都不要他。"

"要不白哥当裁判吧！"

白云天苦瘪地发现，虽然他手段尽出，赢下了场子，可到最后自己反而玩不了，只能在场上当裁判，看别人玩。这算不是算是作茧自缚？唉，高手寂寞！

……

在篮球场玩了两个多小时，尽兴以后，洗过澡回寝室换过衣服，众人回到护城河边，开始准备晚上的外卖。已经做过几次，各人都很清楚自己的分工，很快就完成了第一摞外卖订单。人手充足，送餐的速度也快了许多。

白云天完成第二摞订单要炒的菜以后，送外卖的人就带着下单同学的空饭盒回来了。双方实现无缝对接，马上就可以将炒好的菜分别装盒，又赶回去送第二波。

这也间接加快了炒菜速度。

从第一摞订单送出开始，到最后一摞订单完成，总用时二十三分钟，比以前快了六七分钟。这就让第二轮下单的同学，无须等待太长时间。

白云天擦擦额头的汗水，再接再厉，立即开始第二轮工作。

五点五十一分，最后一摞外卖炒好。

他已经在灶台边连续不断地站了快一个小时，注意力时刻保持高度集中，手臂不停地翻炒。天气本来就热，又守着一口大炒锅，早已是满身大汗，手臂也酸软乏力。

与付出相比，成果也是非常显著。

今天傍晚这一顿，总计卖出了两百零三盒，收入一百八十一块五毛，毛利约一百三！这个数字不但让包文山等人，兴奋得又一次朝着护城河发出狼嚎，郑燕等新找来送餐的学生同样咂舌不已。

一百三，这只是一餐的利润。按现在一天做两顿，利润就高达两百多块。

一个月下来，就是六七千？太惊人了！

按这个利润平分，白云天他们岂不是要分一千二三？苏城的平均工资才一百六七呢！要是早知道做外卖这么赚钱，他们还上什么大学啊！

上大学不就是为了图毕业以后能由国家分配工作，然后有一个铁饭碗，一辈子不再发愁？可在单位干一年，也不过相当于白云天他们干一个月！

郑燕他们看着包文山等人兴奋的样子，又看着那厚厚一摞钞票，眼中全是掩饰不住的羡慕。白云天将他们的表情收在眼底。

"好了，接下来该炒我们自己的菜了。自己当然要吃好一点。今天我们做一个凉拌蜇皮、一个拍黄瓜，再炒一个韭黄肉丝、一个油泼茄子。我累了，这活儿就交给你们来做，我在旁边指点，谁来做？"他问道。

"我！"郑燕想都不想，就举手高叫道。

"我我我！"几个新招的送餐员争先抢后，都抢着要求自己来。

"你们会不会啊？"包文山咂吧着嘴，有些信不过她们的手艺。

"在家都是我做饭，虽然做的菜没有白哥那么好吃，也还可以。有白哥指点，我肯定能炒得让大家满意！"梁宁宁涨红着脸抢道。

她们都看着白云天，希望点名自己。

"就梁宁宁吧。"白云天无可无不可地随手指了一下，让出位置。

其他人大为失望。白云天笑笑："今天是梁宁宁，明天就该郑燕上了。老包、老徐、方芳，你们啊，一个都逃不过！"

"您教我们？"众人大喜。

"那还有假？干餐饮这行，连菜都不炒像什么话。我希望你们都好好学，最好炒得比我还好，这样以后就都交给你们，那我就轻松了。"白云天笑道。

今天收获颇丰。外卖生意进一步完善了人员配置，加快了工作流程，白云天又承诺教大家炒菜的手艺，所有人都很高兴，特地又去市场上买了一件青岛啤酒。

一群人在护城河边，坐着塑料矮凳，吹着夜风，吃吃喝喝，聊聊天，惬意无比。

这时还没有夜摊，没有烧烤。护城河边就他们十几个人，感觉别有一番情趣。

酒足饭饱，众人一起动手打扫完卫生，收拾好锅碗瓢盆，准备带回学校清洗。还没燃完的煤球也被取出来浇熄，过马路的时候顺手扔进了垃圾桶。

炉子依然是借放在门卫室，白云天又去买了两包烟，送给门卫大爷，大爷连声道谢。洗完餐具，大家各回寝室。

"云天，你真的要教他们？"上楼的时候，包文山与白云天一起抬着锅，静静地问道。刚才白云天宣布教大家炒菜的时候，他虽然有些想法，但没有在众人面前开口。现在只剩他们几个了，他便问了出来。

"为什么不教？"白云天反问。

"你不怕他们学会了，也跟我们一样做外卖？这生意流程简单，跟着做两次就会了。关键是菜要炒得好，让大家觉得好吃，生意才能长久。你把他们教会了，不怕我们没了顾客？"徐洋从回来的路上就在静默，现在也开口道。

"老严，你怎么想的？"白云天没有回答，问严季和道。

严季和端着塑料盆，大大咧咧道："我没想好。不过你既然要教，那就教嘛。没有你也没有这个生意，所以我想得通。"

"我不是怪云天。我只是觉得这样太便宜他们了！"包文山赶紧涨红了脸，解释道。白云天笑笑："没事，大家有啥把话说开，比在背后生闷气好。你们也知道，现在就我一个人负责炒菜，累死累活，一天就能做这么多。所以要想生意扩大，多挣钱，教徒弟势在必行。"

"那你教一两个就是了，何必都教。"

"就是要都教，才能看得出谁愿意跟我们，谁想另立门户。"白云天淡淡道，"学校几千个学生，我们一家吃不完，多两家也不会影响我们的生意。"

三人想想，点点头，认可他的判断。

在不继续增加人手，尤其是炒菜的厨师的情况下，他们全负荷开工，也只能满足不到百分之十的外卖需求。这样看来，多两家也不算啥大事。

就是心里有些不舒服。这个感觉，好像是自己的钱，被别人偷了一样，怎么想怎么别扭。白云天用左右手交换，空出右手，拍拍包文山的肩膀："你们啊，考虑问题还是太简单，看得不够远。我问你，像这么赚钱，又容易模仿的生意，学校里其他学生就光看着？还有周围的餐馆，必然会跟风。

这个时间短则一两个月，长也不会超过半年一年。我们能够独家经营的黄金时期，就只有这么点。这么短的时间，你说有几个能出师？他们想学，那我就教。

怕的是等他们学会，护城河边早已经灶台林立，学了也没用，还是只能跟着我们干！与其天天面对羡慕嫉妒的眼神，还不如敞开他们的上进路，让他们看到希望，赢得他们的感激，平时做事会更加负责，不是更好？"

"你是说这生意做不长？"听他推心置腹一番解释，包文山三人释掉了心头芥蒂，又开始担心起来。"我是说学校外卖这生意做不长，但外卖本身，还是大有可为的。除开学校，还可以去店铺集中的商业区做，去工地做，所有人群密集，且缺少单位食堂的地段，都可以做，客源广得很！这门生意完全可以一直做下去，做大做强！"包文山等人眼睛一亮。

是啊！谁说一定要在本校做来着，其他大专院校、职高中专、中学，都是极好的优质客源集中点啊。

还有白云天说的商业区、办公区，那些地方的消费能力更高，利润更大。

这外卖，的的确确是可以把它当作一项终生的事业来做！

前景非常光明！视野一开阔，胸襟就开阔。

再回过头，审视之前的担心，他们自己都不由得感到好笑。这么小肚鸡肠，能成什么大事？白云天看他们神色，知道已经消化完自己的话，又悠悠说道："再说，我也没准备一直做下去。"

"为什么？"包文山三人同声惊呼起来。

这么赚钱的行业，白云天居然只打算赚一把就跑？他们想不通。

改革开放十来年了，大多数人的思维，还仍停留在计划经济时代。干一行爱一行，一做就是一辈子，在这个单位入职，也在这个单位退休，这是很正常的。

看到外卖这么赚钱，白云天又给他们指出了未来的发展方向，他们都在考虑，以后是不是放弃所学专业，改行专做外卖餐饮算了。

结果白云天却视如敝屣，直把他们震得一颤，世界观都有些颠覆了。

这人和人，咋就这么不一样呢？

"因为餐饮太简单。"在三人逼视的目光下，白云天轻描淡写地说道。

太简单？这什么鬼扯理由！白云天不待他们追问，就又说道："简单就意味着门槛低，容易被模仿，竞争对手会越来越多。而众多对手的出现，又导致可被替代性增强。要想做得长久，需要经营者八面玲珑，会拉关系，会做人，能摆平黑白两道。做起来很是辛苦，还可能会被拖欠用餐费，导致餐馆倒闭。风险大，利润低，这种生意谁爱做谁做。"他的话再次让包文山三人陷入了沉思。

"不做外卖，你决定做什么？有目标吗？"包文山想了想，问道。

"当然是技术性强，别人无可替代的行业。比如说……"白云天瞟了他们一眼，拉长语调道，"制造业！"

"制造业！"

"现在那么多工厂都半死不活，全靠银行贷款撑着。你居然说制造业是无可替代的！1980年代你说当工人，会有无数人削尖了脑门去，可现在只有实在没办法的，才会接受分配，去工厂，你还说想搞制造业，你没疯吧？"

一石激起千层浪，包文山和徐洋都吼了起来。1990年代初，是制造业的最低潮。

数以万计的国有工厂陷入三角债困境，经营困难。销售货款迟迟无法收回，有许多已经变成了烂账、死账。没有资金，厂里开不了工。

即便开了工，生产出来的产品，要么卖不出去，要么再次被人拖欠。

全国的企业都被三角债拖得焦头烂额，国家为了让企业可以正常开工，已经多次指令银行抹平无法收回的贷款，希望重新来过，让资金再次循环起来。

可要不了半年，三角债又再次泛滥。

现在情况已经恶劣到，国内对于国有企业体制是不是应该保留，是不是需要推倒重来，都抱有极大怀疑，在高层展开了激烈争论。

毫不夸张地说，一旦银行收紧银根，不再发放新的贷款，百分之八十以上的国有企业都会轰然倒塌。新分配的大学生，都会对工厂避如蛇蝎。

这种形势下，白云天放着眼前好好的外卖不去做，居然想去从事制造业。

这不是疯了是什么。在开学前最后一天，522最后两名成员终于到齐。

可是其中一名叫作宋成的大二学生，不是报道，而是来学校办理休学手续。

他准备回去参加招干考试。在老的用工制度下，国家机关、企事业的职工有干部和工人两种级别。工人和干部，都吃的是国家饭。但双方地位迥异，犹如一道不可跨越的鸿沟。每一名干部都列入国家干部名单，提拔人才都是从干部名单中选择，从来没有工人一跃而成为干部的可能。故而成为干部，就好比古代的士子考取了功名，从此成为吃皇粮的官员或候补官员，拥有了更为远大的前途。并且干部在工资、奖金、职务补贴等各方面，都有着更高待遇。

如果说工人端的是铁饭碗，那么干部端的就是金饭碗！干部的来源，一个是分配来的大学生，一个是参加每年的招干考试，通过后就能获得干部身份。

大学生如此金贵，绝大多数人都无法企及。

所以先成为临时工，然后参加招干考试，通过后获得干部编制，成为绝大多数人唯一的选择。然而，如今这唯一一条路，也将被断绝！

可想而知，这个政策一公布，立即引来了群情激愤。反对面之广，激烈程度之大，前所未有，让政策几乎无法实行下去。

就好比古代宣布废除科举考试，全国所有士子、官员都不可能接受，必然会坚决反对。哪个单位，没有数倍于正式干部的临时工？即便是已经转正的、身居高位的，又有哪个家里没有一两个等待解决干部编制的子女？作为妥协，高层最后同意，今年的招干考试依然举行。

得到这个消息，从中央到地方，从机关到企业，所有期盼转正的人都疯狂起来。

他们都很清楚，今年的招干考试很可能就是最后一届了。错过了今年，也许他们将永远与干部这个身份绝缘。每个人都想抓住这最后的机会，包括许多在读的大学生。按照原来的干部制度，大学生毕业就获得干部身份。

所谓知识改变命运不是一句空话，而是通过毕业包分配、获得干部身份，这两点来确立的。

千万莘莘学子趋之若鹜，埋头苦读，冲的就是这两点。可是这两个基石，在这一年同时坍塌。从明年起，大学生不再包分配，被单位录用后，也不再是正式工，而是与单位人事部门签订用工合同，以合同工的身份入职。

基石一垮，大学生的身份也不再高贵，再也不能以天之骄子自居。

宋成的母亲在市商业局，姥爷是商业局退休老干部。在母亲一方的运作下，费了九牛二虎之力，托了无数的人情，把宋成顺利地送入了商业系统。

一边是毕业后也不包分配，且只能当一名合同工；一边是有可能成为最后一批国家干部。宋成一家很快衡量出了两边轻重，毫不犹豫让他办理休学手续，马上到单位上班。看着同一寝室的同伴，就这样离开，所有人都沉默了。

十年寒窗，千军万马过独木桥，好不容易挤掉了无数的竞争者，才获取了一纸录取通知书，本以为将拥有光明的未来，却随着一个政策的出台，全部化作乌有。

宋成还能去搏那一个希望，可他们连搏的机会都没有，只能继续在大学苦熬，以忐忑不安的心情，在惶恐中等待着不再确定的未来。

每个人心中，都不是滋味。

他们不明白，自己头悬梁锥刺股，考取的大学还有什么意思！还不如当初去读中专！晚上出摊的时候，每个人都精神恍惚，做事懒洋洋的打不起精神。

郑燕还哭了。"我妈一个人种地，还给别人家帮忙，挣的钱全给我交了学费。她就期盼着，我毕业以后，能有一个工作，成为城里人，再也不用面朝黄土背朝天，在地里干一辈子。可是现在完了，啥希望都没有了……"

"我爸听别人说起的时候，整个人都懵了。他一个劲说：不可能，不可能，怎么也不相信这个结果……"徐洋低沉道。

他们的长处就是读书，习惯了由家长、老师、国家包办一切。

他们的任务就是读书，读书，再读书。

超过同桌，超过同班，超过同年级，超过其他学校，只有这样，才能考上大学，才有一个光明的未来。十多年来，家长、老师都是这么说的。

他们也是这么想的。小学、初中、高中，然后直到大学。进了大学以后，他们才算是放下背负了多年的重担，可以无忧无虑、痛痛快快地玩几年。

然后等待毕业分配，去一个单位，老老实实地工作，结婚成家，养儿育女，到老了在单位退休，安心养老。

这一辈子，从他们进入大学起就安排好了。

第五章 志不在此

但是如今全变了。

预料中安排好的道路，突然之间消失了，他们不可能再按部就班地继续走下去。

事实上，他们连路在何方都不知道。眼前，是一片断崖，黑黝黝，雾蒙蒙，充满了无数从未经历过的艰难险阻。他们的世界崩塌了。

当天他们好几次都送错了外卖，而那些同学也没发现，就这么稀里糊涂地吃了，把饭盒涮了。图书馆里今天没人。

学生们散在操场、湖边、走廊，他们不想说话，不想看书，只想一个人静静。

有人买了酒回寝室，以前总是横眉冷目的室管，今天一句话都没说。

不少人放浪形骸，大吃大喝，在寝室楼里发着酒疯，大喊着："读书有什么用？考大学有什么用？都是骗人的！"

以前出来干涉的学生会干部，没有一个人出面。

他们自己也喝得酩酊大醉。有的哭，有的笑，有的闹，有的吵。

522里面，也是横七竖八满地都是空酒瓶，几个人像是疯子一样大喊大叫。

"为了……上这个……大学，我家借……借了三千块外债！我跟我爸……说：爸，这钱……这钱我来还！我都不知道，毕业后能不能找到工作！呜呜呜，我妈死得早，我爸一个人，带我们家三个……三个孩子，他好苦的，才四十，头发就全白了！我对不起他啊！爸，我对不起你！"严季和抱着酒瓶，痛哭流涕。

他考上大学的时候没哭，他在火车厕所门口挤了几十个小时没哭，他用家里艰难给他凑的钱交学费时没哭，他拿着扫把扫操场的时候没哭，他没钱回家放假也待在学校的时候没哭，他想家的时候，同样没哭。

他现在哭了。他不知道未来在哪，他不知道如何担负起家庭的重任，为父亲分担责任。他拉着白云天的手，用通红的眼睛看着他，恳求道："云天……，我知道……你很能干。不管……不管你……做什么，外卖也好，还是别……别的，带着……带着我好吗？"在这种沉闷的气氛下，丝绸工学院迎来了新的一个学年。五天之后，当年录取的新生也陆续来到学校报到。

几栋空着的寝室楼再次人声鼎沸，又随着新生们去参加军训而暂时恢复安静。

开学以后，外卖生意更加火爆。

为了不影响大家正常学习，白云天又新招了几名学生，相互错开上课时间，保证不因为人手短缺而影响生意。

外卖的口碑越来越好，吃过的人都觉得又便宜量又足，比学校食堂好太多了。

现在已经不需要去各寝室推销，每天一大早，就有无数的学生前来下单。

每顿两百来盒的外卖，一转眼就被抢空。

许多没订到的学生都埋怨他们外卖做得太少了，希望他们能多炒点菜。

生意红火，严季和等人都充满了干劲。

就连郑燕等请来帮忙的人，也和最初只是来打一份零工的表现不同，做事更加积极，并主动去做并非分配给自己的工作。

趁着这股势头，白云天对所有人展开了短期突击培训。

上午和下午没有课的人，都被他叫到了护城河边，在他手把手的教导下，学习如何做菜。严季和、方芳、郑燕等人，在经受了宋成休学事件以后，变得成熟了许多，去掉了骄娇二气。他们把在外卖摊上班当作一项正式工作，把白云天教他们炒菜视为一个机会，全都放弃了休息时间，其认真程度，丝毫不亚于当初面对高考。

作为突击培训，白云天抛开了正常烹饪教学的流程，不要求这些人都成为大厨，也不需要学什么刀工、食材处理等等基础知识，每个人只学一、两个菜。

厨艺说复杂那是真复杂，且不说八大菜系几百上千种菜，光是烹饪用具的选择、食材的挑选与处理、刀功、火候的掌握，就够人学一辈子。

可要说简单也简单。哪怕是最笨的人，也会做一个蛋炒饭呢。

无非是熟能生巧罢了。包文山他们都是大学生，论记性和举一反三的能力，都强于一般人。让他们短时间内成为名厨很难，但只是让他们重复白云天教导的炒菜步骤，依样画葫芦，简直是小菜一碟。

只用了两三天，他们炒的菜就像模像样了。

单就他们学会的那一两个菜来说，口味仅比白云天亲自动手稍逊一筹。让白云天来打分，他自己做出来的菜是七十一分，这几个临时徒弟的水平大概能有六十来分。有了这批临时徒弟，扩大规模便有了基础。

白云飞新购置了几套用具，一到开工的时候，护城河边便一字排开，摆出了八口蜂窝煤炉。四口用来蒸饭，四口用来炒菜。

四名头戴白色厨师帽、戴着口罩、挂着白围裙的临时厨师，一人一口大锅，挥汗如雨地炒着菜。不少好奇的学生跑来围观。

严格的浸泡、清洗、挑选工作，厨师统一的着装，干净的工作环境，经他们之口传回学校之后，所有人都对白云天他们更为信任，一致认为他们做的外卖，不但好吃，而且放心。

外卖不再成为一个可选项，而是变成了他们用餐时的首选项！

九月十二号，刚实行轮换上岗的第一天，外卖订单就再次攀上新的高峰。

当天共计送出去外卖一千一百四十六份，中午和晚上，平均各销售五百七十三份！营业收入一千零六十五块七毛八，平均单人消费九毛三！这说明学生们的消费意愿在进一步高涨，不再仅限于便宜的饭菜。

部分教师，也叫了外卖，成为消费群体中的一员。

当日毛利六百八十余元，比以前白云天一个人上阵时，翻了三番！

按这个速度，月利润将突破两万元！

不过随着外卖生意的扩大，白云天在新招了一批人以后，采取了正规化管理。收单、采购、洗菜、切菜、炒菜、送外卖、收款记账各流程分开，定人定岗。

采购这个环节，由他带着严季和、徐洋、包文山去做；收钱时由他收款、方芳记账。除了他们几个，其他人只知道今天生意极其火爆，但具体赚了多少钱，则只能靠猜测和想象，不至于因为眼红而产生出什么不好的想法。

特别是当他宣布，给当天负责做菜的四个人，每人发放十块钱奖金的时候，众人的情绪达到顶点。拿到钱的兴高采烈，没拿到的也不嫉妒，相信当自己轮班那天也是这样。众人齐齐上阵，各显身手，一气做了七八个菜。

已达三十余人的团队，分坐在六张折叠桌前，一边喝着酒，一边吃着菜，开心不已。白云天、包文山、严季和、徐洋、方芳他们这一桌，算是管理层，摆在最中间。

徐洋坐卧不安，他知道今天生意非常好，但赚了多少还不清楚，在桌上就小声询问当天的营业利润。白云天笑而不答。

方芳悄悄拉扯他的衣袖，低声道："别在这问，回去说！"

她是负责记账的，自然知道今天利润有多高。尽管努力控制，仍是脸上充血，喜形于色，兴奋到微微颤抖。夹菜的时候，手都拿不稳筷子。

她只要略一心算就知道，如果每天都有这么好的生意，那一个月毛利能达到两万多。两万多啊！

虽说现在不是1980年代了，万元户并不稀奇，百万元户也不罕见。但是他们一批校门还没出的在读大学生，能一个月就赚两万元，仍是她不敢想象的。

要是早知道外卖这么赚钱，她还读什么大学啊，早就学做菜去了，何至于等到现在。"老徐，沉稳一点，有啥别在这说，知道吗？"严季和撞了徐洋一下，低声道。

是个人都知道今天赚大发了，可他们都知道这时不宜多说。

"知道，知道！我喝酒，啥都不问了！"徐洋看白云天朝他微微点头，笑得合不拢嘴，举起杯道，"希望我们每天都有这么好的生意。我先干为敬，你们随意！"

说完一饮而尽。其他人也跟着一口喝干，就连平时不怎么喝酒的方芳，都喝了满满一杯，仍是喜不自胜。

"云天，你那天说要搞制造，我就给家里打了个电话，让他们帮着了解了一下，制造业现在的情况。"包文山放下酒杯，沉吟着说道，"情况很不好啊！"

"哦？怎么个不好法？"严季和赶忙问道。

白云天那天的话，他们几个都记在心中，有意无意地也在通过报纸、朋友、同学之口，了解现在国内企业的经营现状。

他们知道，白云天那天这么说，其实也是在试探他们的想法，愿不愿意跟他一起干。这很好理解。任何一个事业，都不可能一个人就能做成，总要有几个帮手。

大家一起合作了这么些日子，双方都知根知底，有一定的信任和默契，总比招一些陌生人强。但他们愿不愿意，又是另一回事了。

包文山看着白云天，语速缓慢地说道："很不好，非常不好！我爸跟我说，这个时候进入这个行业，非常不明智，让我来劝劝你，一定要慎重！"

白云天也没想到，如今国内的制造业会这么糟糕。

像什么改革开放什么的，在课本上自然有，可说的主要是成绩，几乎没怎么提困难。他还以为从1979年以后，国内的发展就顺风顺水，并借助加入世贸组织这个机遇，一飞冲天。结果实际呢，国内如今的现状就完全是一个烂摊子。

大批的国有企业摇摇欲坠，濒临倒闭。无数的工厂机器不再运转，锅炉熄火，厂里除了少量留守人员，其他人都回了家，拿着百分之七十、六十，甚至更少的工资，等待遥遥无期的复工。怎么看，怎么一副要完的样子。

乍一了解情况，他都吓下了一跳，以为是穿越到了一个与前世不同的平行时空。

事实上，他也搞不清，自己到底是时光倒转，还是穿越到了平行时空。

未来还会不会如历史一样，他也不再肯定。他也只能说走一步，看一步。

但唯一敢确定的，是他一定、绝对要以制造业为目标，作为此生的事业！无论如今是在哪一个时空，无论未来时好时坏，制造业都是强国之本。

只要这个国家，还有着重新跻身于世界强国之林的傲气，他所从事的事业，就必然有机会焕发出无限的生机，获得更多的关注和支持。

这是大国崛起的必然之路！面对包文山等人关切的眼神，白云天淡淡一笑："老包，谢谢你的好意，不过我的决心，不会动摇！我相信困难都是暂时的，制造业必将重新迎来春天，而且就在不远的将来！"徐洋、方芳眼神一黯。

严季和脸上没什么表情，也没说话。

包文山叹了口气，给自己斟满酒，举到嘴边，浅酌了一小口，再次说道："我就猜你不会改变主意。既然这样，我爸提了一个建议。"

"你说。"白云天上身略微前倾，认真倾听。

他不觉得自己来自未来就有多了不起，武断地做出决定只会变成灾难。在这个近乎一无所知的时代，他需要听取更多人的意见，剥茧抽丝，才能做出正确判断，拿出一套更为可行的方案。"我爸说，他们系统，跟各个企业有业务往来，关系不错。如果你能解决场地、设备，工人问题，他可以帮着联系一些代加工业务。"包文山犹豫了一下，开口说道。"你爸能帮我们？"徐洋惊喜道。

方芳也是眼睛一亮。只有严季和眉头紧皱，似乎是陷入沉思之中。

"我爸帮忙是有前提的！"包文山闻听满脸不高兴，敲敲桌子，音量未变，语气却重了许多，"我们必须要解决场地问题，要有可用的设备，另外还要有合格的工人！没有这几条，开什么工厂！""厂房好说，我们可以租。但是设备只能买，这要花多少钱？"严季和从沉思中醒来，开口问道。

"看你打算买新的还是旧的了。"包文山看来是做了很多功课，不假思索答道，"一台车床，新的要几千上万。如果是中型车床，几万块钱也不止，进口的甚至要几十万。但是二手的旧车床，两三千块钱就能买到。这个都好说，我爸可以帮我们联系那些停工的企业，低价购买一批。关键是工人不好请！"

"为什么不好请，你不是说好多厂都停工，工人回家了吗，有钱他们还不赚？"徐洋好奇道。"有技术的师傅都不会来，他们宁肯在外面摆摊、修车，等工厂复工，也不愿到私人企业上班。"包文山没好气道，"虽然工厂停工了，他端的还是铁饭碗，谁肯放着铁饭碗不要，去没有保障的私人企业！"白云天瞪大了眼睛。

他大为不解，就因为这个原因，工人就宁可放着高工资，宁肯在国有企业待着也不去私人企业，这太滑稽了吧？

要知道在他们那个时代，找工作只看是不是效益好、工资高，有没有发展前途。反正都是合同工，干得不满意了跳槽去另外一家就行了，谁管什么国有还是私营。

结果他瞠目结舌，只见严季和、徐洋、方芳居然都是连连点头，一副对包文山的话颇为认同的样子。这是真的？

"总有那些破产的企业吧，这些工人总愿意去私人企业了吧？"他试探道。

话一出口，他就知道说了傻话。

所有人都用异样的眼神看着他，同声义正严辞道："企业哪可能破产！这是国有企业，不是私人企业！国家的企业怎么可能破产！"他恍然大悟。

原来是这样，原来在这个时代，所有人都坚信国有企业不会垮。他们都相信眼前的困境是暂时，只要国家干预，企业就还能好起来，他们还能像以前一样，回到企业上班，直到退休。他们循规蹈矩了一辈子，无法相信国家的企业也会垮。

这颠覆了他们的认知。包文山指正了他的错误之后，又回到原讨论话题："一般的工人好请，实在不行，请几个农民工，两三个月就学会了。关键是技术好的老工人，他们临时来帮点忙可以，长期干不可能。没有他们，厂子开起来容易，在我爸的帮助下，联系点简单的代加工业务也能做下去，但多半不会有什么前途。"

就这个问题，他们展开了认真的讨论。

看着他们愁眉不展的样子，白云天笑了，这个时代的人真可爱。

做企业最重要的是什么？是业务！有业务，还有什么做不起来的！

他打断了几个人的讨论："如果是这个问题，我能够解决。"

"你能找来技术好的老师傅？"包文山转过头，满脸惊讶，"可不要是临时过来帮两天忙，一定是要长期在厂里干才行！要不然，我爸也不放心给我们联系业务。"

"呃，这个技术好怎么界定？"白云天正要打包票，想了想，问道。

"八级工！那是最好的了！"徐洋在旁插话道。

"我呸！你也知道是最好的，八级工不是国宝也是厂宝，连大型企业都没有几个，哪个厂不是当祖宗一样供着，他们会愿意来我们厂？"严季和啐他一脸。

包文山也笑了："八级工那是不敢指望。我爸倒是认识几个八级工，钳工、车工、焊工都有，要真请到这种老师傅，我爸敢给我们联系航空航天企业！说实话，我们能有一两个五级工坐镇，我爸就完全相信我们能做好。实在不行，四级工也可以，不过那就不敢给我们太精密的加工任务了，挣点小钱可以，发财就别想了。"

"你爸能联系到航空航天企业？"白云天只注意到这一点。

包文山语塞，打了个哈哈："我只是打个比方。那怎么可能，就算我们有这个能力，人家也不敢把东西交给我们做。想想可以，不要当真！哈哈，哈哈！"

白云天盯着他看了一阵，一字一顿道："我保证，我们能有一个八级工坐镇！"

第六章　制造事端

听说白云天可以请来八级工坐镇，包文山等人都不敢相信，纷纷追问他怎么会认识八级工的，对方又怎么可能放着国有工厂不待，跟他到私人企业。白云天对于他们的问题，笑而不答，只说现在不急，以后等厂子开起来了，自然就知道了。

追问无果，众人也只能暂时放下心中的疑惑，转回头继续商量办厂事宜。方芳自告奋勇跑执照，严季和则表示自己可以趁休息时间去看看有没有好的厂房出租，徐洋主动承诺去生资市场了解原材料行情。

白云天没有再插话，只是在一旁静听。

这个时代正处于计划经济和市场经济交替时期，很多规矩，跟他那个时代都不一样。虽然他们讨论的话题，显示出了他们对于制造业的外行，但也让他对于这个时代如何办厂，有了更多了解。

比如办执照，这个时代称之为跑执照。

一个跑字，生动地刻画出了要办理一个营业执照有多么艰难。

从准备材料，到依次前往数十个部门审核、盖章，到最后拿到执照，起码要两三个月时间！如果审核部门稍微刁难一下，拖个一年半载也有可能。就他看来，这检查的根本不是从业资格，简直是在考验人的体力和耐心。其次是厂房租赁。

据包文山说，普通的民房不能用作厂房使用，这不是是否扰民的问题，而是电压不符。工厂用电，电压是 380 伏，而居民区电压只有 220 伏，根本负荷不起设备运转。

还有原材料。

要是放在 1980 年代，私营企业想买原材料？那简直是一场噩梦。

你有钱都找不到地方买去！厂家生产出来的原材料，有计划内和计划外两种。

计划内原材料，品种、规格、数量都有严格的计划。并且在生产以前，就规划好了购买单位、销售价格，一丝一毫都没有多的。

为了鼓励企业积极性，又有计划外生产的说法，价格高于计划内产品。

但是计划外生产的原材料，通常都是被那些国营大厂包干了，同样没有私营企业的份。可以说，整个国家就是一个大公司，不同的行业、企业，只是这个大公司里不同的部门而已。所有的工业活动都是自产自销，说穿了就是体系内循环。

在这个体系中，完全没有私营企业存身之地。

采掘、冶炼、制造、销售，所有这些环节，没有一个是留给私营企业的。

唯一的解决办法，就是行贿。找到某个生产厂家负责生产的部门负责人，用行贿的方法，请求他们以厂家的名义，申请更多的计划外原材料，然后再偷偷卖给私营企业以获得个人好处。只有到近一两年，因为1980年代疯狂地扩大产能，而销售出现下滑，大批企业库存积压严重。同时国家逐渐对私人承包企业采取放开政策，允许更多的计划外原材料买卖，生资市场才应运而生。

所以说白云天说要搞制造业，也只有这一两年，才有实现的可能。

听完他们的讨论，白云天不由得庆幸自己没有穿越到更早以前。要不然，哪怕他有再先进的未来科技，自己也别想以此从中获利，只能老老实实给国家打工。

不过不急。外卖生意才开张没多久，他连创业资金都还没赚齐，现在就谈办厂还太早了。他有足够时间，来慢慢熟悉这个时代，了解规则，从而制定一个最佳的发展规划。

……

外卖生意持续火爆，证明那一天的爆炸式增长并非昙花一现。

这一天上午，当白云天带领没课的学生，正在进行做菜前的准备工作时，本该在上课的梁宁宁夹着课本，一脸惶急，匆匆从西二门跑出来，穿过马路来到他面前，惊慌道："不好了！白哥，那个黄磊要找人来找我们的麻烦！"

她的声音不小，所有人都听见了，不由得停下了手中的活，关切地看了过来。

有几个女生，就露出了紧张的表情。"大家继续干活。"白云天看看那些学生，镇定地安排他们继续工作，然后示意梁宁宁跟他走到一边，问道，"你都听到什么了？"

"是这样的，我今天上课，有人给我递纸条。我打开来一看，上面写着'黄磊找了社会上的人，准备来摊子上捣乱'。我一看就吓住了，赶忙溜出教室，跑来报告。""来摊子捣乱……"白云天眉头微皱。

那天在球场折了黄磊的面子，他就威胁让自己小心一点。当时看他表情，确信他一定会报复。但过了快半个月也没有动静，他就以为对方只是拉不下脸，随口发句狠话。现在看来，黄磊哪是不报复，而是在托关系找社会青年。报复的对象也不仅仅是自己一个人，是把他们的外卖生意，当作目标。

"还有其他的吗？"他又问。

"没了，纸条上就这一句话。"梁宁宁一脸害怕，"要不，我们告诉学校老师吧。"白云天笑笑。

她的思维还停留在有事找老师的水平，如果是普通的矛盾，像那天球场的冲突，找老师来平息是可以的。

但双方的对立已经上升到了砸饭碗的程度，别说找老师，就是找校长也没用。

"大家先暂时停一下！"

他拍拍手，目光从一个个学生脸上看过，用微笑稳定他们的情绪："刚才梁宁宁的话，你们应该都听到了。事情的起因，我想有些人知道，有些人可能还比较糊涂。

事情是这样的，在开学前两天，我们去打篮球，因为黄磊他们占了整个球场不让我们玩，和我们发生了一些摩擦，严季和还被他们打了。然后我就和黄磊单挑，谁输谁离开，结果他输了，然后就和他结了仇。

事情就是这样。"来打工的学生，不少是开学后才加入的，对于冲突的起因，还真不清楚。听他简单说明了经过，不少人害怕的神情减少了，露出了同仇敌忾的气愤之色。他们还很单纯，既然错不在己，那么黄磊找人来报复就是不对的，和坏人做斗争，让他们的正义感压过了害怕，纷纷怒斥黄磊的恶劣行径。

"这人怎么这样！明明是他不对，反而怪到我们身上！"

"像这种人就是害群之马，我看应该报告学校，把他开除才是！"

白云天对大家的反应很满意。

最开始的害怕可以理解，谁都希望平平安安的，老板莫名惹来社会青年搞事，他们的担心非常正常。

可知道事情原委之后，他们就立即旗帜鲜明地站到了自己一边。不管是为了这份工资，还是为了在自己面前表现，至少说明他们重视这个工作，愿意维护这个集体的利益，起码表面上保持一致。

这就够了。他又不是打算依靠他们，去对抗那些来搞事的社会青年。

这个事，他一个人就行了！

白云天站在干将门派出所门口，心中感慨万千。

他刚刚穿越到这个时代时，突遭大变，周边没有一个人可以依靠，对未来茫然一片茫然，不知道接下来的路该怎么走，六神无主。

在走投无路之下，他被迫冒险前往派出所，意图靠谎称被袭，寻一个出路。

当他来到派出所门口，望着那熟悉的国徽，惶恐的情绪忽然烟消云散，就像脱离了群体的大雁，找到了归宿。

在这个陌生的时代，眼前的国徽，是他与过往记忆唯一的联系，让他感到亲切，感到安心。"咦，这不是云天吗？"

派出所门口不时有人员进进出出，一个英姿飒爽的年轻女警走出门，一看看到白云天，当即走过来。白云天闻声看过去，忙道："苏警官！"

"别叫我苏警官，要叫同志，要不然就叫苏姐。你这孩子人不大，就学了一口套话！"苏警官走过来，亲昵拍了他一下，纠正道。

他在所里时，对方也是让他叫苏姐。

不过一段时间没见了，他也不知道对方对自己的态度是否和以前一样。于是就像第一次见面时那样，尊称她苏警官，而她的回应，也和当初没有两样。

稍感生疏的情绪，一下就变得熟悉起来，仿佛又回到了最初的状态。

"这不是不敢嘛。万一我叫你姐，你对我不理不睬，那我多没面子。"白云天嬉笑道，心头一阵温暖。当初就是这位苏警官送他去的医院，忙前忙后，就像大姐姐一样照顾他。后面联系在学校暂住，买饭票，凑钱，都是这位苏警官出的力，白云天很是感激。"你这家伙，越来越调皮了。刚来所里的时候，满头是血，眼睛里全是惊慌，坐在那里安安静静的，就像只没有妈的小鹌鹑，看着怪可怜的。结果出去没几天，就学会了油腔滑调。"苏警官在他额头弹了一下，嗔怪道。

两人说笑两句，她柔声道："你也别急，你的情况虽然查起来比较困难，但总有希望。"她以为白云天来所里，是询问案情进展，探听有没有联系到他家人，怕他得知查找没有线索心中难过，故而安慰道。

"我知道。"白云天勉强笑笑。

苏警官看他样子，有些不忍心："最近过得怎么样？有没有什么困难？"

"我过得挺好的，最近还和几个室友，一起在护城河边做外卖。"白云天将最近的情况，简单讲了一下。"我听说过，据说你们的外卖很好吃。搞了半天，那个外卖就是你们搞的！"苏警官听他讲完，又惊又喜，连声夸赞，"我还担心你接下来该怎么生活，想不到你就自己闯出了一条路。"

干将门派出所主要就是维持丝绸工学院周边秩序，在校内也有警务点。最近在校园内，大受欢迎的外卖这种新型餐饮服务，他们自然也有所听闻。

只是没想到，竟然就是当初刚到派出所，那个怯生生的小男孩所为。

"嘿嘿，一般一般。"白云天揉揉鼻子，笑着谦虚道，"今天我来所里，就是想请大家今天下班的时候一起在我那吃顿便饭，感谢各位哥哥姐姐对我的照顾。"

"你的心意我们领了，不过吃饭就算了。你生意才起步，挣钱也不容易。有钱自己留着，以后也好娶媳妇，别大手大脚都花了。"听他说请客，苏警官很高兴，但还是婉言谢绝。"没事，饭菜都是我自己做的，花不了几个钱，就是个心意。前面你们帮了我那么多，我一直记在心里，可惜没能力报答。现在不过是请大家吃顿便饭，有什么关系。"白云天竭力邀请道。

苏警官被他的热情打动了，想想只是吃饭确实花不了几个钱，便放松了口气："这样吧，我们一起进去，你跟他们说，如果他们愿意去就去。"

干将门派出所是一个乡镇派出所，规模不大，除了进门一个小院，就是一栋老式的二层红砖楼。要不是门口有国徽，挂着派出所的牌子，看着就像是一栋普通的乡间农舍。因为要负责丝绸工学院，还有农贸市场治安，往来人员多、情况复杂，所里的干警比一般的乡镇派出所人多一点，共计二十来个警员。另外所里还管着一个治安联防队，下辖有六十来名联防队员。

派出所属于一个微型的警察局，既要负责本地户口管理，也要维护当地治安。所以尽管统一属于民警范畴，但也有专门抓小偷、制止暴力犯罪的科室。

白云天的情况非常特殊，是所里几十年来仅有的一例被袭失忆案。加上警察这个职业本就正义感较强，又因为他长相俊美，容易诱发大家的同情心，因此所里上上下下对他的事情都很关心。当初凑钱的时候，每个人多多少少都出了一点。

苏警官带着他挨个办公室拜访。

白云天来的时候买了一条好烟，进门就散烟，表达感谢，同时邀请他们吃饭。警员们很高兴看到他能够自食其力，所长闫志义还鼓励了他几句。但不想让他多花钱，于是纷纷婉言谢绝。

白云天极力邀请，推脱不掉，最后就由副所长赵茂、苏警官两人，代表所里前去。

三人来到摊位，赵茂、苏警官看着护城河边，一溜排开的好几张用来切菜的折叠桌、洗菜择菜的大塑料盆，以及几口大锅，都张大了嘴。

"好家伙，你们这个规模不小啊！"赵茂惊叹道。

苏警官更是瞪大了眼睛。他们已经知道白云天在做外卖，但也清楚他没多少本钱租门面，只能暂时在护城河边摆摊。来之前，他们还认为不过是小打小闹，弄口炉子摆口锅，随便炒炒菜而已。

他们也没兴趣追问是否办理了营业执照，卫生许可证之类的各种证照。

这年头，到处是摆摊设点的，只要上面不发话，谁去管！

但眼前所见，一溜摆开的水盆、案板、饭锅、炒锅，足足排开几十米。

传递食材的、做饭的、炒菜的、分拣的、送外卖的，打眼一看就有二三十人。每个人都在忙碌，没有空暇东张西望，一排紧张的工作场景。

一筐筐切好的食材，摆满了所有的桌子。

在另外一边，重叠摆放的饭盒堆积如山，装满了好几个塑料箱，不下好几百！这哪是什么小生意。这热火朝天的场面，除了没有店面，没有待客的桌椅板凳，丝毫不比大饭店差！"云天，你们每天要卖多少盒饭？"苏警官看呆了，茫然问道。

赵茂也好奇地看过来。

"我们只做中午和晚上两顿，每顿大概能卖出去两百来盒吧。"这个没什么好隐瞒的，白云天坦然相告道。"两百来盒！那你一天能赚多少钱？"苏警官咂舌。

"大概毛利能有一百块上下吧，不过我是和室友搭伙做，我个人分不到多少。"白云天在利润上打了埋伏，没有说实话。

可这已经让赵茂两人震惊了。

就这随便摆个摊子，一个月就能赚三千多！相当于全派出所所有人小半个月的工资了！外卖就这么赚钱？其实他们来的时候，已经是最后一轮了。

要是他们再早来半个小时，场面还要壮观，他们会更加吃惊。

白云天殷勤地拿过一张折叠矮桌、三个矮凳，在稍远一点的地方支好，以避开炒菜的油烟，请两人坐下。然后给他们面前放好碗筷、玻璃杯，将几盘早就做好的凉菜，摆上桌来。"那边正忙，我们先吃点凉菜，喝点酒。待会儿我亲自动手，给两位做点好吃的！"白云天端过一箱啤酒，取出一瓶打开，给他们满上。

"我不怎么喝酒。"苏警官捂着玻璃杯口，不让他给自己倒酒。

"苏姐帮了我那么多忙，又是陪我去医院，又帮我联系住的地方，我一直很感激，总要给我个机会表示一下。一杯，就一杯！苏姐想喝就喝，不想喝就沾沾嘴，我绝不劝酒！"白云天拿着酒瓶，诚恳道。

"那好吧，就一杯。"苏警官不再阻拦，让他倒满酒。

"赵所长酒量怎么样？能不能喝？"白云天倒满酒，又拿起赵茂的杯子，问道。

"赵所是部队上转业的，你说他能不能喝？"苏警官眼睛一转，撺掇道。

赵茂没有拒绝，谦虚道："不行了，从部队上退下来以后，酒量也浅了。以前和战友，都是喝白的，一搪瓷水杯那么多，我都是端起来咚咚咚一口气喝完，现在喝啤酒，都是几瓶就醉。""那有什么关系，这里离派出所又不远，醉了我扶您回去。要不然到我们寝室，凑和着睡一晚也行。反正我们都是大男人，就算醉倒在大马路，也不会被人占了便宜去。"白云天笑嘻嘻逗趣道。

赵茂大笑，指着白云天道："你啊你啊！以前的你多老实，现在什么荤话都敢说！"苏警官也在白云天身上拍了一下，嗔怪道："就是，才在外面待了几天，就学得这么油滑，一点都没有原来可爱。"

"没办法，要吃饭啊，人总要学着长大……"白云天叹了口气，端起酒杯，"之前所里各位警官都很照顾我。大家跟我素昧平生，无亲无故的，能帮我这么多，非常让我感动。我就以这杯酒，表示谢意！"

说完，一扬脖，将满杯酒一干而尽。"我们也没帮你多少，只是做了一点该做的事情。看到你有今天的成绩，我和所里的同事都很欣慰。多的我也不说了，干！"赵茂习惯性地像做报告一般，说了几句口号性的祝酒词，也跟着举杯一饮而尽。

"云天，姐姐看到你现在这个样子很高兴，祝你事事顺心，早日找到你的家人。"苏警官也举起杯，小喝了一口，脸上顿时飞起一片红霞，果然平时是不怎么喝酒的人。

赵茂提起筷子，夹起一只水晶虾仁，放到嘴里，嚼了两下，眼睛一亮："好吃！"

"哦？"苏警官闻听，放下酒杯，也夹了一只水晶虾仁，笑道，"别的不说，这卖相就不错，晶莹剔透，像是一只水晶做的工艺品。"

她一只手在下面虚托，将虾放到红艳艳的嘴边，用洁白细碎的牙齿咬下半截，在嘴里细细品味，"真的，很好吃。口感又嫩又滑，还有一股虾的鲜味！好吃，真好吃！这是谁做的？要知道你们这儿的菜这么好吃，我早就来了！"

"呵呵，这是我做的，怎么样，还合口味吧。如果苏姐喜欢，以后每天过来就是了，我保证让你吃得满意。"白云天得意地说道。

田老师的厨艺，虽说还没达到名厨的水准，可在一般家庭菜肴中，也算相当不错了。就是会的菜色少了点。

赵茂又夹起一筷子凉拌木耳，放到嘴边，吃了几口，赞叹道："小白，你这做菜的手艺没得说，难怪你们的生意会这么好。就凭这，你这一辈子是吃喝不愁了。"

凉拌嫩笋、凉拌皮蛋、拌海蜇皮、水晶虾、凉拌木耳、拌嫩豆腐，几个凉菜都是苏浙一系的口味，赵茂、苏警官吃的胃口大开，很是尽兴，酒也喝了不少。

白云天在一旁作陪。他虽然年轻，不是这个时代的人，以前也没接受过技能传输，但星际网络时代的信息量何其之广博，天文地理、人文历史，无所不包。他随口捡了一些来说，也让赵茂两人听得津津有味。

偶尔几个小段子，更是逗得两人不时捧腹大笑。

原本赵茂觉得他还是个小孩子，对今天这顿饭没有多大兴趣。可是吃到现在，他却是对白云天刮目相看，觉得他不但人长得好看，知识面还这么广，分析问题也很深入，说话又幽默风趣，懂规矩，识进退，挑的话题都是他们感兴趣的。

不知不觉中，他不再觉得白云天只是个毛头小子，忽略了他仍显稚嫩的外表。感觉自己是在跟一个同龄好友，一起谈天说地，兴致越发高涨。

这饭便吃得也愉快，酒喝得也痛快。

看看凉菜吃得差不多了，白云天起身："你们先吃着，我再去炒几个热菜。"

赵茂蓦然才发现天色已擦黑，街边的路灯都已亮起。

不远处，来时还忙碌的摊位上，人已经走光了，连各种家什伙都已收拾带走。只留下了一只盛放食材的折叠桌，和一套炒菜用具。

"已经这么晚了？"他觉得人已微醺，抬腕看了一下夜光表，发现已经是七点三十九分。"云天，不用再麻烦了，我们已经吃得差不多了。"苏警官叫道。

"光几个凉菜怎么行。稍等几分钟，菜很快就好。"白云天没有停下，快速炒出来一盘鳝鱼丝、一个东坡茄子、一个蜜汁火方，又端上一盆鱼头浓汤。

两人见菜的分量不多，便没再多说。

吃过之后，便再也放不下筷子，一边吃，一边对他的手艺连声夸赞。

"老实说，今天吃了你做的菜，以后其他的菜我可怎么吃得下去！"苏警官夹了一筷子东坡茄子，放在口中嚼了几下，半真半假地埋怨道。

"这好说，以后苏姐每天过来吃就是了。想吃什么，我给你做。"白云天义气干云地说道。"就给你苏姐做，不给我？"今天大家聊得尽兴，赵茂也不再端着架子了，就像跟朋友一样随意打趣道。

"都做都做！如果你们喜欢，那就每天过来吃，从所里过来就几步路。要是其他同事也觉得好，就一起过来，我是开饭店不怕客人多。"白云天豪气地一挥手，允诺道。"你说的哦，那我以后可就天天过来吃了！"苏警官喜道。

"这样会不会耽误你们生意？"赵茂有些意动，又有些不好意思。

"哈哈，我们做的就是餐饮，客人越多越喜欢，哪会嫌多！你们尽管来，来得越多越好！"白云天哈哈笑道。

他当然希望这些人天天来。

虽然他做的是外卖，但为了这些干警，临时客串一下大排档也未尝不可。

他今天去派出所的主要用意，就是为了拉他们过来用餐，吓跑那些混混。

有警察在这里吃饭，我看有哪个混混敢来捣乱。

削不死他！

第七章　算计与反算计

"白哥，有人在校外看到黄磊和几个社会青年在一起，对着我们河边摊位，指指点点地说着什么，怀疑他们今天就要对我们动手！"

第二天上午，白云天正要带方芳等人去农贸市场买菜，徐洋就急急忙忙跑来，向他报道情况。"我昨天请了派出所的人过来，那么多人都看见了，他们还敢来闹事？"白云天有些惊讶，这些人胆子这么大？"他们又不知道派出所的人，以后都在我们这里吃饭，大概以为只是碰巧吧？"徐洋分析道。"白哥，要不要报警？"方芳有些害怕。

徐洋摇头："没用。他们还什么都没干，派出所来了，也不能把他们怎么样，最多是问问话，把人赶走就算，不可能二十四小时帮我们看着。到时候时不时来捣个乱，那些打工的学生一害怕，说不定就不敢来上班，到时候我们生意也没法做了。""有道理，只有千日做贼，没有千日防贼的。"白云天点点头。这个时代没有完善的社会监控制度，警察抓人要么抓现行，要么靠人证。人证的话，一般人怕混混报复，不见得敢出来指正。打蛇不死，反受其害，说不定对方气焰更加嚣张。

要想彻底解决问题，就一定要抓他们现行，让他们无可狡辩。

既然如此，那就来个引蛇出洞好了！他将徐洋单独拉到一边，两人低声交谈了一阵，徐洋快速离开。"你们有什么计划？"方芳担心道。

"等一下，我们先去一趟派出所，把事情说一下。然后徐洋远远躲在暗处，只要看见那些混混过来，就立即跑去报警，把他们堵个正着。"白云天为了宽慰她，解释道。

"对对对，这样就可以在那些混混没发现的情况下，跑去报警，把他们抓个正着了。"方芳眉开眼笑道。

"……也许吧。"白云天望着远处，眼神变幻，模棱两可地说道。

……

护城河对面，一个临河茶馆中，黄磊陪着几个满脸戾气的社会青年，坐在窗边喝着茶。这个位置很好。打开窗户，河对面一览无遗，视线可以从丝绸工学院北墙，一直看到干将桥边。而在树荫、绿化带的遮蔽下，对面却不见得能看清这边的状况。

"猛哥，你看，那片，就是他们摆摊的点。他们上午十点左右，就去买菜。然后就在那边把摊子摆开，洗菜择菜，切好准备着。到十一点半，就正式开炒，一般干到十二点半，把最后一趟送完，就做自己的，差不多到一点半左右收摊。"黄磊向领头的一个社会青年解说道。

"我知道了，这事你想要什么结果？把摊子砸了，还是把那个姓白的打一顿？要不要他一只手什么的？"猛哥跷着二郎腿，无所谓地玩着茶杯盖，问道。

听到"要他一只手"，黄磊的表情有些恐惧，赶忙道："不用不用。我就想把他摊子砸了，而且不是只砸一次，要天天砸，让他生意做不下去！"

"你这是要砸人饭碗啊，你跟他多大仇啊。"猛哥表情玩味地瞟了他一眼，"算了算了，那都是你跟他的事，我也不多问！我只管收钱办事，你爱怎样就怎样。不过只砸一次和天天砸，这价格就不一样了……"黄磊从兜里掏出几张百元大钞，放到桌上，推到猛哥面前："规矩我懂，这是五百块，成了我再给五百！"

几个社会青年看着桌上的钱，眼睛一下就瞪大了，绿油油像是狼似的。

表面上他们好像一天很潇洒，其实没有多少机会吃香的喝辣的，大多时候都很清苦。严打过去不到十年，他们也害怕哪一天就栽了。

所以行事也很谨慎，大活不敢干，小活没油水。一千块，在他们眼中已是不菲的收入。猛哥吹了声口哨，愉快地将钱收起，学着港片中老大的口吻道："你放心，几个小毛孩子而已，轻松搞定！""猛哥，那姓白的昨天请了派出所的人，到他摊位上吃饭，有可能是想请他们做保护！"黄磊怕他大意，提醒道。

"哈哈，我当然知道。我还知道，这姓白的上个月去派出所报过案，说是被人打晕了，结果打他的人到现在都没抓住。一看就知道，他在人家眼里啥也不是，吃顿饭就罩他了，想得美。"猛哥哈哈大笑，摆摆手不以为然道。

要不然，他也不会接这活。

打得头破血流都没人管，他去砸个摊子算得什么，无非是寻衅滋事罢了。

了不起进去蹲两天。干这行的，可以不会打架，但一定要懂法律！再说，他虽然看起来一脸凶相，其实不是一个莽撞的人，调查的人，他早就派出去了。

一群人抽烟吹牛，不一会儿，一个流里流气的青年急匆匆走进茶馆。

"猛哥，那个姓白的小子，果然去派出所了。另外，他还找了一个学生，躲在树荫下，远远看着他们摆摊的地方，多半是等我们过去，就跑去报警抓我们。"

"你看看，我就知道他们会来这一套！"猛哥摇摇头，大笑道。

黄磊又惊又喜："猛哥，原来你早有准备！"猛哥突出一个烟圈，淡然道："动动脑子就知道。学生嘛，有事不是找老师，要不就找警察，还有别的？"

"那要不先不忙动手，等过两天……"黄磊怕他们失手，建议道。

"等什么，就今天！"猛哥将手里才抽了小半截的烟，往地下一扔，用脚尖用力碾了几下，恶狠狠道："越是这样，我们越是要强硬！只有这样，才能让他们怕了我们！要是随便一个阿猫阿狗跳出来，我们就不办事了，那还怎么混！"

"可是……"黄磊急了。

"我做事不要你教！你怕什么？他暗中让人报警，那我们让他报不了不就行了？动动脑子，这么简单的道理，难道还要我来教？"

猛哥撇撇嘴，不屑地教训了黄磊，对两个手下吩咐道："等他们把摊子摆起来，你们先去把那个躲在旁边的小子控制住，然后我这边再动手！没人报警，他就算是再派出所旁边，老子也敢动他！""所里有几个人吃饭？"

白云天从派出所里出来，等在外面的人问道。他怕其他人担心，没说黄磊找的人今天会来，只说是来所里询问有几个人过来吃饭，都点那些菜，好提前准备。

其他人很清楚，请派出所的人到摊位上吃饭，其实是找保护伞。所以虽然点菜的范围超出菜单，准备起来会比较麻烦，会额外增加他们的工作量，大家都没有怨言。

"今天不多，有五个人，要炒七个菜。洗菜切菜不用你们动手，我自己来。"白云天道。"没事没事，反正都是洗，一起洗还快点。"其他人忙道。

随着每顿要做的分量增加，要买的菜、米数量也大增。为了来回方便，他们专门买了一辆工地上用的小推车。到市场，其他人发现，今天买的东西，比昨天多了许多。"这菜买得多了点吧？我们一趟拉不完。"其他人觉得有些奇怪，可白云天是老板，他们只能服从。"那就分两趟好了。"

所有的东西买完，白云天让把价钱贵的东西堆在一起。为此，还拒绝了其他人提议一起动手，各自拿一部分带回去的建议，指派一个人在市场口守着。

推车上只装了一些量大，但便宜的蔬菜。

等把蔬菜运回到河堤，他又让不忙急着去运第二趟，而是指挥所有人先把摊位摆起来。但又只让把盆子拿出来，倒满水，把菜浸在里面，却又叫大家别急着清洗，就这样泡着。接着又让搬桌椅板凳，占了一大片地方。

一些较贵的炉灶炊事用具，都没有摆出来。

这一套莫名其妙的动作，让所有人都觉得有些不对劲了。一些相熟的同学凑在一块儿，交头接耳，猜测是不是有事要发生。摊位上，气氛开始变得有些诡异。

大家都好像在做着事，但仔细看，大多是无意义的重复工作，无非是把桌子支开，然后又似乎觉得摆放的位置不对，于是又把它收起来，换到另一个地方再支开。

有意无意间，他们把水盆摆在了外面。

桌椅板凳等杂物，也都对准了同一方向，还故意摆放得紧密。如果有人过来，这些东西就会成为阻碍快速通行的绊脚石，使得己方有时间做出应对。

女生都拖在了后面，几个男生则慢慢挪到了来路方向，一边心不在焉地做这事，一边眼睛不时向远处瞄。他们身边，锅铲、火钳、擀面杖摆在顺手的位置，只要一抄手就能抓起来。要不是白云天舍不得，估计他们会把炒锅也拿出来，作为盾牌使用。

白云天暗中失笑。

这世上聪明人实在是多，哪怕他什么都没说，可别人根据一点点蛛丝马迹，就猜出了可能的答案。不过大家的反应，让他比较满意。

连女生在内，没有人看到情况不对，便趁危险没到时离开。几个男生更是主动站到前面，积极充当护花使者，掩护身后的女孩子们。

他什么也没说，只是穿过众人，站到了最前面。

他这个动作，缓解了其他人的紧张情绪。

"来了！"人群中，一个男生低低地说道。

就像是得到了命令，所有人立即停下手中活，向外看去。

只见几个社会青年打扮的男子，大摇大摆朝他们这边走来，对方的目光紧盯着这边，目标明确，就是冲他们来的。几个女生悄悄后退。

男生则迅速抓起了手边的擀面杖、锅铲、火钳，摆出了防御的姿态。

"哟，你们动作挺快的嘛！"

来人中，带头的一个面相凶狠的青年冷笑道。走到近前，他二话不说，一脚就把面前挡路的水盆踢开。

哗！满盆水和浸泡的菜，被踢得满地都是。

"你要干什么？"白云天没有管被打湿的裤管，上前一步，沉声道。

"干什么……"那满脸横肉的男子眼珠一转，"你们知不知道，这里是我们管的。你们在这里做生意，招呼都没有给我们打，也没有交保护费，是看不起我们兄弟？""对！你们在这做生意，不给猛哥打招呼，就是不给我们面子！"

"你打听打听，这周边做生意的，哪个不给我们交保护费。你一分钱不交，还想在这摆摊！"他的手下纷纷起哄道。

白云天面带讥讽："我们是丝绸工学院的学生，做的也是学校的生意，难道也要给你们交保护费？那学校的食堂，也给你们交了？"

"你还敢顶嘴！"猛哥恼羞成怒，一巴掌就朝他脸上扇过来。

白云天一退，让过他的巴掌。"派出所就在不远，你们再闹，警察马上就来了。"他警告道。"警察啊，我好怕怕啊！"猛哥故意东张西望，做出害怕的表情，随即就变色一变，恶狠狠道，"我呸！你以为有派出所在我就怕了？告诉你，那个躲在河边的小子早就被我们抓住了，谁还能报警！今天就算是天王老子来了，也救不了你！砸，把这里所有的东西都给我砸了！让他知道跟我们作对的下场！"

"吼！"他一声令下，带来的小弟立即凶神恶煞地动起手来，将挡路的水盆一一踢翻。听说白云天布置暗中报警的人被抓住了，后面的学生有些慌乱，好几个女生吓得尖叫起来，还有人哭出了声。

两个混混大概是为了抢在老大面前表现，就朝白云天冲来。

白云天一把抓住桌腿，用桌面将他们挡住。

一个混混学着港片的动作，跳起来踢了一脚，却被白云天顺势用桌面一顶，那人来不及调整姿势，重重摔在地上。他这一下太过狼狈，就连他们自己人都哄笑起来。

"还敢还手！"那个跌倒的混混被笑得面红耳赤，看白云天正在跟同伴顶牛，爬起身抓起一个矮凳，就往他头上砸过来。一个男生抢上前，用擀面杖挡下来。

其他几个男生胆气一壮，挥舞着锅铲、火钳大叫着冲上来。

见他们人多势众，两个小混混竟然吓得转身后退，逃了开来。

猛哥脸色一沉。他没想到这几个学生这么难对付，这样下去，别说砸摊子，搞不好被打跑的还会是他们。

必须要压住他们这股势头！"亮家伙！"

他吼了一声，率先反手从后腰抽出一把西瓜刀。

刀身晃动，寒光凛凛！

学生毕竟是学生，没见过这种好勇斗狠之人，对方把刀一亮，这边就有些胆怯。

好缸不碰烂瓦。打架没问题，可谁肯跟这些烂命一条的流氓搏命。

猛哥满脸横肉杀气四溢，持刀慢慢上前，逼得这边连连后退，脸色惨白，连招架的勇气都顿然失去。跟我斗，你们还太嫩！

几个男生被刀子逼得一退再退。

白云天双手各握一条桌腿，将折叠桌当成盾牌，顶了上去，保护几名男生不被砍中。"你知不知道，你们动了刀子，可就不是一般的打架斗殴，而是犯法了！要是被抓住，少说也要判个四五年！"他一边左架右挡，一边出声恐吓。

"那也要先抓住再说！你认为还会有人来救你吗？"猛哥狞笑着，他经验丰富，并不急于打破防御，砍刀左右作势虚砍，逼得白云天跟着转移遮蔽方向，以消耗他的气力。桌子的重量，大多是在桌面。

白云天抓着桌腿，要用很大力气才能挥舞，没几下就呼呼喘气。

猛哥脸上浮现出一丝笑意，手中刀子挥得更快。

"拼了！"白云天低喝一声，双手握着桌腿，向内一折，桌面随之分开收缩。桌长刀短，猛哥措手不及，一刀砍来，却落了个空，反而暴露出了自己正面。

不好！猛哥心头警讯大作。

可不等他再次挥刀，收缩后的折叠桌就像一扇门棱，他狠狠撞了个正着，脑门、鼻子、胸口、小腹同时传来剧痛。

啊！他大叫一声，被撞得头晕眼花，踉踉跄跄后退几步，鼻子一酸，两管红艳艳的鼻血流了下来。"猛哥，你没事吧！"

河堤狭窄，他之前挥刀乱砍，几名手下本是躲在后面，见到老大吃亏，赶紧上来扶住他。猛哥感觉到唇端在向下淌血，下意识抹了一把。

鼻梁处顿时传来一阵阵锥刺之痛，似乎已经断了，痛得他又大叫了一声。

这痛不同于一般的皮外伤，一股股刺痛直达大脑深处，完全无法克制，痛得他龇牙咧嘴，痛不欲生。"你们还看着干什么，都给我上啊，砍，给我砍死这帮小鳖养的！"他是又羞又气又痛，气急上头，啥后果都不顾了，疯狂喊道。

几个学生而已，手上拿的又是桌椅板凳，就算挨几下有有什么了不起。

今天如果不把这些学生摆平，以后他们还有什么脸继续在道上混。

两个混混相互对看一眼，大喊一声，就挥着刀冲了上去。

白云天见他们扑过来，双手一拉，又把桌面张开，变成了一面盾牌。

两个混混不管三七二十一，也不玩什么虚招实招，就是拿刀往桌面一顿乱砍。

"你们在干什么？马上给我住手！"

几个小弟刚冲上去，就听到街对面传来一个威严的呵斥，紧接着脚步声响，一群人奔过街道，朝这边冲来。

"不关别人的事，给我滚……开……"剩下三个没有动手的混混提着刀，以为是有人管闲事，气势汹汹地朝来人喊了一嗓子，没等他话说完，就戛然而止。

下一刻，他就像只被捏住喉咙的鸭子，惊声尖叫道："警察！"

话音未落，他便转过身，毫不犹豫地拔腿就跑。他快，来人更快。

他才跑出没有两步，后面就有一名警察大步流星追上来，蓦然一跃，一把将他扑倒在地，随即膝盖顶住他背，抓住他持刀的右手，向后一拧。

啊！剧痛之下，他感觉胳膊都快被拧断了，手指无力，砍刀脱手，当啷掉在地上。

没等他求饶，警察已经熟练地从腰间掏出手铐，一甩一捏，就将他手腕铐住。接着粗暴地一拉，又将他左手也反剪铐住。

"起来！"对方下手极黑，不是抓他肩头，而是握住手铐之间的锁链，向上一提，就要把他从地上提起来。混混双肩痛得几欲断裂，鼻涕眼泪都出来了，赶紧双腿用力，将身体支撑着站起来，生怕真被折断了。

"在学校门口砍人，你们胆肥啊！今天真要被你们伤了人，那我们都别想干了，全都得剥去这身皮，回家去卖红薯！敢给我们惹事，今天我不把你们服侍得舒舒服服，让你一辈子都忘不了，我就跟你姓！"对方动作极其粗暴，嘴里骂骂咧咧，大手像把铁钳，扣住他肩头，手指还故意往肩胛筋骨之处，死命捏拿，痛得这混混生生哭出了声，求饶的声音都变调了。

当他被推着转身往回走，只见他的几个同伙，包括猛哥，都被反剪了双手上了手铐。也许是痛恨他们给警察找事，那手铐都深深地嵌入了手腕，手脖子都被勒得发紫。他直到这时还没明白过来，他们明明把藏在暗处那个学生给抓住了，没人去派出所报警。这些警察是怎么知道情况的，还出现得这么及时。

"闫所，人都抓住了。幸亏我们是从工学院里过来，没走外面，要不这些小子早看到我们了！"那名警察，向带队的一个中年警官报告道。他恍然大悟。

原来派出所的警察，并没有走外面大路，而是穿过工学院，直接从西二门突然冲出来，让他们望风而逃的机会都没有，就全都被抓了个正着。

闫所一副黑脸："好险，我们要再来晚点，可能就出一起恶性伤人事件了。"

苏警官走到白云天身边，关切道："小白，你没事吧？"

"没事。幸好我们把水盆放在外面，给了我们反应的时间，要不然突然被他们冲上来，可能会有人受伤。"白云天放下折叠桌，看着上面一道道刀痕，有些心有余悸道。

这次说来还是有些冒险。

虽然他在派出所，建议闫所他们穿过工学院，出其不意从西二门冲出来，一定可以把这些混混抓个现行。

但是他也没料到这些混混敢亮刀子。

万一伤了一两个学生，那事情可就闹大了。

"寻衅滋事，意图持刀伤人！你们胆子可真够大的！都给我带回所里，好好审问一番，看他们还有没有别的案子！"闫所长也有些后怕，怒气冲冲命令部下将这些混混都带回去，决定深挖下去，查查他们身上还有没有别的案底。

光是寻衅滋事，抓进去就得放出来，最多打一顿，太便宜这几个家伙了。

白云天看着威风不再、垂头丧气的猛哥，给了他最后的致命一击："他们一来，就说要我们交保护费。我们不给，他们就动了手！"

"哦？收保护费！那这就不是寻衅滋事，而是敲诈勒索了！"

闫所长眼睛一亮。

寻衅滋事不过拘留，但若是敲诈勒索，那就足以把这些家伙送进监狱，待个三五八年再出来。

这功劳可比抓了几个小混混大多了！在他英明领导下，派出所干警及时出动，抓住一个流氓勒索团伙，保护了大学生不被伤害，这将给他的履历上，重重添上一笔功绩。

这种好事，他自然笑纳。

第八章　切割

　　"黄磊被开除了！"

　　第二天一早刚起床，包文山就溜到他身边，奸笑道。

　　昨天那一群混混被抓到派出所以后，为了抓垫背，减轻自己罪行，将黄磊是背后指使者的事，给抖了出来。派出所立即联系了学校。

　　工学院听到通知，紧急派了一名副校长过来，并找来黄磊对质。

　　黄磊当然死也不承认。然而看到他和猛哥等人在一起的，不止一个两个，间接证明他们之间有瓜葛。

　　只是这种行为还不算犯罪，并且黄磊的父亲连夜赶了过来，与学校、派出所多番协商，宁可被开除，也不同意拘留，以免在档案里留下记录。

　　"只是开除啊，便宜他了，该把他也关进去待几年。"徐洋恨恨地说道。"你要怎样，他这事说起来最多就拘留两天。再说他爸是区里的，有点权，派出所总不好往死里整。"包文山消息灵通，点出关键。

　　这件事就此过去。

　　不用再担心有社会青年再来捣乱，看来一切麻烦都迎刃而解。

　　但坏处也有。

　　宿舍突然开始展开大检查，清查各寝室，所有不合规的物品，都必须清走。他们的各种餐饮用具，全部都被列入违禁清单，要求限期拿出寝室。同时门卫那边，也表示接到学校通知，要求他们把炉子、蜂窝煤搬走。对于这个要求，白云天不觉得意外。

　　严格来说，这些东西本就不能放在寝室里。以前学校方面睁只眼闭只眼，可现在他们给学校惹了这么大麻烦，说不定还要影响考评，校领导肯定不高兴。

能让他继续借住，就已经是大度宽容了。这事很好解决。

他在农贸市场那边，以每月一百八十块的租金，租了个小库房存放东西，以后无非是多走几步路而已。每天做好的外卖，还是能顺利进入学校，送到各寝室，这点校方并未禁止。这就很仁至义尽了！

至于派出所那边，这件事也进一步拉近了双边的关系。副所长赵茂、苏警官经常来吃饭，有他们在，那些小流氓再也不敢来惹事。外卖生意越来越好。

到九月底统计，虽然月初资金有限，利润较少，但全月总利润，仍达到了一万三千多块！包文山、严季和、徐洋等人都笑得合不拢嘴，一再要求不分红，继续积累。经过白云天的劝说，每人才分了五百块钱红利，几个人欢呼雀跃，很是开心。

打工的学生，也每人发了五十块钱奖金，高兴得他们又蹦又跳，积极性再度高涨，更加珍惜这份工作。

……

大概是经过了一段时间观察，确认这门生意投资小，赚头大，到十月，他们旁边开始出现了第一个模仿者。对方同样是在河堤旁摆摊，水盆、折叠桌、蜂窝煤炉、炒锅，就连送饭的塑料盒，都是同一款……

一切，都学着他们的样子。有没在白云天他们这边订到餐的同学，就在他们那边点了菜。当时所有人都极度气愤，都骂对方脸皮厚，好几个女生想上前找他理论。严季和甚至急得要去和对方打架，好在被白云天拦了下来。

结果当对方做好了饭菜，准备送进学校时，却被门卫挡在外面，理由是外人不得入校。徐洋他们哈哈大笑，抬着做好的饭菜，仰着下巴，大摇大摆走进校门。

没有办法，他们只能让订餐的学生自己来取，隔着铁门，将饭盒递给他们，这引得众人一阵抱怨。在吃过这家的饭菜以后，那些学生发现不是菜没洗干净，就是没有炒熟，米饭里甚至能吃到石子，更是感觉大为后悔。

气愤之下，他们与摊主发生了争执，摊主表示这么点钱，就只能吃到这种饭，双方大吵了一架。有冲动的学生，干脆把他的摊子也给掀翻了，饭洒了一地。

"这就是我不让你去跟他打架的原因，没必要。外卖无非是一种餐饮的形式，和其他餐饮业一样，谁都能照抄。但品质管理，不是看一眼就会的，要不然为什么有些饭馆生意好，有些生意差？"白云天指着对面，借机对包文山等人展开现场教学。

"主要还是他们不能把外卖送进学校。"徐洋指出问题核心。

"这只是一方面，"白云天淡淡一笑，"这个问题很好解决，找学校学生帮忙就行。可这又怎样?

　　你看他们用的菜叶,好多不是黄的就是烂的;他们买的肉,一看颜色就不新鲜;还有他们用的油,明显是提炼过的陈油,炒出来的菜都是黑的;他们蒸的饭,大都是便宜的陈化米,这样的口感怎么可能好?不用心做生意,想要投机取巧,以次充好。就算他们啥都抄袭我们,最后一样会失败。"

　　"那他们如果也用真材实料呢?"方芳追问道。

　　"他们有带厨师帽、穿围裙,做菜之前严格消毒清洁了吗?学生只要过来一看,对比两边的卫生条件,选哪边是毋庸置疑的吧?"白云天不以为然道。

　　"难怪你要定这么严格的章程,原来就是预计到了这点。"包文山后知后觉道。

　　白云天微微一笑。这倒不是他提前想到,要么不做,要做就做到最好,这是他做事的准则。"要是他们也提升餐饮卫生了呢?"方芳又问道。

　　"那就比手艺。我们做的菜虽然比不上大饭店,至少不比大多数餐馆差,大家一吃就吃出来了。""要是对方也请好厨师过来呢?"方芳决心打破砂锅问到底。

　　"你怎么这么多问题!"严季和不高兴了。他觉得这纯属抬杠。

　　白云天不以为意,傲然道:"要是那样,我们还有口碑!我们是最早做外卖的,这段时间也在学校形成了很好的口碑,一说外卖大家首先想到的就是我们,现在连不少老师都找我们订餐。这是别人所没有的优势!"

　　他还有很多手段没拿出来,所以根本不怕竞争。

　　要不是他只把外卖当作资金积累的第一桶金,志不在此,专心做下去的话,他有信心在二十年内,将外卖办成全国大型餐饮连锁,创出一块响当当的品牌来。

　　见识过后世那么激烈的竞争,眼前的对手,弱爆了!

　　模仿者坚持了几天以后,就不得不离开了。

　　不过他们没有放弃,而是将搬到了农贸市场,靠着简单便捷的餐饭供应,勉强站住了脚。看见对方被挤走,包文山等人都是兴高采烈,就像打了场大胜仗一般高兴。

　　但白云天知道,竞争者还会出现。

　　餐饮业投资小,见效快,太容易被人依葫芦画瓢。

　　说来说去,还是核心技术含量不高,没有无可替代性,所以更加依赖于装修、关系维护、品牌经营等手段,来长期维系生命力。

　　这一点,远远不如制造业,尤其是高端制造业!

　　他觉得,自己应该要加快脚步了,不能在外卖上,耽搁太多时间。

这天傍晚经营结束，他把包文山拉到一旁。

"你不是说，你爸认识几位八级工吗？能把他们约出来，大家见个面？"

"你不是说保证能请来八级工坐镇吗？"包文山眼神狐疑。

白云天神色不变："也不是要做什么，就是请他们吃个饭，玩一玩，大家见个面，混个脸熟。这样万一我们发展好了，有底气了，说不定能够请他们过来，总比素昧平生就跑去拉人好吧？""这倒是。"包文山释然，对他的想法深以为然。

他想了一阵，又摇摇头："这些八级工年纪都大了，跟我们不是一个年代，话都说不到一块儿。他们对于饭局、卡拉OK什么的，多半也没有兴趣。要把他们约出来，怕是有些难。""那就了解一下他们有什么兴趣，爬山啦、风景区观光啊、钓鱼啊什么的都行。就说我们赞助，请他们这些劳苦功高的老工人散散心，找个山清水秀的地方玩个两三天，这个他们应该不会拒绝。"白云天出主意道。

不是当天来回，老工人们才会在晚宴时放开心情，有可能喝醉，给他创造机会。

"这得花多少钱啊……"包文山感觉投入太大了。

白云天拍拍他肩膀："这能用得了几个钱，了不起一两千块罢了，也就几天的利润。如果能让这些老师傅满意，对我们留下印象，多花点钱也值得！"

这可不是田老师那个自学成才的厨艺，而是国内最顶尖的技师，用一辈子时间打磨出来的绝技。放到星际时代，这种国家顶级尖端技能，任一项售价都不会低于百万。一两千块，就得到一名乃至更多八级工毕生经验积累，这价格便宜到令人发指！也只有在记忆传输技术尚未发明出来的时代，他才能捡到这种大便宜。

……

包文山连夜给家里打了电话，将邀请老师傅出来游玩，拉近双方关系的事，原原本本地汇报给了父亲。

他父亲听后，对白云天大加赞赏，认为这个主意很好。

这些老师傅不但在各自领域，都是最顶尖的高手，同时徒子徒孙不胜枚举。许多企业的书记、厂长都是从他手里走出来的，可能连他们都不如这些老师傅有号召力。能够投其所好，跟他们搞好关系，哪怕不能将这些老师傅拉到他们的私人企业，但有他们帮着说几句好话，以后从国营大厂接活，也要方便许多。

"你那个室友，是个有能力的人，做事有章法，稳重。你既然觉得机关憋闷，想要下海，那以后就多跟他搞好关系，说不定能走出另一条路。"老包在电话中，教导儿子道。

"我知道，这些时间我都在向他请教餐饮方面的经营诀窍。"包文山老老实实说道。"餐饮就不要学了！就像小白说的一样，干这行太累，不光是人累，心更累。饭店生意不好要发愁，生意太好也愁。到时候各方面来打秋风的人络绎不绝，吃完饭不给钱，打个白条，你找谁要钱？再大的饭店也要被吃垮！小白就是看到了这点，才会提出转变经营方向，办企业，这是对的！"他老子在电话中谆谆教导道。

"可是现在的三角债问题那么严重……"包文山心中也有顾虑。

"这不是问题！其他地方我帮不了忙，但这一块你不要怕。我给你们联系的业务，对面企业肯定会如数给钱，要不然我有的是办法治他！"他老子斩钉截铁道。

……

包文山父亲的办事效率很高，不到一周时间，就帮他们联系好了十一位老师傅，也不全是八级工，还有几个是七级工，车钳焊刨工种齐全。

游玩的地点也安排好了，是在离城三十公里外的一个水库。

改革开放才十年出头。前五年，考虑的是如何让人民吃饱，不再挨饿的问题。到 1986 年左右，连续数年粮食大丰收，农贸产品供应充足，绝大多数人都不用再饿肚子，这个问题算是初步解决。后五年，吃饱了以后，人民对于物质生活有了更高要求，自行车、手表、录音机、缝纫机这些家用品，成为人们追逐的目标。

近一两年，人民生活水平持续提高，已经不再满足于最基本的生活需求，对家用电器的渴望，也从前些年的手表、自行车，提升为电视机、洗衣机这类更高档次的生活用品。在这个急剧变化的时代，人们的物质需求尚未得到全面满足，还来不及考虑文化娱乐等精神需求。

旅游，在这个时代仍局限在国家景点范围之内，公园、名山大川，只要在入口处买一张少则几毛，多则两三块的门票，就可以进去观光，没有别的花销。

条件简陋，接待环境差，是各个旅游景点的通病。

包文山父亲去联系的水库，严格说来不是旅游景点，就是一个水库。

只不过前些年承包之风盛行，有附近农民就承包了水库部分水域，用来养鱼。于是，就有上级单位来这里钓鱼，钓完鱼，还能顺便吃顿鲜鱼宴。

这里环境清幽，无人打扰，住宿条件也可以，还能玩能吃，临走还顺带提两条，可比在其他景点走马观花有意义。那些老师傅得到这个旅游的机会，也很高兴。

别看他们技术好，功劳大，可在厂里毕竟只是一个工人，出头露面、旅游的机会并不多。现在有人赞助，请他们免费去玩，他们自是欣然接受。

第八章 切割

一辆涂着苏城旅游公司标记的大客车，弯弯曲曲行驶在开往水库的路上。

江南多水乡，一路行来，越过了数十条河流。

接近十月中旬，两边的稻田中，稻子快要成熟，上面结满了青色的稻穗。

放眼窗外，一片绿色。并不都是稻田，还有郁郁葱葱的树木，有些树林还非常密。眼看着田地一片宽广，而听着流水潺潺，车上众人都有心旷神怡之感。

久居城市，生活固然方便，却少有这般亲近大自然的机会。

受到这种情绪感染，人们没有舟车劳顿的疲惫，笑语轩昂，气氛热烈。

这次一同出来的，除了司机、十几名老师傅、白云天，包文山自然也是要来的。出于相信和考验他们，包文山父亲没有派来其他人协调，所有的接待工作都要他们自己亲力亲为。另外，车上还有几名打工的学生随同出游，作为他们前段时间认真工作的奖励。工资高，生意蒸蒸日上，白云天待人和气，现在还有机会出去玩，这些大学生们很是兴奋。他们一路上叽叽喳喳就没停过，时不时唱首唱歌，欢快无比。

"不要意思，他们难得出来玩，有些激动，希望没有吵到各位师傅。"白云天向那些老师傅道歉道。"没事！都是些年轻人，有朝气是好事。"

"看着他们欢快的样子，我觉得自己都年轻了许多，挺好的，没必要责怪他们。"

老师傅们很通情达理，看着这些年轻人，就跟看自己孙儿孙女一样，眼中满是笑意，一点也没有因为他们吵闹而感到不耐烦。他们一样在大声说话。

这些老师傅，大都在本行业内具有极高的声望，互相之间就算没见过，也听说过对方。如今有机会同车出游，相熟的人调了座位，坐到一起，热烈地说着工作、厂里的事，各自的家庭、子女等等，兴致都很高。

他们长期在车间，习惯了在轰隆的机器噪音下大声交谈，声音比那几个年轻人还要大。情绪激动起来，就像是在争吵一般。

白云天大多数时间，都在跟他们套近乎，但主要的目标，却是一位姓全的老师傅。

根据包文山父亲给的资料，这位全师傅是在苏城机床厂工作，这是一家拥有七千多人的大型国营机械厂，拥有自己的研发部门，主要研究、制造是各种类型的机床。他选择全师傅作为目标，当然是因为他是一名八级车工，是厂里无可争议的定海神针。八级车工，而且还有着丰富的机床制造加工经验，这对他来说吸引力远超别人！在上车那一刻，他就把这位师傅定为了第一目标。

水库离苏城，直线距离只有三十公里，但道路蜿蜒，客车整整走了一个多小时才到。迎接他们的，是老板彭越云。这是一个三十余岁的中年人，身形瘦削，穿着商标都没摘掉的宽大西服，一副愁眉苦脸，强作欢笑的表情。

白云天知道他在愁什么。

自从他承包这个水库以后，前来钓鱼的人就络绎不绝。这些大都是上级单位的工作人员，要不就是他们介绍的亲朋好友，钓鱼从不给钱，好吃好喝供着，临走还要连吃带拿，他实在是有些承受不起了。

虽然事前有联系，表示会有所表示，但他还是有些担心，怕这些人又是来打秋风的。白云天一下车，就拉着他走到一旁，低语几句，然后将一个信封递了过去。对方一捏信封，脸上的愁容顿时一扫而空，笑容灿烂，热情地招呼着众人。

水库的风光很美，尤其是在树叶尚未枯黄的季节，林间飞鸟展翅，湖面水波粼粼，可以看到大群的鱼儿在湖水中游动，追逐觅食。

彭老板带着众人走了一圈，介绍着周围的景致。

他长期接待各路神仙，锻炼出了一副好口才，便是普普通通的景致，在他口中说来也是充满情趣，让前来的一众老师傅们很是满意，流连忘返。

白云天特意带了一台相机过来，跑前跑后，调动大家情绪，单人照、合照、集体照，足足拍了三卷胶卷，众人才兴致已尽，回到住宿之处。

彭老板接待经验丰富，对于喜好钓鱼的，他这里准备有各式钓具；休闲聊天的，他在风景优美的库边摆上了座椅，为他们沏上一壶清茶；想要打麻将的，他这里也有上好的麻将牌，以供娱乐。一圈下来，老师傅们体力消耗较大，都乐意在此消闲打磨时间。年轻人们精力旺盛，还相约着四处乱跑，玩赏湖光山色，彭老板怕他们出意外，专门派了他手下一个工人跟着。

他被打秋风的人吓怕了，通常都把鱼儿喂得饱饱的。

白云天出了钱，他自然不能像以前敷衍别人那般，任他们空竿垂钓。他给几位喜好钓鱼的老师傅提供了海钓长杆、上好的鱼饵，又给他们指了几个最佳的钓鱼地点，又洒出诱饵，吸引鱼群过来。一会儿时间，几位老师傅就吊起来好几条肥硕的花鲢、鲤鱼，还有一条黑鱼，他们开心之余，兴致大增。

到晚间，以钓来的大鱼为食材，彭老板让厨师做了一顿全鱼宴。

白云天也亲自下厨，做了一道糖醋鱼，以为助兴。

彭老板特意拿出他珍藏的花雕，请大家品味。在白云天暗中示意下，他还准备了各种白酒、啤酒，摆上桌来，不断地调节着酒桌气氛，不使冷场。

一众老师傅们今天玩得开心，兴致很高，放得很开，桌上杯觥交错，酒到杯干。

第八章 切割

全师傅也喝了不少，以白云天观察，起码喝了有半斤黄酒。之后，又换白酒，跟几个老哥们儿喝了约有三两。

但是令他目瞪口呆的是，这位喝了这么多，却丝毫不显醉意。

其他人也不遑多让。白云天在旁作陪，连连踩水，都有些微晕。

一顿饭吃了两个多小时，眼看众人酒足饭饱，就要回房休息，无一人喝醉。

他做了精心准备，却没料到这些老师傅久经考验，根本不当回事。

他就像是老鼠拉龟，竟找不到下手的机会。

夜幕低垂，客车在丝绸工学院入口停下，白云天让其他人先下车。

从水库回来，他们先送了各位老师傅回家，然后才返回丝绸工学院。司机手放在开关上，从观后镜看着他们挨个下车，等着关门。

"曲师傅，这一路辛苦你了，这是我们的一点心意，请你收下。"白云天将一张百元钞票，塞到他口袋里。

"这哪行！开车是我的工作，而且一路我跟着又吃又喝，哪还能要你们学生的钱，这不行，你这不是打我的脸吗！"曲师傅慌忙从兜里掏出钞票，硬要塞还给他。

"您车开得稳，我们几个以前晕车的同学，这次都没有感觉，才能玩得这么愉快，要说感谢的是我们。我们自己摆了个摊位，做餐饮生意，赚了点小钱，这样出去玩的机会还很多，以后可能还会经常劳烦您，不知道曲师傅能不能给我们留个电话，好方便我们联系？"白云天诚恳地说道。

曲师傅听他说得诚挚，便不再矫情，将钱收下，从仪表盘下工具箱中掏出一个油渍渍的本子撕下一页，写下电话递给他："这是旅游公司车班电话，你以后要用车直接找我，油钱都不收你们的，只要给两个烟钱就行！"

"好的，一定找您。那我先走了，您慢走，路上小心一点。"白云天郑重地将纸折好，揣进兜里。随着车门关上，代表着这一趟水库之游到此顺利结束。

来去一共花费了一千四百多块钱，在这个人均收入很低的时代，已不是个小数目。但白云天感觉这钱花得太值了！

诚然，他始终没能从全师傅那里找到机会，略微有些遗憾，但他终究是获得了一项焊工技能。

毕竟提取技能动作太大，如果在对方清醒的情况下，很难当面实施。老师傅们也不会允许他将一两个类似于医疗吸盘一样的东西，贴到自己太阳穴，安安静静地等上十来分钟，还眼睁睁看他对着某个不知作何用处的仪器，反复操作而不制止。

上次从校篮球队队长那里，盗取篮球技能的情况实属特例，完全不具普遍性。

能够盗取到一位八级工老师傅，毕生累积的焊工技能，他已经是惊喜之至，大感不虚此行。别说焊工无用。

在他看来，任何一项达到了最顶尖的技能，都是瑰宝！

车、钳、铣、刨固然重要，可焊接同样是一个非常关键的技能，能够发挥出其他技能所无法比拟的重要价值。

他心中有了几个列选项目，都是围绕焊接工艺所展开。他有信心，这几个项目都能带来丰厚利润，而且还能以此为基础，深度开发，延伸出一条完整的产品线，为进一步扩展技术创造条件！……

回到学校，他就把包文山、徐洋、严季和、方芳叫来，找了个僻静的地方，开了个小会。"等到这个月底，结完账，我就打算从外卖生意中抽身，专心致志办工厂。既然我不在这边干了，那以后就不再从中分钱，我的股份就全部让给你们，至于如何分配，你们自行协商好了。"一开口，他就做出一个石破天惊的决定。

"你不在这边干了？"

"为什么？"

"白哥，外卖生意是你提出的，就算你要忙工厂那边，也没有不分钱的道理啊！"

一言既出，几个人都炸了。

白云天压压手，让他们不要激动："外卖只能说是一个创意，谁看一眼都能学会，以后仿效者会越来越多。所以，我拿走自己应得的红利就足以，接下来的经营，我既不能提供技术支持，又不从事具体管理，当然也就不应该再在里面分钱。"

他的目的是要将工厂与外卖做彻底切割。

工厂办起来后，白云天是理所当然的总负责人。其他人有想跟他过去的，当然也会有人怕冒险，觉得外卖这份生意有着看得见的利益，更具诱惑力。

办企业相当于又一次创业，虽然他自己胸有成竹，可不代表别人也会信心百倍。

再说企业经营中，遇到坎坷、困难，是必然。

自他来到这个时代以后，尽管跟大家相处的时间不长，但他觉得很愉快，没有人拖后腿，都在尽自己的一份力。他希望这份友情，不要随着未来的利益纠葛而变质。

办企业的难度远大于外卖生意，如果还照外卖的股份划分，跟他去的人，为企业做出了巨大贡献，可能所得还不如舒舒服服待在外卖这边的同伴，心中必有怨气，导致团队出现裂痕。

第八章 切割

而拿得多的那边，也不会有所感激，反会认为是理所当然。

长此以往，彼此间的那点情分就会被逐渐磨灭，到最后只剩下怨恨。

所以与其以后内讧，倒不如现在就分得干干净净。

"以后你就不管这边了吗？"方芳眼睛里含着泪水，有些伤感地问道。

"怎么会！以后你们如果碰到难处，能帮的忙我一定会帮。但我只管出主意，怎么选择最终还是由你们决定，我可不能越俎代庖。"白云天解释道。

"吓死我了，我还以为你以后都不理我们了。那我现在就想问问，以后我们该怎么做下去，你能不能给我们指点一下方向。"方芳破涕为笑，拍拍胸口问道。

其他人都没说话，严季和看了她一眼，也保持沉默。

方芳这么问，就代表她不想跟着白云天过去，她终究是女孩子，对冷冰冰的机械没有好感，还是更喜欢眼前这份安稳的职业，打算继续做下去。

"外卖可以做得很长，但路边摊终究只是权宜之计，不能一直像眼前这样做。"白云天对同伴没有保留，如实相告道，"以后，你们还是要租一个门面，既做上门客，也做外卖——主体还是要以外卖为主。学校、公司、单位，凡是人流密集的地方，都是潜在客源，你们可以制作精美的菜单，上门一家家跟他们谈，留下订餐电话。外卖做好了以后，做好保温，用自行车或是有钱了买一辆面包车，给客人送上门。

其次，规模扩大了以后，去请几个厨艺好的专职厨师，学国外那样开发自己的特色快餐，比如炸鸡翅、香辣鸡翅、炸鸡腿等方便、快捷、有特色的快餐，进一步打出名气。再接下来，就是扩充店面，在本市、邻市开办连锁店。未来资金充足，还可以扩张到全省、全国，乃至全世界，办成一家规模庞大的跨国企业！

规模大了，还有一个好处，就是可以方便跟供货商谈价，以优惠的价格获得更好的食材，从而得到更大利润……"

在这清幽的凉亭中，他将未来快餐发展的模式和流程，仔仔细细分解开来，讲给了他们听。方芳眼中的惊喜，就没有熄灭过。

她努力将白云天讲述的内容记在脑海中，可好多东西，她也只能记个概念，无法深入理解。欣喜于未来的道路如此清晰同时，她深感遗憾。

要是白哥肯留下来，专心经营这份事业就好了，有他带领，未来他们说不定真能办成跨国集团呢。

第九章　虎丘商机厂

　　这场深谈，一直持续到了宿舍关门，众人才恋恋不舍地各自返回寝室。大家心中都有些不舍。

　　他们很清楚，虽然以后大家还将在同一所校园，同一个寝室相处下去，可是随着今天的分开，各自都将走上不同的人生道路。

　　那种一起打拼，同甘共苦的日子，怕是一去不复返了。

　　留存在他们心中的，唯有那份友情。

　　愿意跟着白云天，重新开始的，还有包文山、严季和两人。

　　包文山家里有钱，他跟着掺和外卖生意，享受的是不再依赖大人、自己挣钱的成就感。他明知道企业经营更难，可他觉得更具挑战性，能在其中享受到更大的快乐，所以毫不犹豫就退出了外卖这边，选择跟白云天一起去开辟新的起点。

　　严季和则是履行承诺，说了要跟着白云天走，就一定要跟着白云天走，怎么劝都不收口，也是一根筋。

　　徐洋在听了白云天对未来外卖生意的分析以后，推翻了当初的想法，认为外卖事业前景更加宽广，更适合他，决定和方芳一起，沿着他制定的道路继续走下去，看看究竟能走到多远。

　　对此，白云天也只能祝福他们一路顺风。人生就是这样。

　　总是会遇到很多很多的人，有些人会成为自己人生中的一段美好记忆，有些人会陪着共同执手走完一生，有些人会是永远的朋友，有些人将是很好的合作伙伴，有些人则成为助手、下属……或是过客。

　　……

　　接下来的日子，白云天渐渐淡出了外卖生意，更多的时间，忙于为工厂筹备。

包文山的父亲包前进，听说他们这么早就放弃外卖生意，怕他们急于求成，让包文山带着，请白云天到家里做了一趟客，与他面对面深谈了一次。

他在市机械电子工业局装备二科任副科长，在市属工业企业中都能说得上话，与省属、军工企业也有着一定的工作往来。

他给白云天他们这个私营企业安排的道路，是去一些国营大厂承接零部件代工业务，借此练练手。

等业务熟悉，加工能力提高之后，再接一些精度要求高、利润相对丰富的待加工业务。如果白云天他们确实技术水平高，能力强，那再考虑是否自己做一个整机产品，尝试着不依赖于他人，走出自己的一条路来。

这也是刚出现不久，还很孱弱的私人企业所走的路。

这条路更依赖关系维护。

有关系，能从国营大厂接到业务就能生存下来，有些还能活得很滋润。

活下去，是第一要务。在活下去的基础上，有条件的情况下，再逐渐提高自身技术实力，然后向整机装配方向发展。在此过程中，吃透别人的技术，聘请高级技术人员，更新设备，慢慢转向整机制造，推出自己的产品。

实现这个目标，可能要耗费数年、数十年，也可能遥遥无期，甚至是中途夭折。

谁也不敢奢望一步登天。这是制造业本身的独有特性所决定的。

各种固定资产投资，动辄几十万到上百万、千万，一栋高标准的厂房，就足以让一个所谓的百万富翁掏光兜里的最后一枚铜板，更遑论其他。

单是资金的话，还好解决。

可是有些专用设备、精密设备，国内不是做不出，就是精度差、不过关，而以国内所面临被制裁的国际环境，有钱也难以从国外买到。

设备不行，技术人员水平更是参差不齐，有能力的技术人员不是在大型研究机构、军工企业、国营重点企业，就是出国去了。

无论哪一种，都看不起私人企业。

就连工人，都请不到有经验的好工人，只能招收农民工，从头培训。

两三年才能培训出一个合格的工人，五六年才能培养出一个技术还算不错的四五级工。但十几年也不一定能堆出一个六级工、七级工，八级工那基本就是奢望。

如此漫长的周期，私人企业想从无到有，从有到精，谈何容易！包前进就觉得白云天过于冒进了。

尤其是听到儿子在电话中说白云天准备推出自己的产品的时候，他更是觉得他们在胡闹。他承认这是一个有想法、有能力的年轻人，但对于工业制造缺乏足够的尊重，做事太激进，太冲动，他想跟白云天好好谈谈，说服他脚踏实地，从微末做起，不要好高骛远。

然而一番长谈下来，他反而被对方列出的详尽计划、各种解决方案所说服。

以他在机械工业这么多年的经验，他判断这件事几乎没有失败的可能性！这令他大为震惊。

"包叔叔，这里面最大的困难，就在于我们制造的产品，能不能上市销售。据我所知，目前的私营企业基本都是为国有企业做代加工，这到底是因为没有能力，还是国家不允许他们从事产品制造，这点我想向您请教一下。"白云天谈完了他的计划之后，客客气气向包前进请教道。

"这当然是多方面因素共同作用的结果。"包前进对眼前的年轻人再度提高了认识，很高兴自己能帮到对方，侃侃而谈道，"就国内来说，私企技术力量肯定不行，单一加工某个部件还可以熟能生巧，但让他们做一个完整的产品，还力有不逮。

其实，国家政策也是一个坎，而且是很重要的坎。

现在国内根本就没有放开私营企业，不是有一个说法吗：雇工八人以上，就算剥削。所以那些私营企业，其实都披着集体企业的皮，以乡镇企业的形式在经营。但完全的私营企业，在国内尚没有先例，也不会有生存空间。"

"乡镇企业？那不行，我听说乡镇企业属于集体所有，以后产权分起来，会非常麻烦，搞不好被人家摘了桃子走，也说不一定。"白云天坚决道。

"对！萧山的万向厂就是一个很好的例子。他们 1969 年开始承包了公社农机修配厂，戴上了乡镇企业的帽子，那个时候可以名正言顺地搞企业。可是这个帽子好戴不好摘，他们现在拼命想把这顶帽子摘下来，可都摘不了。这条路不能选！"包前进非常赞同他的看法。"那我们该怎么做？"白云天有些发愁。

他没想到，仅仅是办个厂都这么困难，以后不知还会遇到多少艰难险阻。

"办法当然是有的，而且不止一条！"

"包叔您说。"白云天姿态放得很低。

他有着未来的制造技术不假，可在目前的大环境下，再强的技术也敌不过政策。有包前进这位熟悉行业发展的专家给予指点迷津，可以让他少走许多弯路。

包前进对他的态度很满意，有才而不自傲。他在这个行业中干了几十年，有才华的人见多了，但懂得做人的太少。这些人不是屡遭挫折，失了那份灵性，就是愤世嫉俗，甘于平庸，要不然就去国离乡，宁可去给外国人洗盘子，也不愿待在国内，真正能干出成绩的少之又少。

白云天尊重他，他也愿意为他们铺一条路，让他们在接下来的创业中走得更快更稳。"虽然政策对于私人企业有诸多限制，还有过抓捕'八大王'这样的前例，导致私营企业更加步履蹒跚，谁也不敢越雷池一步。但是南方毕竟开放时间较长，更能接受外国的经营理念，对于私企也更具包容性。近两年国企经营越发困难，已到了不变不行的地步，尤其是今年初邓小平的南巡讲话，'三个有利于'的提出，为私营企业扫清了思想上的阻碍。"包前进点起一支烟，悠然说道。

八大王的事情，白云天听包文山说过。

那是改革开放以后，最先投身私营企业中，做得最成功的八位，号称五金大王、螺丝大王、线圈大王、电器大王等等。这几位，在 1980 年代就资产上百万，造成了极其轰动的影响。但在打击经济犯罪的行动中，这几个大王全部被以"投机倒把"罪名逮捕，并没收"所有非法所得"。

这就是现实。"如果是前些年，你们说要搞企业，我会坚决反对，因为搞不好就会把自己送进大牢。但有了今年邓小平的南巡讲话，虽然法理上私营企业仍不合法，却得到了默许，可以试着去做一做了。在这种大趋势下，避开政策限制就成为可能。"包前进不紧不慢地说道。

白云天点头。"绕过的方法，一个就是挂乡镇企业的牌子，这个你不肯，自然就算了。另一个就是挂靠，这和前者是一回事，只不过一个找的是乡镇企业，一个找的是国有企业，产权都归挂靠单位，想来你也不愿意。那就还有一个办法，就是承包……""承包？"

"嗯！承包！现在政策对企业的经营放开，允许以承包班组、车间的形式，获得一定的自主性。通常来说，是和企业谈一个承包额度，然后从企业接活，定期上缴承包费，多赚的就归承包者所有。"

白云天思索了一下，犹豫道："承包的话，我们为了生产所购买的设备，是属于企业，还是归我们自己？"

"厂房、借用的设备，归企业。自己买的设备，当然是你们自己的。以后不想承包了，完全可以将你们自己添购的设备带走，谁也无权阻止！"包前进毫不犹豫道。

这还差不多。

在白云天看来，所谓承包就等于是在企业租用部分厂房、设备，然后定期缴纳租金，实际上两者并无关联。以后找到更好的承包单位，或是想自己办厂了，说走就能走。采用承包方式，前期无须太多的投入，进退都留下了足够余地，的确是个好办法。他们自己办厂，最初也只能租地皮，厂房只能因陋就简。还不如干脆就以承包的方式，连厂房带设备一起租赁。近水楼台先得月，说不定还能借用厂里的熟练工人，跳过了初期缓慢积累的过程。

"包叔叔，除了这几种，还有没有别的方法？"白云天心中已有定计，但不急于做出决定，继续问道。

"还有一种，产权绝对清晰，还能享受较高的利税优惠，但是投入大，我觉得你们现在不用考虑。"

"是什么？"白云天眼睛一亮，追问道。

"外商投资！"包前进看了他一眼，吐出几个字。

"外商投资？我明白了，是在国外注册一个空壳公司，然后再以投资的方式，在国内建厂，是吧？外商投资，还有利税优惠吗？"白云天一拍脑门，快速反应过来。

投资他当然清楚。国内实行计划经济，私人企业没有存在的法律依据。但国外本就是资本社会，他们来华建立的企业自然也是私营企业。

"当然有优惠。人家外资企业有技术，有资金，你不给好处，人家凭什么到你这里来办厂？"包前进对白云天这么快就反应过来也很吃惊。

这个时代外商的形象非常高大，随便来个人，只要说是外商就让人肃然起敬。一般人听他说外商投资，脑海里浮现的肯是真正的外国人。要不是他在工作中，碰到过几个名为外资，实为国人的假项目，也想不到这个歪点子。

但白云天却第一时间就想到了可以在国外注册空壳公司，冒充外商回国投资。说明他整天想的就是如何钻空子，对外国人毫无敬意。

这小子脑瓜子很灵，但可别走上歧途啊……

包前进微微有些担忧。

白云天哂然一笑："他们又不是助人为乐的谦谦君子，来华投资当然是有利可图。我听说，欧美的工资是我们的数十倍，而企业经营人工工资占总成本的百分之三十以上，越是劳动密集型企业，工资所占比例越大。这么说来，他们来华建厂赚大了，凭什么还要给他们利税优惠！"

包前进一愣。

他仔细想想，好像也是啊。

香港的纺织成衣、轻工，纷纷转到深圳办厂，不就是因为这边人工低，利润高吗？

既然他们已经得了大便宜，为什么还要给他们更多好处。

"这个，这个不能这么说，"他终究是国家干部，还是本能辩护道，"我们毕竟是发展中国家，能够吸引外资到国内办厂，终究是一件好事。虽然外国人多赚了一点，可是他们市场经济搞了几百年，发展成熟，在建厂的同时把好的管理经验，还有技术也带来了，这也是我们所急缺的，所以不能说我们吃亏。"

白云天耸耸肩，不想因为争执而伤了彼此和气。

管理？技术？呵，以后你就知道，究竟是谁更高！

白云天跟包文山、严季和商量后，最终确定先从承包起步，降低前期投入。

承包还有一个好处，就是可以直接借对方的名义，获得产品销售资格。

私人企业做整机产品对外销售，这在国内还是头一遭。

直接报批，包前进也没信心能帮他们通过。唯有挂着国有企业的牌子，他才好托关系，给予放行。

而且肯定能通过。

这两年国有企业经营已经陷入泥沼了，怎么爬也爬不起来。银行的坏账划了又划，也无济于事，只能东拼西凑，力保少数重点企业。

计委已经不再向下发放生产计划，企业要活下去，只有自谋出路，向市场要生存。

这个时候，已经没有什么产业规划了，一切都重归混沌。

于是，战斗机厂家的工人，到处销售保健品；从事核工业的研究所，绘制彩电图纸；教授摆摊卖茶叶蛋、科学家在街头推销电子表，丝毫不是新闻，而是实实在在，每时每刻都在发生的常态。

人，首先要想法活下去。

在这种情况下，无论你以前是做什么的，只要你能生产出一款产品，质量还说得过去，报审就一定能通过，上级单位绝不卡脖子。

哪怕有一家企业，能够不依靠上级部门，独立支撑下去，都能为国家减轻负担。

只要用承包企业的名义去报批，包前进就能光明正大去游说。

确定了初期经营模式，接下来就是寻找合适的承包企业。

白云天等人按照包前进推荐的名单，首先去了江南机床厂，和对方接触。

江南机床厂是一家省属重点企业，全厂近万职工，连同家属在内，总共有两万多人。包括家属区在内，厂区足有百亩，占地面积非常大。内部有一个总厂、两个分厂，有自己的精炼车间、铸造车间，还有研究所、医院、小学、中学、工人俱乐部、派出所，宛如一个封闭的小社会。

由于国企整体出现经营困难，停工的企业越来越多，机床厂的设备销售一落千丈，如今也陷入了半停工状态。全靠银行的持续输血，机床厂的干部职工，才能拿到百分之六十的工资，以维持生计。

白云天等人去的时候，对这家企业很满意。

机床厂的设备已经多年未更新，但终究是从事机床生产的企业，保有的设备在国内来说仍属高精密等级。厂里的老工人数量众多，那名八级车工全师傅，就在这里，还有十多名七级工、上百名六级工，技术力量相对其他国企来说非常强大。

无论是招工，还是寻求外协，都是上佳选择。

然而洽谈的结果，让他们大失所望。

在一家省属重点企业面前，包前进的面子并不太管用。哪怕境况已经如此之糟，对方仍是虎死不倒架，觉得让一个私人来承包车间很没面子，开出的价码毫无诚意。

对方允许在组装车间，给白云天他们划出一百来平方的面积，作为他们独立的承包区域。但要求白云天他们接收一百来名工人，给他们开工资，等于还没开工，就让他们背上了每月一万多的包袱。

这也就罢了，工人还必须由厂里指定，一听就知道想把那些不能干活的老弱病残给塞过来。完了，厂里的设备不能动，请厂里加工外协件还要支付很高的价格。每个月还要他们上缴五万，作为承包费，并预交十万作为押金。

看在机床厂深厚的底蕴上，这些白云天都能忍。

但是当对方表示，不允许白云天他们以机床厂的名义，提请产品销售许可时，白云天再也无法忍下去，直接带人拂袖而去。

合着搞了半天，我又替你们养人，又交高额承包费，到最后还不能借你们一点名头。那我承包什么！双方的洽谈不欢而散，直接告吹。

此后的量具刃具厂、仪器仪表厂等，洽谈也不理想，不是想让他们接收大批老弱病残，就是不同意产品报批时挂自己的名，要不然，就是让他们缴纳很高的承包费，还需预交几个月作为押金。

这就是店大欺客。

这些省属大型重点企业，设备的确好，工人水平的确高，代表了国内目前最高的制造水平，但他们如今尚有国家帮忙托底，还维持得下去。困难虽然有，却还没有到无路可走的地步，觉得国家一定会出手相助。

他们将大型国企的尊严看得过重，打眼就瞧不起白云天等人。

要不是看包前进面子，他们连见，都不想见。

一圈下来，白云天等人最后和一家区属通用机械厂，签订了承包协议。

这家名为虎丘商业机械制造厂的企业，从事的是商业机械的制造，主要生产和面机、饼干机、冰糕机等食品机械。厂子早在 1990 年初期，就已经陷入停工状态，厂里三百多名工人大多都已回家等候消息。

由于不是重点企业，银行的支持力度极其微弱，工人每月只能领到百分之三四十的工资。就这，工资也有大半年没有及时下发了。

白云天他们去的时候，厂门紧闭，隔着红砖墙，可以看到一群群鸟儿在厂区车间顶上飞起落下，嬉戏玩耍。

偌大一个工厂，除了一名守门大爷，只有接到包前进电话，专门过来接待的南书记在。厂办里，连一瓶热水都没有。

因为长期停工，到处都是一派萧条破旧的景象。红砖砌的厂房布满厚厚的灰尘，玻璃也破了，厂区的水泥地面上居然都被杂草破土而出。

整座工厂，说是废弃了也不为过。

许多机床因缺乏保养，变得锈迹斑斑，一些地方都锈死了。

包文山、严季和看着直皱眉，白云天倒是面不改色，无动于衷。

南书记一直赔着笑，带他们在厂区到处乱逛，跟前跟后，有问必答，态度很是和蔼，甚至可以说是谦恭。没有本钱就没有底气。

对比同样停工，设备仍保养完好的其他企业，虎丘商机厂可谓是惨不忍睹，包文山两人看完之后大是摇头，二话不说就想离开，去下一家厂看看。

白云天却拉住了他们，对南书记问道："南书记，如果承包你们厂一个车间，有什么要求？"

南书记也看出他们不满意，苦笑着叹口气道："哪还敢提什么要求。你们是包科长介绍来的，我就说实话吧，这地方你们要用就随便用，想用哪个车间就用哪个车间，我们一分钱不收。要是真能做得起来，我就希望你们能优先从厂里招人，安排他们上班，别让他们天天堵着门骂我就足够了，其他啥要求都没有！"

看着他花白的头发，满脸的疲惫沧桑，白云天感到一阵心酸。

南书记那卑微的条件，让白云天心头一喜。这正是他所想的。

这不是他原来那个时代，没有那么多合格的工人供他挑选，合格的工人只有国有企业里才有。要想快速组建一家企业，吸收消化原国营厂工人，是最快捷的方法。

并且国营厂的工人，习惯于安稳，在哪个单位入职，就在哪个单位干一辈子，直到退休。如果不是组织调动，他们基本不会考虑跳槽去另外一家企业。

这也是白云天最赞赏的地方。

也只有国营厂的人，才有这种企业忠诚度。据说沿海企业的农民工流动性就很大，今天在这家厂干活，明天就跑到另外一家给钱更多的企业去上班。

这个时代的人才本就匮乏，培训工人周期又那么长，白云天可不想自己辛辛苦苦培养出一批好工人，转眼就被别人拉走，替别人做了嫁衣裳。

他需要工人，但不能像前几家企业一样，把这当成了塞包袱。

不服从管理的人，他宁可不要。

他没有马上回答，故意装作沉思的样子，还没说话，包文山在旁说话了："你还真想承包这个厂？你都看见了，厂房破破烂烂，车间的设备都已经生锈了，能不能用还说不一定，承包来又有什么用！"

南书记看出白云天有些意动，生怕他放弃，赶忙说道："其实这些设备锈得也不厉害，我找些人来上点油擦一擦，用起来还是跟新的一样。"

严季和斜睨了他一眼，嘴里小声嘟囔着，明显不信。

白云天抬手，制止包文山，叹口气道："这年头大家都不容易，能帮就帮一把吧。南书记，我知道你们很困难，我们也需要人，但得技术好，能干活。"

"那是肯定的！我一定找最好的工人过来。"南书记高兴得脸上的皱纹都散开了，赔笑道，"你们要几个？"

"先把承包协议签了吧。"白云天不置可否道。

"行行行，我公章都带着呢，咱们这就去办公室！"南书记脸上笑成了一朵花，立即带着他们回办公楼。

对于协议的内容，他完全没有提出任何意见，全部按照白云天的要求书写：连同设备在内，承包虎丘商机厂精工车间；视经营情况适当解决厂里的职工上岗工作，上岗工人要能达到生产技术要求；生产所需水电开支，由白云天等自行承担；承包期间，所开发的产品其知识产权属于承包人所有，可借用商机厂名气报批，获得销售许可，销售期间因质量问题发生的纠纷，与商机厂无关，由白云天解决……

这个承包协议，外表披着商机厂壳，内涵还是白云天等人，商机厂对此几乎没有干涉权。

但白云天没有把事做绝，他没有如南书记所说，免费租用厂房，还是给他们开出了每月五千元的承包费，只不过这钱暂时先欠着，等产生了利润再给。

其次像生产中产生的水电费用，他也是自行承担，没有赖到商机厂身上。当然，以商机厂工资都发不出来的现状，他就是想赖也赖不了，这就是一个姿态，表明他虽然是包科长介绍来的，但没有仗势欺人，给商机厂上上下下留下一个好印象，以便后面深入合作。

售后的质量问题，责任同样分清。

最后双方商定，协议一年一签，视上年经营状况好坏，来决定下一年是否续签，以及重新商讨承包费等等细则。

白云天这样做，有他自己的用意。

他不确定，眼前这位唯唯诺诺的南书记，在看到他们经营取得成绩后，会不会见利忘义，态度来个一百八十度大转变。如果没有是最好，双方还可以继续合作。要是被他料中，那这一年后重签的规定，就能让对方有所期待，不至于马上撕毁协议，中止承包。

起步阶段，获益估计不会太多。

这点利益，时间太长对方有可能忍不住，试图攫为己有。但只有一年期，想来还能克制。等承包期满，白云天已经赚取了一定的启动资金，若是双方谈不拢，他大可拍拍屁股走人，换个地方便可重新开始。

说真的，要是一年下来，经营仍是岌岌可危，白云天都要审视自己是否具有经营能力，重新思考是不是转成科学家，在这个时代更有前途了。

这一年就是一次考验。

既是考验商机厂是否值得长期合作，也是考验自己是否能获得成功的试金石。

没有计算机，没有办公自动化，连中文打字机都还未普及，承包协议全部是采用手写，一式两份。

白云天在承包人处，签上了自己的名字，大拇指在印泥盒按了一下，在签名旁，重重地摁下了指印。

看着红艳艳的指纹，白云天心中略有微澜。

这就是他在这个时代，真正朝前迈出的第一步。

条件还很简陋，未来还有诸多不测，但他相信，有着学习机的辅助，他必将成功！

白云天签字之后，南书记拿起用了多年的公章，蘸上印泥，却迟迟盖不下去。

他的表情，很是复杂。

有难过，有伤感，眼角还微微有些湿润。

精工车间是商机厂设备最好、最精华的部分，一旦租出去，就意味着商机厂失去了依靠自己的力量重新站起来的可能，把所有希望都寄托到了身边这个年轻人身上。有包科长在背后帮忙，业务肯定不成问题，起码比现在强。

这样一来，他也算是对得起商机厂三百来号干部职工，为他们找到了一条谋生之路。

而他自己，反正已经五十多了，属于他的时代早就过去了，勉力支撑到现在，他已是身心疲惫。再挨两年，他也该退休了，以后，就再也不用为这个厂操心了。

就这样吧！

他咬咬牙，仿佛是要用尽全身力气，把公章盖了下去，久久没有提起。

白云天没有催促，只是在旁静静等待。

对于南书记，这是一个时代的结束；而对于他，则是一个新时代的开启！

第十章　变速车

创业肇始，白云天手里没有太多钱，第一批向南书记要了三个人。

一个车工、一个钳工、一个油漆工。

他嘴上说一定要最好的，其实心中并未抱太大希望。

在办公室，他看过厂里生产的食品机械照片，用傻大黑粗四个字就足以概括。厂里的技术工人，顶天也就四级工水平。

没有开业庆典，没有领导讲话，随着南书记公章落下，鲜红的印记烙下，就意味着白云天这个个人承包小组正式开始运转。

企业经营必须的项目，大致由资金、场地、设备、人员、产品组成。

资金，白云天上月分到的红利一共六千。本月最后一次参与分红，按照目前外卖经营状况，估计能分到一万。

加上包文山、严季和，他们的总资金不超过两万五。

场地现在承包了商机厂的精工车间，虽然厂房很陈旧，但远比大多数乡镇企业正规，厂房内有大型通风扇，有大功率照明，上方还有行吊可用。而且地方不小，足有两百来平。

设备虽然生锈，且全是通用机床，但秉承了国企大而全、小而全的传统，车磨铣刨焊样样皆有。并且厂里还有一个热处理车间，建了一座简易的热处理炉，可以自行完成简单的热处理，也算是意外之喜。

最关键的，是这些东西都不要钱！这都托了包前进的照顾。

要不是卖他面子，商机厂就算是彻底垮了，机床设备当废铁卖了，也不可能让他来承包。

靠他自己去买，两万块钱花光了，也买不了几台。

虽然按白云天计划，他的第一个产品并不需要太多设备，但有总比没有好。做大以后，这些设备必然能发挥大用处，加快发展速度。

这个人情他要领。一份承包协议，就帮他解决了几乎所有问题。

然后，就是产品了。以他现在的资金状况，仅有一项八级焊工的技能，以及勉强达到国内平均水准的加工能力，这个产品必须要符合投入小、制造简单这个硬性要求，同时还要保证新颖实用，一推出就大受好评，难度不是一般的大。

他也是在制造史列举的各种制造工艺中，选了很久，才最终确定了基本符合他要求的项目。即便如此，其中部分零部件，仍不是他们可以完成的，必须通过外部解决。

　　……

苏城自行车厂是一家本地市属重点企业，成立至今已有二十个年头。苏城自行车长的梅花牌自行车，虽然不及永久、凤凰那么响亮，也不如飞鸽那么众所周知，但在苏城附近县市还是颇有市场，年销售量达十余万辆，创造利税两百来万元。

在这个大多数国企都经营困难的时候，苏城自行车厂属于极少数还能活得有滋有味的国企之一了，是苏市引以为傲的一块名牌。

"你说你是虎丘商业机械厂的，要找我们厂供销科长？有什么事吗？"守门大爷隔窗抱着大茶缸，看着嘴边刚刚长出一圈绒毛白云天，慢条斯理道。

一个机械厂，找他们自行车厂做什么？难道是来找外协业务？自行车厂的所有零部件都是自己加工完成，从来不需要外协。"我们想联系，购买一批散件。"白云天从兜里掏出一包牡丹，撕开包装，笨手笨脚取出一支，隔窗递进去。

门卫看见香烟包装，眼中精光一闪，接过烟点燃，咧着黄牙道："买自行车你去五交公司啊，到我们厂来干什么。我们厂只批发，不零卖。"

中国号称自行车王国，作为主要的交通工具，自行车从来不愁卖。

尽管已经取消了自行车票，可是自行车厂仍有几分傲气。

"我们厂想买一批散件，自己组装好作为奖励发给职工，您给通融一下，让我见见贵厂的供销科长好吗？"白云天又取出几支香烟，放到对方桌上。

"你们厂效益这么好，还有钱给职工发奖励？你们是做什么的啊？"门卫仍不起身，四平八稳地坐着，慢悠悠地抽烟喝茶，聊天似的问着。白云天苦笑。

这就是阎王好见，小鬼难缠，放在他们那个时代，这样的门卫早就被开除了。

得，在哪个山头唱哪歌，忍着吧。

第十章　变速车

他将一包烟都放到了对方面前，笑着道："我们厂是做食品机械的，效益还过得去吧。您帮帮忙。""那好吧，你去我旁边这栋办公楼二楼，看着牌子上写着供销科的就是了。你找徐科长，他负责供销科工作。"门卫还是用慢条斯理的动作，将香烟扫进抽屉，随意地朝身旁指了指，让他自己进去。

"哎，谢谢您了！"白云天连声道谢，快步走向办公楼，上到二楼，顺利在左侧一溜办公室门牌上，找到了供销科。

还没到门口，他就被里面腾腾的烟雾给呛到了。

忍着呛鼻的烟雾，他探头望去，只见里面五个人嘴上都叼着香烟，一口就吸下去一大截。满屋子都被烟给遮住了，雾蒙蒙地看人都不真切。

"请问哪位是徐科长？"白云天被呛得不敢进去，站在门口问道。

"我就是，你有什么事？"长藤椅上，一个正在看报的中年人抬起头，问道。

"您好，我是虎丘商业机械厂的，"白云天屏住呼吸，走上前热情地说道，"我们厂想购买一批自行车散件，用来给职工发放奖励。"

他紧紧盯着对方，怕他也说只供货给国营商场。

"有介绍信没有？你们要多少？我们只做批发，少了我们可不卖，一次至少要五十辆。"好在徐科长根本没提这茬，又把视线投回到报纸上，淡淡地说道。

白云天只打算买二三十辆，但听说少于五十不卖，咬了咬牙，道："厂里打算买26型男女式各五十辆。除了奖励给职工，还会给销售单位、购买单位送一些。我们先付定金，等产品销售货款回笼以后，再最后结账。"

"只付定金？"徐科长皱眉。如今三角债越闹越凶，他们的货款也是经常被商场拖欠，结款期越来越长。他心下有些犹豫。

"这是我的介绍信。"白云天迅速从兜里掏出介绍信，双手递到对方面前。

在介绍信下方，还有一张一百的大钞。

徐科长没动，抬眼看了他半天，默不作声连同介绍信和钱一起收下，认真检查过公章，沉思了一会儿，朝一名女会计喊道："小赵，开票！"

他已经确认过了公章，对方不是骗子。

只要不是骗子，他就敢卖，拖欠货款又怎么了，反正又不是欠他的！

他们销售科卖得再多，每月的奖金也有定数，拿不了多少，既然如此，他又何必那么认真。这一百块钱，才是真的！徐科长没有说价格。

对国有企业来说，价格是定死的，含税在内的生产成本，加百分之十到二十，就是出厂价。

苏城自行车长核定的出厂价，是成本上浮百分之十五。这是公开价，无须多说。

梅花自行车不是国优，也不是部优产品，名气不大。因此商场中销售的 26 圈梅花自行车，无法与永久、凤凰这类名牌相比，也不如第二档的飞鸽，属于本地名牌。

男女式售价一百二十六块，全国统一定价，绝无二价。

这价含商业系统百分之三十利润，实际出厂价八十八块二，是在物价局挂了号的，一查便知。一百辆 26 圈男女车，总价八千八百二十元，童叟无欺。

"你付多少定金？"徐科长收了钱，很好说话。

"三成。"徐科长不置可否，让会计开票。他们的自行车，交给商业系统也是预收百分之三十定金，余款每三月结一次。商机厂之所以暗中贿赂他，定金肯定不可能给多，能有三成就足以对上面有所交代了。

拿着票，到出纳室交钱，两千六百四十六块交出去，换来了一张提货单。

白云天手上还有的资金，已不足五千。

这点货，自行车厂不愿出车，他也怕被对方看出底细，在收发室打了个电话回厂，让门卫通知南书记，把厂里的那辆东风卡车开过来接货，顺带把严季和、包文山也带上。他在收发室等了三个多小时，眼看快到下午四点，一辆满是尘埃的老东风，才吭哧吭哧开到了门口。包文山、严季和从后面车斗跳下来。

驾驶室门打开，南书记也从车上下来。他也跟来了。

"这车好久没用，轮胎瘪了，发动机也几乎启动不了。我让柳师傅修了好久，才算是把车开出来。"南书记分解了两句，便皱眉道，"你买这么多自行车做什么？"

该不是准备转做二手贩子，去卖自行车吧。南书记有些着急，脸色不太好看。

他冒着风险，同意让白云天承包，连承包费都不要，什么条件都不提，看的是他背后的包前进，希望能借他的东风，把厂子盘活，让全厂三百来号人能有碗饭吃。

卖自行车算是个什么事，这能养活几个人？

"这就是我们要搞的项目！"在这里不方便说话，白云天低声说了一句，就道，"先别说话，我们把货搬上车，等到车上我跟你解释。"

"行，车上说！"南书记当了这么多年书记，知道有些话不合适当着外人说，忍住心头的不快，和白云天一起，随车来到库房，几人一道，将一箱箱自行车散件装上车。一百辆自行车不是个小数目，虽然是纸箱包装的散件，也装了满满一车。

严季和、包文山胆子大，就坐在高高的货物上面，抓着固定用的绳索，用毛巾擦着汗，说说笑笑，一点也不害怕。

"你说，你想做什么？"

南书记已快压不住心头火气，在装货的时候，他就得知这些自行车是用他们商机厂的名义买的，而且只付了部分定金，还有百分之七十的余款没有结，当时就晕了。

白云天要做什么他不管。

可是他打着商机厂的牌子，到处欠人钱，这就无法容忍了。万一到时候他跑了，这些账可都背在商机厂身上！原以为有包前进照顾，可以通过他给厂里揽点活，却没想到竟是这个结果。这让他心里拔凉拔凉的，后悔不已。

白云天搬了半天货，腰酸背痛，累得上气不接下气，本不想说话，可是看他这样气急败坏的样子，只好略微解释几句，谁让他冒用了对方的牌子，欠下一大笔债，也难怪人家会着急："南书记，你别生气，这就是我们要做的产品！"

"拿人家的自行车，当自己的产品？"南书记真生气了，瞪大了眼睛，粗声粗气道。白云天乏力地挥挥手，喘了几口气，稍微有力气多说几句："这只算是半成品。我们要做的，不是普通的自行车，而是变速车！厂里的情况您很清楚，如果不买人家的成品，我们自己根本做不出来。但是有了这批散件，我们稍微改装一下，就能推出自己的产品，这也是不得已而为之。"

没错。他要做的第一个产品，就是变速自行车。

以他们目前的资金、技术、设备，工艺稍微复杂一些的产品，都没有能力去做。

找来找去，他才选中了变速自行车，作为目标。

变速自行车源自山地车，发明于 1930 年，此后不断完善，直到 1980 年代才在国外逐渐发展起来。如今在国内，变速自行车还是一个空缺。这就是最好的商机。变速自行车的变速特性，使得自行车在普通的通勤功能之外，还具有省力、高速、运动等额外功能，符合各个年龄阶段的人需求。最关键的，是它制造工艺相对简单。只是在审视过自身现在的制造能力之后，白云天遗憾地发现，即便是这么简单的一个产品，他们仍无法依靠自己的力量，独立完成。变速自行车的确很简单，车架、把手、前叉后叉、踏板、轮胎、轮毂、前轴后轴，刹车系统，无非就这几个，比商机厂以前做的食品机械还要简单几个数量级。

然而别看东西简单，工艺要求可不低。

单一个轴承，以商机厂的制造能力，别说现在，就是没停产前，也无法保证合格。

但是没关系。自己做不了的部分，可以交给人家去做。

白云天最初考虑的是找代工，可是在仔细分析了变速自行车的结构以后，他惊奇地发现，如果不考虑大数量级的后轮变速，后叉就不需要分那么开。

如果去掉多级飞轮，后拨变速系统，其实这就是一个普通自行车！

思路一旦打开，他的灵感就源源不断涌来。

他是做不了自行车整车，但他完全可以去买啊！

借巢下蛋还不会？他只要自己做一个飞轮就可以在不做大改动的情况下，替换原来的飞轮，再外加一个变速系统，在把手上增加拨位开关，就是一辆变速自行车了！这个，他们能做！

"变速系统……"白云天简单给南书记描述了一下变速系统的结构，他脑子里就大致有了个概念。他在机械厂干了这么多年，对于变速器自然不会陌生。

万变不离其宗，变速自行车的变速系统和普通的变速系统道理都是一样的，无非是利用平行四边形结构平移，让导轮改变位置，改变链条位置，他一听就懂。

变速系统的构造，听来也不复杂。

弹簧结构，导向轮，再加一个让链条绷紧的张力轮，非常简单。

制造工艺要求较高的是多级飞轮，需要并排制造三个分别为 21 齿、18 齿和 13 齿的飞轮，对强度要求较高，他估计了一下，商机厂做不出来，最好是找齿轮厂做外协。商机厂能做的，是后拨卡位、外挂式变速系统。

这点白云天也清楚。在吸收了制造史回顾以后，虽然他本身的制造技能并未提升，但眼光却堪称世界顶级。随便一个机件，明白用于何处，他就能一口道出所用的材料，采用什么样的加工工艺，需要什么样的设备来制造。

飞轮的制造精度高也就罢了，关键是强化所需的热处理，靠商机厂那个简易热处理炉，根本做不了。即便是放一大堆进去，最后出炉的合格品恐怕也是少得可怜，甚至可能一个都没有。条件就这样，他也很无奈。

这没什么捷径可走，只能一步一个脚印，慢慢向前发展。好在这时代也不是所有厂家，都能不靠外力，一家厂就完成全部产业链，大多数中小型企业同样需要通过外协，请求专业厂家加工特殊零件。

分工合作，本就是一个完备的工业体系发展所必须。

工业是一个复杂的体系，任何一个制造工艺，都是一门需要不断深入研究的课题。专业的事，就应该请专业的企业来做。

专业的企业，在专业的零部件制造、处理上，必然优于绝大多数其他企业。他

第十章　变速车

们在获取利润以后，才有能力更新设备、深入研究，以继续在本行业内保持领先地位。

这是工业化社会的必要组成部分。

真正搞大而全，啥活都自己做，整个产业链通吃，不给别人留余地，那才是工业发展的最大阻碍。"你确认这个产品销得出去？"

在白云天简单解释以后，南书记对这个变速自行车有了完整的认识，但对它能否被市场所接收，仍怀有疑虑。

这个什么变速自行车，无非是多了个变速功能，让链条可以在更大和更小的齿轮间切换，以提供更轻便，或是更费力但是更快的速度。

除此以外，和普通自行车有啥区别？

而且这个变速系统，感觉很脆弱，很容易损坏，一辆自行车骑上一年半年，搞不好就坏了。从物质匮乏年代过来的人，习惯上还是喜欢那种一用就用好几十年，坚固耐用的物事。在缺乏运输工具的时代，自行车不光是具备通行职能，还肩负着运输之责，28大杠的加重型自行车，最受欢迎。

这个变速自行车，一看就华而不实！不过既然白云天不是做二道贩子，而是真正在搞产品开发，他作为外人，也不好多说什么。只要这些自行车所欠货款，白云天不赖账就行。

……

在这批自行车运回来以后，改装工作也随之展开。

三级飞轮自己做不了，就委托齿轮厂代加工，这次就不是白云天出马了，而是交给了包文山。他脑筋灵活，背后又有包前进，外协任务很快就谈下来了。

齿轮厂给了个相当优惠的价格，在他们出材料的情况下，每个飞轮仅要了八块三。以他们的技术能力，一周后便能交货。而这段时间，他们主攻的方向就是后拨变速系统。这个部件加工难度不大，南书记找来的王师傅只是一名四级工，也能轻松做出来。张力轮的齿轮，主要目的是维持链条张力，不需要太大的强度，直接在车床上车出来，在商机厂自己的简易热处理炉进行退火处理，就足够使用。

其他的弹簧结构、导向轮、钢丝导扣、拨动式卡位，都是小玩意儿，他随随便便就做了一堆。在王师傅加工变速机构的同时，白云天正在车间外的空地上，看着漆工曾师傅，对着一根钢管喷漆。这年头，机械厂喷漆没有自动喷漆，全是手工作业，也没有后来那么多喷漆设备。曾师傅就把所需的漆料，倒入一个普通的塑料喷壶，兑少许清水后手动搅拌和匀，然后戴上厚厚的口罩，隔着二十厘米的距离，对吊着的钢管进行喷漆。

"上漆首先要打磨，不把铁锈打磨干净，很容易就会皱裂、起包、掉漆。然后第一遍，一定要喷一遍底漆，而且是白漆。白色最纯，后面再喷其他颜色，就不会受到影响。我在商机厂二十多年了，厂里的设备都是我喷的漆，用户来了都说好看。"曾师傅很喜欢表现，一边喷漆，一边给白云天讲解道。白云天脑子里浮现出厂办公室里，那些红艳艳的设备涂装，眼前的白漆看上去也土得掉渣，对于曾师傅的自吹自擂，他只能呵呵以对。买回来的散件，上面可是梅花自行车的品牌标识，车架上还有苏城自行车厂的字样。他要这样就卖出去，还不给对方打了广告。

肯定是要重新喷一遍漆。只是这位曾师傅水平如何，能不能胜任这份工作，他心中没底，只能让他拿根钢管试试手。

曾师傅给钢管喷了厚厚一层白漆，搬过来一台风扇，在一米外对着吹，让漆料加速变干。"等半个小时，等漆干了，再打磨一遍，就可以正式上漆了。你要什么效果？"曾师傅退开，取下口罩，掏出一支烟点着，问道。

"就跟那些散件差不多就行，关键是别掉漆。图样您准备好了吧？"白云天很关心喷漆效果。喷漆直接影响产品外观。

实不实用，顾客要用过才知道。但好不好看，人家只要一看便知。

好看不一定好卖，但不好看绝对不好卖！曾师傅对自己的手艺很有信心，拿出他准备的图样："早准备好了！你这自行车名字取得好，宝马，一听就比梅花什么的好听多了！"白云天捂嘴偷笑。

宝马可不是他取的名字，而是他在看过制造史回顾后，采用了一款德国汽车品牌的中文名。那家汽车公司名叫巴伐利亚发动机制造厂，主营业务是汽车发动机及整车制造。他们取厂名的首字母，注册了 BMW 商标。

后来他们在国内注册中文名时，取其谐音，将其注册为宝马，取得了莫大成功。

这个名字又好听又好记，听上去就感觉很气派高档。

白云天从制造史回顾中搜索到这个信息以后，立即让包文山去商标局查了一下，确认这时对方仍未将其在国内注册，于是赶紧就抢注了这个名字。

他才不管对方得知以后，会不会气得跳脚。

这么好听的名字，既然你们还没注册，自己还不抢先拿来用，那才是傻瓜！

与这个商标一同注册的形象标识，就是一匹奔跑的骏马。

这只是商标。自行车上所喷的漆，没有用这么复杂的图案，而是参考了大量自行车品牌后，选用了简单的红蓝白三色作为涂装，看上去醒目、时尚，又具运动气息。

曾师傅用了两天时间，才将这根钢管完成喷漆。

当在最后一遍清漆尚未干透的时候，白云天已经为他的手艺所折服。

尽管是手工喷漆，但表面看不到一处斑痕，颜色十分均匀。而且用色非常好，亮而不艳，美丽、新潮、大方，足足为这款车提升了一个档次。

包文山、严季和看过以后，都大呼惊艳，直称帅呆了。

实验结果非常满意。白云天立即请曾师傅，开始取出待喷漆的散件，刮掉原来的漆层，按照样板的设计重新喷漆。他与严季和、包文山也一起动手，用了三天时间，将所有的散件漆层全部刮去，露出了下面本来的颜色。再经过打磨，反复擦拭，用绳索穿过钢管，悬挂起来。第一批喷漆完成，就连白云天看过以后，都是赞不绝口。

国内的自行车，设计规规矩矩，稳重有余，而轻灵不足，看上去就比较老气。

涂装也同样如此。黑色的底漆，工笔画似的图样，看着就像是一件古色古香的老家具。可是经过曾师傅重新喷漆以后，在大线条的色彩衬托下，同样的布局，却完全变了一个样，它充满了流动感。像是从黑白照片，直接过渡到了彩色照片，极富现代气息，让人看到就为之眼前一亮。

这时候，请齿轮厂外协的飞轮也加工完毕，付清代工费以后，拿了回来。

同时，南书记找来的钳工老苏，已经对照着白云天给的图纸，装配好了十几套变速器。各种配件全部到位。

众人怀着对新产品诞生的期待，用新加工的三级飞轮替代了原来的，合力装配好了好几辆自行车。白云天在旁指点，由老苏师傅将后拨式变速器安装到位，仔细调整着钢丝松紧程度，以达到最佳效果。

看着第一辆变速自行车，由散件变为现实，所有人眼中充满了迷离。

太漂亮了！

整车组装完毕后，新涂装发挥出了全部的威力，看着比原来的梅花自行车漂亮太多了！就像是换了一辆新车，有了几分变速车的样子。

"这就是变速车？确实比原来好看，就是这后面多了这一坨，看着有些别扭。"南书记这些日子也一直待在厂里，目睹着白云天买回来的一堆散件，是如何改头换面，变成眼前这个模样的，也很兴奋。

就是后面那坨变速器，让他怎么看怎么不适应。

"观念是逐渐改变的。您以前看惯了老式自行车，看着现在这辆变速车，就觉得别扭。可是等您了解了它的好处，见得多了，说不定反而会觉得有这一坨的自行车才漂亮。"白云天笑着在一旁说道。他对这辆车很满意。

它自然不是十全十美，比如车架、座椅、载物架、车把，还有着浓重的梅花自行车影子，老式的外观与新颖的涂装显得极不协调，大大降低了它的美观度。

为了节约成本，他设计的这款变速车并不完整，阉割了前变速装置，使得这款车仅有三个档位，只能做最初级的变速。比起国外发展成熟的变速车，动辄十几级、二三十级变速挡位，就像是个劣质的仿制品。

可这又怎样！他在依靠现有技术力量的前提下，尽力做到了最好。

在国内来说，这辆仍有诸多不足的变速自行车，依旧是独一无二的！"我来试试看！"包文山比在场的人都要激动。男孩子都有些机械情怀，这些日子，他亲自参与，将一辆普普通通的自行车，改成了一辆前所未有的变速车，这种成就感让他极度充实。

如今这款变速车已经诞生，真真实实地放在自己面前，他内心的激动，更是无法抑制。同时又有些担心。

这车真像白云天说的那么好吗？它真的能卖出去吗？会受到别人喜欢吗？这都不得而知。这种激动与焦虑相交织的心情，让他第一个抢上前去，放开支撑，翻身上去，脚下一蹬，绕着圈子骑了起来。

恍惚中，他觉得车子好像轻了许多，但很快，他就明白这只是错觉。

"换挡！你这是二档，也就是普通自行车的挡位，试试另外两个档，看看变速器好不好使。"白云天站得远远地，向他喊道。包文山反应过来，呵呵笑着，不好意思地往后拨动档位，将其调为三档。脚还是如之前一样用力，可是紧跟着，他毫不费力就蹬了好几圈，就仿佛脚下的阻力忽然变小了。这就是省力模式吗？

尽管他知道这是链条转换到了更大的飞轮上，使得脚踏降低了出力程度，虽然省力了，可是车速也变慢了。但他仍觉得非常神奇。

随后，他又将档位换到一档。脚下立即一重。而慢下来的自行车，呼一下加速，冲了出去。风从耳畔掠过，吹拂着他的脸庞，带动了他的头发，这种速度带来的快感，让他一下就喜欢上了这种模式。

哪怕蹬着有些费力，可他并没有停下来，而是越蹬越快，越蹬越快。

速度与激情，是男孩子的最爱。他已不满足于在狭小空间兜圈子，将把手一打，向着厂区的水泥通道，快速飞驰而去。

爽！太爽了！

第十一章　自营

包前进坐在办公桌前，拿着一份设备采购清单，全神贯注地核算着。

国内的经济状况再糟糕，该更新的设备，还是要更新。

一些大型重点企业，还要申请动用到外汇，购买国外进口设备，这都需要他们装备科进行审计。哪些允许，哪些驳回，拨款多少，都需要他们做出最后决定。"包科长，下面有人找，说是你儿子。"一个同事在门口探头，敲了敲门，说道。

"文山？他怎么来了！"包前进心中一惊，对同事道了声谢，扔下手边的工作，就赶紧急匆匆离开办公室，快步下楼。

小时候包文山很依赖他，离开他身边就大哭大闹。为此，他经常带着儿子一起上班，他上他的班，包文山一个人规规矩矩坐在一旁看他工作，从不吵闹。后来儿子大了，上学了，渐渐就不再黏他了，有时候让他到单位玩都不肯。上大学以后，他就更是从没来过单位一次。

现在是上班时间，包文山应该是跟着那个姓白的小子一起，忙他们的创业。这次他突然没有预先通知，就跑来找他，搞不好是出了什么大事。

包前进心急似火，一点也没有了往日科长的稳重，下楼都是用跳的，三步并作两步就冲了下去。转过大楼，他一眼就看到了儿子，手扶着一辆颜色鲜艳的自行车，朝他灿烂一笑，挥手喊道："爸！"没有任何异常。

包前进心头一松，快步上前，绷着脸沉声道："你没有在单位上班？工作就要有个工作的样子，一天到晚不在单位待着到处乱跑，不像话！"

包文山吃他一吓，脸上的笑容瞬间消失，习惯性地低下头，嘟囔道："我又不是小孩子了，要你管……"

包前进一瞪眼，眼睛一瞟，看到他扶着的那辆自行车，正待出口的训斥顿时收了回去，围着自行车转了一圈，脸上充满了惊喜之色。"这就是你们搞的变速自行车？已经做出来了？"他有些不敢相信地惊叹道。

之前才做了一个多月外卖，赚了没几个钱，白云天就要出来办工厂，说是要搞一个项目。当时他觉得这是瞎搞。没干过工业的人，觉得好像很简单，车几个零件，拼凑在一起就是机械了。这根本就是啥都不懂的外行人，在胡闹。车零件简单？一个大铁陀要从铸造件，车至成型，精度要达到几个丝，一些高精密件甚至要达到一丝乃至更高，这是随便一个人能干得了的？车成型了，还要保证零件的表面光洁度，必须没有瑕疵，不能有划痕。

没有三五年的磨炼，做出来只能是次品！任何一个工厂都无法避免不合格品，可是不合格品的数量多少，直接决定了这个厂的制造能力高低。

包文山他们这批小子，有几年的车工锻炼？

零件成型，还要送去打磨、去做热处理，针对需要对表面或局部进行硬度、耐磨度做强化。没有专业的热处理设备，没有长期的热处理经验，进去一炉就废一炉！完了还要装配。哪怕是再好的车工、磨工、热处理工技艺，最终出来的零件也做不到完全与图纸一致，可能仍有细微差异。如果简单把零件拼起来，就以为大功告成了，结果多半会收获一场悲剧。

拼凑的设备，不是无法顺畅运行，就是故障多多，要不然就是达不到设计要求。

这个时候，就需要一名优秀的钳工师傅，凭他多年的工作经验，对设备进行微调，以保证零件运行在最优良的状态，尽可能——只能是尽可能达到设计图纸的要求，完全符合设计初衷，那是绝不可能的！也就是说，哪怕一个再优秀的设计，请了再优秀的工人来加工，使用了最先进的设备，最后的结果，也不见得能让人满意。

这就是工业。失败远远大于收获，泪水多过笑颜。很无奈，但这是事实。

几个没在工厂待过一天的小屁孩，有一天，脑子里突发奇想，有了几个自以为的好点子，就喊着我们要创业，我们要做别人没做过的产品。

他觉得可笑。当即就让儿子把白云天叫来，想劝他不要这么心急。他不是不支持他们创业，他们可以从最简单、最基础的做起，先买或租一两台车床，然后他去帮他们揽点代加工业务，一点点上手，积累了足够的经验，再慢慢升级。

步子太大，一定会跌跤。可最终还是没有说服对方。

那个叫白云天的小伙子，拿出了完整的开发计划，也承认自己的加工能力不足，不可能承担起整车的制造。所以他的计划是，从市自行车厂买来普通自行车，然后添加一套后拨变速机构，将之改造为一辆变速自行车。

以他的经验，尽管白云天借人家的产品，来改头换面，把工作量降到了最低程度，但他仍不太看好。白云天那天拿来的草图，一看就是外行所绘，一点也不符合车间要求。上面标注了各零件的尺寸，可是这些数据是如何来的，他深表怀疑。

没有经过严密的计算，随手写一个数据，这样的所谓"设计图"，能用吗？要这样都行，那满大街都是工程师了！谁脑子里还不能想个"发明"出来！可是看到对方还有儿子激昂的热情，满脸的挚诚，他放弃了劝说。

他不想打击他们的积极性。这个设计虽然成功的可能性极小，但白云天确实竭尽所能做到了最好，也将自己可能的损失，减到了最小。

最起码，自行车还能卖出去嘛！他给白云天介绍的前几家国企，那也是糊弄他们，为的是让他们明白好的国企，是不可能让他们私人去承包的。

目的就是降低他们的期望值。商机厂才是他定的目标，要不是他下了大力气，给南书记允了诺，对方会一分钱不收，白白让他们承包？

想都别想！在他看来，不让这些年轻人闯个头破血流，他们是不会死心的，那就让他们试试吧。年轻人，有失败的权力。

反正有他在后面兜底，再坏也坏不到哪去。

但他没想到，他们居然真的做出来了，至少眼前看着，这车还真的像模像样，有点意思。这可见了鬼了！

难道，那个白云天，还真是个有着真才实学的民间科学家？包前进弯下腰，认真观察着。自行车本身没什么好看的，他知道这直接用的是苏城自行车厂的车体，他看的是变速部分。白云天绘制的草图，他看懂了，但由于太不正规，他看得有点吃力，脑子里只有模糊的印象，并不清晰。现在实物就摆在面前，一目了然，他一下就明白了。

"用三级飞轮，替换了原来的飞轮，从而具有了三级变速的能力……"

由于厚度增加不多，不需要重新调整后叉。

"这个变速器其实就是一个位移设备，通过把手上的手拨，牵动钢线拉钩，从而迫使链条移位……这里有个导轨，可以防止链条脱落，是个不错的设计……，嗯，还有个张力轮，用来提供张力，保证链条紧紧固定在飞轮上，不会松脱……，很简单，又很实用的设计！"

整个变速机构，技术含量最高的就是飞轮部分，看那表面的蓝色幽光，一看就是专门做热处理的部门所为，不是商机厂自己能做得出来的。

结合前几天，包文山通过他，联系齿轮厂外协加工的事情，他就明白，这个飞轮是齿轮厂做的。因而整个机构，唯有手拨变速挡位、位移结构，是他们自己动手。

难怪他们能做出来。"你把车架起来，变速让我看看。"包前进坐办公室多过下车间，但毕竟要负责设备采购编制，经常去各厂家实地考察，对于设备的性能还是能看个八九不离十。他让包文山把车架起来，实际调整变速，让他看看效果如何。

制造的精度，只是加工过程，能否在实际使用中，达到预期要求，那就是另一回事了。包文山将车架起，让后轮悬空，在旁踩动踏板，让轮胎转起来。随后，他拨动把手上的档位，牵引着钢丝，挂钩拉动位移装置，链条顺滑地就转到了飞轮的另外一级齿轮上。包前进侧耳细听，只听到了很轻微地咔嚓声，变速即完成。

他一脸惊奇。这个变速如此轻松，几乎没有卡顿，移位非常准确，一步到位。同时位移时，只发出了链条与齿轮相撞的极小声音，几乎没有其他机械杂音。

这就太了不起了。这一方面说明装配的钳工师傅手艺好，但更重要的，是表示这套变速结构在设计最初，就非常合理，各项数据经过反复计算、推敲，才会有此表现。这真是那个连设计图都画不好的白云天设计的？

若是真的，他恐怕要对此人刮目相看了。"好了，我来骑骑看。"

包前进让儿子捏下刹车，接过车把，甩腿上车，轻轻蹬了一下，骑了起来。

他骑得较慢，中途拨动档位变速。链条移到大盘，他果然感觉骑起来轻松多了，这点阻力，多半连老头子都能毫不吃力，骑长途想来也不会太累。

当然，速度也慢了一些。但这并非坏事，老年人不喜骑快车，这样慢悠悠地骑行，更安全，且正适合他们抽空观赏路上风景。

调到最高档以后，脚下蹬起来就略微感到有些吃力，尤其是在启动那一下，像踩着一块大石头，特别费力。"骑快点，等速度上来，蹬起来就觉得轻松了！"包文山跟着父亲跑动，给他说明道。的确如他所说，一旦速度起来，这车骑起来就没那么重。而且速度好快！他甚至能听到耳边呼呼的风声。

包前进没有年轻人那种热血，快车非他所喜，总觉得太过危险，骑了几圈就停了下来。"爸，你觉得这车怎么样？"包文山跑过来，脸上洋溢着骄傲的表情，笑嘻嘻地问道。

"这车不错，老幼皆宜，实用性很强！文山，你们这个项目做得很好！"经过仔细观察、实际试用，他以一名老设备考察人员的身份，对这款变速自行车给出了极高的评价。他是真的觉得这车好。

若非儿子还要靠它发大财，他都有主动向上级部门打报告，请求大规模推广的想法了。"那你就收下吧，以后上下班用，就别骑你那辆老永久了。爸，这是我们制作出来的第一辆变速车，具有特别意义，我想把它送给你。"包文山看着父亲，骄傲中，又有些动情。包前进胸膛里，立即被一种巨大的幸福感所充满。

儿子长大了，懂得心疼父亲了。

一瞬间，他觉得这十多年来的付出，都是那么值得。

他猛然抬起头，用力忍住泪水，带着一点鼻音道："这不行！既然创业了，一开始就要公私分明，你不能拿你们的产品随便当人情！要是你们经营者都不以身作则，到时候下面的人也会有样学样，长此以往，你们那个摊子啊，我看迟早要垮！"

"知道了知道了，一见面就训人！"包文山看见父亲嘴硬，眼圈也微微发红，含泪带笑道，"爸，你就放心用吧。这车我是用自己的钱买下来的，没有占云天他们的便宜。"听说是儿子自己掏钱买的，包前进终于不再推辞，只是一个劲地连声说好。儿子送的东西，再差，在父亲眼中都是最好的。

更何况，这是儿子他们创业，所设计制造的第一款产品中的第一辆，具有非常重要的纪念意义。他已经决定了，这车他不骑，而是要珍藏在家里。

若干年后，这就是一段极为珍贵的记忆。

"你们这车多少钱一辆？我给你妈也买一辆！"

为了怕儿子不高兴，他决定再去重新买一辆新的，作为上下班的代步工具。

包文山一愣，不说话。

"怎么了？"他奇怪道。

"这车比较贵，我看暂时别买了，等以后我再送你们一辆。"包文山支支吾吾，不肯说。"多少钱？"包前进好奇了，拉下脸来吓唬儿子道。

"嗯，云天……云天定的建议零售价是三百八，出厂批发价是二百八……"包文山被他吓了一跳，不敢再隐瞒，赶紧如实相告道。

"什么？！三百八，你们怎么不去抢！"

包前进心中的柔情不翼而飞，望着身下骑着的变速自行车，脸色发黑，嘴角直抽抽。三百八！一辆车就抵全家一个月工资。

最关键的，这可是儿子掏自己的钱买的！

就这么一辆破车，他就花了家里三百八十块钱，这个败家孩子，我揍死他！

"三百八不贵！"在商机厂，白云天也在对听到这个零售价，一脸呆滞的南书记解释道。制造史回顾，不是一本书，而是包含了文字、影像、数据在内的宏大记忆库。它按照时间顺序，回顾了制造业的发展历史，着重讲解了各种制造技术进步，对制造业所产生的推动作用。其中从生活的方方面面，举例说明了制造业在各种民用、特种行业、科研、国防等工业中的实际运用。

里面有涉及自行车工业，虽然不多，但足够他对自行车制造业的发展，有了充分的认识。其中就有制造进步，对自行车价格的影响。

比如山地车在最早进入国内时，售价就高达六七百，这还是老式的全钢管自行车。后来随着国内自行车厂开始仿制，价格才迅速回落到五百多、三百多，接着这个价格又保持了好几年。到碳素管自行车问世，全钢自行车变得不值钱了，一两百都能买到。由此可见，虽然他们的第一款变速自行车还很不成熟，但以三百八的价格对外销售，绝对能卖出去。问题是他知道，但南书记可不知道。

他试骑过以后，也觉得这车挺好，要轻松有轻松，要速度有速度，灵活便捷，推出去一定有市场。可听白云天给它定价，批发两百八、零售三百八，他还是为之一愣，几乎觉得对方是得了失心疯。

哪怕是永久、凤凰也才一两百，你一款用梅花自行车做底子的变速车，居然敢卖这么贵！梅花车啥价？零售不过一百二！

你这是足足翻了三番！他对白云天刚有的一点好感，又烟消云散。他有些后悔，贸然将商机厂承包给对方，到底是不是个正确的决定。

年轻人就是年轻人，做事太不稳重，太轻浮。

他哆嗦着嘴，耐着性子跟对方讲道理："小白同志，你说这车就值三百八，我说不值。不管值不值，这价都不是我们说了算，而是要销售方说了算。你把这车送到百货大楼，还要标三百八的价，你说人家会不会同意！你硬要按三百八卖，人家干脆不要了怎么办？""为什么不要？"白云天愣道。

南书记气急而笑，对这个没头没脑的年轻人实在无语了，放高音量道："小白同志！你这宝马牌自行车，是国优啊，还是部优，要不然是省优市优？人家国优的永久、凤凰，才卖两百多，你一款没有名气的自行车就要标三百八，你认为商场会同意！""为啥不同意？我们可是给了高额折扣，他们两百八拿去，卖三百八，就在那里摆一摆，就能到手整整一百块利润，他们会不干？"白云天莫名其妙了。

"那你去卖吧！"老头子感觉两人不在一条平行线上，双方根本没法沟通，只

第十一章 自营

· 115 ·

能甩甩手，让对方自己去碰壁。

白云天眨眨眼，觉得这老头莫名其妙，想了想，一拍脑门道："嗨，都被您给绕到圈子里了。这车啊，我就没打算送到商场去卖。"

南书记头一阵阵的晕。他快撑不住了。

这年头，生产和销售就不是一个系统，生产的只管生产，销售的只负责销售。企业制造出来的产品，如果不是走行业商品订货会的途径，就是委托给商业系统，分到下面的百货大楼、各个商场销售。

商机厂以前做的食品机械，走的是行业订货会的路子，由供销科带着资料，参加一年一度的食品机械行业订货会，向用货单位展示他们的食品机械。

每到订货会召开，都有来自全国各地的同行参加，竞争激烈。

他们商机厂的产品质量次，价格没有优势，每次都捞不到几份订单。

后来又尝试了广告，咬牙凑了笔钱，在电视上打了一周的广告，结果啥用没有。反倒是把最后一点资金也给用光了，到最后只能黯然停产。

这可都是血淋淋的教训！年轻人以为有了一款好产品，就一定能得到丰厚回报？想法太简单。

不听老人言，吃亏在眼前，他这样瞎搞下去，商机厂可是真的彻底没救了。

南书记心灰意冷，欲语还止，最后只能长叹一口气，无比寂寞地离开了厂，再也不想多待。白云天望着他佝偻的背影，不知道这位老同志怎么了。

谁说一定要交给商业系统，才能把货卖出去，这脑筋咋这么死板呢？

难怪商机厂搞到破产倒闭的地步。

……

观前街这个名字望文生义，就知道它是在一家道观前的一条小街。它成街于清时，是苏城一条百年老街，也是久负盛名的商业街，这里云集了许多老店，声名远播，海内知名。它对于苏城而言，就相当于淮海路之于上海。

来观前街品尝名小吃、逛商店，不仅仅是苏城人最大的乐趣，同样也是周边县市人的最佳选择。严季和正在观前街方圆五百米内游荡。

观前街的位置极好，正好位于苏城正中心，西街口与南北穿城大道人民路相接，有多部公共汽车线路从此经过，并在附近设有站点。交通的便利，带来了丰沛的人流，使得这附近的店铺都为之受益。

如说人流量最大的区域，自然不属于观前街其外。

即便是在非节假日，这里也有往来的人群，有本地人，有外地客，还有不少慕名而来的海外华人华侨、各国游客。他们徜徉在观前街这条数百米长，古色古香的街道中，品味各种特色小吃，走进充满地方文化氛围的小店寻宝，乐在其中。

贯通的小街小巷，让相邻的几条街巷也多了不少人，不断有人从观前街信马由缰而至，巡游探秘一番再离开。严季和就是在这些小街小巷中，寻找着目标。

他的视线，对准的不在那些客涌如潮的店铺中所买商品，而是在店门前一扫而过。凡是开门做生意的，他都不过去，只有那些店门紧闭的铺面，他才凑过去，看看有没有贴出转让通知。这就是他这段时间的工作。

在观前街附近，寻找人流量大、潜在客户众多，却又租金便宜的店铺。

他们的变速车，并不打算交给商场代销！

两百八的批发价已经很好，但有可能，他们三百八也不想放过！

正常来说，生产厂家都是委托商业系统代销。

就如苏城自行车厂，他们就是与供销社合作，利用其广泛的营销网点，将梅花自行车送到本市、附近县市供销社下属的各个商场、百货大楼、供销社分销，才能保证每月上万辆自行车的销售数量。

若是自行车厂全靠自己销售，一个月能不能卖出去一千辆都难说。

这就是现代流通体系。生产厂家通过部分让利，将自己生产的产品，委托给专门的商业网点经销，获得更大的销售量，以量取胜，从而获得更多的销售利润。

但白云天不能这样做。他们现在技术力量实在太薄弱，无力自己独立生产整车产品。改装的变速车，车体全靠从自行车厂购买，数量根本没有保证。

既然充不了量，那自然更注重单车利润。两百和三百，这可是百分之五十的利润增幅，一百辆变速车就高达一万块钱。都够两个月的承包费了。这只是一方面。

最重要的是，如今的三角债之风越闹越大，商场拖欠货款成为常态。据包文山从他父亲那里了解的情况，商场从厂家拿货从来不付定金，如果是三个月结账，那都是走了后门，拖欠个半年一年，那都不是事！这样长的结款期，白云天一年只能生产两到四个批次，充其量四五百辆。缴完承包费，他还能剩多少？

……

严季和虽然比较老实，但确实很尽职，他从上午九点出门，一直到晚上八点才回来。"观前街附近热闹归热闹，可铺面实在不好找。"

他逛了一整天，累坏了，一进屋就猛灌了一大杯开水，然后就开始汇报工作。

第十一章 自营

观前街就相当于苏城的淮海路，是商圈中心的中心。

1980年代初，这里就聚集了许多摆摊的个体户，后来当这些个体户积累了一定的资本，将摊位转移到了临街的店面，开始正儿八经地开门做起生意来。

这里店面不仅做零售，同时也做批发，经常有来自附近县市的下级批发商人过来进货。每天这里人潮拥挤，白天上班时间也熙熙攘攘都是人。

用严季和听来的话说，就是在这里随便租个门面卖瓜子，都能发财。

如此繁华的商圈，自然是一铺难求。

"我走遍了整个观前街，就没看到有一家店面转让的……"严季和唉声叹气道。

白云天心头一沉："一家都没有？"

"没有！"包文山没想到事情会这么麻烦，变速车做出来了，却找不到销售的渠道，这可急死人了："那怎么办？要不还是让我爸联系供销社，托托人情，让对方结款快点，最好是一月一结。"

白云天摇摇头："难！三月一结已经成了行业准则，如果要提前结账，我们要付出很大代价。"搞企业就是这点痛苦。

产品做出来，还需要漫长的销售期，在此期间，货款没有回笼，就无法投入再生产，只能焦急地等待代售单位回款。一旦代售单位恶意拖欠货款，厂家除了急得跳脚，就只能去求对方。到以后商场转为股份制，一旦倒闭，厂家说不定连货款都拿不回来。要是底子薄一点，很可能就跟着一起破产了。

所以白云天需要自己的销售链，才不至于受制于人。

他看向严季和，不死心地又问道："你真的一点收获也没有？"

严季和犹豫了一下。"是不是有店铺出租，但不是在观前街？"白云天敏锐地察觉了他的表情变化，立即追问道。

"是！"严季和承认。"你这家伙，既然找到了为什么刚才不说，把我吓了个半死。看我不一把掐死你！"包文山一下跳起来，冲上去卡住他脖子，气急败坏地骂道。严季和憨厚一笑。白云天长出一口气，笑着摇摇头。

谢天谢地，总算不是彻底没戏，还给他们留了一丝希望。

对于严季和之前为什么不说，他大概有所了解。

别看严季和为人忠厚老实，守信诺，可他也有老实人的狡黠，知道如果一回来就说找好了店面，多半白云天会觉得他很轻松就完成了任务，却忽略了他今天的辛苦。他是用这种方式，变相地邀功。

"找到了就好，老严，今天辛苦你了！"白云天当然不吝啬于这一点表扬。

"在什么位置？"包文山心思没在这里，急着追问道。

得到了白云天的肯定，严季和显得很高兴，不再卖关子，掏出一张市区地图，摊开道："我在观前街附近，看到有两家店铺贴出了转租的告示，一家是在兰花街，一家是在观巷。"白云天、包文山马上凑过去。

屋里的顶灯光线不够，严季和拉过自己的小灯，拧亮，方便让他们看清楚。

兰花街是一条与观前街并行的小街，双方间隔不过三十米，但是很短。

两条街西街口都在人民路上，向东并行一百米左右后，兰花街就到头了，通过一条无名小巷与观前街连通。

严季和看到的那家店面，就在小巷拐角处。

来观前街的人，正常路过看不到店铺，要穿过小巷，再转入兰花街才能发现这里还有一家店。"这家店是做丝绸面料生意的，因为店面偏僻，寻常客人很难发现，所以老板在观前街另外找了个位置更好的店铺，打算把这家店转让出去。"

另一家店是在观巷。也就是道观两侧的小巷。

来观前街玩的人，从头走到尾，一路看过了观前街上的店铺。等来到道观前，他们多半直接就进入道观游玩，不再四下闲逛。故而观巷的人流量虽然也不错，但比之观前街，却略有不如。"这里虽然靠里，但是附近有一个苏绣市场，街上车来人往比较乱，人员也比较杂，很多都是做生意的小商小贩。"严季和说道。

白云天对这两家店都很满意。

一个靠近人民路，虽说比较幽深，许多人直接从观前街口进入，但终归离观前街很近，过路的人不会少。

观巷那家也很好。

旁边就是苏绣市场，往来都是做生意的，消费能力毋庸置疑。

问题是，这两家的租金，他承担得起吗？

第十二章　未卖先扬名

转天上午，白云天三人再次来到观前街，实地考察情况。

兰花街的铺面确实有些偏，一般人根本想不到巷子拐角还藏着一家店面，基本没人进去。

倒是有一些人图省事，从兰花街口过来，会经过店门口。

白云天统计了一下，从九点半到十点，这半个小时内，共有八十二人路过，其中有十一人在店前驻足观望，进入店内的有四人，没有达成实际销售。观巷的店面，来往的人一看就是生意人，很多是小商小贩，还有小工送货。这家店是一个水果摊，两个相邻的门面足有六七米宽，就是进深略浅，只有两米多一点，放不了太多货。这里的人流量，其实比兰花街多得多，如果连街对面的人也算，半小时内路过的足有两百六十六人！在这段时间内，店主做成了两笔生意。

虽然丝绸和水果没有可比性，但是白云天毫不犹豫，确定最终目标就是这家店。上前一问，才得知水果摊其实已经到期，只是因为房主尚未找到下家，暂时让他在这里继续摆摊。摊主也好说话，表示他的水果不多了，如果白云天他们要租，只要容许他在店门口摆摊就行，等这批水果卖完，他就离开。这也是让白云天最满意的地方。

但是这里的街道管理，非常混乱。

因为店面小，所以大多数商家都把店铺当作放货的地方，而把摊位摆到了人行道上。以至于行人只能走在人行道下，与自行车、机动车混杂而行。满大街都是骑车人拼命按动车铃的声音，交织着不断按响的汽车喇叭，嘈杂不堪。

不时还有小工推着货，大声叫着让行人让路，在人群、车辆间穿来穿去，使得街上秩序更加混乱。白云天就喜欢这种混乱。

这样，他也可以把变速车推到人行道上摆开，让场面变得更大，过往的行人更容易看到，从而更有前来询问、购买的欲望。

人家能摆，我为什么不能摆！他们抄下店主预留的电话，在附近找了家商铺，用公用电话联系上了房东。对方看到是几个年轻人，本来不想租，结果白云天拿出商机厂的介绍信，立即就让对方态度来了个一百八十度大转弯。

"原来是单位租房，没问题没问题！租给你们我放心！"

对于房租，房东也很宽容。原本两千八的月租金，经过一番讨价还价，最终以两千六达成。而且白云天用带有商机厂抬头的信签纸，手写了一份正规的租房协议，并且严肃地表达回去还要盖公章才能生效，但是厂里财务制度不允许预支，必须一月一付时，房东完全同意，连说应该的应该的，答应了他房租按月结账的要求。

白云天怕夜长梦多，随即就让严季和赶回商机厂，找到南书记盖上公章，然后又过来，将一份租房协议和当月租金交到对方手上，确认租房协议生效。

……

"嘀嘀！嘀嘀！"商机厂的老旧东风卡车，艰难地在拥挤的街道上一点一点向前磨，司机急得猛按喇叭，可并没什么用。没有任何人主动让路。

行人就像没听到身后的喇叭，慢悠悠地在快车道上漫步，东瞧瞧西看看。结伴而行的路人，在这嘈杂的大马路上还能谈笑风生，旁若无人。

一辆辆自行车像是水里的泥鳅，在人群中见缝插针，时不时就突然出现在卡车前方，然后因为有人挡路而迅速停下。吓得司机赶忙一脚急刹车，探出头怒吼："你不要命了！"骑车人听若未闻，头也不回，见到前方有缝隙，脚下一溜，自行车就钻了进去，只留给司机一个后脑勺。白云天等人没有坐在驾驶室里，而是站在车斗中，护着变速车，生怕它在颠簸中撞掉了漆。不长的街道，他们开开停停，足足花了半个多小时！"哟，你们今天就开始营业啊！"水果摊主看到白云天、包文山从卡车上跳下来，惊讶道。他都还没准备好挪位呢。

"是啊，这店面租金这么贵，一天就是好几十块，我们耽搁不起啊！大叔，麻烦你把摊位往前挪一挪，我们好把货搬进去。"

"我还以为能多摆几天。"摊主遗憾没占到便宜，让白云天帮着搭把手，把水果摊移到马路牙上，腾出店面。

"大叔，我们在店里放了货，恐怕就不方便再放别的东西了。你看晚上是不是找辆三轮车，把这些水果拉回去？"白云天跟他商量道。

"那好吧……"摊主叹口气，随口问道，"你们卖什么的？"

"变速自行车！"白云天抱起一纸箱苹果，放到马路牙上，回答道。

"变速自行车？"

"你马上就知道了！"

他们这边在搬，司机已经下车，放下了右侧车厢挡板，水果摊主一眼望去，立即明白过来："哦，就是自行车嘛！这颜色倒是怪好看的，质量怎么样？如果好的话，我给我女儿也买一辆。"

"质量当然好！这可是国营大厂生产的，质量没得说！价格也不贵，才三百八……"白云天没有说谎，这车最要部件，全部是苏城自行车厂制造，市优产品。

这个时代的国企，只要你能忍受傻大黑粗的外形设计，产品质量绝对让人放心，买回家，包你用上十年八年不会坏。如果平时注意保养，说不定还能当传家宝，传给儿子、孙子，一代代用下去！"三……三百八！你们这什么车，卖这么贵！"摊主像是被针刺了一下，声音都变尖了。

路上经过的人，看到车上卸下来的变速车，再也不是熟视无睹的自由漫步状态，都探头看过来。一些闲得无聊的人，还好奇地围了上来。

他们也听到了两人的对话，一听这车要卖三百八，都是倒吸一口凉气，显是吓到了，纷纷交头接耳起来。

白云天一看这么多人，也不帮着搬水果了，从严季和手上接过一辆自行车，当着众人高声说道："三百八，这价一点也不贵！你们看看这车身，采用的是高档轿车上所用的烤漆，你们看看这亮光，这就是金属漆的光泽，是不是跟轿车一个样？

看看这颜色，这是国外目前赛车上最流行的涂装，看着线条，多么的流畅，是不是充满了运动感。再看看这里，变速机构，这是采用了国外最新的技术，所设计的赛车变速系统。除了常规的骑行模式，还有节力模式、急速模式……"

白云天当着围拢过来的人群，口若悬河，滔滔不绝地讲解起来。

在他口中，这款变速车不仅仅是一款自行车，还是老年人出行、年轻人张扬个性的最佳选择。并且，这款车更是国人的骄傲，它打破了国外对我们的技术封锁，采用了多种国际最新的设计，是唯一一款国产化变速自行车！

听着他慷慨激昂的讲解，聚拢过来的人越来越多，逐渐有将整条街道，都截为两段的趋势……宝马牌变速自行车，尚未开卖，已经扬名。

听到白云天的卖力吹嘘，正在卸运变速车的包文山、严季和两人都惊呆了。

他们可是亲眼看见曾师傅用一个塑料喷壶，一点一点手工喷出来的。在白云天口中，就变成了媲美轿车的烤漆技术，还言之凿凿地说表面反光是采用了什么金属漆。拜托，那明明是清漆好吧！还有喷漆图案，他们记得很清楚，当时讨论到这个问题的时候，白云天随手就画了几个彩色线条，让按这个喷涂。

一转眼，这就成了国外最流行最时尚的赛车涂装。

你要点脸好不！至于那个变速系统，这更无语了，他画的草图，连有着几十年机械行业工作经验的包前进都看不懂。实际加工时，也是他在旁，具体指导车工该如何加工，钳工该如何装配。这是哪门子的国外技术！以前他们就觉得白云天很会蛊惑人，把他们几个煽动起来跟他一起搞外卖，然后又毅然决然放弃赚大钱的外卖，投身办企业。可他们也没想到，白云天现在连脸都不要了，吹起牛来，草稿都不打，张嘴就来。白云天不觉得丢人，他们俩脸皮可没这么厚。

两人相互看看，都发现对方满脸通红——这都是臊的。

他们觉得很羞耻，然而围观的人却不知内情，听白云天如此这般一番吹嘘，都是跟着他的节奏，一会儿发出一阵感叹。

“我就说嘛，国产的自行车怎么可能这么漂亮，原来是外国的……”

“你不要瞎说，人家说了，这车就是我们中国人自己做的，不过是用了人家国外的设计！”

“嘁！那还不是外国的，我们自己设计得出来吗？”

“我懒得跟你说！”

……

“哎，他说这什么变速系统，是啥赛车上用的，你们知不知道，啥是赛车？”

“赛车都不知道，赛车嘛，当然是比赛用的自行车，跟我们平时骑的自行车不一样。”

“有啥不一样的，不就是个自行车吗？”

“你连这都不懂，赛车肯定要跑得快。你没听人家讲吗，这车有三个档，调到最快那个档，这车骑起来就会飞快，要不然怎么跑过其他人。”

“原来是这样，听说这是从国外学来的技术。”

“那当然，我们自己根本不懂怎么做，全都要跟着外国学。别管是不是外国发明的，好在我们总算有一家企业能够造出来了，也算不错了……”旁观的人啧啧称奇，纷纷上前围观，摸一摸车身、拽一拽钢丝，对这新奇的玩意儿满是好奇。

改革开放十年有余，在学会放眼看世界之后，看着西方发达国家堵满一条宽阔大街的汽车、商店里琳琅满目的商品，国人固然不再故步自封，自信心却被击了个粉碎。超英赶美的口号喊了几十年，结果双方的差距不但没有缩小，反而在继续拉大，大到令人绝望。

同时国内经济不断恶化，国企经营日渐困顿，老百姓更是对国外充满了羡慕。

国外就是好，外国人发明的东西就是好，成为一种默认的共识。

白云天要是说这款变速车是他们自己设计、制造的，围观者最多夸一句好看，然后就该干什么就干什么：三百八十块的昂贵价格，在绝大多数家庭眼中都属于奢侈品。可是一旦得知，这车采用的是国外技术，喷漆是用于轿车的专用漆，学的是人家国外的赛车，大家就觉得理所当然了。人群不但没有散去，反而越来越多，他们都想看看，人外国用来比赛的自行车到底是个啥样。

三百八贵不贵，肯定贵，这没啥说的，一个家庭一个月的收入呢，能不贵吗？可相对于其他的进口货，这车又不算贵了。一台十七英寸的日本彩电要卖三千多，二十英寸大屏幕要卖五千多。一台日本进口收录机要卖一两千，就算不能录音，只能随身听歌的随身听，都要卖八百多；一个进口洗衣机同样要卖一千多。

一个进口冰箱要卖两三千……三百八，还贵吗！太便宜了，有没有！

别说买不起。老百姓穷不穷？真穷。

一个月工资一百多，不少人还没有这么多，保证全家人吃饱穿暖，剩不下几个闲钱，日子过得紧巴巴的，每花一笔钱都要精打细算，从牙缝中挤出来、省出来。

可是各种家用电器的销量，每年都在急剧攀升。

一台电视机，哪怕是国产的，售价两千多，一年也能卖出去几百上千万台！

一台录音机，国产的也要五六百，一年销售数量以千万计！人都不想过穷日子。

谁不想像发达国家那样，住着漂亮的大房子，开着舒适的轿车，用着最好的家用电器。十几年改革开放，造就了一批百万元户，少量的千万元户，还有数量更多的万元户。他们是购买进口电器的主力军。

绝大多数的普通居民，买不起进口货，但可以买国产货。他们集中财力办大事，全家人老少齐上阵，平时吃少点、穿差点，节衣缩食省用一两年攒钱，来添置一件贵重物品。

听到白云天的宣传，许多人已经动心了。

变速车是个好玩意儿，比一般的自行车漂亮，还有那么多功能，又是国内唯一一款变速车，物以稀为贵嘛，卖三百八一点也不贵。

无非是全家人一个月的收入，咬牙省省就出来了。

这条街上不少商铺，生意人众多，对他们来说，三百八不便宜，但绝对不贵。

君不见有做生意的，连桑塔纳都开上了，那可是二十万的桑塔纳！可是能开得起桑塔纳的毕竟是极少数，大多数还是只能骑自行车。

只要物有所值，他们完全舍得掏这钱。在这种心理驱使下，虽然围观的人都在说这车漂亮，这车好，许多人也真的动了心，可是实际掏钱的人，一个没有。

不见兔子不撒鹰，这是国人的普遍心态。"哎，同志，你们这变速车，能够让我们试一试不？光听你嘴上说了，这车到底好不好，我们可都没用过，谁知道是真是假。"聚了好一阵子，眼看着警察都被引了过来，开始驱赶人群，恢复街道秩序，终于有一个穿着不合身西服的中年人站出来，说出了别人想说而不敢说的话。

"当然可以试，不过这里人这么多，我们怎么试？"

白云天口都快说干了，也看到了很多围观者意动的神态，可始终无法达成交易，心中有些焦虑。眼见有人出来打破僵局，他喜出望外，立即答应下来。

该说的都说了好几遍，再多他也编不出来了。

要是一直这么僵下去，等到大家的热情消耗殆尽，转身就走了，等于他之前那番鼓动，全都白费。还不如改变一下形式，去找个宽敞的地方，让这些确实有意的潜在顾客试用一下，说不定会成为让他们下定决心的最后一丝推动力。

"去苏绣市场，那里有一个大的停车场。"外围人群中，有人喊道。

"好，那我们就到市场里去。"白云天招呼严季和看一下店面，自己与包文山各推了一辆变速车，与要求试骑一下的那名中年人，一起进到苏绣市场。

在他们身后，几十名好事者也跟了过来，浩浩荡荡把苏绣市场的管理人员都给惊了过来，还以为是有人前来闹事。

得知这是采用国外技术，国产的第一款变速自行车，希望借用他们场地，让顾客试骑一下的请求以后，他们也非常感兴趣，立即组织了十几名工作人员，在停车场圈了一大块地，供他们使用。

"哪位想要试一下？"白云天向人群看去。

"我！"

"我！"

"我也想试一试！"

第十二章 未卖先扬名

"那我排你后面吧，等你骑过了我再骑。"

他一句询问，十几名围观者争先恐后站出来，抢着想要试用。买不买另说，这变速车到底怎么样，他们可都很感兴趣，就连维持秩序的市场工作人员都纷纷报名。

白云天还是将机会让给了那名中年人，把变速车交到他手上。

"这玩意儿怎么骑？"中年人跨坐上去，捏着把手，有点面对新鲜事物不知该怎么使用的紧张。

"就像你平时骑车那样就可以了，这里是变速挡位，你看，往上拨到1这个位置，就是一挡，这是高速挡位，2就是普通自行车挡位，3是节力挡位。"

"明白了，挺简单的。"围上来的人，看着他实际操作，立马明白了该如何换挡。

中年人正要启动，忽然又停下来："那个……，我换挡的时候，是继续蹬好，还是不蹬好？"白云天觉得好笑，微笑着道："都行。"

"那就好，那就好。"中年人嘴里唠叨着，小心翼翼地起步，蹬了几圈，然后拨动挡位。自行车一下就窜出去一大截。

"哦！快了快了！变快了！"

明显的速度变化，旁观者都看得一清二楚，不少人当即就露出了惊喜之色，叫出了声。中年人刚开始还怕出错，骑得比较小心，几圈以后，他兴致上来了，越蹬越快，高兴起来，甚至人都离开了座位，半勾着身子，奋力狂蹬。

变速车如风一般从围观者面前骑过。

无须白云天多说，所有围观者都看到了它的实际表现，并为之惊叹。

"有了这车，以后我进货都能快一点……"

不知是谁，小声地说了一句，然后赶快戛然而止，没有继续说下去。

但是说者无意，听者有心，在场很多人都顿时心头一动。

对啊！这车可不只是平时上下班用，平时送货也可以啊！

这年头的商人，做生意起步的年头都不久，大多数还属于小本经营。

平时进货，数量大时，那难免需要雇辆卡车运送。但平时的少量搬运，他们通常把货物捆在自行车后架上，用自行车送货。

既然这变速车跑得快，那完全可以用它来载货，比普通自行车快捷多了！

一想到此处，那些人再也忍不住了，一些人跑去抢包文山手上的那辆，另外的人就跳着脚高喊，让那名中年人赶紧下来，把车让给他们试骑。

还有两个性急的人，冲上去就把中年人逼停，连拖带拽把他从车上拉下来，然后为了谁先试骑，展开了激烈的争吵。

中年人正骑得起劲，就被人突然拉下来，气得他破口大骂道："你们这干啥呢，简直不像话，哪有这样的！我才骑半道上就被你们给拉下来，这要摔着该怎么办！"

那两人理都不理他，还在争执究竟轮到了谁。

中年人找不到发火的对象，气呼呼走过来，从上衣兜里掏出一叠钱，数了几张就杵到白云天面前，大声道："行了！别废话了，这车给我来一辆。"

这就成了！白云天又惊又喜，没想到效果这么好，他赶紧让包文山看着这边，别让人把车骑跑了，然后带着中年人就往回赶。

店门口依然是人头涌动，交警一个劲地催促人群散开，可是赶了这边，那边又堵上了，闹了半天还没恢复道路通行。气得他火了，再也不好言相劝，连推带搡，最后干脆暴力驱赶，才强行在路面上开出一条通道，让车辆可以通过。

最悲剧的是那名水果贩子。为了空出店面，他的摊位本来被挪到了马路牙上，结果人挤来挤去，他护了东边护西边，还是有不少水果，被不看脚下的围观者给踩烂。

现在交警始终维持不了秩序，气急败坏之下，也开始了暴力执法，像是打橄榄球一样，合身对着人群就展开了冲撞。在这股狂暴的力量冲击下，人群站不住脚，呼啦一下就被推挤着不由自主地涌了过来。几十双脚踩踏下，他的水果摊彻底被踩了个稀巴烂。空气中，弥漫着芬芳的水果香味。

而摊主，眼看都快哭了。这一通乱踩，他就算再怎么仔细，怕都找不出几个好的来了。白云天过来，就正看到他那副欲哭无泪的样子，心中很是愧疚。

若不是他那一通狂吹，也不会引出这番乱子，害得人家的水果摊被踩了个稀烂。

"那个，大叔，实在是对不起，我们也不知道人会这么多。要您把东西暂时收一下，等人少一点再拿出来摆。"他心怀歉疚地道歉道。

"还摆什么啊，都踩烂了！"摊主哭丧着脸，"早知道是这样，昨天我就不该去进货！算了，反正也不想继续做了，烂了就烂了吧，唉……"

"那您明天还摆不？"

摊主一阵乱摇："不摆了，不摆了，这个样子，赚的还不够赔的。反正也赚差不多了，今天收了摊，以后我就在家待着，不出来摆摊了。"

白云天眼睛一转，出声道："要不，您到我们店里来，帮我们怎么样？"

"帮你们？"摊主抬起头，有些发愣。

"是啊，您也看到了，我们都是些年轻人，没有经验。而您一看就做了很多年

第十二章 未卖先扬名

· 127 ·

生意，这方面肯定比我们懂。您既然不摆摊卖水果了，那就干脆到我们店里来，我们给您开工资，帮我们卖变速车怎么样？"白云天游说道。

"可以吗？刚才你说你们是国营厂的，能随便雇佣外人？"水果摊主有些意动。

人还是喜欢过安稳的日子。卖水果是能赚钱，可是风吹日晒，每天进货销货，卖不出去烂了得自己承担，一切压力都在身上，做久了很是心累。

虽说国营单位工资少点，但是稳定。进去了，就能安安稳稳过一辈子，厂子效益不好自有个子高的来扛，要不就指着国家来背锅，反正作为企业职工他们啥都不用想，倒也快活。可是，人家会要他？

白云天看他表情，知道事有可为，大喜道："这个没问题！我们厂自产自销，本来就需要负责店面销售的人。您先等等，我把这位顾客带进去，把车提了，下来我们再详谈。"

"那成，反正我水果也卖烦了，就先给你们干着。"摊主也不在地上扒拉仍完好的水果了，见白云天被人群挡在外面，半天进不去，干脆将手上捡来的梨随手一扔，过来大声吼道，"让开让开，老板来了！"说着，双手抓住前面人肩膀，用力朝两旁一分，硬是给白云天他们开出一条路来。

"大叔，谢了！"白云天趁机，带着那名中人年，挤了进去。

只见严季和站在一排变速车后面，同样被人群挤得东倒西歪，拼命护着车，怕被挤坏了，满头都是大汗，嗓子都快喊哑了，一副焦头烂额的样子。

"老严，辛苦你了。"白云天跟他打声招呼，然后就让中年人进到里面："您是第一个付款的，这些车您随便挑，看看喜欢哪个，就挑哪个，我给您开票。"

"好好好！"中年人乐得开了花，赶紧去选他觉得最好的那辆。

严季和大张着嘴，喜笑颜开，转头冲白云天吼道："白哥，这就卖出去了？"

"嗯，这是第一个顾客，后面可能还有。"

店里没有桌子，白云天掏出一本发票，就趴在墙壁上，开起票来。

这可不是假发票，而是商机厂正规的工业销售发票。

他可半点也没有逃税的想法。做外卖就算了，反正太多流动作业的小摊贩了，国家也懒得管，或者说是给生活艰难的群众一条维生之路吧，基本上没有税务部门来查是否偷税漏税。

大家都这样，他也犯不着自己傻乎乎地去申报什么税收。

可是办企业就不行！俗话说，逃得了和尚逃不了庙。

你要在这一行长久地干下去，就得遵纪守法。想逃税简单，不开票、少开票就可以了，出了事还有包前进帮忙拉关系走后门，大事化小、小事化了。

可这样就等于自己将把柄交到了别人手里。

以后人家想收拾你，这些可都是黑材料，一条条、一件件摆出来，反驳都反驳不了。为了一点蝇头小利，自己把脑袋套上绳索，不值得！

他又不是只为了卖几辆自行车，他未来的目标可是国家科研单位、重点企业、军工企业等等国家重点部门，必然会被权力部门所聚焦。

一个自己不守规矩的人，也别怪人家不守规矩！你身上污点太多，即便有人想帮你说话，也理不直气不壮，有点风吹草动就吓得瑟瑟发抖。

如果是没有本事，只靠关系，短期赚一笔快钱，今天不知明天会怎样，爽一把就死也就罢了，这是必须承受的风险。

可他有着未来先进的技术，只要顺顺畅畅走下去，必然能达到世界科技最巅峰，成为未来发展的领袖人物。何必没事抹黑自己，增加变数。

"这是发票，请收好。以后有质量问题，随时可以凭发票，到店里来，我们可以免费为您维修调试，如果需要更换零部件，我们只收成本费。"

白云天将开好的发票，客客气气交给对方。"你们真的是国有企业的人！这是带编号的真发票，公章也是真的！"中年人拿起发票，认真看了一会儿，又对着亮光看了一下水印，激动道。白云天起先说，他们是国有企业出来的，大家听听就算，没几个相信。国有企业是这做派？

说话客客气气，宣传积极主动，语气多有浮夸，这明明是个体小商贩的行为嘛。

国营厂是什么态度？售货员冷冰冰，爱答不理，要买就买，不买就走！介绍？

你眼瞎了啊，东西摆在面前不会自己看？惹急了敢跟顾客对吵，急火攻心的时候，双方大打出手也是常态。

国营厂，你哄谁呢？可当他不敢相信地，反反复复核对了这张发票以后，震惊地发现这真是国有企业出具的正规发票，他惊呆了。

不管国营厂有再多弊病，无可置疑，它都是这个时代国内最值得信任的产品提供者，绝对不是那些专卖假冒伪劣的个体户所能比。

买国营厂的产品，买的就是这种放心！

想不到这些变速车，真的是国营厂所出，而且态度这么好，解说耐心，脸带笑容，还能接受他们试骑的"无礼"要求，这是太阳打西边出来了？

第十二章 未卖先扬名

“这真是国营厂做的，外国人能做的，我们也能做了，就凭这，我这钱就花得值！”

中年人激动得声音都变了，对着外面拥挤的人群喊道，郑重地将发票仔细折好，揣到了贴胸口的位置，伸出双手，紧紧握住白云天的手，满怀深情地感谢道：“谢谢你们，谢谢你们的付出，让我们又掌握了一项国际领先的技术！你们是好样的，我一定支持你们！”

白云天又是好笑，又有些感动。

这些人太可爱了，他们领着微薄的工资，为了温饱而奔走，还有着最淳朴的民族情感。

一项在他看来微不足道的技术，对这些被外国先进所吓到了的国人而言，却是莫大的安慰与自豪，他们感到，我们距离世界并没有想象中那么远，从而有勇气为了这个国家继续奋斗，期待着有重新屹立于世界强国之林的那一天。

他面带微笑，喉咙却微微发紧。

其实这种感觉也挺不错的。

他放着可以轻松赚大钱的餐饮业不做，从无到有，转而经营实体企业，不就是图的这个吗？

我之所欲，与君同也！

第十三章　饥饿营销

卖疯了，真的卖疯了。

中年人那一嗓子，让仍静观其变的围观者全都激动了，他们疯狂地往前涌，再三询问，他们是不是真的是国营厂的，这项变速自行车技术，是不是真的是国外的先进技术，是不是他们自己做出来的。

白云天不得不反复解释，反复强调他们的确是商机厂的，并且将一份盖着鲜红大印的商机厂介绍信展示给大家看。然后场面就失控了。

原本众人只是挤来挤去，不停地看、不停地问，就是舍不得掏钱。

但听说这真是国营厂，吃透了国外先进技术，自己开发出来、不逊色于国外同类产品的变速自行车以后，这些吝啬得一分钱都恨不能掰成两半花的普通人，纷纷毫不犹豫地从贴身的衣兜里，掏出被汗浸湿了的钞票，选都不选就指定了一辆车，当场就要购买。

白云天他们送过来二十辆变速车，除了两辆在苏绣市场，供顾客试骑，其他的十八辆，在十分钟之内就被一抢而空！

甚至是那两辆展示用的试用品，也被醒悟过来的顾客们在眨眼间就抢走。自从1980 年代中后期的抢购潮以后，随着国营工矿企业逐渐陷入低潮，这样的状况已经不太常见。而今天，因为一个不能确定的消息，又再次出现了。只因为他们，爱这片土地……

他们不相信这个国家不行，不相信自己会永远落后于人，不相信我们就技不如人。哪怕是真的，他们也迫使自己，不接受事实！

眼前所见，一个默默无闻的国有企业，靠自己的努力，后来赶上，做出了与国外同类产品一样好的变速自行车，这对他们是莫大的鼓励。

当然，更重要的，是这车真好！漂亮、实用，再加上一点点感动，在感情偏向驱使下，让他们选择了不再犹豫。并且在全部变速车销售一空之后，还有不少人仍聚在店门口不肯离开，希望他们立即从厂里再拉一批货来。他们可以等。

包文山、严季和都被这场面给吓得不知所措，他们从未见过如此热烈的购买潮。这让他们又是激动，又有些害怕。

"对不起，我们才刚刚吃透这项技术，组织了厂里最优秀的工人，全力配合之下，第一批只生产了一百辆。现在厂里还有不到八十辆，而第二批产品，还需要等待一段时间才能生产出来，现在就全部卖光的话，我们这店就关门了。所以我们暂时每天只能卖出去十辆……"

白云天拼命地解释，口水都快说干了，仍是无法平息众人的热情，只好又说道："要不这样，我们可以接受订货。你们留下联系方式，交十块钱订金，我们给开一张收据。等第二批产品生产出来了，我们立即通知你们，凭收据交付余款以后，就可以优先购买，你们看行吗？"

"没问题，我们可以等，这是我的订金，先给我登记！"

"不是还有八十辆吗，先卖给我们好不好？"

"人家要做样品的，怎么可能全卖光，能让我们预定，已经很够意思了！"

人群再次涌来，每个人手上，都挥舞着一张十元的钞票，激动地等待他们登记、开票。白云天、包文山、严季和三人一起动手，飞快地收着钱，开着票，忙得汗流浃背都来不及擦拭。"我订二十辆！"一叠十元钞票出现在白云天面前，一个中年人的声音低沉地说道。听到这句话，所有人都静止了。

白云天抬起头，面前站的是一个略有些中年发福的中年人，穿着西装，面容很是沧桑。对方认真地看着他，坚决地将手中钞票递到他面前。

他深吸了一口气说道："您想清楚了，这可是二十辆。您有必要买这么多吗？"

"我知道，我在吴县有个铺面，我打算买一批变速车到吴县去卖。"面容沧桑的中年人镇定道。"您是准备做批发？"白云天明白了他的意思，一时有些难以抉择。

包文山、严季和都看向他，场面一时安静下来。

白云天有些为难。他之所以选择自营零售，主因是上游货源不稳定，这次能靠贿赂拿到一百辆自行车，下次能不能还这么顺利，谁也不敢保证。

就算每月一百辆没问题，数量还是太少。

销售量有限的情况下，为了保证最大利润，采用自营零售是最好的解决方案。

但现在已经有顾客，提议要批发。后面不知道还有多少进货商，在徘徊观望。

这些都是潜在的大客户。若是能保证销量，那么重新开拓一条稳定的供货渠道，扩大产能就势在必行。问题是，这是否迫在眉睫。他需要斟酌一下。

扩大产能，意味着他不能再依赖苏城自行车厂，而需要继续向上游拓展，寻找各个零部件的供货商，要不然就是自己生产，这就需要投入相当资金，训练工人。

成本的增加，不是一点半点。万一这种热潮只是一阵，很快就退却，那么这批添置的设备、培训的工人，不但不能成为帮助腾飞的助力，反而会变成沉重的负担。

不说拖垮企业，起码也是延缓他的发展速度。

这就需要他做出正确判断。企业经营中常会碰到这种情况：一个产品，不知道什么原因突然热销，进货商蜂拥而至，挥舞着钞票买买买，甚至下了高额的订单。

企业经营者如果不能准确判断市场，不确定这个产品真的是具有漫长的生命力呢，还是昙花一现，就盲目地扩建厂房、购买设备、招聘大批工人、培训技术人员，以扩大产能，占领市场。判断正确自然是皆大欢喜。

产能增加，销量呈现指数级别增长，利润扩大，企业投资获得丰厚回报，由此在短时间内实现跨越式发展，在众多同行业中脱颖而出，迅速占领市场，成为主导者。

这当然是最好的结果。然而事情并非总如你所想。

也许这次产品热销只是碰巧，只是因为某个不可复制的原因偶然出现。甚至是某个竞争对手故意下的圈套，诱使企业做出错误判断。那么等到市场证明一切的时候，你才发现自己错了，所有的投入最终全部打了水漂，结果就会变得非常悲惨。

白云天现在就站在这个抉择关口。

他的判断，决定了未来的发展，能走多快，是趁势而起，还是黯然折翼，就在他一念之间。

"这单，我接了！"白云天没有思考太久，就接过了对方的订金，认真给对方填写了一份收据，双手递过去。

"这上面，我留了我们的单位电话，您可以通过电话，了解生产进度，及时前来提货。"他指着收据侧边，手写的一个电话号码，郑重说道。

他的手指，在总价处点了一点：二十辆变速车，总价五千六！这是批发价！这电话也是真的，而且是厂党委办公室电话。南书记对于变速车的生产、销售状况十分关心，这些日子时时到厂坐镇。有他这个正牌子书记接听电话，效果更胜一筹。

"好好好，谢谢！谢谢！"沧桑中年人看着实际总价，每辆车给他预留了一百块钱利润，一时激动万分，明明他是买家，却对白云天连声道谢。

他还没退下去，几个一看就是生意人打扮的买卖人就抢了过来。

"我也要预定二十辆！""我要八辆！""给我来十五辆！"

观巷原来就是苏绣集散地，在这里商人众多，还有不少外地过来进货的商贩。

江浙人本就头脑灵活，他们这些生意人更是其中翘楚，平时看到一种物品，第一想法不是好不好，而是能不能赚钱，自己有没有机会。

变速自行车的好，他们已经看到，单就多功能性来说，不是普通自行车可比。

三百八的价格有点小贵，可是看到现场热销的状况，他们信心十足。

再加上是正牌子国营厂制造，质量有保证。

有两个商人，更是偷眼看到了收据上的批发价格，确定厂家给他们留出了一百块钱的利润空间，顿时亢奋之极，再也顾不得矜持，挥舞着钞票就来抢下订单。

一辆车就是一百块钱利润，赶得上普通工人大半个月工资了。

这样的生意还不及时抓住，错过了后悔都没地弥补！

哪怕他们做的是丝绸苏绣生意，也不妨碍他们拿变速自行车试试水。

做成了，就等于又开辟了一条新的赚钱路线。何乐而不可为？

这时的商人喜欢抱团，商户之间很多都是同乡、同村，彼此之间大都熟悉。有了新的赚钱门路，只要有一个人知道，很快就所有人都知道了。

白云天刚收了这几个生意人支付的订金，给他们开了收据，就看到好几个做生意的气喘吁吁跑过来，挤进人堆，急吼吼问道："就是你们在卖变速车吧？是不是在这里下订单？"他愣了一下："是。""那我订三十辆！"一个身材魁伟的大汉，拉开随身携带的人造革皮包，从里面掏出厚厚一沓十元钞票，蘸着口水数出三十张，拍到白云天面前，豪气地说道。三十辆！刚才那几份订单，加起来有五十九辆，这个大汉过来，就下了三十辆的订单，胆量可比之前那几个小商人大多了。

既然已经接了批发，白云天也不再犹豫，直接收钱、开票，一并接下单来。

"我要五十辆！"第二个商人气度沉稳，可是说话口气更大，一口就要了五十辆变速车。同样的人造革，同样用橡皮筋捆扎的钞票，同样蘸着口水数钱，然后"啪"一声，将五百块钱就这样拍到了他面前。

加起来，光这几份订单，就超过百辆了。

白云天迟疑了一下："我们现在产能有限……"

"没事！可以先预定着，你们啥时候有货，我啥时候来提货，我等得起。"商人依旧气度沉稳，不急不躁。"那行，我给您留厂里办公室电话，您可以随时电话查询，到时候我们会安排一个提货列表，定下提货日期。"白云天不再多说，爽快地给他开票。对方拿到票，认真核对过后，小心地放到了人造革包最里夹层，然后转身就走，毫不拖泥带水。

就这样，三十、二十、五十，白云天这边成了专门的批发窗口，所有闻讯赶来订货的商人，都主动到他这窗口排队，下订，交钱，拿票。

忙了一个多小时，才算应付完。整整一本收据，几乎都快用光了，数了数，总计七十三份订单。合计一千二百七十一辆，人均预定十七点四辆！不到一个下午时间，光是白云天收到的订单，就相当于他们目前产量的十二倍！他这边是忙完了，包文山、严季和他们那边可始终没有消停，一直到现在，还在收钱、开票。

每个人都已经用光了一本收据，开始换用第二本。

累积起来，也有两百来辆！这个销售速度，白云天都有些震撼了。

到下午三点过，他们所有的收据全部用光，只能停止接受预定。

白云天好言相劝了良久，一再表示明天还会来，才将不见缩短的排队人群给劝走。等到人群散开，他这才有空招呼那位水果摊大叔。

大叔叫黄悦，卖了七八年水果。

随着城市物质生活条件逐渐提升，卖水果的人越来越多，他的生意也越来越不好做，收入越来越低。他对未来已经没什么信心了，不知道以后还能干什么。

白云天请他来店里帮忙，给他开出一百五十块钱的工资。并允诺他每卖出一辆车，可以从中提两块钱作为奖励。黄悦略一思考，就爽快地答应了。

他也是会算账的。就今天所见的热销场面，变速车根本不愁卖。

就算一天只卖二十辆，一个月也能卖出去六百辆。如果全是他卖出去的，那光提成就能拿到一千二百块钱！就算只有一半，甚至四分之一，也比他卖水果强多了。

既然招了他当店员，店铺卷帘门的锁就不需要换，白云天只是让他在配钥匙的摊位，配了三把新钥匙，跟他说好明天开门的时间，就和包文山、严季和转身离去。

看看黄悦走远，包文山才说出他想问而没有机会出口的问题："厂里还有几十辆变速车，你为什么不让全部提过来，而是给他们开订单？"

白云天微微一笑："我这是故意的，这叫饥饿营销法。"

"饥饿营销？"包文山、严季和一脸茫然，显然没听过这种营销模式。

"简单地说，人是从众的，很容易受到周围其他人的影响，从而改变自己的判

第十三章 饥饿营销

断。"白云天拉着他们，一边走，一边简单跟他们解说道："我们的变速车真的值三百八吗？这个不好说，我们说值，今天来买的顾客也觉得值，那些下订单批发的商人同样觉得物有所值。可是不是所有人都觉得值。

你看看，当我说出这车零售价三百八以后，有些人转身就走了，这说明他们就觉得我们开的这价无法接受。"

"这有什么关系，反正我们产量又不高，能卖多少算多少呗。"严季和无所谓地说道。包文山也觉得应当如此，跟着点头。

白云天笑了："这种买家终究是少数，可能加起来也不过几百个……"

"但今天我们光订单就收了一千多，接近两千了！"包文山不同意这个判断。

"这就是有许多购买欲望摇摆不定的潜在顾客，受到现场狂热的购买潮影响，一时冲动才下了订。说不定他们转过身就会后悔。"白云天冷静地说道。

"所以就要用这个什么饥饿营销？"严季和恍然道。

"没错！我们如果一次将存货卖光，一些极其渴求的用户得到了满足，短期内不会再有新的购买欲望。这样大众的购买热情就会降温，反过来影响到那些中立的购买人群，让他们放弃购买，出现大批隐形的流失客户。"

"我懂了！所以我们每天都要卖出去一部分，让话题始终存在。同时所有人都能看到，变速车一摆出来，很快就会卖光，从而进一步认可它的价值，强化他们的购买欲望！"包文山一点就通，抢道。

"就这么回事！"白云天笑道："就是人为制造货物短缺的假象，让热销景象长期持续，将更多的潜在消费者吸引过来，以达到增加实际销售数量的一个小手段。在大众眼中，这款变速车始终热销，产量又不高，所以能够用三百八买到，他们已经很满足了，不会再有更高要求。但是如果门店里的变速车一直都有，什么时候想买都能买到，根本不用急着买。还有些人甚至会觉得，这东西这么多，肯定不好卖，再等等说不定厂家会降价。于是本来想买的人，要么不着急，把钱用于其他急需的地方，要么就持币观望，看看有没有降价空间。"

"想不到卖个东西，都有这么多学问。"包文山、严季和听得两眼放光，对白云天佩服之极。从提议做外卖，到今天人为制造出变速车的热销景象，他们对于白云天佩服到近乎膜拜。在白云天面前，他们丝毫不敢以合伙人自居，而是心甘情愿给他打下手，让干什么就干什么，从无怨言。

他们相信，白云天要做的事情，一定能成功！

如果不是有最初的情分在，人家根本就不用带着他们玩。随便找两个农民工，就一样能干得和现在一样出色。

哪怕老爸是包前进，包文山也一点不敢在白云天面前摆谱，老老实实端正着自己的位置，紧跟白云天步伐，他指东，自己就不敢往西走。

因为他们很清楚，人生的机遇可能只有一次，错过了，就再也无法回头。

他们要做的，就是认真完成白云天交给他们的任务，同时尽力汲取他教授的知识，自我学习提高，才能长久地追随他，奋斗到最后。

……

最终的统计数字，今天实际销售二十辆，实现销售收入七千六百块。

收到预付款的订单，总计一千八百二十五辆！其中按二百八批发价，下订的一共是一千二百七十一辆。其余的五百五十四辆，全部是三百八零售价订单！

如果全部订单完成，总共销售收入将达到五十六万六千四百块，毛利超过二十五万！南书记得知这个销售数字，人整个就呆住了。两眼发直。不说，不动。

他无法相信，仅靠着从苏城自行车厂买来整车，然后更换一个变速飞轮，再自己做个变速器，就能卖这么多钱！这超出了他的理解范围。

以前他们做产品多难啊，技术科全体加班，熬更守夜画图纸。拿出图纸交到生产科，由他们把任务分配下去。然后在技术人员的协助下，手把手指导着车间加工，还要不停地出现废品、次品，浪费材料。

好容易凑够了合格的零件，钳工车间的装配仍然艰难无比，时不时就出现无法按照图纸装配的现象，必须由技术科会同钳工，双方一起商量，看能不能按照图纸这样装配。如果不能，那么技术科就要改图纸，然后重新生产。

即便能，钳工车间多半也是采用一些非正规手段，强行装配到位。

这又可能导致部分零件碰撞损坏、变形，或者是强度降低。结果设备不是无法正常运行，整体报废，就是勉强能用，但无法达到设计要求，只能用低廉的价格卖出去，还要承担后续无休止的维修服务。

这就是做工业的痛苦。

但即便是这么艰难，他们厂在年景最好的情况下，一年实现的销售收入也不过八十来万，实际利润不过区区七八万块。

就这，已经足以养活这个厂，让全厂三百来名干部职工感到幸福无比。

可是白云天却以近乎空手套白狼的形式，在这么短时间内，就创造出五十多万产值，毛利更是高达二十五万之多。

没有对比就没有伤害。

他现在很受伤，很悲哀。

他感觉自己这一把年纪，简直是活到了狗身上，还不如一个胡子都没长全的毛头小伙！本来是很激动、很振奋人心的消息，却让他感到无比的疲惫。

这个世界太陌生，陌生到他不认识了。

"我们也不能太乐观，在完成订单，收到余款之前，这些只是一个数字，看着很诱人，其实没什么意义。"白云天依然很冷静，没被冲昏头脑。

"那你打算怎么做？"

南书记虽然很希望他将所有赋闲在家的工人，都找回来开工，可他很清楚，如今商机厂当家人不是他，而是眼前这个年轻的小伙子，他不能越俎代庖。

白云天很高兴听到这句话。

他最怕南书记一时冲动，重新又回到在厂里发号施令的状态，告诉他该怎么做，要怎么做。如果是这样，那商机厂就失去了合作价值。

我的，就是我的。

虽然生产变速车，是打着商机厂的牌子，借了商机厂的场地、设备、工人，但商标是我注册的，点子是我想的，设计方案是我拿的，具体生产是我做的，销路是我打开的，和商机厂无关。

我看你困难，帮一把手，这是可以的。但是不能我没说话，你就到我碗里来抢肉吃。这样大家只有一拍两散，各走各路。

眼前这样，就很好。

南书记这么说，就表示他很清楚商机厂的未来，决定权不在于他，而在于白云天。

白云天给他们一口饭吃，商机厂才能起死回生。如果自己想要反客为主，那么白云天分分钟就可以带着项目跑到别的企业，另起炉灶。

既然如此，白云天就当仁不让开始布置工作。

"明天我去苏城自行车厂，找徐科长，再进一批货。一千不算多，一百不算少，反正是能拿到多少算多少。这样能保证我们在一段时间内，每天都有二十辆变速车通过商店售出，尽可能长地保持影响力。"

徐科长这人，给钱就好说话，也许能从他手上多拿一点。

但这可能也是最后一批。

这无关徐科长是否贪财，而是他们不能把供货渠道，单单就放在对方手中，任对方拿捏。这样大批量的进货，对方迟早会知道不对劲。

一旦查起来，很快就能知道他们是拿着自己厂的梅花自行车，改头换面一番，就卖出两三倍的价格。这个他们肯定不能忍。

要打破自行车厂对上游供货渠道的垄断，就必须自己具备制造能力。

没错，白云天已经决定不再依赖自行车厂，开始自己制造整车了！

"老严，给你一个任务。"他看着严季和，严肃地说道。

"什么任务？"严季和看他表情认真，也收起了喜悦之色，郑重地问道。

"我要你出一趟差，到京海市，找到京海轮胎厂，以商机厂的名义购买自行车轮胎。京海轮胎厂的自行车轮胎非常有名，苏城自行车厂的梅花自行车、京海自行车厂的飞鸽牌，都是从他们那里进货。"

严季和立即反应过来："我们要自己做自行车了？"

包文山、南书记听闻，都是身体一震，然后迅速朝白云天看过来。南书记眼中，更充满了惊喜与期待。

"对！"白云天简单将他的分析解释了一遍，然后道："我们要想做大，不可能永远靠从别人那里，购买自行车再做加工处理。这限制了变速车的种类和外观，只能是人家有什么，我们要什么，一点自主性都没有。这作为短期权宜之计可以。

但长期来看，还是需要我们自己具备制造能力，才能设计真正属于我们想要的变速自行车。自行车的零部件，主要就是车圈、辐条、车轴、轮胎、车架、把手、铃铛、坐垫、脚踏、链条、飞轮，零件并不多。我权衡了一下我们厂的制造能力，确认这些零件里，辐条、轮胎、车轴、脚踏、链条必须从外面买，或者是请求外协，其他零部件，在添置部分专用设备以后，我们都应该有能力自行加工。

外购的配套零件中，最关键的就是轮胎。你去联系京海轮胎厂，看看他们一个月能卖给我们多少自行车轮胎。根据这个数字，我们来确定未来的产量可以做到多大。另外，你还要询问一下，能否由我们提出要求，制作出我们所需要的特型轮胎。

这都全靠你了！"他们三人中，自己要坐镇抓总，包文山的关系在本地有效，到外地就没了用处，更适合去联系本市企业外协加工。

严季和是外地来浙读书，长途旅行对他来说不算陌生。他虽然比较憨直，可人并不笨，要不也考不上大学。就当是锻炼，多出去走走总是好的。

"没问题，交给我好了！"严季和果然并不觉得这是个苦差，反而神采奕奕，毫不犹豫就答应了下来。

他在厂里只能打下手，有他不多，没他不少。但这次出差，单独去联系业务，对他来说既是个挑战，也是重塑信心，找到自身定位的好机会，他非常乐意接受。

"那就辛苦你了。"白云天很高兴他能吃苦耐劳，转身又对包文山道，"文山，剩下的辐条、车轴、脚踏、链条，就由你去联系了，知道要找哪些厂家吗？"

"这个我懂，让我去吧。"包文山还没说话，南书记已经主动请缨道，"辐条可以找冶金厂，车轴找轴承厂，脚踏找塑料厂，链条就找链条厂，我去应该很容易就把业务谈下来。顺便还可以去看看行情，把自行车架所需的钢管也确定下来。"

说起来他并非白云天承包团队，只是个编外人员，但为了商机厂的前途，他也是拼了。包文山看着他，很是不爽。这不是让他没事干了吗？

白云天很高兴于老书记能主动请缨，但并不希望他把什么事都包办，让包文山失去了足够的锻炼机会，摇摇头道："南书记这么热心，我很感动，不过这些业务还是交给包文山去办吧。我希望您能联系一下，看看什么地方能买到压辊抛光机、成型机、切边机、合口机，没有这些设备，我们无法制作车圈。还有管材处理的缩管机、折弯机，也是生产需要，您都打听一下，看看哪个厂有卖，价格多少。"

自行车上的零部件虽少，可涉及的行业可不少。

轮胎只有橡胶厂才能供货，自己根本做不了；辐条不但需要挤压成型设备，而且要求工人具备相当经验，一般的工人没经过培训，同样做不出来，多是由冶金厂提供；车轴、链条倒是只需要车、磨、热处理三道工序，可是对工人的技术要求、设备要求，也不是一家通用机械厂能够胜任的，也都需要专业的链条厂、轴承厂提供。

除此之外的零部件，要求就低得多了。脚踏轴、连杆、大盘、轴桶、花圈、铃铛、变速器这些，对材料和加工要求都不太高，以商机厂制造能力来说，足以独立完成。

此外，就是大量的管材加工。车把需要折弯机，车架需要缩管机将管材进行压缩，提升强度，为了制作美观的车架，部分管材也需要用折弯机进行变形处理。

这些工序，商机厂更是毫无压力。这就是他将自行车，作为首选产品的最主要原因：除了对工艺、设备要求高的极个别零部件，其他零件都可以使用通用机床进行加工。至于必要的车圈制造设备、折弯机、缩管机等专用设备，因为结构简单、制造容易，单价都不高，大都只要几百块，贵也不过两千上下。

以变速车如今的回款速度，买起来一点负担都没有。最后，就是管材的焊接。

而这，便正是他所吸收的八级焊工的拿手好戏！

第十四章　复工名额

严季和说走就走，第二天早上就去火车站买到了晚上出发，去往京海市的火车票，回来收拾了两件换洗衣物，当晚就坐车赶往京海。

白云天委托南书记去联系生产设备，是非常正确的决定。

南书记在机械行业干了几十年，虽说只是一个区级机械厂，但在机械行业也积累了相当多的人脉。他坐在办公室，几个电话打给熟悉的老朋友、有过业务往来的客户、兄弟单位，然后通过他们，间接或直接就了解到了好几家生产类似设备的厂家联系电话。根据距离远近，挨个打过去，马上就得到了对方最热情的回应。设备型号多种多样，有大、中、小多种型号，有全自动、半自动不同档次，价格从高到低，选择面广。

白云天跳过了生产效率高、产量大的大中型设备，直接跳到小型设备。按照吸收自制造史回顾的知识，他迅速勾画出几款设备。

制造史回顾，主要是针对历史上不同产品的制造原理、加工工艺、制造设备进行全面回顾。但其中，并无具体制造图纸。如果他具备深厚的理论基础，自然能够根据实例化的生产设备，反推出图纸，将其复制出来。但在此之前，他只能粗略地了解，制造某种产品，需要怎样的设备，这些设备最低要达到怎样的要求。他就是根据这个，确定了这批设备的选择。他所选定的，都属于小型设备，而且基本上都是半人工、半自动，进料、加工、出料，全过程都必须有人值守，并随时做出干预。

这样的设备，产量自然不高，还容易受到工人水平影响，导致加工波动空间变大，质量不够稳定。这无所谓。自行车除了极少数精密部件，其他的零部件其实对质量要求并不高，可以允许产品质量有一定浮动，影响不大。他也希望有更好的设备，最好是工人只管进料，整个加工过程都交由机器自动完成，然后将加工好的零部件拿走，交付给下一工序。可一分钱一分货，他就这点资金，能凑够生产所需的大部分设备，已经很不错了，还能要求怎样？

南书记不但快速帮他解决了设备问题，还主动帮他联系了原材料供应商。

他没有像白云天起初设想的那样，去生资市场购买原材料，而是直接联系了市物资公司。靠着商机厂这个老关系，从他们那里买到了计划内物资，将成本降低了差不多三分之一！这就是国营厂这块牌子的巨大威力。

在私营没有生存空间的时代，国企这块牌子就是通行证：不需要预付定金，就可以从生产厂家订货，并要求对方送货上门，还要负责安装调试，教会工人如何操作使用，更要负责后期维护；可以轻松拿到计划内物资，降低成产成本；销售时可以畅通无阻，管理部门一路绿灯。私企能做的，国企都能做，而且受到的限制近乎为零。私企不能做的，国企也能做，只要是打着增产创收，繁荣人民群众物质文化需求的旗号，不违反国家法律，那就百无禁忌！如果不是有包前进帮忙，让白云天有机会承包了商机厂，那他肯定享受不到这些好处，甚至可能会寸步难行。

苏城自行车厂可能就不会允许他批发，要买可以，自己到五交化公司买零售整车；变速器他自己是搞不定的，那么也要寻找外协加工；设备需要自己去跑，一个厂家一个厂家联系，而且绝对是一手交钱一手提货，不可能一个电话就让人家爽快答应给你送上门来。没有商机厂这块牌子，变速自行车肯定也是能做起来，但却要付出更多的精力、花更多的钱，销售状况也不可能这么好，一经推出就大受欢迎。

至于原材料，那就更不可能有优惠了。计划内材料那是想都别想，自己老老实实到生资市场，去跟那些二道贩子们谈吧。

……

南书记圆满完成了自己这部分工作，特别是谈下来计划内物资供应，这才有了一点底气，前来找白云天，协商是否让更多人返厂复工。

"新设备到位，都需要有人操作。同时也需要加入各个车磨刨铣等各工序，所以我给您三十个指标，您看着办。我的要求很简单：必须技术过关，必须服从管理，各个工序的人数要合适，不要出现窝工现象。"白云天对南书记的配合很满意，也愿意给他一点回馈，让他招部分工人回来上班。一点一点消化商机厂原来的职工，本就是他的预期目标。南书记这么配合他的工作，自己又用着商机厂的厂房、设备，总不能一点甜头都不给人家吧。太绝情的事，白云天干不出来。

"你放心，我一定会认真筛选，绝对不给你惹麻烦。谁不听话，我就让他回家！

只是，这些人算是承包小组的成员，还是商机厂的工人？"南书记听他一开口就给出了三十个指标，很是高兴，但是想到人员归属，又有些不确定。

这些天，他也算是看出来了，白云天是个有真本事的人。

国营厂这个牌子，在这个时代还是响当当的硬牌子。可是白云天承包之前，就算公然享受着这些隐形的好处，他们这个货真价实的国营厂，还不是搞得奄奄一息，差一点就破产了。白云天一来，手里一副比原先的商机厂更差的牌，没有上级单位的拨款、支持，却反掌间就将局面扭转过来，而且搞得有声有色。

看以后的趋势，他不仅仅是救活了这个厂，还很有可能将商机厂带到从未有过的新高度。从这个角度来说，就算商机厂整个被白云天吞了，他也真心举双手赞成。

然而话说回来，商机厂搞得再差，毕竟戴着国有企业的帽子，工人也是端铁饭碗的国家工人，他这个书记，更是吃着皇粮、真真正正的国家干部！

承包在政策允许的范围以内，可要是被一个私人并吞，那就变成了方向性错误，连他也要背负责任。被摘掉书记帽子没什么，反正厂子破成这样，他当不当书记也就那么回事。但是如果上级派人下来调查，发现私人非法占有国企，说不定就会推翻这份承包协议，那眼看刚有起色的商机厂，可能转眼间就又要跌入深渊。

这是他绝对不愿看到的。南书记有他的顾虑，白云天也有他的想法。

商机厂的技术力量还是太薄弱了，即便是最简单的自行车，单靠商机厂，也无法在保证质量的前提下，完成所有的零部件制造。这种水平，直接塞到团队内，只会给他带来一场灾难。"南书记，您看这样行不行：我呢，提供设备；返厂复工的工人，还是归商机厂管理，你们可以按照工序重新组成班组。然后以代加工的形式，提供合格的零部件，我向你们支付加工费。"白云天说道。这样做的好处，就是将压力转嫁到了商机厂一边。干得好，干得差，那都是你们自己的事，反正白云天只接收合格的零部件，支付合理的加工费。至于工人是否合格，是否能够熟练操作新设备，次品造成的材料损耗都由商机厂自行承担，他不负责。

毕竟白云天是私人企业，首先考虑的是利润，没有利润自己都活不下去。他不可能像国家一样，不管工人干得好不好，都无条件担负起全部责任。

他没这个能力。他只能在力所能及的情况下，给他们一个机会。能否抓住这个机会，全看商机厂自己。他的提议，正中南书记下怀。

南书记同意白云天承包，就是想通过他背后的包前进，给商机厂揽点业务，让厂子可以起死回生。现在虽然包前进没有介绍业务，白云天却自己开发出了新业务。

第十四章 复工名额

而且技术难度最大、要求最高的几个零部件，也交给了专门的厂家生产，剩下的活，以商机厂自己的加工能力，完全可以独立完成。

这就等于回到了原点，他自然乐意。要说难处也有。

那就是为了保证商机厂有利可图，他必须得用最好的工人。只有这样，才能保证生产成本能够尽可能低于加工费，获得更多的利润。在他心中，第一时间就将原来厂里那些偷奸耍滑的人，排除在外。这些人回来，只会坏事。

南书记思考了很久，给原来厂里的生产科副科长蒋科、技术科副科长董正维、车间主任郭平山打了电话，将他们叫到了厂里，共同合计该如何调配人手。

以前他当书记的时候，更喜欢原来的生产科长、技术科长，所以优先提拔了他们。

但平心而论，他们的能力，并不如副科长强。

若还是原来的商机厂，他当然更喜欢用那两人。但现在眼看商机厂有了重获生机的机会，一点也错不得。他只能压住内心的个人喜好，将更靠谱的蒋科、董正维叫来商量。当这几人来到厂里，听到他将白云天这段时间的成绩公布出来，所有人都震惊了。"八十块买的自行车，稍微改装一下，就卖出三百八的高价？""今明两天，就卖出去四十辆，而且是一到店，马上就被抢光？""订单就收了近三千？"所有人都坐不住了，站起来激动万分。

"太好了，这下我们有救了！""是啊，以前我们搞的那些机械，都是抄别人的，人家买谁不是买，何必找我们商机厂。现在我们总算有了独家产品，再也不愁卖不出了。"就在众人七嘴八舌，笑语喧天畅想未来的时候，车间主任闷声闷气说了一句："我想了一下，既然这些加工活我们都能做，变速器也是我们帮着做出来的。那干吗给他们做代工，还不如干脆我们自己来做！"

他的声音并不大，但是办公室内的笑声，一扫而空。房间里的气氛，顿时变得有点尴尬。"老郭，你这话可不地道。这变速车的点子，是人家参考了国外的产品，自己开发出来的，我们不过是帮忙加工。现在你弄懂了其中的技术，转眼就想把人家踢开自己单干，这说不过去！"董正维有着技术人员的单纯、正直，静默了几秒，当即就站出来表示反对。

"老董，你别生气，老郭也是为了厂里好。不管是给人做代工，还是我们自己做，都是厂里得益，又不是他个人能拿到多少好处。"蒋科打圆场道，并不亮出自己立场，只是看着南书记。南书记点着一支烟，烟雾遮住了他的脸，看不清他有什么表情。他默默地抽了好一会儿，然后才喟然长叹了一声："你们的想法是好的，但是没可能。说实话，看到变速车这么好销，我的心也动了。可想一想，还是只能算了……""为什么？"郭平山问道。"那个姓白的很精明，他一早就把宝马这个牌子，在商标局做了注册……""那我们可以不做宝马，改个名字不也一样？"

南书记摆摆手，苦笑道："你说的我也想过。商标、侵权什么的，我都考虑过。可是他们背后，站的是包科长，我们抢不过来，这件事就不要说了！"这两年，他想通了很多道理。厂子搞得再好，他顶多享受一下说一不二的威风，个人并不能从中得到多少好处。之前看到厂里职工艰难的样子，他站在老书记立场上，想着能帮就帮一把。如果有人接手，能把商机厂重新盘活，他也算没白当这个书记。

郭平山提议把变速车业务抢过来自己做，实事求是地讲，要说他没动心，那是假的。但考虑来考虑去，他还是觉得没有意义。

就算抢过来，厂子也搞活了，于他个人而言，又有多大意义？若是他年轻十年，为了再上一步，可能会不顾道义，撕破脸皮。但他都五十好几了，再有两三年他就退休，厂子搞得再好，对他有什么用！既然没好处，他又何必冒着被包前进报复的风险，去抢本属于人家的业务。国有企业，不就讲个混字吗。

随便混个两年，只要问心无愧，给厂里职工找了碗稳当的饭吃，让别人不指着他脊梁骨骂，就够了。董正维对老书记的话非常赞成，坚决站在他这一边。蒋科无可无不可，既然其他人都说不行，那他也不反对。

只有郭平山，嘴上说着那就这样吧，眼珠却转个不停，不知道心里在打什么主意。

苏城距离京海不远，严季和坐当晚的火车，第二天上午就到了。

隔天，他就打来了电话。京海市就在首都边上，属于首都经济圈，工业企业非常集中。作为飞鸽自行车的原产地，这里的自行车零部件企业多且产业链齐全。

严季和不但顺利找到了京海轮胎厂，跟对方展开了接触。并且还通过对方，了解到京海自行车配件厂就能买到各种规格的自行车辐条，不需要再另外找其他外协厂家加工。说起来国营厂真是一家人。

尽管虎丘商机厂只是一个区级机械厂，但是当他拿出介绍信，立即受到了京海轮胎厂的热情接待。虽然他只是个毛头小伙子，对方厂领导也集体出动，在当地酒店给他办了一桌接风宴。满桌的大鱼大肉、好酒好菜，各路人马敬酒不断，严季和尽力招架，最后还是被灌得酩酊大醉，直接出溜到了桌子底下，怎么回的招待所都不记得。"京海人太热情了，昨天才喝过，他们今天又说要给我办酒席，我竭力推辞，好不容易才推掉。要不然今天我多半又会被灌醉，啥事都办不了。"严季和心有余悸地说道，话里透露着一丝喜色，显然对轮胎厂如此高规格的接待感到很舒服。

"人家只不过是想借着你这个名义，大吃大喝一顿罢了，你别想多了，接下来该怎么谈就怎么谈，别以为人家就是真对你好。规格、价格、供货方式、结款期、货物托运，有够你扯皮的。"南书记在旁边听到电话内容，不咸不淡地说道，泼了他一瓢冷水。别人不知道，他在书记这个位置做了多年，难道还不清楚？书记，听起来很威风，在厂里一呼百应，可财务纪律管着，没有理由，想要吃顿好的都不行。

当初他还不是借着兄弟单位学习、考察、接待设备安装单位各种名义，带着厂里一帮领导大吃大喝。至于对方是谁，重不重要，谁在乎！严季和以为人家跟他是客气，其实人家眼里就没他，只有桌上的酒席。还是太年轻。

就拿这次他们订购的几台设备来说，几千块钱的东西，人家巴巴给送上门来，指不定就是想跟着吃顿好的呢。白云天听他解说完其中缘由，哈哈一笑，不以为意。

如果吃顿好的，就能让对方如此积极，并提供完善服务，那就太划得来了。

不得不说，姜还是老的辣。事实正如南书记所说，严季和百般推脱，最后还是被人家抓住机会，请了几顿好的，当然，他每次都喝翻了。

然后到谈业务的时候，对方也还是比较客气，供货没问题，要多少有多少。如果有部委的生产计划，他们可以按计划内价格供货。要是苏城自己搞的产品，那对不起，只能照计划外价格结算。规格么，都是国家制定的标准，就这几种。

指定加工，可以，但要等他们完成了生产计划，有多余的时间精力，再给他们安排生产，什么时候能做出来，他们不能确定。同时，模具、设计等开发费用，必须由商机厂自己承担。这些都好，涉及货物托运，轮胎厂则概不负责。商机厂需要自己去联系火车车皮，办理托运。

严季和一项项谈下来，进展极其缓慢，他好几次都想发火，却只能咬牙忍下来，压着火一点一点跟对方磨。白云天觉得这是一次很好的锻炼。

严季和能成长到哪一步，他不清楚，但肯定比在学校时强很多。这就够了。他用严季和，一是念旧，二是此人忠诚。他不需要严季和成为业务精英，能有中人之资，能提供一定的助力而不是任何事都让他亲自出马，那就足够了。

以后业务发展到一定程度，具体的沟通完全可以交给擅长的人去做，他只要负责监管就可以了。现在，那就慢慢磨吧，一天不行就两天，两天不行就十天，总能磨出个结果来。白云天不着急。他走徐科长的路子，在给了对方八百块钱的好处以后，又拿到了五百辆梅花自行车。不过这大概也是最后一次从自行车厂拿货了。就这五百辆，徐科长也是从各个销售单位的指标上扣一点，东拼西凑腾挪出来的。他已经说了，这批货之后，希望短期内不要再来找他，找他也没用。

白云天不会再找他了。五百辆自行车，加上手里的六十辆，按照每天二十辆慢慢出货，足够支撑一个月。时间来得及。

……

这两天南书记很忙。原来随着商机厂停工，除了来讨要工资，才有人上门的住处，又一次热闹了起来。职工都听说了，如今有一个返厂复工的机会。为了争一个指标，所有人几乎都来了，有打感情牌的，有打技术牌的，有蛮不讲理一定要一个指标的，还有人把家里的老人背来坐在他家门口，表示家里已经揭不开锅了，如果不给一个指标，那他们以后就天天登门，找他要一口饭吃。

他的那些老部下也跑上门来，暗示只有老部下最忠心，要求、请求、哀求优先录用他们。许多人说着说着，就哭了起来。

没办法，他们熬得太苦了，好容易看到一个机会，谁都不想错过。

厂里停工以后，最开始还拿百分之七十的工资，后来就变成了百分之六十、五十、四十，到如今的三十。一家人，就靠着几十块钱，抠抠搜搜活着，活得太艰难。

大人一年也买不了一身新衣服，小孩子吃颗糖都舍不得，上学的学费，都只能省了又省，后牙槽都咬碎了才省出来。若是碰到家里有个三灾两难，那就跟天塌了一样。这种情况下，哪还顾得上什么尊严。

只要让他们回厂上班，就是让他们给南书记磕头，他们也心甘情愿。

南书记使出了全身力气，挨家说服，一再强调美好的前景，反复保证一定会让所有人都重新回厂，才将那些死活赖在他家不走的工人给劝了回去。

即便如此，他家门口，也被某些愤恨的工人，在夜里泼了屎尿，刷了油漆。

南书记顶着诸多压力，与生产科、技术科、车间主任经过多次讨论，反复权衡，终于敲定了第一批复工名单。南书记为这份名单，差点没扯光自己的头发。

他首先要保证的是这批工人，有足够的水平接收新设备，加工合格率高，这才能让企业有赚头。但同时，他也不能完全无视那些生活困难的职工。

因此这份名单以技术骨干为主，也照顾了少量部分家庭确实困难的职工，真正做到了不偏不倚，一切以企业为重。这批工人到来后，首先对工厂进行了大扫除，清理出来的杂草、垃圾一车车运出去，原本近乎废弃的厂房终于重新焕发了生机。

在工人的擦拭下，部分设备表面的锈迹被清除。再经过上油、调试，已经停转

第十四章 复工名额

了一年多的机床锃亮如新，再次发出轰鸣声，运转起来。

用于制作车圈的设备，在南书记的催促下，很快送达企业。随车还跟了一名技术人员，对设备进行安装调试，并指导工人进行操作。

至于弯管机、缩管机等管材处理设备，则还要再等半个月左右，厂家才能定型送来。这些设备主要用于通过压力作用，强行对管材做变形处理。

为了达到所需的形态规格，厂家需要根据用户要求定制模具。有了相应的模具，才能加工出自行车特定的把手、弯曲的车架、方形的车梁等特型管材。

可以说，模具一旦开模制作，自行车的款式就确定了下来，无法再更改。

而这些定做的模具，甚至比机械本身更贵。

模具的图纸，当然是来自于白云天，仍旧是他手绘的不标准的外观草图、局部放大图。然后交由技术科，由他们理解了白云天的要求意图以后，绘制出正规的工程图纸，转交给厂家，再由他们据此制作模具。

说实话，看着白云天拿来的草图，技术科一干人等恨不得一头撞死。

他们一眼就能看出，白云天根本就没有学过绘图，说是民科，都是抬举了他。可就是这个民科，却设计出了他们这些专业人士想都没想到过的变速自行车，并成功让其在市场上热销。白云天才没空理会他们是否玻璃心，图纸嘛，只要能将自己的意图传达出去，就可以了。专业的事，自有专业的人来做。

这次提供的图纸，为了保持与梅花自行车为底本改装的变速车统一，没有直接采用赛车或是山地车的款式，而是仍旧选用了轻便自行车的设计方案。

只是这个方案，比梅花自行车呆板的造型要好看了许多，线条更柔和，用弯管、方管拼接而成的三角车架，更富有时尚气息，更加美观大方。

在等待管材设备到来的间隙，他还找到南书记，让他推荐了几个技术不强但老实本分听话的工人加入承包团队，以协助五百辆梅花自行车的改装工作，充当打下手的小工，算是帮了南书记一个小小的忙，平息了部分未被选中职工的怒火。

严季和那边并没有傻等，他在跟轮胎厂那边磨嘴皮的同时，请对方供销科长吃了几顿饭，通过对方，搭上了京海火车站调度科的线，成功解决了车皮问题。

十月下旬，第一批两千套26圈自行车内外胎，顺利抵达苏城火车站。

与此同时，模具制作完毕的管材处理设备，也由厂家直接送到了商机厂，开始了紧张的安装调试工作。白云天在经过多番权衡之后，选择了传统的铬钼钢作为自行车管材用材。这是因为铬钼钢加工性能好，容易成型，如今国内的加工技术，足以保证加工的成品不易出现次品。而且铬钼钢的强度大,即便商机厂加工水平有限,制造出来的车架也有足够强度,能够确保使用者安全。

再一个就是钢材有足够的弹性,骑乘中能够减缓震动,从而使用户觉得更加舒适。并且钢材的使用寿命长,可以保证用户用个十年八年也不会坏。

但前面这些都不重要,最关键的,是商机厂孱弱的加工能力,除了用铬钼钢做底材,别的材料他都不放心。铝镁合金、碳纤维、铝合金、钛合金,商机厂能做哪一个?一个都不行。这就结了。除了铬钼钢,别无选择。

反正铬钼钢无非是重一点,另外还容易生锈,这都是小问题,顾客现在只想解决有和无的问题,还没有太多要求。铬钼钢挺好,又便宜又容易加工成型。

就它了!随着一根被截为预定长度的铬钼钢管被送入机械,厂家的技术人员按动按钮,设备内部发出一阵钢管扭曲变形的刺耳声响。

十几秒钟以后,他再次按动按钮,一根经过挤压变形的钢管,就出现在众人面前。

这就是白云天所设计的车把。"因为是半手动、半机械操作,所以需要我们手动将加工成型的管材从模具中取出来。这个时候一定要记住,必须记住,是必须关闭设备电源,然后才能将手伸进去,取出成型的管材!"

技术人员表情极其严肃,一再反复强调,并且对着每一个学习的工人,都要求对方重复一遍。工业生产,加工的对象都是铁疙瘩,设备运转的动力强劲无比。

如果不注意生产安全,动辄就会出现各种严重的生产事故,后果极其严重,他不能不再三强调其重要性。至于为什么不采用自动化设备……

呵呵,现在经济那么困难,许多厂连饭都吃不起,为了能开工,就算是赔钱都肯干。不是国家重点支持的大型企业,谁有那个资金来更新设备!半机械、半人工已经算不错了,起码是新的,有些偏远企业,甚至是军工企业,连四五十年以前的设备都在用呢。没听过新三年、旧三年,缝缝补补又三年的说法吗?

富有富的过法,穷有穷的活法。不管是富还是穷,都得过。

能够开工,有活干,发得出工资就是最大的幸福,谁还敢挑三拣四,嫌设备不好,不够先进。商机厂这批复工的工人,都在厂里干了多年,深知安全生产的重要性,纷纷绷紧了脸,认真地牢记对方每一个操作步骤,丝毫不敢轻慢。随着最后一批设备安装到位,老迈的商机厂,终于有机会慢慢复苏,焕发出新的生机。

第十五章　发工资

王永轩车完最后一刀，快速将车台拉回，让车刀脱离加工件，然后按下停车开关。等到工件停止转动，他拿出游标卡尺，在工件上仔细地比量了一下，满意地收回卡尺，随手插入工装口袋，用套管扳手松开固定螺母，将工件从工台上取下。

旁边木制的工作台上，已经整整齐齐堆放了数十个加工完成的工件。

刚加工出来的工件，在大功率照明灯照射下，反射着亮银色光泽，充满了金属的美感。今天的活，就算干完了。

他只是一名四级车工，手艺在厂里是最好的，但在整个苏城几十万工人中，也就普通水平。刚开始让他加工这些零部件的时候，他还经常做出次品。可是熟能生巧，一个月下来，做了几百遍以后，这几个零件加工起来已经是得心应手，很少再有次品出现。

从下个月起，商机厂就能自产自行车零件了，变速车产量也会大幅提升，他的工作量也会随之增加。不过有了近一个月的锻炼，他有信心完成任务。看看时间，才三点钟，距离下班时间还早。

王永轩端起自己那硕大的搪瓷水杯，咕咚咕咚连灌了大半杯水。

一边喝着水，一边考虑着如何将剩下的时间磨过去。

在车间干过的都知道，工作是永远做不完的。做完了上级安排的任务，还会有新的任务分派下来。如果想要轻松点，就要学会磨洋工，该做的工作，认真做完，但也别太积极。适当给自己找个机会放松，能拖就拖，能躲就躲，这样才不会太辛苦。

工人本就是干体力活，要是自己不知道爱惜自己，迟早会被累死。

"王师傅，活儿干完了？"车间主任郭平山走了过来，笑着跟他打了声招呼。

王永轩有些奇怪。郭平山这人一向自私自利，以为当了个车间主任就了不起了。以前在商机厂的时候，他就整天在车间咋咋呼呼，指派这个、命令那个。

自己只是个四级工，水平一般，郭平山对他也很少有好脸色，今天怎么变脸了，居然会朝自己笑着打招呼了。虽然厂子停工已久，自己现在也属于承包小组，但积威仍在，他连忙放下茶缸，回了个笑脸："还早着呢。这些工件我还要好好检查一遍，如果出了错，被追究过来，可是要扣工资的。检查完了，还要送去做热处理，也不知道今天能不能做完。""王师傅的技术，我是放心的，你加工的零件肯定没问题。"郭平山笑着说道，走过来捡起一个零件，放在眼前仔细观察，像是在自言自语一般小声说道，"看着就这么几个小零件，拼起来装在普通自行车上，想不到就能卖到三百八。""谁说不是呢。最开始南书记让我过来，帮着加工这些零件，然后交给老苏组装，安到自行车上，就敢标价三百八，我也是吓了一大跳，以为这是瞎胡闹。结果没想到，还真卖出去了，连订单都接了一两千，可把我吓坏了。"王永轩摇摇头，不知道是觉得那些顾客太蠢呢，还是白云天太聪明。

"订单有多少不知道，但我可是亲眼看到，送出去的成品变速车就有两百多辆，这可就是好几万！姓白的小子，打着我们厂的牌子，用着我们厂的设备，让我们厂的工人替他干活。每天在厂里转转，动动嘴，一个月就几万块钱的净收入，这不就是旧社会的资本家吗？"郭平山愤愤不平地说道。

王永轩默然。看到白云天赚大钱，这些钱有很大一部分，还是他给赚的，想来心里也有些不是滋味。但这活说来真不复杂，如果他不做，人家随便就可以再找个人把他替了，他还不是只能回家喝西北风。

他要靠着人家才能赚钱养家，但人家却并不是非他不可。所以再不平衡，也只能在心里憋着。"老王，"郭平山用从未有过的和气态度，悄声问道，"你说这变速器，做起来难吗？"

"不难。刚开始还不顺手的时候，可能要练练，上手了以后，做起来很简单。"王永轩不假思索地回答道。

郭平山听他说完，若有所思地站了一会儿，然后左右看了看，凑到他跟前，压低声音道："既然这样，干脆我们出去单干。我们自己找台车床，你来做变速器，每个我给你五块钱加工费，怎么卖我来想办法，你看怎么样？"

王永轩吓下了一大跳。他知道郭平山这人胆子大，原来商机厂时候，就听过他把厂里值钱的铜料等原材料拿出去卖的传闻。

想不到他见到变速车赚钱，竟然就想偷了技术，然后出去一个人单干，还要拉上自己。说不心动那是假的。但他一点也不相信郭平山。

变速器的加工很简单，随便找个四级工，做几天就会了。郭平山现在是需要他，所以开出五块钱一个的加工费，但等他学会了，以他贪婪的性格，说不定一脚就把他踢开，一分钱都不分给他了。再说他王永轩也不糊涂。

郭平山明显看中的不简简单单是变速器，而是变速车的利润。自己给他做出了变速器，他肯定也会想办法买普通自行车来改装，然后高价卖出去。

这个钱，他怎么不说和自己分？分明还没开张，心里打的就是过河拆桥的主意，信他才有鬼了。但话说回来，郭平山这个想法，对他来说也具有莫大的诱惑力。

给私人老板加工，无外乎就是拿份工资。但自己加工、改装，转身就能卖高价，这个利润，哪是当个机加工可比。"变速自行车可是厂子能不能活过来的最后希望，我不能在背后挖厂子的墙脚。"王永轩思来想去，想到一年多来，厂里几百号人苦苦挣扎，现在好容易找到了一个好项目，大家终于有了奔头，自己这么做，等于是在断全厂人的活路，赶紧打消了心头贪念，出声拒绝道。

"你傻啊，只要我们能赚大钱，管其他人死活！"郭平山怒其不争，压低声音气愤道。王永轩脸上一冷，没想到对方竟然是一个这么冷血的人。他像是不认识对方一样，上上下下打量了他一番，转过头，朝着地上"呸"了一声，啐了一口。

这家伙简直不是个东西！"老王！老王！白老板找！"郭平山被他啐了一口，愣了一下，正要发火，就听到有人远远在朝这边喊。他转身一看，是钳工老苏。

"哼！"

他哼了一声，脸上阴晴不定，一甩袖子气冲冲走了。

"老王，郭平山找你做什么？"钳工老苏走过来，笑容收敛，严肃道。

"没什么，谈些工作上的事。"王永轩不喜欢背后说人坏话，虽然看不起郭平山这人，也不想平白坏了对方声誉。当然，他也是怕对方知道真相以后，把话传到上面，让南书记、白老板怀疑自己有二心，找人替了他的工作，所以不肯说实话。

"是不是想拉你出去单干？"老苏对他的话明显不信，冷笑了一声，突然说出一句让他直冒冷汗的话。

"没有没有……，没有的事，你别瞎说。你说白老板找我，我这就过去。"王永轩吓坏了，话都不敢多说，转身就准备仓皇逃离。

"他先找的我！不过我拒绝了！"老苏在背后大声说道，"老王，你别被骗了。

这郭平山就不是个玩意儿，他以前在厂里就欺上瞒下，私下把厂里的业务拿到外面去做。我当初就是上了当，给他白干了好长一段时间，结果一分钱没拿到。这家伙坏得很，信了他你会吃亏的！"老苏也上过当？

王永轩停下脚步，转过身看着对方："你说的是真的？"

"当然是真的。这两年全厂上上下下穷得叮当响，你当郭平山哪来的钱交房款？"国家实行房改，以前的公房，现在个人都可以出钱买下来，变成自己所有。政策是好政策，可如今家家户户都揭不开锅，谁拿得出钱来买产权。厂里只有几个人，交了房款。其中就有郭平山，他一次性就交了两万块钱，把他那套三室一厅的房子，买了下来。

"他不是说找亲戚借的钱吗？"王永轩还有些不信。

"他有个鬼的亲戚，这钱都是他搞歪门邪道挣来的，见不得光。所以才只敢说是借的，要不然查下来，他肯定要进大牢。"老苏恨恨地骂道。

王永轩愣了一会儿，开口道："我知道了，你放心，我不会跟他走。"

"那就好！"老苏的脸上终于露出笑容，向他挥挥手，"快去吧，今天发工资了！""发工资了？多少？是不是全额？"听说是发工资，王永轩顿时忘了郭平山，瞪大了眼睛，呼吸都急促起来。厂里半年没发过工资了！

以前发百分之八十的时候，他们还觉得不工作也有钱拿，虽说扣了点，但不用做事，真是太好了。他们觉得这样在家待几天也挺不错，就当休息好了。

后来两个月没活干，工资只发百分之七十，他们开始有点担心。在家也待不下去了，天天往厂里跑，问书记、问厂长，什么时候开工。

半年以后，百分之七十也没了，只能拿到百分之六十。厂子仍旧没有复工。

职工们已经惊慌失措了，全家人整天都没有笑脸，都是忧心忡忡，只能自个安慰自己，停工只是暂时，一切都会好起来的。

当工资变成百分之五十的时候，没有人能在家坐得下去。

就算厂里再三表示，上级没有下发生产计划，厂里没活，他们还是像以前一样，准时按点来到厂里，打扫打扫卫生、整理整理原材料、擦拭一下设备，好像不做点什么，他们就不能安心拿这百分之五十的工资。

又过了几个月，工资变成了百分之四十。

这时候，所有人都绝望了，去单位的人一天比一天少，谁也无法在这样死气沉沉的环境中待着。他们宁可回家，开着电视机发呆，也不想坐在坟墓一样安静的工厂里，对着一动不动的机器，直到天黑。卫生没人打扫了，机器没人擦拭了，办公室的门锁，都慢慢锈蚀了。他们的心，也渐渐冷了，死了。

或许，国家真的不管他们了……

他们隐隐约约有着这样的想法，却谁也不敢说出口，单位宿舍里，人与人之间也变得越来越冷漠，原来很熟的同事，如今面对面走到一块，也是两眼平视，擦肩而过，连视线也不交汇一下。

到半年前，连这百分之三十的工资，都没有了。

每个家庭，都像是一座爆发的熔炉，父母夫妻之间天天吵架，所有人心中都憋着一团火，不知道冲谁发。心可以死，但人还必须活下去。

为了一点点利益纠纷，家人之间、邻里之间就能吵得天翻地覆，甚至是大打出手。

王永轩家也是如此，他跟老父亲吵过，因为父亲的烟瘾犯了，但家里在给女儿交了学费以后，已经没有钱再去买烟。后来，他曾看到父亲在马路上捡别人扔的烟屁股，当时眼泪一下就出来了，哭着掏出身上仅有的一块钱，给老爸买了一包凤凰，让他解馋。他跟妻子吵过，因为妻子侄儿凑不够学费，妻妹求上门来，妻子瞒着他，把一份快要到期的定期存单给取了出来，借给妹妹，损失了十几块钱利息。

他跟女儿吵过，因为她不懂事，天天闹着要买辅导材料，说班上其他同学都买了，就她没买，老师在课堂上当着其他同学的面讽刺她，说她这点钱都舍不得还想上大学。这半年，他感觉过得比前半生还要难。

就在他最绝望、最痛苦，甚至一度快要发疯的时候，白云天出现了，给了他一份工作。最初他是不抱希望的。国家都无力解决的困难，一个毛头小子能有什么办法。

他只是习惯了听领导的话，南书记让他来，他就来，南书记让他加工这些零件，他就加工。然后，一出奇迹，就在他眼前发生。

八十八块钱买的梅花自行车，安上他加工出来变速器以后，就卖到了三百八这个不可思议的价格，而且每次刚到店就被一抢而空。光订单，都接了四五千！

看着一日高似一日的销量，他死去的心，再次活了过来，脸上也再次出现了笑容。

他开始觉得自己像个人一样活着，而不是行尸走肉了。

每天，都有新的希望。经历过，才知道那种绝望是多么可怕，他不能把自己的幸福建立在别人的痛苦之上，这与他的人生价值观不符。正因为如此，才能顶着金钱的巨大吸引力，拒绝郭平山的诱惑。

而今，终于苦尽甘来，发工资了！天可怜见，他已经有好久没有听到这个词，他曾经以为再也听不到了。王永轩呆呆地站着，脑子里各种念头此起彼伏，然后，他哭了……

"王师傅，请坐。"经过认真打扫的厂部办公室，重又变得整洁，一排排暗红色玻璃书柜，为其增添了一份庄严、肃穆。

王永轩在白云天的示意下，规规矩矩坐到了他对面，束手束脚的样子，就像他刚入厂时一样，眼睛都不敢和领导对视，半低着头，盯着光秃秃的桌面，说话也小心翼翼。"王师傅，我们这个承包小组成立也快近二十天了。虽然还没到一个月，可是上月我们的经营状况很好，我们希望每个人都能分享这份快乐，所以决定今天就发工资。同时，以后每月的今天，都定为发薪日。"

"谢谢，谢谢领导，我一定会好好干的。"王永轩的脑子还有些晕晕乎乎，嘴里不知所云地说着感激的话。白云天和南书记对视一眼，都无声地笑了起来。王师傅这个样子，并非个例，之前几个下旬才来的工人进来坐下，听说同样能领到一份工资时，表现比他还不堪。有一位老师傅，当场就失声痛哭。

南书记看着对面头发已经白了一半的中年人，心中叹了口气。他有自责，有委屈，有痛苦，也有同情与心酸，但他现在很骄傲，很自豪。

以前是上级部门下发生产计划，做什么、做多少都是上面说了算。

几十年就是这么过来的，他不知道该怎么向市场要饭吃。

所以一旦没了上级的指令，他就不知道该怎么办了。商机厂搞到今天这个田地，他作为领导是要负责任的，但是这个责任，却沉重到让他背负不起。

他又觉得自己其实是没责任的。没学过游泳的人，就被一下子扔到激流中，固然有些人能在危险中镇定下来，在挣扎中学会游泳，甚至还游得不错。但是更多的人，会不知所措，会抽筋，会惊慌，会被拖入旋涡，然后被淹死。所以他觉得错不在己。而且在最困难的时候，他及时抓住了白云天这根救命稻草，赌上所有，把商机厂的未来交到了对方手上。结果，他赌对了！仅仅不到一个月时间，笼罩在他心头长达近两年的窒息感，就彻底散开。

他不再痛苦、不再绝望、不再彷徨，商机厂的未来，已经不再是一片漆黑，甚至在此时，他已经看到了天边那一丝曙光，是那么的明亮而又温暖。

给人以力量！我这个书记，是称职的！

"王师傅，在发工资之前，有些话我需要先说明一下。首先，我们是私人承包，所以和在国企时不同，工龄、职称、职务固然要考虑，但更重视的是效益，也就是谁能创造更多利润，谁就能获得更高报酬。用一句话概括，那就是多劳多得、少劳少得，不劳，则不得！"白云天温言轻声解释道。王永轩狠狠点头："我懂！"

大锅饭吃了几十年，锅里的饭越来越少。虽说大家都饿不死，但也都吃不饱。

有时候，负责分饭的人、传菜的人，还会趁机偷偷往自己碗里多刨一点，导致大家吃得更少。作为厂里技术最好的车工师傅，最难的活从来都是他来干，可是得到的，并不比别人多多少。很多时候，他心里也是愤愤不平的。

既然干多干少都一个样，那我何必累着自己。

于是，本来老实本分的他，也学会了如何在工作中偷奸耍滑、磨洋工，得过且过。

事后想想，厂里的加工能力确实薄弱，可是他们这些老伙计，如果拿出全部本事，努把力，也不是不能将设备造得更好一些。

也许，那样厂里的产品就不会卖不出去，也就不会垮了。

这也就是事后诸葛亮罢了。过去的已经过去，他无法回头，只能向前看。

白云天说私人承包讲效益，他认同，并且举双手赞成。如果按照这个章程，他应该能得到更多。白云天看他理解，继续讲下去："但是这样一来，工资高低肯定有较大差异，高的可能很高，低的可能很低。钱拿得多的，自然是很高兴，但钱拿得少的，看别人肯定会不顺眼。这样，职工之间就会有矛盾，厂里的气氛也会变得很糟糕，人事冲突加大，既不利于团结，也不利于管理。所以，我们以后发工资，每个人都只能看到自己工资的数额，不能看别人的，并且禁止你们私下相互透露，你明白吗？"不用白云天说，这个道理他太懂了！1980年代初，搞过奖金激励机制。那时候奖励其实很少，干得最好的人，最多也只能比别人多拿五块钱。

可即便是这点奖励，也刺激得全厂职工玩了命地工作。

迟到早退近乎绝迹；每个人都不需要上级分派工作，主动积极做力所能及的事；干起活来尽自己最大的努力，材料浪费降低到了最低。

那段时间，商机厂的产品质量提升了不止一个等级！青工努力向老师傅请教，下班后不是去玩，而是捧着车工、钳工手册埋头钻研，想尽快把自己的技能提升起来。

那段时间，是商机厂最为红火的时刻，整个厂上上下下充满了干劲，朝气蓬勃，奋发向上。如果一直继续下去，商机厂是无论如何也不会落到今天这个田地的。

然而很可惜，这种热火朝天的景象只持续了不到半年。

因为奖金。五块钱不多，却分出了高低等次。

拿到的人骄傲，觉得是对自己的认可，是物质精神双丰收。但是没拿到的，却很愤怒。然后说怪话的，背后骂娘的，甚至向上级单位告状，宣称是资产阶级复辟，帽子扣得很大很狠。于是，就没有于是了。

一切，又回到了既有的轨道，所有的一切犹如昙花一现，商机厂又沉沦下来。

白云天表示，以后都是匿名领取工资，不准私下打听，他完全赞同。

在国企，这套执行不下去。

那是因为条条框框太多，一不注意就会触线。

也只有白云天这样的私人老板，才能在不受各种约束的情况下，建立自己的规则。王永轩喜欢这样的规则，这套规则，可以让他这样老实本分、不靠吹牛拍马，而是靠技术吃饭的人，真正如鱼得水，活得更开心，更有前途。

在不知不觉间，他感觉白云天这个团队，比以前的商机厂，更加合适自己。

或许，就在他手下一直干下去，也挺好。

王永轩出门的时候，满脸通红，脚下如醉酒一般跟跟跄跄。

一张窄长的工资条被他死死捏在掌心。一千八百五十六块三毛。

这就是他上月的工资！作为商机厂技术最好的车工，他以前的工资是一百七十二块四，比其他工人多了七八块钱。

就这么点收入差距，他没少被别人暗地里嫉恨。

可是现在，他只在白云天手下干了不到一个月，就拿到了一千八百多块！也就是说，他现在一个月，就比以前十个月的收入还多！

从领到钱那一刻起，他的脑子就完全晕了。

出了办公室门，他还觉得大脑缺氧，傻愣愣地在门口站了好久，手摸到胸口那厚实的感觉，方才悠悠回到现实，嘿嘿地笑了起来。

郭平山那个混蛋，说什么加工一个给五块钱，那表情，就好像他多大方一样。

可是看看人家白老板，年纪比他小那么多，做事却远比他大气太多了。

不算订单，上月一共销售出去两百四十六辆变速车。

也就是两百四十六套变速器。人家给了多少？一千八百五十多块钱！

你还想拉人，想挖白老板的墙角，你出得起这个价么！王永轩仰起头，他从没发现，原来天是这么的辽阔，这么的干净透明，就像他此刻的心情一样。

好想飞……

……

"云天，你给的工资太多了！"南书记一脸肃穆地说道。

他没想到，这次发工资白云天给他也发了一份——两千一！

比王永轩还高两百多！他惶恐。他推辞不要，可是白云天硬把钱塞进他兜里，然后，他也舍不得再把钱掏出来。这可是两千块钱啊！

等于是十个普通工人一个月的工资，如果按照现在只能发放百分之三十的标准，实际相当于三四十个人的总收入！他不好意思要，可他又舍不得掏出来还给对方。

于是，他的立场不由自主，慢慢转到了白云天一边，不是为商机厂，而是实实在在为对方考虑起来。上月实收销售收入九万三，白云天编列的工资奖金就高达一万八千六百九十三。而承包团队就这么几个人。于是人人都拿到了一千五六以上，就连新加入不到十天的几个老工人，也领到了两百来块。他觉得白云天花钱太大手大脚了，这样下去怎么能够长久，于是苦口婆心地劝说道。但白云天不这么认为。

"这钱是大家应得的，这段时间您也帮着出了不少力：帮着调车、开介绍信、联系设备、向订货客商解释，没有您，我们走得不会这么顺！"白云天先尽力打消他的不安，然后开始给他解释开列这么高工资标准的缘由。

他给的工资，其实真不算高。1949年以后，国内人口暴涨，加上改革初期大批知青返城，国企肩负的使命，已经从创造社会价值，逐渐转变为养活尽可能多的人。

就如同原来的商机厂。一个年产值八十万不到的小厂，就有三百多名干部职工，比起1970年代的六十余人，整整膨胀了六倍以上！在职职工、退休职工的工资、退休金、医疗费，占到了企业总收入的百分之四五十，支出最高的时候甚至达到了百分之六十。难怪一年辛辛苦苦干下来，最好年景也只有七八万的利润。

都被人工开支给吃光了。

白云天没有这些负担，别看他开出了这么高的工资，实际算下来，在总销售收入所占比例，其实仅有百分之二十，比之西方发达国家百分之三十的人工成本，还要低上一半！还有句话，他没说。

那就是即便给出这么高的工资，在刨除人工费、水电、承包费、企业经营税、企业所得税等所有成本开支以后，他的纯利润仍达到了将近五万！纯利润超过了百分之五十以上。这可是工业，不是餐饮、奢侈品等快消行业，纯利百分之五十以上的工业企业，在全世界也是极少极少的。为什么他能达到这么高的利润？说起来原因很简单，人力成本太低了！是不是有些矛盾？其实一点也不。

一千来块的工资，在这个时代的国内来说，那是极高，也就沿海外资企业中层以上干部能拿到这么高。可变速车的售价也不低。

遍观工业史，大多数工业产品的定价，几十年来都没变过，始终如一。

比如变速自行车，白云天卖三百八，十年后中低价变速车会很多，但最新款的变速车还是能卖到三百八。二十、三十年后，最低档的变速车已经降到了一百块以下，可是最新款依然可以卖到三百八，甚至更高！

电视机也是如此，现在的十七寸彩电售价一两千；十年后的中端大屏幕彩电仍是卖一两千；二十年后的中端液晶彩电，三十年后的中端大屏幕液晶彩电，同样卖一两千！这是一个合理价位，是在消费价格体系中的准确定位！

技术进步只决定了工业产品升级换代的速度，决定了消费者能够买到什么技术水平的工业品，但在整个消费体系中，这项工业产品的定价，从未变过！

工人的工资水平提升，只意味着个人可支配收入的增加，能够购买的工业品数量在变多，但对于单一的某个工业品来说，他所要支付的购买价，其实始终未变！

明白了定价因素，再转过头来，百分之二十的人工成本，其实只是标准线。

白云天的唯一强项，就是具有远见地，领先一步，抢占了中高端产品线，吃到了最丰厚、最美味的那一部分。

他不过是用正常的中高端工业品价格，支付正常的中低收入人工开支，利润丝毫未受影响，甚至比绝大多数企业的利润率更高。

如此而已。看着大家都有一千多的工资水平，那是因为人少。

白云天、包文山、严季和既是创业者，又是管理者，还是具体实施者。王永轩属于高级技术人才，是利润的主要创造者；同样钳工老苏师傅、漆工曾师傅，也是如此。他们每个人，都属于这个创业团队中的中高级管理、技术人才，拿这份工资理所当然。南书记虽然没有具体做事，其实发挥的作用更加突出，没有他，白云天承包不了商机厂，承包了也不可能争取到这么优惠的条件。他的放权，根据要求毫无顾忌地开发介绍信，更是成功的必要条件；他对机械行业的熟悉、他的人脉关系，为白云天节约了时间、精力、金钱；他在厂部，以书记的身份回应下订单的顾客，坚定了对方的信心，为宝马变速车迅速打开市场，做出了巨大贡献。

这些钱，可能对于国企此时的工资标准，的确有些过高。但对于白云天所领导的创业团队来说，真的只是他们应有的价值体现。

绝未高估！

第十六章　贪念

这次发工资，所发挥的效果简直是惊人。

王永轩、老苏师傅、曾师傅，从领到工资那天起，就开始像玩了命似的工作，每个人都把工作时间，延长到了正常下班时间以后的两三个小时。如果不是白云天极力说服，他们甚至可以一直干到深夜。

作为老师傅，他们只有这样，才能觉得对得起所拿的这份工资。

他们做事也更认真了，以前觉得可有可无的一些小细节、小瑕疵，他们现在都会想尽一切办法去克服、去修正，极力争取做到最好。

在他们内心中，对于白云天这个创业团队的归属感，甚至开始慢慢超过工作了几十年的商机厂。现在白云天要离开，他们可能还会有所犹豫。但是可以预想，这样的状况再持续几个月，一旦白云天跟商机厂决裂，要离开这里另起炉灶，他们绝对会二话不说，立马跟着他走人。

哪怕这就意味着要抛弃国有工厂工人这个身份，他们也毫不犹豫！铁杆核心团队，开始渐渐成型。

……

面对一地的各种设备、管材，白云天慢条斯理地整理着，将其按照待会儿加工的顺序，以顺手为主，依序摆放。设备到位，工人迅速上手，部分加工件外协完成，制约整车制造的障碍已经全部排除。

旁边，就摆放着一根根加工完毕的管材。作为主梁的方形管，作为前支架的圆直管，作为后支架的弧形圆管，一一到位。

为了提升强度，圆直管做了少量压缩，比原本的略细一点。后支架因为采用了弧形设计，强度要求更高，所以压缩比例更大，比方梁足足细了一半。接下来，就是焊接。随着技术进步，现代的焊接方式很多，有氧焊、电焊、电弧焊、埋弧焊、激光焊接、超声波焊接等等，种类繁多。

不管用什么方法，归总起来，就是将焊接处加热到融化，然后凝结，让分离的零部件变成一个整体。白云天吸收了八级焊工技能后，能够熟练运用多种焊接设备，包括如今国外早已普及，国内仍属高端的埋弧焊接。

可是商机厂只是个区级小厂，拥有的焊接设备，只有老式的氧焊、电焊两种。

除非他能找到其他设备，要不就只能在这中间二选一。白云天都不想选。

这两种焊接方式，都不适用于自行车管材焊接。准确地说，自行车焊接，合适的是采用气体保护的机器人自动焊接。可既然没得选，他也只能勉为其难。

氧焊首先被排除，这种焊接适用于一公分以下的薄板。二选一下来，就只剩电焊。

电焊其实也有问题。就是火花乱溅，容易烧穿非焊接部位的管壁，导致强度下降。

所以他做了个特殊的小装置。焊药有剧毒，在焊接中发出的烟吸入人体，会危害健康，因此白云天戴了一副厚厚的口罩，避免吸入有毒气体。同时他搬来一台大功率排风扇放在身后，模拟出上风位，尽可能减少气体吸入。

随后他拿起护目罩，在面前试了一试。护目罩眼睛部位，有一条护目镜，看上去有些像墨镜，其实透光率比墨镜低许多，正常光亮条件下用护目罩遮住脸，眼睛基本上完全看不到任何东西。只有焊接发出剧烈的光线时，才能通过护目镜，看到加热后的焊接缝隙。白云天将电焊机的电流调到了最大。

被他派到一边的商机厂焊工，本来就不服气，再看到他选择了最大功率，人都快疯了。这个电流强度，固然加热快，焊接时间短，焊接工件边缘变形小，能够最大保持原强度不受影响。但这对焊工的技术要求也非常大。

由于焊接几乎是在目不视物的情况下进行，一般的焊工连焊接位置都不能准确把握，还要加快焊接速度，对他们来说几乎是不可完成的任务。

在他看来，白云天是觉得电焊有趣，想要玩玩，他作为大老板，焊工不好阻止。

可是一上来就这么猛，上到最大电流，他便对这次的焊接不抱任何希望。

还有什么可说的，肯定是废了！只可惜工人们做出来这么好的管材，就被他浪费了。焊工刘师傅苦笑不已。好在他已经接收签字认可，浪费也是他自己承担，不算在商机厂头上，要不他绝对会跟对方拼命。这败家孩子。

白云天敢这么做，自然是他有这个底气！他右手握着焊钳，焊钳前端夹着一根焊条，找准了脚下一块用来试焊的铁块，将焊条顶端在焊接位虚点了几下，将位置牢牢记住，然后左手面罩遮住面部，右手轻轻落下。

在焊条与铁块相触的那一刻，他手指微一用力，把手合拢，电源接通。

这即是点焊。一道刺目的电光穿透护目镜，显现在他眼睛里。

很好。这是白云天第一次实际焊接，可是当他握住焊钳的时候，一种熟悉的感觉油然而生。就好像他已经握了好几十年焊枪，进行过无数次焊接一样，没有半分生涩，没有目不视物的疑虑、恐惧，一切是那么的熟悉，自然而然就这么做了。

特别是电源接通的时间，掌握得恰到好处，既没有过早接通，也没有拖泥带水。

松开手指，护目镜中重又回到一片黑暗。放下护目罩，他低头看去，露出了满意的笑容。

"咦！"刘师傅也凑了过来，看过焊接处，迷惑地侧脸看了他一眼，又再低下头，沉默了。白云天的焊接技术究竟如何，他还不得而知，但显然不是外行。

他只能静观不语，劝阻的话，再也说不出口。

白云天笑笑，放下焊钳、面罩，将凳子移到了一个粗制滥造的简易工作台前，将需要焊接的管材对接，反复确认角度以后拧紧固定。

与此同时，一片留有缝隙的铁皮，将焊接两端遮住。只在焊接处，留出了两厘米不到的缝隙，供他焊接。这就是白云天想出来的办法，用铁皮阻挡飞溅的电火花，保护管材不被烧蚀。随后，他再次拿起焊钳、面罩。

这一次，他不再犹豫，手中焊钳坚决地落下，并且不再是一闪而瞬，而是持续地发着高光。几秒钟，焊钳就围着管子转了一圈。然后亮光消失。

"这就好了？"刘师傅快步上前，忍着眼前残留的光点，定了定神，看过去。

"鱼鳞焊！你居然会鱼鳞焊！"他惊呼出声。

鱼鳞焊是一种焊接艺术。对，它是一种焊接艺术，而非技术。

所谓的鱼鳞焊，是说工件焊接处层层叠叠，形似鱼鳞而得名。因其美观，无须再多做打磨修饰，故而深得客户喜欢，许多焊工甚至专门学着如何焊出鱼鳞焊。

之所以说它是一项艺术，是因为这项技术并无高深之处，只要掌握了其中诀窍，多练习，哪怕是一个初级焊工，也能焊出这种效果。但白云天这个焊口显然不同一般。

通常焊接完毕，因为燃烧不完全，焊接口边缘都会像起泡一样，留下一圈焊渣，需要动手将其清除。白云天的焊接时同样也留下了焊渣，但当他焊接完毕，不等他动用榔头，焊渣就自动脱落，脱落处没有留下任何烧灼痕迹。

这就太惊人了。

而且他烧出来的鱼鳞焊，层层相连，没有一处断口，可见其手之稳，手法之高妙。

最不可思议的，是他烧出来的鱼鳞焊，不是通常焊接过后红蓝相间的彩色斑痕，而是纯粹的亮银色泽。刘师傅自己就是焊工，深深知道，焊接后呈现出红黄蓝，甚至是黑色，这都是氧化不完全的结果。看起来五颜六色，其实说明焊接处不够牢固。

对于一个焊工而言，没有谁会为焊接出这种颜色而自傲。

唯有银色最高！刘师傅干焊工十多年，但一生中绝大多数也都是这种五颜六色的焊痕，只是极其偶然能够焊接出深银色接口，这已经让他为之骄傲不已。

然而眼前，白云天焊接完毕以后，留下的却是整整一圈亮银色泽！那细密的鱼鳞状焊口，围绕着焊接处包了一圈，散发着最纯正的金属光泽，表面光滑细腻，无须任何修饰，就是一件最精美的艺术品。

正常的焊接处，还需要打磨掉焊接的痕迹，然后重新上漆以作掩饰。但这个焊痕，根本无须打磨，更不要上漆，就让它大大方方地亮出来，就是最好的装饰。

甚至是卖点！焊工实力之高，实在令人叹为观止。刘师傅自身水平有限，无法测度白云天的焊工技术达到了多高。但他肯定，这个技术，起码是六级以上的老焊工，才有可能做到。反正他终其一生，也不可能达到这个高度。

……

前叉、后叉、车架……白云天在吸收了八级焊工技能之后，所有这些活对他来说只是举手之劳，行云流水间就轻易完成。而且经他焊接过后的部件，接口处都有着一圈细密的鱼鳞，仿似装饰花纹，为整车增色不少，更上一个档次。

他一个上午，就完成了一百多套管材焊接，然后下午就可以去做别的事情。

他这边轻松完成任务，商机厂那边却还在慢慢熟悉。简单的零部件加工还好，精度要求不高，一般的工人也能做。就是管材处理部分，虽然有着设备，成品率还是不太高。管材在成型之后，其内部晶相结构就稳定下来。一旦遇到外来冲击、挤压，就会破坏内部结构，产生新的内部应力，导致强度降低。

白云天早就说了，他只接受合格品，检验非常严格，一旦发现次品就立即退回，丝毫掺不得假。所以尽管成型加工小组一天能够完成数百根管材的处理，但通过验收的合格品不到百分之六十，损耗率极大。

这些强度不够的次品，无法再做其他用途，只能当作废品处理。

这些材料损耗，可都要商机厂自己承担。

以前都是完成上级任务，原材料浪费再多，都是国家掏腰包，企业并不心痛。

但现在合格率高低，直接影响到商机厂代工利润，南书记的重视程度自然迥然不同。为了提高产品合格率，南书记这些日子天天泡在车间，亲自监督生产。并且还请设备生产厂家的技术人员，多次私下来到厂里，指导工人如何加工。

……

郭平山这段时间也很上心，不像过去一样，每天上班就待在车间调度室看报喝茶，静等下班。他也和南书记一样，时时刻刻都待在一线，旁观乃至亲自参与讨论。每一个小组，他都会深入接触，详细了解加工的需要，以及加工中遇到的问题该如何解决。工作积极性之高，非同一般。

他这么积极，当然不是说因为认识到这是商机厂走出泥沼的最后机会，更不是出于主人翁的责任感。他只是在偷师。变速车比他想象的还要赚钱。

当商机厂自行加工整车零部件，开始投入试生产以后，尽管成品率还不高，但每天交付的合格件，也有一百多套。而这一百多套零部件，全部都在短时间内就被组装起来，变成了一辆辆变速车，然后被卡车一车车运走。

有多少卖多少，厂里几乎没有库存！照这个数量估计，姓白的小子，一个月卖出去的变速车，达到了三千来辆！哪怕每辆只赚两百，一个月毛利也有六十万！这么多钱从他手中流过，他却只能拿着一点点死工资，怎么会甘心。

要是技术太高，他学不来也就算了。问题是变速车太简单了。

哪怕不是全套自己生产，像姓白的小子最开始那样，自己只做变速器，然后直接从苏城自行车厂买整车来改装，也足够他赚得盆满钵满了。

早在南书记找他们，将变速车的事情和盘托出以后，他就动了这个心思。

原来还想说动南书记，让商机厂出面，把变速车抢过来自己做。这样，他就可以借着车间主任的身份，暗地里截留部分变速车，偷偷拿到外面低价卖给那些急于进货的商人，从而不费吹灰之力就赚大钱。可是南书记太迂腐了，居然不肯自己做，非要给白云天做代工，赚那一点点代工费。

这太可笑。堂堂国营机械厂，去给一个私人老板打工。

凭什么！他这段时间认真参与每一个工序，学到一点，就赶紧回到调度室，将其记下来。其态度，比他当初刚进厂当学徒工时，还要认真。

他已经下定决心，等到学会全套技术，他就私下找人去做变速器。

王永轩不愿干，有的是人肯干。死了张屠夫，难道就只能吃带毛猪了？

给你一个赚钱机会抓不住，活该你一辈子也就是个车工的命！

郭平山心中冷笑，站在车床旁边，认真地观看王永轩加工变速器零件，心中默默记忆。"郭平山你这个混账东西！马上给我滚出来！"

车间外，猛然传来一声大吼，声音之大，连机械的轰鸣，一时都被盖过。

郭平山愕然回头，发现南书记满脸怒容，大步流星进入车间，朝他走来。

老家伙这是在发什么疯？

南书记快步走到近前，二话不说，挥起就是一拳。

郭平山还想先认个错，让南书记消消火，接下来再询问详情。没想到南书记什么话都不说，上来直接挥拳就打，猝不及防，只来得及避开正面，脸颊却是被打个正着。南书记也是从工人干起的，虽然当书记多年，力气依然大得很。

他又是含怒出手，这一拳势大力沉。

郭平山当即觉得腮帮子一阵剧痛，震荡之下，大脑都有些眩晕，脚下一软，扑通一声就摔倒在地，一时爬不起来。

南书记一击命中，怒气略有消退，看他那狼狈的样子，下一拳就打不出去，只得愤愤一顿足，指着他大骂："我这么多年简直是瞎了眼睛，选了你这个白眼狼当车间主任。要不是老王跟我说，我根本不相信，在这个关头，你居然还吃里扒外，想要拉人出去单干，你这是要置商机厂于死地啊！老子恨不能现在就一拳打死你！"

郭平山眩晕略有缓解，听他破口大骂，顿时明白他的策划全部败露，当即也不再装了，爬起来冷笑道："南书记，我想单干又有啥错？这变速车，哪个零件不是用我们商机厂的设备，我们的工人做出来的，凭啥好处都让姓白的那小子占去了！我当初就跟你说，把他赶走，我们自己来做这个产品，结果你不干。好，你不干，我干！我就是不服，一个毛都没长齐的小娃子，凭啥动动嘴，就比我们还拿得多！"

南书记一声大吼，已经惊动了全车间，再见到他上来就一拳打倒郭平山，其他工人都被惊动，纷纷停下了手中的活，看过来。

现在郭平山破罐子破摔，顺带着还试图挑拨离间，声音比南书记更大，所有人都听得真真切切。几个胆子小的工人，不敢再凑上前来，一些人犹豫地停下了脚步，但也有几个工人，反而加快脚步，聚了过来。

南书记看他到现在还不悔悟，甚至试图挑动其他工人，本来略有些降低的火气，再次爆发出来："你这个混账，还敢乱说！变速车是人家小白研发出来的技术，他赚钱是应得的，你有啥资格偷学了，自己跑出去单干？放在旧社会，你这就是偷师，就是被打死也是活该！"

"可这是新社会！"郭平山比他态度还强硬，对着其他工人大声道，"这个厂房是国家建的，设备是国家买的，工人是国家培养起来的，现在我们出了力，结果反而让私人赚了钱，这是什么，这是资产阶级复辟！"

"那你当初为啥不去仿造永久自行车、凤凰自行车？"

他正在慷慨激昂，背后忽然传来一个和煦的声音，他转身一看，发现不知何时，白云天走到了他身后，脸上带着淡淡的笑容，似讥似讽，轻笑地看着他。

他精神一振，决定跟对方好好辩论一番。"这能一个样吗？永久和凤凰，那同样是国有企业，他们的产值，是在为国家做贡献，你一个私人，又能给国家创造什么价值，还不是都进了你个人的兜里，你这不叫挖社会主义墙脚叫什么？"他义愤填膺道。一些工人暗暗点头，显然有些被他说动。

"郭平山你还敢胡说八道，老子打死你……"南书记看到工人脸色不对，醒悟到不能让郭平山继续说下去，气急败坏，上前就又要动手。

白云天上前，挡在两人中间，示意南书记不要动手，对他来说，这些歪理根本不值一驳。他转身看着郭平山，呵呵一笑："那你拉人出去单干，是为了给商机厂创造价值，还是给自己捞好处啊？"

"呃……"郭平山正在洋洋得意，面对他的质问，脸上青一阵，红一阵，一时哑口无言，不知如何辩解。其他工人看他神色，还有什么不明白的。

几个跟他一样意气难平的工人，表情就变得有些尴尬。

"可是你确实赚了很多钱……"有工人低声说道，多半还是有些不服。

"我赚钱是我研发出来了变速器，找准了市场需要，这是我该得的！"白云天突然表情一肃，放大了音量，大声道，"在我带着产品到商机厂前，你们干得很好吗？你们的产品受到市场追捧吗？

没有！不客气地说，没有我带来的变速车项目，你们到现在还是只能在家发呆，不知道明天的饭钱在哪里！你们觉得不满意，那就不要来啊，你们自己去研发产品，自己加工好了，为啥要死皮白赖求着南书记给你们一个机会，到厂里来上班？

谁不想干，就马上滚！"最后一句话，他是怒吼着说出来的。

他是真生气。厂子停工，这些工人没有活干，日子过得非常艰难，他看着觉得心有不忍。南书记希望工人复工，他出于同情，答应了对方的要求。

可是日子才稍好过了一点，他们就又拿出了旧习性，开始搬弄是非，嫉妒自己挣得多，恨为什么发财的不是他们，私下里搞三搞四。

哪怕自己过得很苦，他们也看不得别人比他们过得更好。

可怜之人，必有可恨之处。他们就不反省反省，如果当初不是他们自己作死，上下同欲，商机厂会搞到今天这个田地？他一声怒吼，让几个工人脸色为之一变。

可是等了约一分钟，也没有人站出来，说自己就是愿意给他打工，但也没有返回岗位去干活，显然是仍旧不肯服输。

白云天没有惯着他们的想法，既然你们又没有胆量离开，又不肯干活，那就让自己帮他们一把吧，他指着那几个仍怒气冲冲的工人，对南书记道："南书记，这几个人我觉得不适合再继续待在车间，既然他们觉得给我打工委屈了，那就让他们回去，另谋高就好了！"他这一句话，引得所有人一阵大哗。

"什么，你要赶我走？"一个工人脸涨得通红，气势汹汹提着扳手就要找白云天算账。"没错！"白云天不但不退，反前进一步，怒视着他，大声道："你知道我为什么要赶你走吗？因为你贱！

你有骨气，当初在商机厂为什么不好好干活，你在偷奸耍滑的时候，有没有想过商机厂的未来，你在当一天和尚撞一天钟的时候，有没有想过会带来什么后果，你在生产出次品的时候，有没有想过会给商机厂带来多大损失？

没有！你们根本就没有！你们只是把商机厂当成了一棵大树，一棵任自己趴在上面吸血的大树！现在树要死了，我带着项目来，打算重新把它救活，你还想继续吸血。我告诉你，没门！要么好好干活，要么走人！"

白云天有同情心，但他首先要为自己考虑。他是经营者，不是救世主。

有技术的工人，他需要；没技术但听话的工人，他也能给他们安排合适的岗位。

但是不服从管理的人，技术再好，他也不要！

他是真的同情商机厂的遭遇，落到今天，不能完全怪商机厂自己，给他足够时间，他有信心让这三百多名工人，全部重新上岗。

但是吃他的、喝他的，最后还想着谋夺他的家产，这样的人，就算死在他面前，他也不会流半滴眼泪！郭平山走了。那几个被他点名的工人，在僵持良久之后，也走了。国企没有开除，也不是说没有，而是说如果没有严重的违法乱纪行为，通常企业不能开除员工。偷盗技术，只是一个想法而没有具体实施，所以不算犯罪。

顶撞上级，不服从安排，在国企中更是司空见惯，别说顶撞，就是指着厂长、书记鼻子破口大骂的，也大有人在。但是不能开除，不代表着不能让他们回家。

为了完成代工业务，招部分工人回厂复工可以，不适应工作需要，让你回家，同样理直气壮。一边是拿到全额工资，效益好还有奖金，一边是回家继续苦熬，自己选择。白云天的铁腕手段，让那些以为自己还是抱着铁饭碗，想怎么干就怎么干的工人终于清醒过来，明白到商机厂谁才是真正话事人。凛冽之下，车间秩序迅速为之一变。但后遗症也随之出现。以前工人上班，还带着一种让商机厂恢复生机的使命感和责任感。可在这一事件之后，他们或许是认清了现实，但心里却留下了疙瘩。

温情的面纱一旦撕掉，就只剩下冷冰冰的利益。分派给他们的任务，他们会加倍认真完成，可是不属于他们的工作，他们分毫都不愿干。车间的气氛，由炽热，迅速变得冰冷。南书记虽然同意了他的意见，将那几名工人放回家，可是对白云天也有了意见，脸上的笑容几乎不见，每次都是公事公办，坐在厂部生闷气，照面都不想跟白云天打。包文山、严季和有些忧心忡忡，劝他跟南书记好好沟通，帮助做做工人工作。"我觉得这倒是一件好事。"白云天摇摇头，拒绝了他们的好意劝说，"以前那些工人，天天上班嘻嘻哈哈，还把这当成了以前在商机厂的日子。虽然这两年的境况，对他们有所触动，但根子没变。这次过后，他们总算真正认识到，他们干活是为了谁——不是为商机厂，也不是为了赏识他们的干部，更不是为了国家，就是实实在在是为了自己！短期内，这种低气压会持续一段时间，现在我去说，只会激发他们的逆反心理，倒不如过段时间，让他们自己慢慢想通，明白其中道理。

受不了的人，会自己离开。接受的人，会慢慢承认事实，然后接受现状。

等到他们转过了思想，我再适当地给予某些生活困难的职工一定照顾，在车间跟他们开开玩笑，坚冰马上就会融化，他们会觉得我虽然严厉，但却通情达理，并非一个坏人。到那时，车间的氛围会回到以前的样子，甚至比以前还要好。"

包文山跟在父亲身边，见多了机关人事斗争，对此深有体会，认可了他的观点，不再纠缠这个问题。"那郭平山他们一伙人怎么办？他们熟悉生产流程，变速车的加工也不复杂，出去以后，肯定不会罢休，多半会仿制我们的变速车。"他说道。

严季和也点头，觉得这很棘手。白云天冷笑一声："这是无法避免的。变速车的技术太简单了，没有郭平山，还会有王平山、张平山，只要从我们这里搞到一套变速器，他们就能复制出来。""那怎么办？""怎么办？当然是该怎么办就怎么办！"白云天目视包文山，眼神含有深意。包文山明白了，若有所思地点点头。

……

唐南、陈兴波在离开厂门的时候，脸色惨白，走一步，回一次头。看着熟悉的厂门，他们知道，自己在很长一段时间都回不去了。或许，永远都回不去了。

在不满白云天利用商机厂为自己赚大钱的工人中，他们是最激进的。

他们看到白云天借用商机厂的地盘、设备、工人，大捞特捞而气愤，但拷问内心，其实还是源于嫉妒。没有白云天带来的项目，商机厂根本就没有机会复起。

没有商机厂的复起，说什么复工那就是笑话，他们还是只能像往常一样，要么出去摆个摊，要么打打零工，挣几个小钱养活一家老小。

道理他们都懂。可他们还是压不住心头的嫉妒。

为什么想出这个项目的人，是白云天而不是他们！一个月几十万啊，这么赚钱的生意，不知道也就浑浑噩噩过了。可是知道又拿不到手，心里的那种煎熬，让他们感到生活都灰暗了起来。

还不如不复工。至少所有人都是一样的没有饭吃，谁也不比谁过得好，大家一起摆摊好了。要饿死，干脆全厂所有人一起饿死！不患寡，而患不均。

这就是他们的主要心态。但要是换过来，赚钱的是他们，白云天只是给他们打工，那他们又不会是这个心态了。他们会觉得很公道，我想的点子我就该挣大钱，你想不出就该给我干活。说穿了，还是立场问题。

有这种心态很正常，人都有嫉妒心，怨天地不公，恨怀才不遇，只是他们不能平衡自己内心，表现太过，影响到了白云天对工厂的管理，于是被当作了杀鸡给猴看的那两只鸡，当场被勒令离厂。起先他们还气愤难平，有一种悲壮感。

可当他们走出厂门，醒悟到以后再也没有机会踏入的时候，他们恍然明白，他们的又一次机会，就这样被自己的嫉妒心给彻底断送了。这个时候，他们才真正感到了后悔。可是已经来不及了。"你们俩，干什么垂头丧气的。不就是被赶出来了吗，有啥大不了的！此处不留爷，自有留爷处！变速车又不是只有他们会做，我们也会做！"和他们的垂头丧气不同，郭平山一副无所谓的样子，拍拍他们肩膀，哈哈笑道。"我们自己做？"两人茫然抬起头。

"对！有人早就找了我，让我一起干。只是觉得某些地方还没摸透，我还想再看看。现在既然在厂里待不下去了，那我就索性大干一把，怕什么！"郭平山豪放地说道，"白云天那个毛都没干的小子都能干出一番事业，我们难道还不行？走，跟我去见一个人，他能帮我们！"

他找了个公用电话，跟对方通了几句话，便带着两人，来到一家饭店，进到包间。

"郭哥，我等你好久了！"包间内站起一个青年，笑容满面迎上前来。

他，正是因指示混混报复，被丝绸工学院开除的黄磊。

第十六章 贪念

第十七章　再觅虎皮

"郭哥，你来了！"黄磊一看到推门而入的郭平山，立即站了起来，亲热地上前迎接。有了郭平山，他才有打败白云天的可能。

在被丝绸工学院开除后，父亲托人走关系，送他进入了市商业局工作。但他始终没有放下仇恨。

在他看来，如果没有白云天，他还可以继续待在学校，过着被人追捧的校园生活。毕业取得了大学文凭，有着父亲的关照，他能很轻松地以正式工身份进入机关，而不是以临时工身份苦熬，等待转正的机会。

都是白云天！他人虽然离开了丝绸工学院，却依靠原来那帮朋友、同学、室友、篮球队队友，时时刻刻关注着白云天的一举一动，寻找着报复的机会。听说白云天离开了外卖摊，他以为是跟包文山、严季和等人发生了内讧，一时还曾幸灾乐祸，很是开心了几天。

可是当详细了解以后，却得知他不是被排挤出来，而是自己离开，带着包文山、严季和办厂创业去了。他的眼珠子都差点掉了出来。

工业现在是什么状况，全国上下有谁不知道的。

就算是国有企业，都过得举步维艰，你一个小小的私营个体，放着蒸蒸日上的外卖生意不做，揣着一两万块钱的资本，就想涉足工业行业。

你做梦呢！他觉得白云天是发家太轻松，开始变得膨胀，以为办工厂也像做外卖那么容易，做出了不理智的选择。对此，他自然是乐观其败。

他巴不得看到白云天四处撞壁，碰得头破血流，等到创业失败，外卖那边又回不去，最后一事无成，众叛亲离，痛哭流涕之时，他才会带人上去羞辱他、践踏他，一雪心头之恨。

他东听西问，好容易得知白云天去了哪里，上上个星期天，他趁休息去商机厂一探究竟的时候，却看到一辆载满自行车的卡车从厂里出来。

最令他目瞪口呆的，是在副驾驶位置上，他看到了当初跟他在球场发生冲突的那个严季和。虽然不知他们的创业是否成功，但严季和当时那春风满面，眉眼间都带着笑意的样子，都告诉他，白云天他们并不是他想象的那样艰难，而是很惬意，很愉快。白云天的开心，就是他最大的痛苦。

通过香烟贿赂了门卫，他更得知了一个令他目瞪口呆的消息。

白云天不但过得很好，而且还以私人身份，承包了这家国营厂。更令他抓狂的，是对方成功破解了国外技术，研发出了自行车变速器，生产出了国产化变速自行车！

每一辆变速车，零售价高达三百八十块钱！这么贵的变速车，他竟然还打开了销路。上市仅一周，就销售出去了两百多辆，粗略估计，也卖了八九万的货款。

当初白云天做外卖，一个月能挣一两万，已经让他嫉妒不已。现在听说对方不做外卖，改做实业，反而挣得更多，一周多一点时间，就卖出去近十万的产品，他简直嫉妒得要发狂。更不可思议的，是门卫说，变速车整车其实是买的梅花自行车，他们只是自己做了个变速器，就把进价八十多的普通自行车，卖到了三百多。

每辆车的纯利润近三百块钱！他听到这个数字，心脏都快炸开了，妒火烧得他大脑都有些眩晕，恨不能立即冲进厂里，把钱从白云天口袋里全都抢过来。

他的第一反应，是马上去举报。你怎么能赚这么多钱，这不公平，这是不允许的！

他红着眼睛，用最快的速度奔回家里，将情况向父亲黄俊凡汇报，鼓动他去区里举报对方非法经营，把白云天一伙人全部抓起来，没收他们的所有非法收入。

但是黄俊凡根本没听他的煽风点火，只是很感兴趣地追问详情。

对于举报，黄俊凡只是给了他一巴掌。企业承包早在 1980 年代中后期就开始实行了，只是要求还比较苛刻，必须由本厂职工才能承包。

但现在国企经营困难，大批停工，国家早已不再设限。虽说大多数国营厂并未让外人承包，但也不再是不可能，只要有能力，企业也同意，任何人都可以承包。

这一点，白云天根本没有小辫子可抓。反倒是他这种做法，让黄俊凡想到了一条赚钱的新路。

私人承包国有企业根本不算什么，以他的关系，只要想，分分钟就能谈下来。

问题是，承包了企业做什么！如今不是产能不足的 1980 年代，大量企业愁的不是产能不够，而是做出来的产品卖不出去！

所有厂家都在苦苦思索，什么样的产品受顾客追捧。

找不到适销对路产品的企业，不是已经纷纷停产，就是残喘苟息、奄奄一息地活着。现在有一个现成热销的产品摆在面前，不趁着这股势头，立即仿造，大捞一笔，还等什么？至于报复，只要他们做的变速车更好、价格更便宜，顾客就会选择他们的。到时候客源流失，产品卖不出去，白云天自己就倒了，根本不用他做什么手脚。等到白云天人财两空，想怎么摆布他，还不都是黄磊的一句话。

这才是报复的最高境界！老子这一番话，点醒了黄磊。

接下来，他通过门卫了解了主管变速自行车生产的干部情况，开始刻意接近对方，以求套出生产技术，最好还能挖几个熟练工，以便仿制。

董正维这段时间天天泡在技术科，跟一干技术人员绘制图纸，废寝忘食，面都见不到。生产科长蒋科也大部分时间拉着技术人员下车间，跟工人商量零部件具体的加工方法，忙得焦头烂额。就算下班时间，也大多是一群人聚在一起，没有机会。

他接触的第一个车间干部，就是郭平山。

结果对方也是早有此意，在得知他老子在区里工作，自己在商业系统也有关系以后，两人当即一拍即合。只是当时郭平山表示，还有部分零部件的生产工艺尚未吃透，打算再看一段时间。并且等拿到了全套技术以后，他也不离开，而是继续潜伏在商机厂充当内应。可是今天突然接到电话，郭平山表示他已经离开了商机厂，叫他来商量开始仿制事宜。

黄磊这段时间早就等得心焦难耐，一听此言，班也不想上了，立即向单位请假，看到郭平山出现，就像看到了一座会走路的金山，笑容满面就迎上前去。

"郭哥上次说会继续留在厂里，这次怎么想通，要离开商机厂了？"

面对财神爷，黄磊不敢摆架子，牢记着黄俊凡的提点，用最礼贤下士的态度，亲热地迎上前去，开玩笑似的谈笑道。郭平山笑容一僵。

黄磊这话，触到了他的痛处。在商机厂当了这么多年车间主任，也算是有头有脸的人物，如今被人灰溜溜地赶出企业，可以说是把脸都丢尽了。

就算是为了以后在黄磊面前有更多话语权，他也不会自曝其丑。

"变速自行车的技术，我已经全部搞到手了，再待下去也没意思。"他不想多说，将话轻轻带过，就转而言道，"另外，这次我从车间挖到了两位好手，有他们帮助，制作变速车易如反掌。"黄磊思路被带偏，闻听立即看向跟着郭平山一起进来的两人："就是这两位吗？"

"对，这是唐青，车工；他叫陈兴波，钳工！"郭平山拉过两人，得意地给黄磊介绍道，"别看他们年轻，手艺比厂里的老师傅还好。那些老工人，手艺已经定型，这一辈子就这样了。但他们可不简单，以前就是厂里的优秀青工，技术骨干。要不是南松明那个老家伙偏袒，本来变速车的研发工作就该交给他们完成，而不是王永轩他们几个。我也是费了九牛二虎之力，好不容易才说服他们跟我出来。"

为了显摆自己的能力，郭平山对他们一阵好夸。

唐青、陈兴波听他吹嘘，脸上微微发红。他们的确是厂里的技术骨干，可是自问和王永轩等老师傅比起来，还有一段距离。他们以为郭平山这么说，是为了给他们争取待遇，虽然表情略有些扭捏，但也没有否认。

再说，他们也觉得郭主任说得对，王永轩等人的技术虽然比他们强，但也有限，还没到实力碾压的程度。而且对方都四十好几了，技术再提升的可能性很小，倒是他们还有相当大的进步空间。再过几年，谁比谁强，还说不一定呢！

黄磊大喜，连声道好："好好好！现在郭哥亲自主持车间工作，又有小唐、小陈两名好手，我们可以说是万事俱备，只欠东风了！郭哥，接下来我们应该怎么做？"

他有自己的想法，但是记着父亲的教导，专业问题，应该询问专业人士，于是首先向郭平山请教道。"先吃口饭再说。小唐、小陈，你们不要客气，坐下来。"郭平山当了多年车间主任，习惯于颐指气使，反客为主就招呼众人坐下，叫来饭店老板，不客气地点了满满一桌酒菜，吃喝起来。一杯黄酒入肚，他见黄磊有些坐不住，放下酒杯，大模大样问道："小黄，你是想大搞，还是小打小闹？"

黄磊当然想大搞，但他还是按捺住内心的冲动，多问了一句："大搞怎么搞？小打小闹又怎么搞？"如何单干，郭平山已经在心里盘算过很久，也跟老婆商量过，加上他当过车间主任，如何安排生产、调度人员、采购原材料都门清，早有腹稿："小打小闹的话，就像姓白的小子那样，去苏城自行车厂买整车，然后我们自己做变速器拿出去卖。这样我们只需要做一个变速器，装上去就能拿出去卖，做起来简单，来钱也快。"听说简单，来钱又快，黄磊就有些心动。

郭平山看他神色，就知道他在想什么，手指敲敲桌子："但是这样呢，我们就只能从自行车厂进货，拿得少还可以，拿得多了怕是很难。我听说白云天上次一口气从自行车厂进了五百辆，对方的销售科长东拼西凑才给他凑齐，表示一段时间内都搞不到了……""那你还说可以从自行车厂进货！"黄磊有些不满。

郭平山笑了："这有啥，只要钱给喂饱，还怕拿不到货？我就没见过不贪财的

第十七章　再见虎皮

人，销售科长办不了，我们还可以找库房嘛。科长不愿意，还可以找保管嘛，只要有钱铺路，就没有拿不到货的说法！再说了，就算自行车厂真的一辆都拿不到，你不是商业局的吗，从商场扣一些指标下来，对你来说应该不难吧？"

说着，他目光灼灼地看向对方。他之所以愿意跟黄磊搭伙，就是看中了他在区里工作的老子，并且对方在商业系统也有关系。有了这条路子，做出来的变速车就可以通过商业系统大批销售出去。在他看来，这可比自己租个店面销售强多了。

别看国营厂现在搞得稀烂，相对而言，搞生产还强过销售。

一直以来高高在上的心态，让他们在面对普通顾客的时候，仍然放不下架子，做事还是老国企那一套。生产不听顾客要求，销售敷衍应付，售后几乎不管。

说真的，问如何搞生产、管理车间，郭平山可以说得头头是道。可要问他如何销售，他根本是十窍通了九窍——一窍不通。

这也是他为啥明明掌握了技术，还是想拉上黄磊一起干的原因。

他这么说，也是想看看这个合作伙伴，到底是不是真的有关系。

要是只是嘴上功夫，那这样的合作者不要也罢。

黄磊在商业系统当然有关系，要不他连临时工也当不了。但他虽然没有听懂郭平山的用意，也知道不用马上做决定，顺水推舟道："我知道了。那大搞呢？"

郭平山从他脸上，看不出他是否真有底气，只能接着说道："大搞就是像姓白的小子那样，承包一个厂，或者自己买一批设备，招一批工人，然后除了几个自己做不了的零件去找外协加工，其他都自己做。"

"这有啥好处？"黄磊倒是很虚心，向他请教。

"第一，货源不用捏在别人手里，只要有本钱，想做多大就做多大。第二，款式可以自己设计，不必依赖自行车厂的供货。"郭平山扳着手指，给他解释道。

他一口一个姓白的小子，连名字都不屑于说全的样子，其实心里对白云天很是服气。这个年轻人有闯劲，能干事、能服众，做事有条理，眼光又这么准。

如果不是年纪小，放在商机厂当个书记都不是问题。

尤其是他的前瞻性，实在是让郭平山佩服。

他所说的这两点，就纯粹是照抄白云天的意见，而且深以为然。

可惜了，要是对方先找的他，而不是南书记，现在跟着发大财的，就该是他了吧……做大还是做小，这是个决策问题。

说穿了就是自力更生，还是依附别人的选择，这个选择，决定了做事者的气魄，和对未来的预期值。黄磊不敢当场做出决定。

酒足饭饱，双方各自离开，黄磊匆匆回到家，将郭平山提交的选择，以及不同选择所需付出的成本、收获详细汇报给了黄俊凡。

两人商量良久，仍是举棋不定。变速车好销，这点是他们的共识。

目前白云天销售出去的变速车已经达到三千辆之多，即便如此，本地市场仍出现未饱和。这既是白云天饥饿营销手段的效果，也说明这个市场还有极大的拓展空间。再说，本地饱和了还可以去外地销售嘛。

中国这么大，人口这么多，自行车上千万辆的年销售数量，再卖几十万辆变速车有啥大不了。他们最大的优势，是掌握了销售渠道。通过商业系统，可以将货铺到各个国营商场、百货大楼、五金交电公司、供销社，每个点哪怕只吃掉十几辆，总量也大得可怕！这是白云天无法比拟的。

郭平山所提出来大搞的方针，正是把他们的优势，发挥到了极致。

可这样一来，投入也非常大。车间厂房、设备、工人，可以学白云天，找家国营厂承包，但是原材料、工人工资也不是一点点钱就能支撑得起的。

然后就是销售。就算他们有关系，商业系统惯来就是先销售、后结款，一个周期就是三五个月，这个货款就压得太多了。可以说，销量越大，压货就越多。

十万丢进去只是毛毛雨，百万刚刚好，千万不嫌多。

黄俊凡虽说捞了这么多年钱，家里小有积蓄，也支撑不起这样大的开销。

可让他小打小闹，他又舍不得。天下之大，有眼光的又不是只有他一个。

这么多国有企业现在眼看都快饿死了，一群群饿得双眼发绿的干部整天满世界找项目。变速车虽然是个新产品，知道的人还不多，但以这销售势头，多不过半年，少则一两个星期，甚至现在就已经有人发现了这个商机，正打算加入进来。

等黄俊凡学着白云天，起初小打小闹积攒资金，然后逐步扩大生产规模，可能所面临的竞争者，已经不再是白云天一家，而是好多家。

并且是饿晕了头，哪怕只赚一点微利也愿意干的国有企业！

到那时，别说靠它大赚其钱了，能把投入收回，不亏本就是万幸！"这个白云天眼光好准啊！"分析来分析去，黄俊凡对这个比儿子还要小一岁的年轻人，不由得也产生了一股敬佩。靠着包文山老子的关系，分文不花拿下商机厂，借鸡下蛋，捞到第一桶金。然后在所有人陶醉于丰厚的利润时，就果断跟商机厂达成合作，购买设备、培训工人，从购买整车转为自产，迅速打响名气，扩张规模，抢占市场份额。

即便以后有了仿冒者，宝马自行车在变速车中，也相当于永久、凤凰之于普通自行车，成为著名品牌。而有着足够的份额，他进可攻、退可守，有足够腾挪余地，稳固市场，确立消费者对宝马变速车的信心。

哪怕是新加入的厂家，也动摇不了他的地位！

区区一个十八九岁的小伙子，竟有如此超前眼光，实在是让人不佩服都不行。

"爸！你别长他人志气，灭我们自己人威风啊。白云天那个混蛋怎么样我不管，关键是我们应该怎么选择。是大搞还是捞一票就走？"黄磊很不高兴老子对白云天的赞叹，催促他做出决定。问题是黄俊凡也不知道该如何选择。

他是个普通的干部，捧高踩低是他的强项，努力钻营是他的本能，可做生意，他实在是个外行。他既想趁着热销大捞一笔，又想趁着别人还没涉足，搞一个长远的事业。利与弊俱在，就看他如何选择。

"这样吧，我们最开始，还是先从苏城自行车厂进整车，然后我们自己改装出来，销售出去。等到这笔生意做完，看看效果再做下一步的决定。"黄俊凡思前想后，在儿子一再催促下，终于拿定了主意。

"怎么是这样！那我们什么时候能超过白云天那个混蛋？"黄磊对此很不满意。

他眼里只有白云天。既然白云天都能做起来，他不相信自己有着父亲的人脉，有商业系统的渠道，对方有的自己都有、对方没有的自己也有，只会发展得比白云天快，而绝不会比他还差。他还做着尽快超过白云天，将对方彻底击垮，然后再上门羞辱对方的美梦，对老子的小心谨慎很是不满。

"谁说不能超过他了？"黄俊凡对被仇恨蒙蔽了双眼的儿子恨铁不成钢，在他脑瓜上猛拍了一巴掌。这小子比他差太多了，当初他在区里，有一个竞争对手比他还能干，更受领导器重，当时他还不是恨得牙痒痒的。

但他就能沉住气，表面跟对方搞好关系，好得就像是亲兄弟一样。

但在暗中，他却散布对方生活作风流言，破坏对方在领导眼中的印象，然后逮住对方犯的一个小错，突然翻脸，亲自举报，彻底将对方击垮，最后抢到了现在的位置。越是恨，就越是要将这股恨意深埋心底。

从一点一滴的小事做起，逐步动摇对方的根基。在没有机会的时候，该示弱就示弱，该打入敌人内部就打入敌人内部，当机会到来，该反戈一击就不要犹豫，争取一击毙命，彻底将对方打倒在地，永远爬不起来。

黄磊还是太年轻，太嫩了，这样以后是要吃亏的。

可这是自己儿子，有啥办法呢，只能默默站在他背后，给他撑腰，扶着他慢慢成长吧。看着儿子一百个不服的表情，他叹口气，解释道："我们可以通过商业系统的关系，一次性从自行车厂拿到尽可能多的整车。改装后，再通过商业系统销售出去。虽然回款周期长了点，但是能保证获得最大的好处，利润不见得比白云天他们那样零碎卖少。等到资金充足了，我们就搞个大的，把一整个厂都承包下来，直接超过他！"原来父亲打的是这个主意。

黄磊眼前一亮，可是想想又犹豫道："那这样的话，我们的资金就没那么多了……""傻瓜！谁说要我们自己掏钱了！"黄俊凡对这傻儿子真是无语，语重心长道："我们既然在商业系统有关系，那就用商业系统代销的名义从自行车厂提货啊！哪怕一次提一万辆都不是问题，最多打个白条就可以了，给什么钱！等销售完，商业系统跟我们结账，我们再把钱还给自行车厂。从头到尾，我们不需要掏一分钱！"

还可以这样！黄磊张大了嘴，像是不认识一样，第一次如此认真地看着父亲。

和他比起来，自己以前玩的都是些什么啊，太低级了……

白云天最近的心情很好。自从工人中的不安定因素被排除，商机厂的车间气氛虽然陷入了冷气压状态，但是那些桀骜不驯的工人，也变得容易管理起来，分派下去的任务，都能得到很好的执行，再也不会出现推诿、拖延的现象，生产效率迅速提高。其次是次品率的降低。随着工人渐渐熟悉新设备，管材成型中的损耗开始迅速降低，很少再出现折断、破裂现象。加工完毕的管材，经过本厂的简易热处理车间的热处理，提升了强度，减少了废品数量。废品率的降低，减少了原材料损耗，降低了生产成本；生产效率的提升，使得代工的合格零部件数量大幅增加，得到的代工费也随之提高。一增一减，商机厂的利润节节攀升。

照这个进度保持下去，本月厂里每一个当班人员的奖金收入，都能多上不少。

尝到了甜头，车间工人脸上的笑容也渐渐增多，虽然与白云天仍有隔阂，但冰冷的气氛也逐渐消散，重又回到了之前热火朝天的状态。

每天交付的合格零部件数量，达到了两百套上下，送货的卡车每天都要跑十几趟，才能将所有装配完毕的变速车送到客户手中。

销售的红火，引得躲进小楼成一统的南书记，也主动离开办公室，找白云天商量，是否再买一辆卡车用来送货。

生产销售步入正轨，工人的心也安定下来。

一切都很好。唯一的一个不安定因素，就是郭平山了，时不时还要跳出来，扰乱一下众人的心神，让人意乱神烦。

南书记虽说跟白云天闹了点小矛盾，可也不想看着如今生气勃勃的好景受到影响，阻碍商机厂复苏的步伐。他也曾多次去郭平山家找过他，想跟他好好谈谈，可是对方每次都不在家。这就更让他担心。

"云天，你今天有空吗？下班后跟我去郭平山家一趟，看看他回来了没有。"他思来想去，还是找到正在焊接的白云天，想拉着他一起，再去一次。

"郭平山？"白云天放下面罩，笑着摇头道，"南书记，我看没必要去找他，他成不了什么气候的。"

"你就听我老头子的吧，去一趟又有什么关系！"南书记急得顿足，"郭平山这小子你不了解，他这人虽然看似忠厚，其实心机重，有手腕，不是一个好对付的角色。就算他成不了气候，但在背后搞小动作，也对我们没好处，是不是？"

白云天想了想，还是摇头道："南书记，这事我看你就不用管了，我自有主意。"

"唉！你们年轻人这是……，能够和平解决的，何必搞得剑拔弩张呢？"南书记很是焦虑，对白云天咄咄逼人的态度，第一次产生了不满。

他是个和气的人，不喜欢太强硬的手段。

所谓得饶人处且饶人，郭平山已经受到了教训，想来他也知道自己错了。他毕竟是个有能力的人，处理过后，再把他叫回来，他一定会改过认错，重新踏实做人。

何必一棍子把人打死，一点挽回的机会都不给人留呢。

太过了！"白哥！"他正要再劝劝，包文山骑着一辆变速车，满头是汗快速冲过来，一个急刹车停下，脸上带着喜色。

"你等等。"白云天一看是他，立即起身问道，"你爸那边怎么样？"

"没问题！我爸昨天请了……"包文山正要细说，忽见白云天给他使了个眼色，眼角余光看到南书记，顿时明白过来，含糊带过，然后继续道，"他们吃了顿饭，一切都谈妥了！""很好，这下我就放心了。那个人呢，你找到没有？"白云天这时才长出一口气，脸上的肌肉松弛下来，笑着问道。

"找到了！白哥你猜得真准，他们果然舍不得投入，然后去……买整车了，我远远躲着，一眼就瞅到他们了。之后跟着他们，找到了他们的窝点。"包文山在关键处，又放低音量，轻轻带过。"他们是……""承包！"包文山毫不含糊回答道。

白云天不觉得诧异，这年头私营企业刚起步，除了原本1980年代做买卖的那批人现在转行，其他人都没什么积蓄，承包本是题中之意。

"可以吗？"他眉眼一挑，问道。他话中的含义，包文山心领神会，拍着胸口道："我爸昨天就问过了，人家说没问题，只要不是正规国企，其他人都好处理！"

"既然这样……"白云天笑容退却，神色变得有些冷厉，狠狠道，"那就干吧！"

"现在？"

"不，后天！捉贼捉赃，拿奸拿双嘛，总要给他们点时间不是？"白云天面带冷笑，淡淡地说道。"好！那我这就去！"包文山兴致勃勃，二话不说骑上车就走。

"记着，该给的好处给够，不要舍不得，花了多少钱，回来我全给你报！"白云天在后面喊道。包文山头也不回，背对着挥了挥手，很快远去。

南书记就在一旁，两人的对话都听在耳中，却不知道他们在打什么算盘，心头烦闷，劝说的话也不想说了，一顿足，也跟着转身离去。

算了，这个项目本就是白云天带来的，他都不着急，自己一个外人瞎掺和什么。

……城南，红峰汽修厂。

一辆辆满载货物的卡车驶进厂内，郭平山不等车停稳，就扒着挡板翻上去，看着整整齐齐一箱箱的梅花自行车散件，就像是看到了一摞摞的钞票，两只眼睛直冒金光。黄磊真的从苏城自行车厂提出货来了，而且一提就是这么多。

这让他对两人的合作，充满了信心。

"一共多少？"他兴奋问道。

"两千！"黄磊装出小事一桩的神情，轻描淡写地回答道。

以黄俊凡在商业系统的关系，一万辆当然只是句玩笑话，两千辆都是他请客送礼，花了不小代价才办下来。但这值得。

虽然请人吃饭，给人送钱花了不少，可是跟这批散件的价值比起来，那又只是九牛一毛了。只要改装完毕，通过商业系统销售出去，转手就是几百上千倍的利润。

看着满车待装配的散件，黄磊就像是看到了一个恢宏的事业正被他开拓出来，那种成就感，无与伦比。白云天，你得意不了几天了。

等我们的变速车改装出来，全面上市，就是你的末日，到时候我看你怎么哭！哈哈哈哈！黄磊、郭平山一分钟也不想耽搁，等到卸货完毕，自行车厂的车队离去，他们立即就开始准备改装。

他们是昨天承包的汽修厂，今天上午，就开始了变速器的加工。

但是加工过程并不如预料的那么顺利。

虽然唐青仅比王永轩稍逊一筹，虽然郭平山很用心在偷师，每次略有所得就赶

第十七章　再见虎皮

紧回到调度室将其记录下来，可是没有实际的加工经验，做起来仍是磕磕绊绊。

一上午时间，勉强能用的零件只做出了六套，其他的都报废了。

装配的时候也是问题不断。陈兴波看老苏装配起来很轻松，但轮到他自己来，就感觉不是那么回事了，不是这里装不上去，就是那里卡住，总之怎么也无法按照图纸正常安装。迫不得已，他只能采用一些非常规的方法，强行装配出了两套变速器。

但等他们将变速器装上自行车，实际使用的时候才发现，一旦变速，变速器就发出咔咔的声响，而且声音很大，就像是要断裂了一般，让人心头发紧。

同时定位也不太准，三次变速，起码有一次会因为定位偏差而掉链。

这就会导致骑行者害怕掉链，而不敢变速。不能变速的自行车，还算什么变速车！除了这两个严重问题，小毛病也不断，比如钢丝过紧，变速换挡费劲；后拨变速开关制作粗糙，容易刮伤手指；固定扣件太软，容易晃动等等。

总之是问题不断。

"就这么一个变速器都搞不定，还说什么技术好，简直是个废物！"黄磊见陈兴波来回调整，钢丝不是过紧就是过松，总是无法达到最佳效果，心中火上来，再也顾不得其他，就开口骂道。

一辆车就要调这么久，后面可还有两千辆，这要调到什么时候？他虽然借着关系，可以空手套白狼，但也不能无休止拖下去。时间太长了，到时候连中间人都不太好看，他们下次要想再借对方的关系可就难了。

"我调不好，那你来啊！"陈兴波是个不肯吃亏的主，被他说得难堪，扔下手中扳手，怒气冲冲就吼道。

"让你调个变速器都调不好，你还有理了？说你几句你怎么了，你要调不好，老子还要打你！"被对方这一顶撞，黄磊更是恼火，上前就想动手。

"算了算了，大家都冷静点。现在我们都是一根绳上的蚂蚱，不要自己先斗起来。消消气，休息一会儿，然后再接着干。"郭平山当惯了车间主任，知道怎么平息工作纠纷，先劝服了黄磊，再回过头安慰陈兴波。

两人也知道事情重大，由不得自己性子，在他的劝说下，双方各自压住怒火，强作镇定。搞到晚上七点多，虽说还有点不太满意，但终于将第一辆变速车改装完成。

在这番折腾中，陈兴波也积累了一点经验，改装进度慢慢加快。

当天晚上，他就又改装出第二辆。受此激励，第二天上午，他一口气改装出五辆。并且唐青也成功加工出九套变速器。这毕竟只是个并不复杂的小配件，加工难度也不高，只要熟悉了加工流程，做起来其实很容易。眼看进度逐渐加快，黄磊的火气也没了，开始有说有笑起来。就是材料损耗高了点，让他心头有点犯嘀咕。

可不管怎么说，一切正在朝好的方向发展，大不了多给几天时间，就当练手好了。

唐青、陈兴波进步确实快，当天就改装出了十一辆变速车。

第三天，他们的速度再一次加快，光是上午就加工出二十三套变速器，改装成功变速车一共十七辆。看着摆放整齐的两排变速车，黄磊笑得嘴都合不拢了。

从拿到散件到今天上午，他们一共装配出了三十辆变速车，如果也是按照三百八销售出去，这可就是一万一千多块钱！

就在他幻想着所有的自行车全部改装完毕，为他赚来大笔金钱的时候，忽然听到厂门口传来一阵吵闹声。没等他反应过来，就看到一群身穿工商制服的人，冲了过来。在他们身后，汽修厂的门卫还拉着一名工商的衣服，试图阻挠他前进。

"就是这里！""看到了，那么一大排自行车我眼睛又不瞎！""快快，动作快点！"对方目标明确，冲进厂里以后，迅速就看到了摆放在空地上的变速车，狂喜地相互招呼，然后呼啦一下就涌了过来，将他们围住。

"你们要干什么？"黄磊没见过这种场面，一时手足无措。

"干什么？我们接到举报，说你们生产假冒伪劣产品，所以过来突击检查！"

一个身穿制服的中年人正气凛然地说道。

郭平山终究当过多年车间主任，能沉得住气，站上前，掏出一包凤凰烟，满脸堆笑地向对方散烟："这位同志，您看是不是误会了，我们这可是正规国有企业，怎么可能生产假冒伪劣产品……"

"队长！你看，这都是梅花自行车，可他们却把原来的漆铲了，喷上了宝马的标志！"几个工商人员看到了吊挂的喷漆件，立即像是发现了目标，惊喜地喊起来。

"这边也是，都是梅花自行车……"

"这里还有他们刚铲完漆，没来得及喷漆的零件……"

"这是他们改装好的自行车，几十辆全部喷的是宝马的标识！"

工商人员分开来一检查，立即发现了问题，纷纷叫了起来。面对事实，黄磊脸色惨白，啥话都说不出来。喷涂宝马标识，是他的主意。

他们为了求快，拿的是梅花的整车。可是白云天早已自行生产变速车，车型比梅花的好看，经过一段时间发酵，在本地也算是小有名气。

如果直接用梅花车的牌子改装，由于车型不好，他怕没人买，所以干脆要仿就

第十七章　再觅虎皮

仿全套，连宝马的牌子也一起仿了，然后趁着消费者不懂，浑水摸鱼赚笔快钱，等以后自己搞了，再注册个新商标。可他没想到，这却成了他们制造假冒伪劣商品的证据，被人抓了个正着！完了，彻底完了！他仿佛已经看到了监狱的大门正在向他敞开。一想到这个严重的后果，他浑身的力气就像是被抽干了一样，再也支撑不住，双膝一软，扑通一下就跪倒在地。"真是不作死就不会死……"白云天听完包文山的汇报，不由得无语摇头，不知道该说什么好。本来只是以梅花自行车为蓝本改装变速车，被工商抓到也不过是仿冒罢了。以黄磊老子的关系，想来付出点代价，最终能够脱身。他的设想，也不过是借此跟黄磊背后的关系扯皮，将这批自行车扣留下来，为后续发展争取点时间，淡化由此带来的影响。

在他看来，在他成为行业龙头之前，双方多半还会纠缠很久。

然而没想到对方作死，竟然连宝马的商标都一并仿冒。这样性质就升级了。

原本虽然违规，但仿冒现象如此严重，法不责众，工商处理一下，罚点款做做样子就算了。但仿冒商标则不一样，这种行为直接触犯了商标法，由违规变成了违法，性质发生了根本性变化。

两千辆自行车，哪怕按照梅花的零售价来算，也价值十七万。根据生产销售伪劣商品罪来判，量刑起点最少就是两年，最高不超过七年。

这就意味着，作为首犯的黄磊、郭平山，至少要在监狱待两年时间。倒是唐青、陈兴波等工人，因为只是具体做事的工人，反而不会有牢狱之灾，以这个时代的处罚原则，多半是批评教育一番就放他们回家……

等两年后黄、郭二人从牢里出来，变速自行车行业将再也不会是他们熟悉的那个样子了。如果还想继续从事这个行业，现在所获得的知识都将成了过去时，一切都要从头来过。本来就算无法取代自己，他们也能借机青云直上，在变速车行业中占有一个位置，就因为他们的作死，顿时从未来的富翁变成了阶下囚。

一念之间，荣辱变易，可悲可叹。

不管他们未来如何，这个样子的黄磊和郭平山，对于白云天而言，连做对手的资格都没有了，只不过是他前进路上踩到的两颗小石头，略微硌了硌脚，如此而已。

"这两个人，以后都不用关注了！"白云天叹了口气，就将这两个名字抛在了脑后。"黄磊、郭平山这次多半会进去，以后我们的变速车生意就不会再出现这种情况，可以按部就班地逐步扩大生产，提高产量，占领市场了！"包文山长出了一口气，眉开眼笑道。

"这次的事，大概就是这样了。不过要说就可以放下心来，那还言之过早。"白云天摇摇头，泼了他一头冷水。"为什么？"包文山愣了一下，急道。

白云天既然说了以后不用再关注这两人，说明在他心中，黄磊、郭平山已经没有了威胁，为什么又说言之过早。难道还有其他变数？

白云天的神情依旧严肃，捏着眉心，思考了一阵，开口道："我说的不是他们两个，而是其他人。我知道变速车会有市场，但没想到会这么赚钱……"

就现在每月三四千辆的销售数量，毛利润也已经达到了六七十万之多。

要知道，沪上那些从1980年代就开始做生意的个体户，如今最有名的也不过只有一个杨百万。百万就足以扬名全国，可想而知这个时代的有钱人何其之少。

六七十万已经是笔巨款！更何况这只是一个月的利润，以此推算，全年总利润将高达千万！这么大块肥肉，谁会放过？不要说只有一个区级干部做后台的黄磊，就算是有市级、省级后台的关系户，眼睛也会羡慕得发红吧。

白云天现在考虑的，已经不是是不是还会出现别的竞争对手，而是会不会有人忍不住对他下手的严重问题了。

还是发展太快，根基太不牢固了。

以包前进的能力，保住一个月收益六七万的小生意，还有可能。但当利益放大十倍，别说他，即便是他的顶头上司，也不一定扛得住。

白云天从来不想测试人心。

因为后果只会让人寒心，还不如未雨绸缪，提前做好准备更有意义。

承包的皮，看来是披不了多久了。

要想保住自己的家当，必须想办法再找一张更大、更吓人的虎皮披上才行……
……

薛振恒坐在宽大的老板桌后面，认真地翻看着账本。

他的振恒制衣，原来在香港只是一家小型制衣厂，1980年代香港的人工越来越贵，由七几年的一千多陡然上涨到两三千，翻了一倍还不止。

制衣业是个劳动密集型行业，人力成本在生产成本中所占比重超过了百分之四十。工人工资的上涨，导致正恒制衣生产的成衣价格随之节节攀升。

与之相对的，就是出量不断下滑。他咬牙坚持了几年，一直到今年初，情况不但没有好转，反而恶化到快要维持不下去的地步。迫于无奈，他只能下定决心将香港的工厂关闭，和其他企业主一样，将生产基地转到一河之隔的鹏城。

过来一问，他才知道这边的人工有多便宜。三百！

一个工人每月的工资，只需要三百块钱，就这，已经让他们欢天喜地，想进厂的人排成长龙。而就在河对面，同样的工人，月工资却要六千港币，相当于人民币三千六百元。双方相差整整十二倍！当他得知这个数字，人都傻了。

早知道这边的人工便宜到这个地步，他还坚持什么，早就把厂搬过来了。

晚这几年，要少赚多少钱啊！他再也顾不得继续用高傲的眼神俯瞰内地，用最快的速度将香港那边的工厂歇业，除了少数管理人员跟他过来，其他工人全部辞退，在这边重新招聘。这些日子，他天天泡在内地，吃住都在工厂，连香港的家也不回。

他要把失去的那十年时间追回来。有内地如此廉价的人工工资，他完全有信心做到这一点，不但要让振恒制衣重新站起来，还要办得更大！咚咚咚！办公室外响起敲门声。"进来！"薛振恒争分夺秒地看着账本，审核着财务收支，随口说道。

门打开，他从香港带过来的秘书探进头来："薛总，有位姓白的先生找您。"

"他说了有什么事吗？"薛振恒头也不抬。

"他说，有笔生意想跟您谈！"

"生意？"薛振恒头蓦然抬起，疑惑地皱了皱眉，迅速舒展开来，"快，快请他进来！"会客室内，白云天、包文山坐在沙发上，面前只有一个盛有白开水的纸杯，连茶都没泡。在他们对面长椅上，笔直地坐着两名身材高大壮硕、顾盼生威的男子。这是他通过包前进，找的刚退役一线野战部队侦察兵，用以担任他的私人保镖。白云天可没有什么白龙鱼服的爱好，一个人再能打，双拳难敌四手的道理他还是懂的。以前是没条件，现在有钱了，当然要第一时间请几个能打的保镖在身边护卫。幸亏带了这两名保镖，振恒制衣门卫摸不清他来头，赶紧通知了老板秘书亲自出面接待。可那个妖娆的女秘书就没那么容易糊弄了，非要他说明来意，否则就不予通报。白云天沉吟之后，只能假托谈业务，才让对方前去请示。

"云天，这个女人很傲慢啊！"等到女秘书离开，包文山面带微怒地说道。

两名新请的保镖，表情也不太好看，显然有着同感。

双方的接触只短短几分钟，但从那个女秘书的神态，明显感觉对方在内地人面前有一种莫名的优越感，说话之间不自觉地就把自己摆在了居高临下的位置。

这让白云天感觉很不舒服。

他没想到，这个时代的香港对内地竟然是这种态度。区区一个弹丸之地，靠着作为内地与世界交流的窗口发了财，就以为自己成了上等人，反过来瞧不起内地。

"不过是井底之蛙罢了，以为自己有了钱，就看不起穷亲戚了。却不知道，没有我们这帮穷亲戚，他们根本就发不了财。跟这帮势利小人只能谈利，不能谈情，知道这点就行了！"白云天不是很高兴，微微阴沉着脸说道。

看来这次的交涉，不能采用常规方法，否则恐怕无法如己所意。

远处传来高跟鞋响，白云天做了个手势，让其他人不要说话。

脚步声来到门口，那个浓妆艳抹的女秘书走进来，皮笑肉不笑地说道："薛总让我请两位过去。不过他很忙，只能抽出几分钟时间和两位见面，如果有什么业务，请直接说，不要耽误我们的正常工作。"口气甚是不客气。

包文山家境优越，从小到大没受过这种气，虽然有白云天暗示，没有发作，但脸色阴沉得仿似要滴下水来，对女秘书的话不理不睬。

"好的。"白云天比他要沉得住气，对她的态度视若不见，淡然地应了一声，站起身来，大大方方跟在对方身后，向总经理办公室走去。

两名保镖亦步亦趋跟在身后。

他们刚退伍不久，还保持着部队的作风，腰杆挺得笔直，每步跨出的步伐都相同，犹如尺量。行进间，尽管头部正对前方，视线却快速扫描周边，警惕着任何异常状况，以便及时做出反应。

振恒制衣的办公楼是一栋两层小楼，总经理办公室位于二楼。

由于是赶修的新厂，还呈现着毛坯的形态，走廊就是普通的水泥。

只有到了二楼，才铺了一层类似于宾馆用的塑料红地毯。

来到左侧最里端，唯一一间包了木门的办公室，女秘书示意他们停下，自己上前轻轻敲了两下。等到里面传出一个男人"进来"的声音，她才恭恭敬敬将门推开，躬了躬身，用远比之前更谦逊温柔的声音说道："总经理，客人已经到了。"

"请他们进来吧。"听声音，男人没有起身上前迎接，仍在原地。

女秘书回过头来，温柔的表情瞬间变为冷淡："几位请进。"

这种变脸的速度，实在令人叹为观止。见怪不怪，其怪自败。

白云天看也不看她一眼，跨步上前。在与对方擦身而过时，女秘书又一次低声提示道："薛总时间很紧，你们长话短说，请注意礼貌！"

呵！白云天发出一声意义不明的笑声，大步而入，进到办公室内，左右略微一瞥，就将情况尽收眼底。为了彰显地位财富，这间办公室，大概是整座厂里装修最为豪华的地方了。但是仔细看来，墙纸贴得富而不雅，办公桌、会客沙发、木几、摆设虽然多用红木、皮革，然而以白云天的眼光可以准确判断出都是低档货色。

由一叶可知秋。凭借这间办公室的装修格调，白云天就明白，这是一个极力想要挤入上流社会，但财力、格调都不高的普通商人而已。

秘书如此，老板亦如此！跟这种人没有什么好谈的，直接进入正题即可。

他视线流转，也不去会客区坐下，直接上前几步，来到薛振恒的办公桌前，开口说道："薛老板，我这次来，是想从你这里，买几张去香港的通行证，你开个价吧！"薛振恒看他进来，就直奔自己而来，一点礼貌都没有，正在皱眉，听到白云天一句话，顿时愣住了。买通行证！他跟秘书所说的生意，就是这个，而不是向本厂供应纱锭、丝锭？这算什么生意！他生气了。

由于历史原因，香港曾被英国强占。1980年代初经过双方多轮谈判，直到当时的最高首长一句"你们不让我们过去，那我们就只好让解放军过去"的话，把对方防线彻底击垮，最终达成协议，将于1998年正式归还香港。

在此之前，虽然香港与内地陆路相接，与相邻的鹏城仅有一河之隔，可是香港尚未回归，因此，这时候内地的出入境管理也极其严格，普通民众除非是获得国外邀请、入学通知，否则基本没有可能出国。香港虽非外国，无须办理护照，却也需要通行证才能让关卡放行。白云天一行，既非政府考察人员，又非驻港机构办事员，要想进入香港，就必须有来自对面的邀请函，方能在边防办理通行证。

这就是他来此的唯一目的！得知了白云天的目的，薛振恒很生气，对方当他是什么，不邀而至，来了就只想要几张通行证。他时常往来内地、香港，自然知道，一张通行证最多五块钱。这算什么生意！耍他玩吗？不等他怒气上脸，白云天就轻飘飘抛过来一句话："一千，我买四张通行证，行，还是不行？"一千？这就是五十倍的涨幅！他刚一愣神，对面又开口了："两千！"涨价这么快？我只是略微迟疑了一下，就出到两千块钱了，若是我再提提价，是不是能让对方再多给一点？他是个商人，只要能赚钱，什么都可以卖。看来对方急于拿到通行证，赴港办事。他是知道内地人赴港是多么困难，若是能做成长久生意，那也不错。

"两千五！"对面再次提价。薛振恒身体向后一靠，双手抱于腹间，望着对方笑而不语。"告辞！"对方这次不再报价了，冷冷地向他看了几眼，然后二话不说，转身就走。"慢！"他赶紧身子向前一扑，忙不迭喊道。"两千五，我卖给你！"

白云天头一歪，身后包文山走过来，不情不愿从怀里取出一叠钞票，重重扔到桌上。

第十八章　我们的未来会更好

"这里就是香港？我看也不怎么样嘛！"

从检查站出来，包文山看着中英街破破烂烂的房子，撇了撇嘴不屑道。两名保镖也是新奇地东张西望，对这个传说中神秘的地方很有兴趣。

穿着英式军服的军警，一个个又黑又瘦，个子小小，踢着夸张的正步，像杂技演员胜过军人。街上的人肤色也很黑，并没有白白胖胖长得很富态的样子。房子乱七八糟，到处是摊贩，地上污水横流。

这跟内地有啥区别。"这里只是新界，香港是一座岛。过了新界，才到九龙，然后坐渡船过去，才到本岛。"白云天来之前做了功课，向包文山和两名保镖解说道。新界对于香港，只是一个缓冲区。

最开始，英国强迫清政府割让的只有香港岛，后来才逐步渗透到对岸九龙一带。由于纵深太浅，一旦内陆发兵进攻，香港将无险可守。故此英方又趁着清政府软弱无力，强占新界，将防线一直前推到深圳河边。

这就是中英谈判的基础。法理上，新界只是租借而非割让，仍属中国所有，1997年后自然就将回归。而一旦失去新界，香港不但要直面大陆的枪炮威胁，而且淡水、粮食、蔬菜也将无处供应，会逐渐沦为一座死岛。之前几十年新界来一直没有得到发展，仍是保留着最初的状态，就是一个老旧的大农村。经济上依然是以农业为主，是本岛的粮食、蔬菜主要来源地。直到1980年代后期，新界才开始逐渐开发，新辟了两座小型卫星城。但绝大多数地方，还保持着原始的自然风貌。

检查站外，有直达九龙的巴士站，白云天一行人出来，正好有一辆破旧的小型巴士到达。

四人快步跑过去，挤上了车。车上人还不少。

自从鹏城设为特区以后，大量的港内工厂主都将企业转到了对面。还有不少的小商小贩，从港内购买大批电子表、玩具、计算器等小商品以后，拿到中英街，卖给内地的二道贩子，这里每天的人流量都在上千人以上。

这些小商小贩、工厂中层干部买不起车，自然只能每天搭乘巴士往来于九龙之间。巴士的售票员就守在门口，上来一人，就买一张票。

白云天第一个上去，掏出一张十元的人民币，递过去。

"我们不收人民币，没钱就不要坐车！"售票员看到他手上的人民币，用粤语很不客气地说道，眼睛瞪着他，一指车外，示意他出去。

白云天来之前，已经读取了一名鹏城本地人的粤语技能，当然知道他在说什么。

他耸耸肩，手一翻，重新亮出一张十元的港币，伸出四根手指，示意要买四张票。

售票员翻了一个白眼，从他手上抢过钞票，数出两个钢镚丢到他手心。

"一个人就两块钱，这也太贵了吧，是不是坑我们不懂啊！"包文山看到他只找了两块钱，大惊小怪地喊起来。售票员估计听得懂普通话，怒视着他，用粤语说了几句，表情很是不屑。

"他说什么？"包文山听不懂。"他说香港不是我们这些大陆的穷鬼能来的地方，买不起票就走路去九龙好了。我没说错吧？"白云天看着售票员，露齿一笑。

售票员面露惊异，想来没料到之前一言不发，只能用手势交流的他，能听懂粤语。

他对大陆人歧视归歧视，可是看到白云天他们一行四人都是小伙子，特别还有两人高高壮壮，手臂青筋暴起，一看就知不好惹，口头上讨点便宜也就罢了，真的跟对方怼起来，他也没那个胆子。

听到白云天把他讥讽的话翻了出来，包文山、那两名壮汉都朝他怒视过来，他赶忙一缩头，装作没听到，头探出车窗外，拍着车身，对着还没上车的人吼道："还不快点，车马上就要开了！"白云天一笑，不再计较。主要是计较也没意义。

当售票员这样说的时候，满车的乘客也是面露鄙夷之色，跟他靠得近的几个乘客，甚至拉开了和他的距离，仿佛他身上有什么病菌一样。

可以看出，对内地人的歧视，是这个时代香港普遍的态度。你可以纠正一个人的看法，却不能跟整座城市作对。

反正这些鼠目寸光之辈，也就这点本事了。

跟他们讲道理毫无意义，只有打他们脸，不断地打他们的脸，让他们痛彻心扉，才会低下高傲的头。

中巴车的路线上有很多小村庄，一路不时会停下来上客下客。有时候，路边有人窜出来招个手，车就停了，然后开门让人上车。

本身车速就不快，沿途路况也不好，还这样走走停停，中间又穿过了一条山间隧道，用了三个多小时，才到达九龙。此时已是下午五点过。

由于路途颠簸，众人都有些疲倦。四人随便找了家饭店，进去随便吃了点东西，就花了六十七港币。结账的时候，包文山差点没跟对方打起来。

他太气了，他们做外卖的时候，一盒饭才卖几毛钱，点两个好菜也不过一块多，这里一顿饭就要收六十七块钱，这简直是黑店啊！两名保镖也是怒气冲冲，三人围着老板大吼大叫，一直把他逼到了墙角，吓得对方差点没尿出来，又是作恭又是说好话，最后只收了十港币算作饭钱。就这包文山还是骂骂咧咧，一肚子的不爽。

白云天没有上去威逼，但也没有制止，只是在旁悠悠哉哉，乐呵呵地看着。

今天大家都有一肚子气，发泄一下也好。估计老板也把他们当作了本地古惑仔，不敢报警。就算报警也无所谓，不过是几十块钱的饭钱，哪怕是惊动了警察，过来询问一番，大不了如数给了就是。

古惑仔吃饭不给钱，不是天经地义的吗，我们至少还给了，不是吗？呵呵，今天天气挺好！"接下来我们去哪里？"包文山出了一口恶气，人也舒坦多了，问道。

"先去买几件衣服。"白云天悠然走在街头，东张西望，随口说道。

"我们不是带得有吗，还买什么衣服？"包文山奇怪道。

"我们这身在内地穿没问题，可在这里就显得有点土，一看就是内地过来的。虽说我们不在乎别人的眼神，但也没必要故意特立独行。"白云天看到街口有一家规模较大的商场，便带着包文山等人，穿过斑马线，来到商场门口。

"狗眼看人低！"包文山对香港的印象很不好，悻悻骂道。

"这不是看人低不看人低的问题，而是我们这一身容易惹麻烦。刚才饭店老板那么容易妥协，多半就以为我们是内地过来的大圈仔，怕我们报复，所以才不敢报警。我们是过来办事的，不是跟人打架的，真要惹出事来，取消我们的通行证，那就麻烦了。"白云天带着众人，走上台阶，进入商场。

不知道是否是错觉，他觉得门口保安，看他们的眼神比较奇怪。在他们进入商场以后，还一直盯着他们，有一个似乎是当头的，还叫过一个保安说了几句，就这样跟在他们后面，像是防贼一般。

"有个警察一直跟在我们后面。"包文山无意间发现，低声跟他说道。

内地现在还没有保安，他把对方的制服当成了警察，有些担心。

两名保镖也不时回头张望，表情有些紧张。

"那不是警察，是商场的保安。随他去吧，我们买我们的衣服，要跟就跟着好了。"白云天懒得去理，淡淡说道。商场的装修富丽堂皇，但他此刻的心情却很糟。

唉，真是很讨厌啊！所以说，国力不昌盛就是这样，国民走到哪里都会被人区别对待。要是星际时代，他受到这种待遇早就发飙了，哪还会忍到现在。

白云天强压心头怒火，揣在裤兜的拳头不由握紧，装作看不见那名一直缀在身后的保安，通过示意图找到地方，一路也不闲逛，径直前往男装区。

从其他顾客挑选货物的方式来看，这家商场的销售，采取的是自选方式。

男装区的衣服，有些是挂在衣架上，从价格看，这些大多是廉价或打折品。大多数男装折叠得整整齐齐，放在一个个展示柜上，顾客看中以后，可以将其拿起，借着立柱上的大幅镜子比试一下，喜欢还可以试穿。

店员大多是在周边静立，并不打扰顾客挑选。等到顾客选定，或是四下张望寻找时，再移步过去，向对方介绍。

经营模式还是比较人性化。白云天在几挂衣架前看了几眼，就绕衣架，朝品牌服装柜走去。还没等他走近，一个本该在附近等待的女店员就迎了上来，挡住了去路，皱着眉说道："这位先生，这边都是品牌服装，价格比较贵。我建议您还是去那边的打折区，应该可以挑选到您满意的服装。"

"她说什么，怎么不让我们过去？"包文山听不懂对方说什么，但能看出对方不希望他们靠近展示柜，奇怪道。

"她说那边的衣服很贵，不是我们买得起的，所以让我们去刚才的打折区买。"白云天表情阴郁，抿了抿嘴唇，冷冷地说道。

"你这什么意思？看不起我们是不是？"白云天话还没说完，包文山已经压不住心头怒火，顾不得对方是女人，怒目而视道。两名保镖也是满面怒气，握紧了拳头。

女店员应该是能听懂，她像是没看到包文山的愤怒，不慌不忙道："我没有这个意思。只是展示柜的服装都是品牌货，万一弄脏了，我们会很不好办。打折区就不一样了，反正都是处理货，只要不是太脏都没关系。"

"云天，这女人说什么？"包文山怒火高炽，也不说普通话了，用苏城当地话问道。白云天没有翻译售货员的话，指着几个正在挑选衣服的顾客问道："你说怕被弄脏，他们怎么又可以随便挑选。不但可以拿起来打开，还可以试穿？"

"因为他们是真心要买，我们当然允许客人试穿。"女店员带着虚假的笑容，态度冷淡道。

"那刚才那个人，一件衣服也没买就走了，我可是看到之前他也试穿过了，你们也没有阻止。"白云天不想再忍了，不依不饶追问道。

"因为他有这个消费能力，但是你们有吗？看你们的样子就买不起，还想到品牌区来逛，你们脏手脏脚把衣服弄脏了，清洗费你们付得起吗？"女店员被他一通追问之下，也恼了，不再继续装笑脸，直言不讳鄙视道。

白云天终于逼出她的真实态度，一股火气直冲头顶，感到头皮都阵阵发麻，强忍着不爆发出来，冷笑道："我倒要问问，多少钱才算有消费能力？"

"多少钱，你不会自己看？这里不是内地，这边的衣服，最便宜也要一两千，谅你一年的工资都买不起，没钱就别学有钱人，这里不是你们该来的地方！"反正已经撕破了脸，女店员泼妇一样骂起来。"你们这里是怎么回事？"两边的音量放高，跟在后面的那个保安闻声加快脚步追上来，虽是询问，却面朝白云天一行人，板着一张脸，上下打量着他们，态度不善。

"他们要闹事！秋仔，马上叫人来，把他们赶出去！"女店员有恃无恐，倒打一把把责任推到白云天等人身上。

"怎么回事？刚才你跟那个贱女人说什么，怎么把保安也引过来了？"

白云天跟女店员一番对话，都是用粤语所说，包文山等人都听不懂，只见到两人态度越趋对立，双方都开始不顾礼仪，大声嚷嚷起来，就连保安都被惊动。

他们不明就里，拉着白云天一个劲追问。

"这个女人说我们是穷鬼，穷鬼就不该来这里！"白云天怒极而笑，简单将对话的内容讲给他们听，随后从包文山手里抢过一个人造革皮包，一把拉开，露出里面一摞摞的港币，不下十万，狰狞道，"一千块，一千块算什么啊！"

那名保安正要喊人，看到包里满满的港币，顿时呆住了。

那名态度傲慢的女店员，更是直接傻了眼，盯着包里的钱看了好一阵子，脸上一阵红，一阵青，变幻不定。

"先生，先生别生气，我是男装部的经理。刚才是我们的店员不对，我代她向您道歉，您可以随意挑选你喜欢的服装，我们会提供最优质的服务。"

见到势头不对，一个冷眼旁观很久的中年女人过来，用不标准的普通话连声道歉，希望他们继续购物。

白云天冷着脸，将皮包拉链拉上，扔回给包文山，一挥手示意包文山等人跟上："你们这种态度，还想我继续在你们这里购物？你当我是傻啊！我就是有钱也不在你们这里买，狗眼看人低的东西！"

说着，大步离去。包文山呸了一声，也是紧跟着白云天，昂首阔步而去。

被人歧视了，然后掏出一大摞钱拍在对方脸上，然后疯狂购物……

这不叫打脸，这叫蠢！给人骂了，还给人送钱，这不是蠢是什么？也许这世上有人喜欢这么干，还孜孜不倦，乐此不疲，但白云天不是这种人。

你好好捧着，我心情舒畅，在你们这里多花点钱没问题。

但你恶言恶语，最后敷衍地道个歉，然后就想从我兜里掏钱，做梦去吧！白云天带着包文山，头也不回地离开商场，也不再去找其他大型商场，就在周边的小服装店走了一圈，从一个态度很好的店主那里，给每个人都买了全套的替换衣物、鞋袜。

以他的眼光，挑选的衣服档次都不低。

虽然大多不是什么品牌货，但是做工精细，用料考究，并不比那些名牌差。

而且价格也不贵。总共才花了三千多港币。

几人在店里就将买来的衣物换上，出来一看，整个气质都变了个样。

白云天内穿一件白色T恤，外套一件浅黑色休闲夹克，将他的肌肤衬托得更加白皙。他下着一条牛仔裤，让他看起来身材更为修长，足蹬一双白色休闲鞋，全套下来，宛如一个翩翩公子哥，气宇轩昂之间，又透露着几分潇洒。

包文山的身材略微显胖，但经他一番包装，黑色T恤外面披上一件咖啡色中长外套，下面一条深咖啡色长裤，白袜皮靴，摇身一变成了一个身材结实的小帅哥。

至于两名保镖，则统一的黑衣黑裤、黑色皮鞋，戴着一副看不到眼珠的墨镜，多了几分神秘气息。加上他们还没长长的短发，精神抖擞，让人一看就知绝非常人。

一行人从店里出来，白云天、包文山走在前，两名保镖跟在后，不时关注周边境况，旁人一见，再也没人会以为他们是内地过来的土包子，以为是两名出来闲逛的富家公子哥，纷纷让开道路，退到一旁。

"我今天才知道，有钱人是这种感觉，真爽！"

包文山走在路上，左顾右盼，见到路上行人望着他们，脸上那未加修饰的羡慕、渴望、敬畏、谦恭之色，并且主动让路，心情大爽，之前的诸多不快，尽都被他抛在了脑后。

虽然这番捯饬花了不少钱，但这钱花得值！钱挣来是干什么的，不就是花的吗？

他跟着白云天，头一个月就盈利上万，然后又跟着他离开外卖摊，去办厂。结果第一个月就挣到了近十万，这个月销量更是惊人，盈利竟然达到了近七十万！但以前这些利润只是账本上的数字，看着吓人，实际没有什么具体的感受。

直到今天，一口气花出去三千多港币，经过白云天给他量身订造包装下来，由一个内地来的土包子，转眼变成风流倜傥的小帅哥，享受着路人羡慕的眼光，他才真正感觉到自己挣了这么多钱，原来应该这么用！如果没有白云天，他现在还只是一个普通的大学生，哪有机会成为别人羡慕的对象。

人生境遇之奇，莫过于此！得到了才怕失去。

现在的他，已经死心塌地决定追随白云天到底。

他相信，白云天的能力远非眼前所见这一点，以后必然会迈向更高的高度。对方并非凉薄之人，只要紧跟着他，自己就能在对方的提携下，一同踏上以前想都不敢想的位置，登高俯瞰，一览众山之小！人生如此，又复何求！众人心情大好，一路劳顿仿佛也抛到了九霄云外，兴之所至，来到海边找到了一家大排档，吃着海鲜，喝着啤酒，吹着海风，痛痛快快地吃着夜宵。

心态不同，包文山这次没有再心痛价格太贵，不问价，只问好不好吃。

他算是想通了。钱没了还可以再赚。但人生只此一次，如果不趁青春少年时尽情享受，到得人老力乏，纵然有家财万贯，又有何用。

还是白云天说得对。量入为出。既然他们这么能挣钱，那么比别人略微多花一点，那也是理所应当。流通流通，钱不流通，经济又何来繁荣。

眺望着大海，闻听着海浪涛息，这一通吃得都是尽兴，所有人都很开心，心情也随之开朗了许多，连心胸眼界，仿佛也变得开阔了起来。

人说读万卷书，行万里路，诚不欺我。吃完夜宵，众人叫了辆出租，在对方建议下去到一家三星级酒店，开了两个两人间，算是有了落脚之处。他们这次开具的通行证，时效为一个星期，这也意味着，他们要在香港待上一周。

虽然三百多港币一间的房费很贵，可白云天说要住这里，那就住好了。

毕竟豪华的装修，干净的套房，整洁的床单，齐全的卫浴设施，他也很是喜欢。

站在酒店十八层的窗口，面对一栋栋矗立的高楼大厦，望着夜色中处处可见的霓虹灯光，远眺对面灯火通明的香港岛，包文山点起一支烟，第一次有心情来欣赏这座繁华大都市之美。

"不愧是亚洲首屈一指的国际大都市，果然名不虚传。"他望着迷离的夜色，感叹道。"以后内地会比这里更繁华的。"白云天打开电视,调到新闻频道,笑着说道。"不可能吧……"包文山虽然对白云天有一种盲目的信任,可是还是不敢相信,内地以后也能像香港一样繁华美丽。至于超过,他更是想都不敢想。

"有什么不可能的,"白云天一边听着新闻中,主持人在讨论最近的地产热,一边笑着对包文山道,"香港是靠着成为内地中转港而繁华起来的。随着开放的深入,鹏城、花城、临海、连大……,有越来越多的内地城市开始直接与世界沟通,香港不再是必须,它的地位只会逐渐降低而不会再提升,眼前所见,已经是它最后的辉煌。反而是内地城市,会慢慢崛起,直到最终超过它!"

"真的会有这么一天吗?如果是真的,那就太好了!"

包文山望着窗外璀璨的夜景,脑海中浮现的却是苏城的模样。

如果有那么一天,那就真的太好了!他将香烟放到嘴边,深深地吸了一口,然后慢慢吐出,在淡淡的烟雾中,他仿佛看到了苏城的未来,是那么的美丽,那么的繁华,远胜眼前!他嘴角微微上弯,无声地笑了起来。

第二天早上起来,白云天让酒店送餐时,顺带给他送了一份中文报刊上来,并特别点名广告要多。住客不少会有送报的要求,酒店通常都会订有多份报纸,以备客户需求。当服务生推着餐车进入客房,便给他带来了《东方日报》《明报》《南华早报》《香港经济》等多份中文报刊。

《东方日报》属于八卦类报纸,《明报》属于政论类报刊,《南华早报》是港内较为权威的严肃报刊,而《香港经济》则侧重于经济新闻,足以满足各方面的需求。

白云天一边吃着早餐,一边翻看着报纸。

不过他对其中的内容并不感兴趣,只是翻找刊登的广告,连中缝广告也不放过。一般的广告也只是一瞥而过,寻找的目标集中在律师行、律师事务所、会计师事务所。

"都是繁体字,看起来太吃力了。"包文山也在帮他找,只是通篇的繁体字,看得他眼晕。简体字脱胎于繁体字,字形有相似之处,只要认真阅读,大都能认出来。还有少数字体相差太大,也可靠着联系上下文连蒙带猜出来。

就是看起来太累。李强、姜杰两名保镖好奇香港的报纸都登些什么,随手翻了翻,然而对着繁体字,感觉大脑比熬了一整夜没睡还要痛,看了一会儿便就此放弃。

"今天我们就去这几家看看。"

白云天比他们更适应繁体字,星际时代是个性时代,别说繁体字到处都是,就算是小孩子们自己发明的火星文都不在少数。看得多了,自然就习惯了,很快就找到了目标，在酒店提供的便笺纸上记下几个法律事务所的名称，随手撕下来。

他找的法律事务机构，规模都在十人以上。

这次来港时间有限，他必须争分夺秒。那些一两个人的小事务所，虽然收费便宜，但是在法律界的人脉很浅，办起事来事倍功半，他可没有功夫在这里长期耽搁。

的确，金钱不是万能的，但有钱却能买来很多东西。

比如时间。白云天一行下楼，叫了一辆出租车。

从九龙湾去香港岛，中间要越过维多利亚湾。最早只能通过渡船往来，后来港府于1970年代初，开掘了红磡海底隧道，使得两地可以通过陆路直接交通。

出租在过隧道的时候，缴纳了三十五港币的隧道通行费。

如果是在昨天刚到的时候，包文山又该大惊小怪了，但经过一番心灵洗礼，他对此已经见怪不怪。香港的收入高，所以消费也高。

在苏城的时候，听说本月利润有可能达到七十万，他感觉简直无法想象，震撼得浑身发抖。回家跟包前进说的时候，整个人亢奋不已，说话都带着颤音。

但来港一趟，对比了两地的收入、消费，他忽然觉得七十万一个月的收入，其实真的不算什么。这钱拿到香港来，也就中产而已，连富都谈不上。

这固然让他略微有些沮丧，但出于对白云天的盲目信任，这种差距反而前所未有地激发了他的斗志，让他不再有小富即安的心态，更加积极地投入工作。

他相信，只要紧跟白云天的步伐，终有一日，他不但能在苏城成为一名巨富，未来说不定还能在港岛，也成为首屈一指的大富翁！这条路肯定很漫长，也很艰难，但这不是更有趣？总比无所事事、混吃等死强吧……

红磡隧道南端出口是在湾仔，距离港片中有名的铜锣湾不远。可惜时间有限，他们来不及去当地观光，出租车从隧道出来，便转向西行，沿着告士打道，直奔中环。

"二几年的时候，港府在湾仔填海，就修了这条路。当时只有双向两车道。后来过海隧道修通了，来往的车流常常堵在路上，才把这条路扩展成了四车道，不过看这样子，以后还要扩。听说你们内地的汽车很少，这种情况怕是从来没有见过吧？"

出租车才一出来，就被滚滚车流给堵在路上，只能用龟速缓慢前行。司机闲得无聊，白云天上车时说过粤语，他知道对方听得懂，便半是自豪半是夸耀地跟他们介绍道。包文山、李强、姜杰的确是首次见到这么多车堵在一条路上的壮观景象，望着外面前不见头、后不见尾的长龙，惊得张大了嘴，极是震撼。

汽车堵车我真没见过。

但是航天器在太空港排出数百里的情景，我倒是见过太多，你见过吗？白云天微微一笑：“听说香港人多地少，港府对私家车做了很多限制，私家车保有量并不太高，所以大多数人只能靠公共交通出行……”

“谁说不是呢！”司机被他的话题引出了同感，思维随之带偏，叫苦不迭道，“在香港买车，裸车价格确实很便宜，几万、十几万就能买一辆不错的车。可是税太贵了，十五万以下，登记税就是百分之四十；十五到二十万，税高达百分之七十五。最高的甚至是百分之一百一十五！我买这辆车，裸车只要二十万，实际花了三十一万！”

白云天小声将他的话，讲给包文山他们听。

“乖乖，要花车价一倍半的钱，才能买得起一辆车啊！”包文山啧啧惊叹道。

香港也是有普通话影视节目的，虽然大多数人不会说，但听还是没问题，司机听到他的感叹，苦笑道：“买车贵，开车更贵。香港临海，全靠几条隧道、桥梁连接主干线路，所以只要车一动，就要给钱，一天光隧道通行费、过桥费，就要给几百港币……”

“要不别走主干线，在周边开开，总不能停在家里吧。”包文山出主意道。

“在周边开不烧油啊，你别看香港是自由港，大多数商品免进口税，但燃油是不免税的，贵得很！而且就算停在家里也吃不消，一个停车位每月就要一两千！所以我只能每天玩命地接活，一天开十几个小时，才能养家活口！”出租司机口中滔滔不绝，看得出是满肚子怨气。

白云天笑而不语。

港府既然不希望大家开车，自然是怎么让你不舒服就怎么来，哪可能让所有人都开上私家车。

就这么个弹丸般的小地方，私家车对大多数人来说，也就是一个梦罢了。

第十九章　变身港资

　　出租车走走停停，挪出了一两公里，转到轩尼诗道，车速总算快了一些，可以顺畅地行驶了。"听说明年要在西面再修一条隧道，可以直通上环，到那时就不会这么堵了。"天下的司机大多很健谈，这位司机也是如此，一路给他们讲解沿途各个重要的商业机构，毫不冷场。

　　白云天他们要去的地方，是在中环。红磡隧道南端出口是在湾仔，距离中环五公里左右。过中环，再向西行一两公里才到上环。

　　上环是英国人最早开发的地区，这里不是政府机构，就是大学、军营、港口，要不就是达官贵人所在。在寸土寸金的香港，这里也是地价最贵的区域。而最高法院则是在中环。

　　为了业务方便，大量的法律事务机构，就围绕在最高法院周边，成了律师事务所最为集中的地段。白云天一行在皇后大道中段下车，仰头望去，到处都是各个律师事务所的招牌。粗略估计，不下数十家之多。

　　香港的律师事务所，很多都是依靠某个知名的大律师名气招揽业务。所以事务所的名称，也很直白，直接挂着XX律师事务所的招牌，通常一看招牌就知道这家事务所最有名的律师是谁，一目了然。

　　白云天他们去的第一家律师事务所，名叫梁凯伦律师事务所。

　　从名称，他猜测这家事务所的首席律师，可能会是一名英国人。

　　英国殖民香港已久，来港工作、定居的英国人，也就是当地人口中的鬼佬很多，许多人在这里已经是第二代、第三代，乃至第四代、五代，不少鬼佬都能说一口流利的粤语。为了方便，他们很多给自己取了一个中国名字。

　　但中文姓名和西方姓名终究差异较大，许多名字听起来就带着浓郁的西方味。

第十九章　变身港资

当然，这也不是绝对。事实上，由于这里是英国人占据主角，大量的商务机构也被外国人把控。不少在外资公司上班的职员，为了迁就对方，也会取一个外文名字，很多人便随便乱取，中英混杂，怪里怪气的名字也不罕见。

白云天只是觉得鬼佬关系网更强大，跟高层关系更深厚，办事效率可能更高，才在选择时有所倾向。但他并不强求。一切以事情尽快从速办妥为佳。

梁凯伦律师事务所是在中区政府与最高法院相对的一栋充满西方气息的古旧二层小楼内。白云天一看，就很满意。能在地价昂贵的地段，拥有一栋独立的小楼，这本身就证明了对方的实力。

进入事务所，他们没有直接见到梁凯伦律师，一名实习生负责接待，请他们来到一间装修得很漂亮的会客室，记录他们的要求，确定委托事务难度大小、费用高低，再决定婉拒还是转给相应的律师处理。听过白云天的来意，他当即决定承接下来。

"这个事，是由齐文辉律师负责，他的收费是每小时五百港币。"实习生先说了收费标准，看白云天表情没有变化，然后站起身，"几位请稍等，我这就去请齐律师。"等到实习生出门，包文山才开口自嘲道："只是谈话，一小时就要五百港币。我以前觉得自己已经很有钱了，可现在看起来，还是个穷鬼啊！"

饶是他有所准备，听到这么高的律师费，还是有些惊悚。

"呵呵，没有这么夸张。"白云天宠辱不惊，端起待客的咖啡杯，喝了一小口，"了解情况的时候，是不收费的。当然，这也是经过了他们的筛选，觉得可以接下来的委托才会这样，要不然每天听一大堆收不到钱的废话，律师事务所可就亏死了。"

"哈哈！这位先生说得很正确，我们在了解情况的时候，的确是不收费的。"齐律师来得很快，白云天话才刚说完，他就走了进来，没有通常律师的古板严肃，反而显得比较油滑，进门后随便就坐在了桌子一角，饶有兴味地看着白云天一行。

"如果这位先生嫌计时收费太贵，我们也可以按件收费的。比如你们这次委托的入籍委托，除去正常审查、登记的费用，我们事务所只要再收取八千港币就可以了。"没错，白云天这次过来，就是办理在港入籍，获得一个香港身份证。以前是没钱，现在有了少许资本，当然要尽快将事业披上一层港资的皮。

不过，入籍人不是他，而是包文山。根据他这段时间对国内状况的了解，国家对于私人经营有着诸多限制。即便邓小平南巡讲话之后，私人经济开始升温，私营企业不断公开化，但这只代表高层默许。

私营经济在国内的法律地位，并未发生根本性改变。这就存在着操作的空间。

说你是合法的，那就是合法的，地方可以睁只眼闭只眼，甚至公开支持。但说你是非法的，从法律角度来说，也的确是非法的，都不需要搞手段，直接引用法律条文就可以将企业搞死，一点劲都不费。要想合法，光明正大的经营，光靠一个承包已经不够了，唯一的解决方法，就是披上一层外资身份。

改革开放以来，十多年的招商引资，其实绝大多数外资都来自港澳台三地。

其中尤以港资为主。那么，它算是外资吗？按照国内目前的认定，它还真是。而且它的地位很特别，在招商时、享受免退税优惠条款时，它属于外资。但在产品销售时，又具有内资待遇，可以直接在内地销售。

可谓是便宜占尽！凭国内对招商引资的重视程度和对外商的保护态度，披上一层港资的皮，足以保证企业可以不受地方政府影响，光明正大地进行经营。

现在正在大力提倡深化改革，谁敢搞他，就是跟大政方针顶牛，对抗改革。

有了这层皮，谁要搞他，都要三思而后行。

再说，香港再过几年就会回归，说起来有了香港身份，仍是中国人，归根结底企业仍是中资，他心理上不存在任何障碍。不过，他只是让包文山来获得香港身份。

他自己，则仍保留着国内身份证，这自然是有着额外的考虑，暂不足道也。

对于白云天的委托，梁凯伦律师没有丝毫大惊小怪。

这事太寻常了。香港的人口是五年一核查，多是采用推算的方式进行统计，数据有些偏差。1980年的时候，香港人口五百零六万，到1990年统计下来，人口已经超过五百八十万人。而根据统计，从内地移居的人口就达到了八十万！平均每年就有八万人取得了合法的香港身份证，非法居留的内地来客不少于三十万！

这说明香港本地人口总趋势是在下降，大多数本地人有机会就移民到了其他地方，例如英国、澳大利亚、加拿大等国。之所以仍保持着人口正增长，是源于内地人口的涌入。不客气地说，哪有什么纯正的香港人！所谓香港人，就是来自上海、江浙、福建、广东、广西等全国各地的移居者，共同组建了这个移民之城！梁凯伦，就是一名负责办理移民手续的专职律师。

包文山要取得香港合法身份，对他来说没有任何难度，不过是举手之劳。

没有本地亲属没关系，没有结婚证明也没关系，哪怕是孤身一人，只要支付委托费用，所有手续，他都可以帮忙代办，保证全部合法。白云天没有多想，就选择了按件计费。按件计费，其实要比计时收费贵许多。因为具体经办所费时间不会太多，尤其是这种移民手续，大律师事务所多半是累积下来，一次性办理，具体到单独一个案子，就用不了太多时间，收费也会相对便宜一些。

但按件收费，为了尽快拿到律师费，事务所就会派出专人单独办理。

收费自然要比计时更贵。但这无所谓，钱多给一点没问题，只要能尽快办好就行，他可没时间在这里磨磨蹭蹭。"什么时候能办好？"他在选择按件收费之后，特意多问了一句。"一周吧，一周肯定能办下来！"梁凯伦很有自信。

这都是熟悉的流程了，以他们事务所与政务司的关系，不会遇到丝毫障碍。按部就班走下来，一周就能拿到真真正正的香港身份证。

"三天，我希望三天就能办成！"白云天想了想，出声道。

梁凯伦打了个响指："没问题！只是这就需要我们开辟特殊通道，收费恐怕也会更贵一些……""多少？""一万五！"白云天毫不犹豫："可以！"

包文山在旁心惊肉跳，还是有些坐不住了："云天，这比正常收费，贵了一倍啊！"想他们做外卖的时候，起早贪黑，辛辛苦苦一个月下来，也就一两万。可到了香港才一天，就扔出去好几千，办个身份证就又要一万五。

什么是花钱如流水，这就是！"没关系，对于我们来说，钱不是必需的，时间更加宝贵！"白云天安慰了他一下，对面带赞许笑容的梁凯伦说道，"这是第一件事。第二个委托，我想在香港注册一家公司，但是我们没时间在这里长期停留，所以……"他放慢了语速。"这太简单了！"梁凯伦大笑，"香港有很多微型公司，嗯，用你们内地的话来说，就是皮包公司。他们没钱租办公场所，也没钱雇佣职员，但又需要一个固定的联系地址，希望有人接收电话。所以很多会计师事务所都开办了代理业务，分配一个座机，安排一名接线员专职接听电话。对方会以注册的公司名义，与对方通话，记下对方的要求，等租赁方上门或是打电话过去的时候，再转述来电信息，保证客户不会丢掉可能的业务。"

"很好，就要这种。但我要求单独的电话，不要跟其他公司合用同一号码。"白云天立即同意这种方式，"租用一个电话，需要多少钱？"

"不算贵，每月只要两万港币。虽说要花点钱，但有一个固定的电话、接听员，档次比提着一个包，只有一张嘴的业务员，更能说服顾客，您说是吗？"梁凯伦虽然不是办理此类业务的专业人员，但平常也多有接触，了解行情。

包文山心头一跳。又是两万出去，而且还是每月两万！

看着白云天丝毫不为这个数字而露出惊讶之色，仍然沉静淡然的表情，他深感自己与对方差距所在。买几件衣服，吃顿烧烤，他就觉得自己已经学会了如何花钱。

可是跟白云天此刻比起来，他才知道双方对于花钱的理念差距到底有多大。

大家相处这么久，他没见白云天乱花过一分钱。

可是当需要的时候，他也能几百、几千、几万地把钞票一叠又一叠往外扔，眉头都不皱一下。只要他觉得合理！"那就这样吧，需要签一个协议吗？"白云天从容地做出了最终决定。"当然。另外，我还要记一下您所注册的公司情况，您稍等……"梁凯伦对他的决断速度很吃惊，这么年轻，又是内地过来的，却又这份沉稳的气度，绝非普通人。肯定是见过大场面的！他不敢小觑，表情随之严肃起来，拿出记事本，认真记录对方的要求。

"请问公司名称？最好多说几个，如果有已经被注册的，我们好选择其他名称。"他好意地提醒道。"中华科技、中华重工、中华制造……"白云天早已打好腹稿，不假思索就报了一串名字出来。"停停停！"梁凯伦额头都要冒汗了，"白先生，您这公司名称，实在是太……太……""高大上了？"白云天眉毛一挑。

"对对对！太高大上了。这样的公司名称，我也不知道是否已经被注册，或是不准注册，您最好再准备几个普通一点的，作为预备……"

"那好吧，我想想……"白云天捏了捏鼻梁，缓缓说出几个名称，"华新制造、华新重工、华新科技……，暂时就这几个吧，华新是中华的华、新旧的新，本来想取名新华制造的，可是好像不行，那就华新吧……"

这次，不但是梁凯伦律师，连包文山、李强、姜杰都是直擦冷汗。

新华，您这是要上天啊！杜炜逸迷迷糊糊睁开双眼，然后迅速在刺目的光线照射下，闭上眼睛。唉，昨晚睡觉时，又忘记拉上窗帘了。

他在床上又躺了一阵，才在宽阔的大床上翻了几个身，探出手，从床头柜上拿起百达翡丽手表，放到面前看了一眼，然后大大地打了一个哈欠，茫然地坐起。

十二点一刻，老爸多半已经回来了，等下出去，又要被他啰唆。

烦人。可还是要下去。他呆坐了几分钟，套上手表，只穿着一条短裤跨下床，来到衣柜面前，随手扯过一件浅蓝色衬衣、一条牛仔裤套上。随手拨了拨头发，慢条斯理打开房门。在走廊上，他就看到坐在餐桌旁用餐的老爸和大哥。

他看到老爸的同时，老爸也看见了他，沉着脸哼了一声，然后继续用餐。

杜炜逸耸耸肩，缓步下楼，向他们打了声招呼："爸，大哥，你们回来了。"

走到餐桌边，他俯下身，在母亲陆凝的发丝上轻轻一吻："妈，你今天看起来好漂亮。""小鬼头，就会哄妈高兴，还不快坐下来吃早饭！"陆凝脸上带笑，溺爱地在他脸上拍了拍，拉过身旁的椅子，示意让他坐下。

"小鬼头？你见过二十七岁的小鬼头吗？这么大个人了，不好好做事，天天游手好闲，睡到中午才起来，还好意思说是吃早饭！"老爸杜坤将手里的筷子啪地往桌上一拍，看着他的眼神满是不屑。

"爸，炜逸才从牛津毕业回来，暂时还没考虑好做什么，稍微休息一段时间也没什么。"大哥杜君安劝阻道。"才回来？他都回来大半年了，都做了些什么？我带他去参加酒会，他说头痛不想去；我领着他去见叔叔伯伯，他说有事走不开。我让他到家里的银行上班，他说银行工作太死板；我给他介绍到老朋友的成远地产学习，结果去了没两天就不见人影，还骗我说学到了很多东西。要不是老朋友给我打电话，我都不知道他根本没去，揭穿了以后，他倒好了，干脆也不装了，每天睡觉睡到中午才起来！这样的混账东西，当初我就不该把他生下来！"杜坤越说越气，恨不能当场就打死这个没用的东西。"你一个人生得出来吗？"杜炜逸端起汤碗，喝了两口，小声说道。

"你说什么？再说一遍！"杜坤勃然大怒，一把推开椅子，上前就要教训这个不肖子。"好了好了，你又不是不知道，阿逸就是这油腔滑调的性格，他这显然是说着玩的，你发这么大火干什么？"陆凝护着儿子，不让杜坤打他。

"岂有此理！油腔滑调还有理了？要不是你从小惯着他，他会这样？"杜坤越说越生气，猛然在桌上重重一拍，把桌上的餐盘都给震得跳了起来，用命令的口吻吼道，"你今天必须做出决定，要么跟我去银行，要么就回成远！"

陆凝知道他这是为儿子好，也不帮着杜炜逸了，柔声劝道："阿逸，你眼看就快三十了，妈也老了，总不能看你一直这么晃下去。"

"我都不想去。"杜炜逸切着牛排，闷声来了一句。

"那你要干什么！就这么当一辈子二世祖？我和你妈总是要死的，难道到时候让你大哥养你一辈子？"杜坤气急败坏，大吼道。

"我不去银行和地产公司，只是不想事事都由你安排！"杜炜逸也火了，将手上的餐刀随手一扔，站起身跟老爸对吼道，"从小到大，什么事都是你来安排：读什么学校你说了算，跟谁交朋友也是你说了算，谈个对象你不满意强迫我分手，去英国念书也是你手续都办好了，直接把我送上飞机。回来以后，你就让我进银行，要不就去地产公司……我呢，我的话，你什么时候听过！我是个人，不是你的木偶！"

"好好好！你翅膀硬了，想要单飞是吧，行！"杜坤一脸铁青，抓起刚才正在看的《南华早报》，扔到他面前，"你马上找，随便哪个公司，只要你想去你就去！但你给我听清楚，这条路既然是你自己选的，那在外面吃了苦，就别痛哭流涕回来求我！""我不会求你的！我自己选的路，就是再难，我也会走到底！"杜炜逸一把抢过报纸，匆匆在招聘广告中扫了一眼，指着一个公司招聘信息，大声道，"我就去这家公司！""阿逸，阿逸，别冲动，事业是一辈子的事，选错了你会后悔一辈子的！"陆凝大惊失色，拉着儿子的手劝道，又对着老公求道，"老公，你这是疯了，怎么把儿子生生往外推，哪有你这样当老子的，这不是害他吗？"

杜坤看到儿子随便在报纸上选了一家公司，就说要去上班，也有些后悔，但妻子的责怪让他稍微降低的火气腾一下又升腾起来："我害他？我按最好的道路给他安排好了，他觉得我是在束缚他，让他当木偶。现在我让他自己选，你又说我在害他？那你要我怎么办？"杜君安看一家人吵得不可开交，不便加入进去，将报纸拿过来，在小弟指的那家公司看了一眼，然后愣住了："中华制造股份有限公司，这公司名头很大啊。不过好像不是香港的，倒有些像是大陆或是台湾的。"

杜坤一顿，戴上老花镜，拿起报纸，认真看了几眼，便扔到了桌上："通常打着中华或是中国字头的公司，很多都是国有企业，但是这家……肯定是骗子公司！"

"您怎么肯定是骗子公司？"杜君安好奇地拉过报纸，又仔细看了一遍。

"有实力的大公司哪会打这么小的广告。而且登个广告，不可能只招一个总经理。并且简历都不看，直接让人上门面试，这么粗糙的手法，不是骗子公司是什么？"杜坤在银行干了几十年，什么样的人没见过，早就练成了火眼金睛，看了一眼，就确定这是一家骗子公司。"那家骗子公司这么明目张胆，敢打中字头？"杜炜逸也觉得有些不对劲，但他现在正跟老爸较劲，对方说是骗子，他偏要反着说。

杜坤看着儿子，真的很想给他一巴掌，但终究是自己的亲骨肉。他很清楚，对方现在不是在用大脑思考，而是单纯的情绪发泄，越是阻止，他越是来劲。

他忽然感到很累，疲倦地挥了挥手："随便你，你爱上当，要去就去吧。"

"我这就过去，看他是不是骗子公司！"

杜炜逸也是骑虎难下，咬牙切齿了一阵，抓起车钥匙，愤愤出门，扬长而去。

"老公……"陆凝担心儿子被骗，盯着杜坤犹豫道。

"让他去吧，吃点小亏不算什么，一切有我。对方要是不识相，我自然会教他们怎么做人！"杜坤大手一挥，断然道。

第二十章 认可

"好了，你的表现非常好，我们会在综合评价以后，做出最后的决定。如果录取，我们会在第一时间通过电话通知你，请在家耐心等待。"

白云天对着一名面试者，诚恳地说道，起身亲自送他到门口，与他握手告别。转过身，他脸上的笑容顿时消失不见，只剩下满脸无奈。

唉，来的都是些什么人啊！连自己话里的潜台词都听不懂，还谈什么随机应变。他并非是要招一名业务员，不需要有多好的业务能力，但必须有很强的社交能力。

这项工作，可不是这些连高级酒店都没住过的初级业务员可以胜任的。"这个人不行么？没关系，这才第二天，反正还有一天多时间，我们可以慢慢选。"作为面试官一员的包文山，看见他一脸阴郁，劝慰道。

"关键是没人来啊，堂堂中华制造招聘总经理，居然没几个人上门应聘。"白云天叹了口气，无奈地说道。他知道这很儿戏，上当的人不会太多。但这也太少了。

从昨天广告登出，到今天中午，居然总共才来了五个人，其中还有三个，一看面试官是两个小毛孩子，二话不说转身就走了，这让他怎么挑选人才。"外面没人了吗？"包文山看看面前轻飘飘两份申请表格，也有些郁闷。他还很喜欢面试官这个角色的，高高在上审视别人的感觉让他觉得很爽。

然而中华制造实在骗不了人，稍有点见识的，都不会过来。

"没了。"白云天没有说话的欲望。

他脑子里在急速运转。

总经理这个职务，在他接下来的计划中起着很关键的作用。他不但要能说会道，关键要有一种气场，对上流社会有起码的了解，才能镇得住人，扛得起中华制造这块牌子。这样的人并不好找。

如果中华制造是真的大型国企，那不是问题，前来应聘的人要多少有多少，一些曾在外企担任过高管的商业精英也会乐于跳槽。

问题他不是啊！一个皮包公司，也就只能吸引这些试图投机的小业务员了。

"要不你看这样行不行？如果实在找不到合适的，我们就矮子里拔高子，先选一个能吹的顶着。职务也不叫总经理，就安个开拓内地市场打前站的业务经理名头，你们看能不能骗到那些中低级别的小官员？"白云天吃不准地问道。

"要说唬人，昨天那个叫谷德伦的家伙就挺能吹的，什么英国牛津商学系高才生，先后在壳牌、汇丰当过业务副总，说得就跟真的一样。"临时充当资料整理员的李强回忆着昨天的面试场面，啧啧叹道。

"那家伙骗术太低！"白云天一言否决，"他以为我们是要去内地行骗，所以吹牛草稿都不打。这要真的过去了，以他这性格，最后很可能会弄巧成拙，给我们捅下大娄子。"那家伙就是瞎吹。前面还在说李嘉诚起家时找他借过钱，后面又说李嘉诚的弟弟的侄儿跟他是发小，前言不搭后语，自相矛盾的地方太多。被他点出来以后，又只会胡搅蛮缠，明眼人很快就知道他是在胡说八道。

"快一点了，我们先去吃饭，回来接着等。"白云天看看手表，提议道。

咚咚！门外响起敲门声，用力不大不小，敲了两下就住手。

"又来人了！"包文山嘴唇无声地蠕动，快速坐正身子，摆出一副严肃的表情。

本来站起身来的李强、姜杰，也迅速回到自己位置坐下，装出一副整理资料的样子，翻弄着厚厚一叠空白的申请表。

白云天无奈地摇摇头，开口道："请进！"

门把转动，房门打开，一个穿着清爽的青年推门而入，进门之后没有东张西望，直接向站起身的白云天看过来，然后面露失望之色。

他回头看看门牌号，又看看房间里几人，迟疑未动。

显然，他一看到面试官是两个比他还年轻的小伙子，便立即意识到不对劲，已经心生退意。白云天的目光，一眼就落在他的手腕上，瞳孔微不可察地缩了一下。

百达翡丽！

在星际时代，这也是一款昂贵的名表，虽说不清楚它在这个时代的地位如何，但多半也不便宜。能戴得起这款表，至少表明对方的身家不错。

他离开座位，主动迎上前去，向对方伸出手："您好，请问您是看到招聘信息，前来面试的吧，我姓白，叫白云天。"

第二十章　认可

"白先生好！"面对他伸出的手，青年迟疑了一下，还是给予了回应。

"请进来，反正现在是中午，您也不赶时间吧，不妨大家坐下来慢慢谈。"白云天热情地招呼他进屋，不是在面试者的位置坐下，而是与他一起，并肩坐在一侧的沙发上，"李强，麻烦你给这位先生泡杯茶。"

"好的。"李强察觉到情况有变，立即起身，用酒店提供的茶杯，给泡了一杯茶，放到那名青年面前。那名青年看了一眼混杂着茶梗的茶叶，眉头微微一皱，没有端起来，只是从容地扫视了一下房内环境，轻轻掸着沙发上不存在的灰尘，似笑非笑道："白先生，你们这面试的地方，档次不太高啊。"

"没办法，我们就一家才成立的小公司，条件有限，让您见笑了。"白云天不跟他兜来兜去，开诚布公点出自己是家新公司。

"抱歉，看来我走错地方了。"那名青年失望之色一闪而过，礼貌性地道了声歉，站起身，就准备离去。包文山看他要走，急忙就要起身去拦。

白云天做了个手势，仍坐在沙发上，不紧不慢道："事实上，三个月前，我和其他几个创业同伴，还只是苏城的一名普通大学生。上上个月，我们决定创业，于是用半个月时间，我们赚了人生的第一笔资金，大约有几千块吧……"

那名青年轻笑一声，脚下不停，向房门走去。

白云天视若不见，继续说道："然后第二个月，我们赚了两万左右。于是我们将利润分了分，我和另外两位同伴一起，拿着两万块钱离开最初的生意，在内地承包了一家濒临倒闭的国营机械厂，头半个月开发产品，下半月就盈利九万多……"

那名青年脚下迟疑，但仍走到了门边，拉开了房门。

"然后这个月，我们预估的利润大概是七十万……人民币，大约合港币一百一十万！"青年的手，停在门把上，迟迟未动。

"你们开发的是什么产品？"那个进来以后，始终没有自报姓名的青年，终于回过头，认真地看了白云天一眼，问道。"变速自行车！"白云天露出八颗洁白的牙齿，微微一笑："我们仿照着国外的山地车、赛车变速机构，自行开发的轻便型变速自行车。

最开始的时候，我们其实没有什么加工能力，连一整辆自行车都做不出来。于是我们购买了当地一家自行车厂的普通型自行车，加装了我们自行生产的变速器以后，改装成变速车销售，挖到了我们办厂以来的第一桶金。"

那名青年听到这里，回想了一下他所说的过程，哑然失笑："后来呢，扩大从自行车厂进货，所以本月销量剧增，盈利也达到七十万……，嗯，是一百一十万港币？"白云天伸出食指，在面前摇了摇："不！我们用第一个月赚的钱，购买了自行车制造设备，从本月起，我们就开始自制整车了。"

"哦？"那名青年闻听，眉头一挑，面露讶色，略一沉思，将房门推上，返身走回。看到他走回来，包文山紧张的表情稍有放松。他虽然没有白云天的眼力，不知道什么百达翡丽，但这名青年一进来给人的气质，就不像普通人。

这个人，比之前来应聘的任何一个，都强许多！

那青年潇洒地在白云天边上坐下，好奇道："你下一步，有什么打算？"

"第一，以港资名义，拿下正在承包的国营厂；"

白云天伸出一根手指。"第二，开发新产品；"他伸出第二根手指。

"第三，鉴于现在合作厂家加工能力有限，寻找技术力量强的新合作伙伴，与其成立合资企业，共同开发新产品！暂时就这样。"白云天亮出三根手指，微笑道。

"白先生能方便说一下，你打算开发的新产品是什么吗？"

"电动自行车，也可以叫电动助力车！"白云天毫无保留，坦然相告。

"电动……自行车？据我所知，电动车虽然有很多优点，国际上有很多厂家对此很感兴趣，但是电力驱动技术并不成熟，尤其是电池容量很有限，不知道白先生可否有办法解决？"青年反应很快，听他说到电动车，马上就能搭上话，还能有所针对地提出问题。包文山在旁，不由为之一震。

他也是听白云天给他说明，才知道电力驱动如今的进展，以及技术难点，想不到这个年轻人，初次见面就能言之有物地指出重点。

人才！这绝对是个人才！白云天也是微露讶色，他猜测对方应该出身很好，能够胜任要求，可也没想到对方比他预料的还要出色："您似乎对电力驱动技术，也有相当了解？""呵，我在英国读书时，看过一些这方面的报道，对此略有了解罢了……"对方轻描淡写地摆摆手，示意自己其实所知也很有限。

"既然您对此有过了解，那么应该知道，电力驱动的难点不光在于电池，也和电动机有关。"白云天坐正了身子，严肃道，"恰好，这两个问题我们都解决了。我们新开发的无刷电机，刚刚递交了专利申请，这是申请编号，您可以去专利申请部门查一下就知道了，同时我们还申请了新型铅酸电池的专利，这是申请编号……"

他招手，从李强手中接过一张酒店便笺纸，在上面写下两行数字，推到对方面前。

那名青年本来淡然的笑容，此时也严肃起来，拿起便笺纸，认真看了几眼，再抬头看了看白云天，郑重地叠好，放进内兜："白先生不但在技术上有相当造诣，也很注重知识产权，据我所知，这在内地可是很少见的。"

"我们以前不重视知识产权，连好多老祖宗留下的宝贝，都被别人抢注了。吃了这么多亏，要是还继续大而化之，那不成了只有几秒钟记忆的鱼了！"白云天苦笑道。那名青年大笑，进门以来，第一次主动伸出手："认识一下，我叫杜炜逸，木土杜，火韦炜，飘逸的逸！"

"白云天！中华制造主要股东，实际负责人，"白云天指了一下包文山，"我的合伙人包文山，还有一名合伙人严季和留在苏城。"

"幸会幸会！"杜炜逸起身，与包文山也郑重地握了握手，回来坐下，正色道，"吸引我回来的，不是你们一百多万的利润，这在我看来不值一提。我之所以留下，是因为你们都是大学生，大学生创业，在西方比较普遍，但在国内，我还是首次听说。我自己也是才从英国念书回来，对你们的做法很有感触。然后听到你来港注册公司、申请专利，包括准备回去与国家成立合资企业，很有想法，我很佩服！但是否加入，我还要回去认真考虑一下……"

"我能够理解。不过我觉得，香港的发展已经到达了鼎盛，可以说犹如鲜花着锦、烈火烹油，进一步向上的发展空间已经很小。随着大陆越加开放，香港的中转港地位会逐渐降低。反而大陆不断开放，虽然现在看似举步维艰，但是厚积薄发，未来的发展不可限量。

俗话说熊市才是最好的入市时机，我认为以杜先生之才，应能明白。

中华制造刚刚成立，但我有信心将其发展到与其名称相符的地位，成为真正的中华制造！但越是高的目标，就需要越多的人才，和我一起共同奋斗，才有可能实现。

杜先生学有所成，回来必然是要大展宏图。如果有可能，我希望您能来我们公司，大家携手并肩，一起奋斗，共同创造属于我们年轻人的事业！如果您不愿意，我也希望您多去内地走走，看看。我坚定相信，内地的未来，一定会大有所为！"

白云天面朝杜炜逸，诚挚地提出了邀请。

杜炜逸被他一番真情实意说得有些感动，年轻人的特质就是容易激动，当场忍不住就要答应下来。不过受家庭多年熏陶，虽然不满老爸的霸道，但也知道商业决策不应感情用事，他沉吟了许久，开口道："我可以先跟你过去看看。我知道，你招这个总经理，只是需要一个对外的门面，我可以先给你当这个门面，但未来加不加入，我会根据我的观察，再做最终决定！"

晚上十一点过，杜坤才疲倦地回到家里。

今天董事会开了一天的会，讨论近期房价暴涨，银行应采取何种对策。是通过对地产商的贷款获得高额回报，还是银行本身加大投入资金，直接投资地产。

在金融业浮浮沉沉数十年，董事会诸位股东都很清楚，最近的地产热，其实是炒作。还有几年，英国人就要走了。

走之前，他们肯定是要在本地大捞一票，而且是伤及根本的狠捞。作为涨幅空间、金额数量最大的地产，是最好操作的，于是就有了近期的房价暴涨。

中环的房价，已经涨到了三十万一平方英尺。

按照英制与公制的转换，十一平方英尺才一平方米。港人口中常说的千英尺豪宅，其实只不过一百平方米而已！也就是说，一平方米的价格，达到了三百三十万港币。可见价格之疯狂！所有人都知道这个价格有问题，所有人都知道不会长久，暴涨之后必有暴跌，可谁都不在乎。

大家都在博傻。看价格究竟能涨到多高，看谁是最后一个接盘的人。

杜坤的银行近期也接到了大量的贷款申请，大都是以他们所购的房产为抵押，贷款以后再去购买更多的房产，然后再抵押、再买，一直到将头寸用干。

这样的风险自然极大。一旦楼市崩溃，银行手里除了一些价格跌到谷底的楼盘，其他什么都拿不到，必然会出现巨额亏损。

可是眼看如今火热的楼市，股东们又舍不得高额利润。

于是针对介入与不介入，董事会吵了一天的架，吵得杜坤头晕脑涨。

他刚从车上下来，妻子陆凝就面色慌张地迎了上来。

"老公，你快去说说阿逸，他说要到内地去！我劝他也不听，一回来就抱着大堆资料躲进屋里，敲门也不开。"妻子拉着他的手，眼圈都红了。

"什么？这个逆子！"杜坤本来就心烦意乱，听到儿子居然要跑到内地去，心头一股火腾地冒上来，大步进到别墅，站在客厅就对着楼上怒吼道，"杜炜逸，你给我滚下来！"

"干吗？"喊了好一会儿，杜炜逸才打开门，站在走廊上向下望。

"滚下来！"

"莫名其妙，一回来就发这么大火。"杜炜逸对老爸又敬又畏，磨磨蹭蹭下到客厅。

"你今天不是去面试了吗，情况怎么样？"杜坤板着一张脸，瞪着他冷冷道。

"很好，对方录取了。"杜炜逸表面上大大咧咧，其实心中还有些怕。

"录取了？"杜坤冷笑道，"是不是要你缴保证金、入职押金什么的？"

"爸，人家是正经公司，一分一厘都没找我要钱，反而是准备给我配车。还询问我，在香港买的车能不能直接开到内地上牌。"杜炜逸看老爸如此不相信自己的眼光，很是不高兴，反驳道。

"就你，还给你配车？"杜坤嗤之以鼻。

就儿子这吊儿郎当的样子，一去就被录取为总经理，还给配车，这可能吗？不是对方傻，就是儿子入了套而不自知。

如果是真的，那对方下这么大本钱，针对的可能就不是儿子，而是他！你们是活腻味了！他心中冷冷地对那个所谓的中华制造做出了判断，开始考虑是通过官方，还是黑道来解决这群胆大妄为的家伙。

杜炜逸不知道他老子在一瞬间，已经有了那么多想法，还在为白云天辩解，将今天面试的经过，以及白云天创业的情况，一五一十地说了一遍。

"内地现在虽然已经放开了私营经济，但在明面上仍不合法。所以他们才到香港来，成立一个空壳公司，请一名本地总经理，然后以投资的名义，回去将他承包的那个工厂吞并，获得合法经营的许可。

另外他们在香港专利门前申请的几份专利，我也找来了，刚才正在房间里仔细研究。我打算大致弄懂了以后，明天再去理工大，请那边的教授帮着看看是不是真的，有多大价值。如果确实技术很好，我就打算正式就任这个总经理。要是技术一般，那我也准备先过去看看情况，了解以后，再做决定。"

杜坤越听越奇，脸上冷峻的表情也越来越柔和。他奇的不是白云天的创业经历。

白手起家，一个月挣一两万，算得了什么。盗版国外的山地自行车，推出轻便变速车，当月承包、当月盈利，第二个月盈利达到七十万，这虽然值得欣赏，但也仅此而已。七十万？银行随手卖一栋楼，就盈利几千万、上亿，七十万连根毛都不是！他奇的是杜炜逸清醒的头脑，理智的分析，冷静的决策，这是他以前从未在儿子身上看到的。而是他没有给儿子发挥的机会！原来我的儿子，不是一个好吃懒做的二世祖！他看着儿子，越看越顺眼。

"儿子啊，那终究只是一个皮包公司，你放着家里好好的事业不做，跑去内地干什么？你吃得了那个苦吗？"陆凝在一旁倾听，现在插话道。

杜坤伸手让妻子不要再说，轻声问道："年轻人吃点苦，不算什么。我想问的是，你就因为佩服他白手起家的能力，所以想跟着到内地去发展？"

跟儿子这么多年，他从来没有这么和颜悦色过。

"不！这只是一方面，而且是很小的一方面。我想过去看看，是因为他说的一番话，我觉得很有道理。"杜炜逸面对老爸柔和的态度，有些受宠若惊。

"什么话？"杜坤对这个看似不争气的儿子，是越来越满意了。

不因感性影响理智。而冷静、理智，是一个成功商人所必备的素质。

"他说，香港的未来已经决定了，以后只会不断走下坡路。而内地方兴未艾，私营经济虽然松绑，但法律法规尚未确立，依旧以国有企业为主。这种状况必然不可持久，一定会出台正式的法律法规，给私营经济一个合法经营的身份。在这个介于合法与不合法之间的几年，是合资企业最后的黄金期，正是布局的大好时候，一旦错过，将后悔莫及！我觉得他说得很有道理，这也是促使我最终决定跟他去内地看看的主要原因。"杜炜逸一口气说完，这也是他第一次跟父亲讨论性地对话，感觉这番话说得是那么的舒畅。一番话说完，他觉得整个人，都轻快了几分。

杜坤像是不认识似的，上下看着儿子，良久之后，才点点头："你要去，我没有意见。但是，我也有条件！"

"老公！"陆凝惊叫起来。南书记最近心情是越来越好。

商机厂工人经过近一个月的锻炼，各种零部件的加工合格率不断提升，已经达到了百分之八十多。而且看起来还有进一步提升的空间，未来达到百分之九十也不是难事。合格率的提升，意味着材料损耗的降低，加工利润的提高。这不但是一线生产人员可以多拿奖金，同时也能有所结余，可以用来补贴困难职工，可谓是全厂受益。更让他高兴的，是随着销售地域的扩张，宝马变速车在周边地区都有了一定影响力。许多周边的经销商，都跑来厂里订货。

而且经销商的范围，也不仅仅是本地及周边，就连临海、建福、东广都有客商上门。收到的订单总量，已经达到了三万六千辆之多！这只是一个月的订单！这些客商实际看到了宝马变速车的火爆销售状况，并未被两百八的批发价吓跑，全都一口答应。他们关注的重点，只在于能不能扩大产量，能否长期供货。

现有的产能只有订单总量的十分之一，要想满足订单需求，未来必然会扩大产能。这样一来，商机厂的职工就都有了返厂复工的机会！濒临绝境的商机厂，终于可以浴火重生了！这才是他最开心的事情。

这个厂是他亲自参与，一手一脚建立起来，又在其中干了半辈子。在这个厂里，他经历过艰难、辉煌、骄傲、痛苦，从青毛头走向成熟，然后慢慢老去。

可以说，他毕生的心血，都凝聚其中。没有什么，比看到这个厂重获生机，更让他高兴的了。他没有愧对商机厂历届厂领导，没有愧对全厂干部职工的信任，他真正承担了一个书记，该承担的责任！他自豪！他骄傲！这就是幸福的滋味。

眼看着商机厂未来会越来越好，甚至比曾经最鼎盛的时候，还要更加辉煌，他没有了回家休息的想法。他没有了当初的颓唐，甚至感觉自己像是年轻了几岁，走路又恢复到了以前的虎虎生风，说话的声音也想以前一样大声、果断，就连思考问题，都像年轻时一样敏捷起来。他现在很少待在厂部，大多数时间都泡在车间。

他亲自监督工人们的工作，指挥重新任命的车间主任，如何安排工人、如何调度生产，甚至和一线工人一起，思考如何提高产品加工质量。

他感觉自己活力无限，至少还能再多干三十年！三十年也不够。只要有可能，他还想继续干下去，想带领这个厂，走到前所未有的新高度。

十年、二十年、三十年，乃至余生，他都想彻底献给这个厂，直到生命终结！

"南书记，焊接的车架不多了！"在车间巡视时，手下已经有了一个组装团队的钳工老苏，跑来向他叫苦道。白云天走前，专门加班焊接了一批车架、前后叉。可是没想到宝马变速车的销量越发红火，每天前来提货的客商在销售科都坐不下了，许多没有资格进厂的小经销商天天聚在厂门口，把路都堵死了，才几天时间，预先准备的那批车架、前叉、后叉就被组装一空。

这些组装好的车，厂门都不用出，就被经销商们像抢一般，全部抢走，然后飞快拉走，都不用厂里派车运送。没有了白云天焊接的这批车架，老苏的组装团队就只能暂时歇着。至于商机厂自己的焊工……

看过了白云天的手艺，现在是让他上，他都不敢动手，怕坏了宝马车的招牌！

"没事，小白昨天打电话回来，说他们今明两天就能到。组装好的变速车不要一次全部出完，一天就提三百辆好了，等小白回来就好了。"南书记乐呵呵地说道。

"那就好，那就好。"老苏松了一口气，欲言又止，犹豫了一下，还是说道，"南书记，光是白老板一个人还是不行啊。他从早忙到晚，顶天了一天能焊个两三百套，光是订单都做不完。我看还是要再请一个好焊工才行。"

"你以为我不想！可能比得上小白的焊工，是那么好找的？焊工老刘现在让他焊都不敢焊，就他判断，小白的焊工技术起码是七级，我哪有这个脸，能请回一个七级以上的焊工？"南书记脑袋像拨浪鼓一样，一阵乱摇。

他别说找不到这么高水平的焊工，就算找得到，他也不敢去找。

南书记很清楚，别看白云天只是承包了商机厂一个车间，但实际上，商机厂远没有那么强势，只是白云天的一个代工单位，双方的关系其实是倒转过来的。

准确地说，是商机厂离不开白云天，而不是白云天离不开商机厂！这个关系，他不敢搞错。焊接这块，是白云天一手在操作，没有得到他应允之前，谁也不敢乱插手。就是他也不行！宁可老苏停工待料，他也不敢倚老卖老乱插手，引来白云天反感。大不了就让客商再多等几天呗。嘀嘀！

远远地，听到厂门方向传来汽车喇叭声，多半是来提货的车，在催促那些堵门的客商让路。好久没有这么热火朝天的景象了。

南书记露出满足的笑容，略微有些佝偻的腰，仿佛都挺直了几分。

轰！喇叭声过去没一会儿，厂门那边响起一阵巨大的喧嚣声，他惊讶地转过头，向那边望去。"回来了！回来了！""白老板回来了！""白老板坐着一辆好漂亮的高级轿车回来了！"几个在厂门口接待客商的工人，向着厂内一阵狂奔，嘴里还高声喊着。南书记身子一震。白云天回来了？

还开回了一辆高级轿车？他停了没有一秒钟，然后迅速行动起来，向着厂门方向飞快走去，而且越走越快。到最后，他甚至像个年轻人一样，撒腿狂奔起来。

这些日子，面对狂增的订单，他是痛并快乐着，还有关于设备、关于扩大生产……他有太多太多需要向对方汇报的地方了。

现在，主心骨终于回来了！

第二十一章　庙算之不战而胜

还没跑到厂门口，南书记就看到一辆闪着黑色幽光的轿车，缓慢地从人群包围中驶出。好高级的一辆轿车。

商机厂是个小厂，就是在最高峰的时候，南书记也没有自己的配车。每次去上级单位开会，不是坐厂里送货的东风卡车，就是挤公交。

便是在上级单位，他也没见过这么高级的轿车。区里车队的办公用轿车，全是老旧的波罗乃兹、拉达。只有区委王书记有一辆红色的桑塔纳，就这，已经让王书记得意得不行。据说，省委赵书记配车也不过是一辆皇冠。这就是省里最好的一辆车了。以前南书记觉得皇冠很高档大气，这就是传说中的豪华轿车。但看到眼前这辆车，他觉得眼睛都花了，几乎不敢相信轿车还能做得这么大。

那防撞杠简直就像一个小台阶，足以站得上一个人；那倾斜的车头散热器，看着既像是流动的瀑布，又像大会堂的立柱，显得庄严凝重；以他老工人的眼光目测，车身的宽度，比桑塔纳宽了至少四十厘米，看起来感觉格外的大。车身也比桑塔纳，长了足足半米。

轿车的烤漆，漆黑中泛着一丝幽光，看着它就如同看着一架钢琴般精美的艺术品，明显比桑塔纳高出太多了。就是和省委书记的皇冠比，看起来也更加的高级。尤其是车身后半部，居然还包了一层真皮，这已经不能用豪华来形容，简直是奢侈！

更令他震惊的，是当轿车在厂部办公楼前停下，车灯前方居然还降下一个挡片，将车灯严严实实保护起来。所谓细节见真功夫，看着这辆黑黢黢的大轿车，他竟然心生敬畏，放慢了脚步。

这车，是一般人能坐的吗？车门打开，驾驶位下来一个他不认识的中年司机，西服西裤，皮鞋擦得锃亮，手戴一双白手套，一下车，就三步并作两步来到车身中部，恭恭敬敬拉开左侧车门。南书记看得愣了，站定下来。

这副做派，他只在电影中见过，突然就出现在眼前，他一时有些不相信这是事实。

一个熟悉的身影从车里出来，等他站定，抬起头，赫然竟是白云天！

与此同时，车身另一侧的副驾驶、后部车门同时打开，分别下来了一名四十来岁的中年人和一个二十来岁的青年，一下车就东张西望，像是在观察商机厂的环境。

那个中年人看了几眼，眉头就皱起来，似乎对商机厂的情况有些不满意，凑到那个年轻人身边，叽里咕噜说了几句，听口音像是南方人。紧跟着，包文山也从车里钻出来。"这车真宽，我们三人坐在后面都那么宽敞，一点也不觉得挤。"包文山很是兴奋，一下车就喜滋滋道。

"那是我让着你，你没见我都贴到车门上了吗？"白云天笑着打趣了一句，然后冲着南书记招招手，"南书记，这段时间我不在，辛苦你了。我来给你介绍一下，这是香港中华制造的总经理杜炜逸先生，这位是中华制造的财务总监何长盛先生。"

那名仰头看着厂部大楼的青年，转过头来，露出和善的笑容，绕过轿车走过来，向他伸出手，用很蹩脚的普通话说道："您好，我是杜炜逸，很高兴认识您！"

"你好你好！"南书记赶紧上前跟他握手。那位财务总监何长盛，人就站在副驾车门旁，动也不动，只是朝他很轻微地点点头就算是打过了招呼，感觉很是傲慢的样子。南书记心头不快，来到白云天身边，低声问道："云天，这两位是……"

"那年轻人是香港银行家的公子，刚从英国牛津大学留学归来，在家里支持下，担任新创办的中华制造总经理。经过洽谈，我已经把宝马变速车的商标，卖给了中华制造，现在他就是过来看看，了解一下具体情况。"白云天掐头去尾简单介绍了一番，故意给他营造出中华制造是杜炜逸家里为他创业，专门创办的新公司的错觉。

"什么？你把商标卖了！"他这一番低语，听在南书记耳中无异于晴天霹雳，震得他头晕目眩，虽然知道不应该，可他还是忍不住惊呼起来。他完全呆住了。

在这个令人震惊的消息面前，什么豪车，全都没了任何价值，吸引不了他丝毫的注意力。宝马自行车是白云天创出的品牌，他要卖给谁都行，商机厂也管不着。

可是，可是商机厂怎么办？他们跟白云天签的承包协议会不会作废？这家香港公司，还会继续允许他们代工吗？下一步的扩产，香港公司会不会把商机厂甩到一边，自己建工厂？各种各样的疑虑，全都涌上心头，让他心脏都快停止跳动了，一时急火攻心，全身顿时就没了力气，颤巍巍几欲跌倒。

杜炜逸似乎看出了他的焦虑，赶紧上前挽住他，用他那蹩脚的普通话说道："南先生……南同志，您放心，白先生虽然将商标卖给了公司，但他仍是公司的首席技术顾问。应他要求，我们也答应，与商机厂的合作一切照旧，我们的合作只会扩大，不会缩小。"

"是这样吗？"南书记艰难地转过头，看向正在小声跟严季和说话的白云天。

"没错！"白云天点头道，"中华制造虽然是一家新公司，但是很有雄心壮志，希望干一番大事业。我虽然做出了变速车，但是对于如何将品牌做大，还有很多不懂，而杜先生的诚意说服了我，所以我才将宝马商标卖给了中华制造。但是他也允诺，即便中华制造接手，也会继续与商机厂的合作协议，绝对不会中断！"

"那就好，那就好！"南书记还能说什么，商标卖都卖了，就连白云天本人，都成了这家香港公司的劳什子首席技术顾问，他就算不同意，又有什么办法。

只希望，这个中华制造的总经理，能够履行他们的承诺，和商机厂继续合作下去。

但愿如此吧……

他望着一脸笑意的杜炜逸，忧心忡忡，却只能堆起一张笑脸，迎上前去。

南书记曲意迎合，带着杜炜逸、何长盛看遍了全厂每个角落。

杜炜逸还好，不管看到什么，脸上都带着一丝和善的笑容，有不懂就问，得到回答以后也不表露自己的意见，只是点头微笑，不说好，也不说不好，仿佛就是来参观的。倒是那个何长盛很是挑剔，一会儿嫌厂子太破旧了，一会儿又说车间脏乱差，工人的效率低，嘴里一直叽叽咕咕，这不满意，那不高兴。

白云天忍无可忍，将他拉到了一旁："何先生，商机厂跟我只是合作伙伴，请你稍微注意一点。"商机厂是他起家的第一个合作伙伴，可以说，他是靠着商机厂才有了第一桶金。在他心中，商机厂这个老旧的机械厂有着与众不同的地位。

对这个厂，他特别宽容。商机厂现在薄弱的技术底子，注定不会是他未来高精尖技术蓝图的一块拼图。既然如此，他对商机厂就没有任何要求。

如果商机厂发奋自强，愿意提升自身的技术力量，他会很乐意提供协助。但是如果商机厂安于现状，他也不会强逼着对方跟上他的脚步。

除了那次郭平山挑动工人，他强令赶唐青、陈兴波回家，之后的生产他没有插过一句嘴。如何安排工人、如何调度生产，都是由商机厂自己决定。

他有足够适合商机厂技术能力的业务，让这些可怜人能够继续活下去，而且还能活得不错。看到何长盛鸡蛋挑骨头的做法，他觉得很不舒服。

可是何长盛对他的警告并不在意："白先生，我是杜先生派来，协助阿逸工作的。我有权发表自己的观点，这点你们内地人是不会懂的。"

白云天勃然大怒，毫不客气地一指厂门方向："既然如此，那我解除你财务副总的职务。现在你马上给我出去，我这里不欢迎你！"

"你……"何长盛想不到他说翻脸就翻脸，有些下不来台，想要发火又有些胆怯。

白云天看他这幅色厉内荏的样子，就知道他是个脓包，逼上前，厉声道："你给我听清楚，这里不是你趾高气扬的地方！如果你敢坏我的事，别怪我对你不客气！""你……你能怎样？"何长盛被他气势汹汹的样子给吓住了，但又输人不输阵，还想嘴硬。"我怎么样？哼哼，我听说香港有很多社团，只要有钱，什么都敢干。我看你身娇肉贵，愿意在你身上投一百万，你想不想试试？"白云天用从牙缝挤出的声音威胁道。他早看这个家伙不顺眼了。

杜炜逸的老爸是开银行的，他也是后来才知道，还觉得捡了个宝。因此杜坤让何长盛跟着过来，他也很乐意地给他任命了一个财务总监的职务。

但是这家伙似乎有些搞不清自己的身份，从香港过来的路上，时常在杜炜逸面前摆叔伯的身份，用教训的口吻跟他说话。面对白云天等人，则显出一副不屑与他们交流的姿态，让包文山等人很是生气，为了留住杜炜逸这个货真价实的公子哥，他们强忍了下来。现在到了商机厂，又是摆这种架子，白云天实在是不想再忍下去了。

不给他点颜色，他还真以为自己最大了！何长盛吓了一跳。

不同于内地，香港社团横行，而且那些烂仔心狠手辣，为了钱什么都敢干。真要是惹火了白云天，他横下心掏出一百万来，就算他逃回香港，也搞不好会被狠狠收拾一顿。他脸上一阵红一阵青，有心强顶又不敢再说硬气话，憋了半天，最后还是小声低头："我知道了，会好好配合阿逸……不，杜炜逸先生的工作。"

"很好！"白云天的脸色比他变得快，凶神恶煞的表情马上就变得一如平常，像老板一般拍拍他的肩膀，若无其事地微笑着夸奖道，"你是杜先生派来的财务专家，我们也很需要这样的人才，相信我们以后会合作愉快！"

"是，是，我会好好履行自己的职责的。"何长盛没见过这么会变脸色的人，心中害怕，再也不敢小瞧这个年轻人，说话间，不由自主腰都弯了几分。

解决了何长盛这个麻烦，接下来的参观氛围就好了许多。

加上杜炜逸很会做人，始终表现出谦逊的态度，对工人加工能力的表示认可和表扬，南书记脸上的愁容都渐渐褪去，也开始用不太标准的苏城普通话，跟对方说笑起来。一道道工序看下来，到最后，白云天还给他表演了一番焊接技术，顺带着赶工出一批车架，用于组装。

看到白云天只是用一根焊钳，就焊接出如此漂亮的鱼鳞焊，杜炜逸公式化的笑容，第一次真正为之动容，而旁边装闷葫芦的何长盛，更是直接看傻了眼。

"这……这，想不到你的焊接技术这么高！只是拿着一柄简陋的焊枪，就能焊接得如此漂亮，简直不可思议，不可思议！"杜炜逸手摸着焊接完毕、冷却后的鱼鳞焊接口，语无伦次道。

"哈哈哈哈！"白云天大笑道："要不是我有这个技术，哪敢做什么变速车？"

包文山在旁凑趣道："当初还没开始做之前，云天说一定能找一名八级工过来坐镇，我们一直以为是开玩笑。我爸都说，八级工那在万人级别的超大型国企里也是镇厂之宝，我们这小破摊哪可能请得来。结果没想到，还真的有，但不是请的老师傅，而是他自己就是八级工！"

杜炜逸这次真心实意地露出了笑容，一挑大拇指："白先生的焊接技术，那是顶呱呱！就凭你这手艺，就是去了国外，也是顶级的技工，哪个厂都会尽全力留下你，一个月少说也能挣几万英镑！"

"一个月几万？这么多？"南书记惊呼道。旁边的工人听到，都连连咂舌，觉得这是吹牛。"不多不多，对于一个制造企业来说，顶尖的技术人才是最宝贵的。"杜炜逸毫不含糊道。几万？还英镑，那比人民币都值钱多了吧！南书记等人听他证实，将信将疑地看着白云天，第一次将他的技术，不是与年龄，而是与身价挂上了钩。

技术等于金钱，这就是活生生的例子！

"你感觉怎么样？"从厂里出来，众人聚在一起，白云天笑着询问杜炜逸参观后的感受。"我很有信心！"杜炜逸不像何长盛那么看什么都不顺眼，反而很是振奋地说道："一家类似于半手工作坊的小厂，几十个人就能创造这么大的利润，我对你说的内地大有可为，有了清晰的认识。如果我们采用自动化加工，对工人进行培训，产量很容易就能提升十倍，甚至更多，从而创造更多价值！"

"你错了！"白云天笑着摇摇手指。杜炜逸诧异地看他，觉得他说的，只不过是国外主流解决办法，怎么会错。何长盛也斜着眼看着白云天，只是他被降服了以后，不敢公然说出口，只能用表情显示他不认同。

白云天笑着问严季和、包文山："你们说，国内什么最便宜？"

"工人的工资！""吃的！"去过香港的包文山，一口说是工资。严季和则根据以前做外卖的经验，对餐饮的价格很有感触。

白云天大笑："看见没有，他们虽然说的不同，其实都是一回事——那就是国内的物价很低！物价低的潜台词，就是人力成本很低，这才是国内最大的优势！

变速自行车这玩意儿，结构简单，制造容易，哪需要高端的自动加工设备，还不如请他几百上千个工人，采用现在的制造方式，成本来得低！变速自行车太容易仿制了，以国内目前对知识产权的保护力度，我们不可能做到独占，想来很快 就会有人模仿。甚至，说不定现在就已经有一家或者好几家厂，在学习我们的方式，生产制造变速车。过不了多久，各个厂家的变速车就会大量上市，我们所面临的竞争，会越来越激烈！""政府不管？"杜炜逸惊讶道。

白云天无奈地摇摇头："现在国内的经济很不好，非常不好！太多的国有企业停工，甚至濒临倒闭，大批的工人无事可干，接近于失业。在这种状况下，国家巴不得所有人都有活干！仿制国内厂家的产品算什么！"

"那我们怎么办？"杜炜逸有些愣神，感觉自己对内地的状况还是了解得太肤浅了。听到白云天的分析，就连包文山、严季和都从变速车的热销陶醉中悚然而惊，专注地看向他。他们虽然在得到提示后，警觉了变速车的发展可能不会像他们想象的那样一帆风顺，但也不害怕。他们相信，既然白云天看到了问题所在，就一定有办法解决。一直以来，都是这样。"三条路！""有三条路！"所有人都惊叫起来，他们觉得这很难办，没想到白云天竟然能想到三条解决的办法。

何长盛嘴角含着略带轻视的笑容，不相信这个内地出来，没经历过商品经济洗礼的土包子，能够真的想出三个解决的办法。白云天看到了他的表情，只是懒得理，只要他表面顺从就行，他伸出一根手指："第一，跟竞争厂家拼成本！变速车是一项技术含量很低的产品，最适合于劳动密集型产业。而劳动密集型产业，最大的成本是……""人力成本！"杜炜逸眼睛一亮，抢着说道。"正确！"白云天给了他一个鼓励的笑容，让对方嘿嘿满足地笑了起来，"所以购买先进设备什么的，没有那个必要！你只要想想就知道了，香港的制造业这些年是怎么衰落下来的，那些厂子又去了哪里，就知道为什么了。"

杜炜逸若有所思地想了想，点了点头。他虽然是顶级的商学院毕业，但理论如何联系现实，他还很稚嫩。更何况内地的情况，远比商品经济发达的西方复杂，他要学的就更多了。白云天看他理解了，又伸出第二根手指："第二条，抢占市场！"

"扩大生产规模！"

包文山、严季和、杜炜逸三人异口同声喊出声来，然后相互看看，一起嘿嘿笑起来。"扩大生产规模只是一方面……"白云天微笑地看着他们，像是教学生一样解释道，"看到了变速车这个市场，为了挽救国企，为了解决就业，各地只要有条件，多半都会上马这个产品。宝马这个品牌，现在只是在苏城周边小有名气，但在全国来说，只是个没有名气的新品牌。当更多的变速车品牌面市，消费者必然出现分流。尤其在国内地方保护主义仍旧盛行的状况下，我们只有几个月，甚至只有一两个月的先发优势，可谓微不足道。要拼过永久、凤凰这样的大品牌以及当地自行车厂几乎没有胜算。""所以呢？"几个人都听出了神，追问道。"所以最好的办法，是找当地厂家联营！把商机厂模式，复制到全国各地！用地方保护主义，来保护我们的合法利益。表面上看宝马车的市场占有份额少了，但整体而言，我们的市场占有份额却是最多的！""联营！""连锁经营！"众人再次叫出声来。

白云天诡异地笑笑："不是普通的连锁经营，而是创立不同的商标，一地一个，相互配合，发挥集团作战优势，共同挤压其他品牌的空间，联合围剿别的竞争者！"

杜炜逸已经张大了嘴，半天才吐了一口气，说道："你小子也太阴险了！"

包文山、严季和连声点头，就连何长盛，也是用奇怪的眼神看着他，舔了舔嘴唇，不知该说什么好。

"那么第三呢？""最后，当然是加强我们自身的竞争力。技术上我们要领先，质量上我们要可靠，售后上我们要让顾客放心，而最最重要的，是思路上要创新：不断推出最新款式的变速车，让别的厂家只能跟在我们后面吃灰，追无可追！而且因为是创新产品，作为技术先行者，我们可以始终保持高价销售，无须跟别人降价血拼，获得最大的利润！"白云天笃定地说道。

而这一点，也正是他的强项。

还有谁，比变速车未来的发展方向认识得更加清晰，判断得更加准确，更了解市场的选择方向？没有！有着完整的变速自行车发展历程的他，才是那个先行者与带路人！要抄，你们就抄吧！再抄，你们还能抄得过我这个最大的山寨大王？

全国承包，杜炜逸派不上什么用场。他的存在，是为白云天披上一层港资的皮，规避风险。承包国企，还是要靠包前进。当天晚上，白云天就去了包文山家。

这次香港之行，他买了指甲刀、钥匙链、签字笔、记事簿等等，不少实用，价格又不太贵，而且有着明显外国文字商标的小物件，作为礼物派送。

东西不贵，可是包前进很高兴。尤其是包文山老妈，拿着包文山买的纱巾喜欢得不得了，一个劲夸儿子长大了，懂得孝敬爸妈了，说得眼圈都红了。

包文山家是单位公房，年初时房改，掏了三万多块钱买下来。这年头没什么装修的概念，还是白灰、水泥屋顶，只在墙上挂了一副年历作为装饰，看起来跟清水房没什么区别。房间的布局是三室一厅，在这个时代，算是比较宽敞了。

这个时代讲究居住舒适大于公共空间，所以三间卧室都比较大，每间都有二十平方上下。但是客厅相对较小，大概只有十二三平左右。

这还算很不错的了，一些居住拥挤的人家，客厅连一张饭桌都放不下。

客厅内摆着一张三人沙发，一个玻璃茶几，对面贴墙放着一台电视柜，内里是一台磁带录像机，一台老式功放，两侧摆着一对杂牌子的立式音箱。

电视柜上，放着一台二十一英寸的彩色电视机。在这时代，这就算是大屏幕彩电了。因为屏幕较小，所以两边墙壁间隔不大，仅有三米出头。狭小的空间连更多的椅子都放不下，只能将玻璃茶几搬走，大家才勉强相对而坐。

白云天将全国承包的设想跟包前进详细解说了一遍，包前进默默地抽着烟，眼睛里闪着不易察觉的惊讶。他对白云天是越来越捉摸不透了。

变速车生意好，想要多挣钱，这是所有人都有的想法。不过是通常的做法，是扩大生产，而不是分散产能，采用多点开花的战术，全国布局。

他想都没想过，还有这种思路，对他来说无异于一次头脑风暴。

这是正常人的想法吗？白云天的脑瓜子，到底是怎么长的，居然会想出这种匪夷所思的点子来？不得不说，如果真按他的设想做成了，那么变速车生意就百分之百稳了，那真是高中低端通吃的战略性布局，靠它吃一辈子都没问题。

这个年轻人，太不简单，包文山能认识他，并机缘巧合成为他的合作伙伴，实在是太幸运了！人生际遇，就是这么出人意料。

"问题是，那些国有企业是否愿意合作。"包前进非常认真地思考过后，提出了自己的看法，"就像你说的，变速车很容易仿造，在国内又不怕专利侵权什么的。那么，那些深陷困境的国营厂直接照抄就好了，为什么要跟你们联营，分出很大一部分利润？"白云天的计划，他认为非常可行。

以他的关系，牵线搭桥，也能帮助拿下不少地方的合作。就算有些硬骨头啃不下来，但又不是非要找他们不可。

如今国内大多数国企都生存困难，所有企业都在为了生存为挣扎。一家谈不成，再找另一家就是。多了不敢说，一个省，谈下一两家合作厂家绝对没问题。

只会多，不会少！这都不需要拉关系走后门，听到有机会，是个企业就会扑上来，筛筛选选下来，总能找到合适的联营厂家。

不过身为包文山的父亲，身为体制中人，包前进也要体现自己的价值。哪怕无法提出建设性意见，也要帮着查漏补缺，或是展现自己在体制内的关系，从而让白云天重视包文山这个合作伙伴，始终提携他，这是他这个老子必须做的。

杜炜逸等人都跟着点头。这也是他们心中最大的疑虑。

为什么？或者说，凭什么让别人把饼子分给我们吃。

"因为我们有集团作战优势！"白云天面对质疑，不慌不忙，肯定道。

"集团作战，优势？"所有人都不明白，他所说的优势到底在哪。

"对！集团作战优势。表面上看，在每一个地区，我们只有一到两个品牌。但由于我们有很多的联营厂家，虽然各有不同的品牌，实质上是在利用我们诸多品牌，围剿较少的当地品牌，却又做得很隐蔽，不会让所有厂家感觉到威胁，联合起来对抗我们。同时有本地联营品牌在，也不会让地方保护动用行政权力，对我们进行打压。单独的竞争不可怕。我们看似一盘散沙，其实却是一个整体。我们可以动员整合的资源、资金，来跟地方竞争对手，展开一场并不势均力敌的厮杀。在任一战场，我们都可以调动从优势区域赚取的利润，支撑劣势地区的厂家坚持下来，直到将对手拖瘦、拖垮！所以只要站在我们这边，就一定能让厂子生存下来，并和我们一道，成为最终的胜利者！这，就是集团作战优势！"

听完他直揭实质的分析，众人都傻了眼，客厅内一时寂静无声，每个人脑子里都变成一片空白。好一会儿，他们才回过神来。杜炜逸眼中闪烁着激动的眼神，这才是实实在在的商战！教科书上看再多，也不及切切实实地亲历一次。

他已经在前期交谈中，多次为白云天开阔的大局观、灵活的手段所震惊。

但这一次，他却是对白云天佩服之至！他脑子里莫名其妙浮现出一句话：夫战者，庙算多者胜，少者不胜。这就是实例！虽然现在还只是在计划阶段，但经过白云天这一番庙算，他们这一仗已经是未战先胜。或许其中会有波折，会有厂家反悔，会有地方实力派作梗，导致局部挫折。但在整体布局中，他们已经大获全胜！除非是有另一个对手，也有着同样的远见卓识，并且有能力布局全国，跟他们对抗到底。否则，任何局部的失利，都无法动摇白云天全国战略的绝对优势。

这便是，庙算的最高境界了吧……

第二十二章　制高点

客厅内，众人亢奋之极。

包文山、严季和兴奋得面红脖子粗，几乎忍不住要仰天长啸。便是包前进这个混迹官场数十年的老丁，也激动得扯开了领口，感到浑身燥热。

杜炜逸双眼一亮，心里有着某种莫名的冲动，全靠紧握拳头，才忍了下来。

高手，这才是绝顶高手。商学院教出来的，充其量叫作精英，也不过是给人打工的高级白领而已。像白云天这样的，那才是比尔·盖茨、洛克菲勒这一级别的，无师自通，天生具有比别人看得更长的眼光和无与伦比的洞察力、决断力！

跟着这样的人，何事不成！他的全国联营计划，毫无异议全票通过。

白云天对于众人惊讶、兴奋、狂喜、崇拜的眼神视若无睹，仍是那么从容不迫。

在他提议下，计划的实施，无须杜炜逸出面。国内事务，杜炜逸只需要提供一个保护壳即可，具体联系，最合适的是包前进，而双方面对面交涉，他交给了包文山、严季和去办。这一点，包前进举双手赞成。玉不琢不成器。失败不要紧，被人蔑视其年轻也不要紧，年轻人必须要有强大的抗压力、说服力，历经锻炼才能成器。

白云天让他们去办，说明他不在乎这项战略是否真的能够成功，而是借机锻炼两人。这才是最大的器重！包前进对他的胸襟，实在是佩服得五体投地。

如果是他，面对着一项如此重要，一旦成功必然可以荫及子孙后代的巨大项目，可做不到像他这样大气，敢将最主要的工作，交给两个毛头小伙去办。

这不是轻重不分，而是气魄！特别是当他听到白云天提出的，今天第二项讨论话题的时候，更是笃定如此。"电动自行车，是我们要做的第二个产品……"

白云天让严季和将随身的一个手提箱拿过来，打开，里面是满满一箱的图纸。

他取出面上一张总图，在桌上摊开。所有人脑袋，第一时间就凑了过去，认真地看起来。电动自行车不是一个新项目。这个产品，最早是1980年代末，由日本所发明。但是在日本，为了保护汽车、摩托车产业不受冲击，法律规定全电动的交通工具需要考取驾驶证，所以为了规避这条法律，研究者推出了电动助力车。

所谓电动助力车，即电机本身不能提供推动力，而必须经由脚踏，才能启动，从而提供一定幅度的电动助力。这也是后来，电动车在欧美的规范。

即全电动需考驾照，如果想要不受约束地自由销售，则只能是助力车产品。

国内却并无这项规定。事实上，如果追根溯源，第一辆电动自行车的真正发明者，其实是临海市的永久自行车厂。他们在1983年，就研发出了第一款电动自行车，命名为永久牌DX-130型电动自行车。可惜国人从来不注重知识产权，导致这项专利被日本抢注。如今要想对外销售，反过来还要给日方付出一定的专利使用费，真是可悲可叹。白云天在叹息之余，对此却并不怕。

他的杀手锏，就是刚刚通过香港专利部门所注册的新型无刷电机和新型铅酸电池这两项专利技术。"由于电动自行车是一种新型交通工具，许多汽车生产商对此并不重视，觉得只不过是一种小众产品，并未投入大量资金研究，导致技术方面还很不成熟。"他展开图纸，对众人侃侃而谈。

"现在的电动车，有两个先天缺陷：一个是电机，一个就是电池，两者相辅相成。电机提供驱动，因为研究不够深入，所以仍在使用老式的柱状电机……"

柱状电机，就是电机中心转动，带动链条、齿轮等做工。这是一项很老式的发明，主要是在发电机组和动力机械上所使用。但在电动车上，柱式电机缺点多多。

最主要的，是柱式电机的中心轴转动太快，用来发电很好，但是用来驱动就不合适了。要想用柱式电机驱动车辆，就还必须安装一套减速装置，将转速降下来。

一边在转动做工，一边又减速，这不是脱裤子放屁么！带来的后果，就是做工下降，费电，维护性差，损坏率高，而且爬坡能力极差，坡度大于十五度就几乎无用。

更糟糕的是，还采用的是有刷转换模式。众所周知，电机转动靠的是磁的排斥力来实现，但是转子转动，电磁极会随之变化，那么转到一半就会停下。

于是就发明了电刷。通过碳刷，给予不同极性的电磁，转到正面是正极，转到另一面，碳刷传来的电流是负极，于是可以周而复始，不停地转动下去。

然后缺点就来了。碳刷摩擦，会带来很大的噪音。这也就罢了，忍忍就过去了。

不能忍的是，有刷电机是一个缓慢启动的过程，刚开始起步几乎不动，然后才慢慢加速，直到额定功率。这就导致电动车的爬坡能力进一步下降，使其适用范围大大缩小。柱式，还是有刷，两个致命缺陷，让电动车成为一款价格高昂的玩具，几乎没有实用价值。而白云天申请的新型电机专利，恰恰针对这两项，做了革命性的改进。柱式，被改为轮毂式，将转动部件，由中心转子，改为外壳抱着轮子转。

这样做的最大好处，就是将高速电机，变成了一种低速大扭矩的电机，恰恰适合与对速度要求不是太高，但对扭力要求很大的交通工具所用。

并且如此一来，就完全不需要减速箱了，直接让电机带动车子前行即可。

去掉了结构复杂、易坏的减速器，电动车才真正成为一种具有相当实用价值的交通工具！而变有刷为无刷，又进一步精简了结构，缩小了电机的尺寸，降低了电流损耗，使得电动车可以像汽车一样快速启动，爬坡能力大大提升。

轮毂式、无刷，是决定电动车到底是玩具，还是一项实用交通工具的革命性发明，是绝对无法回避的制高点！凭此一项，他就有信心将国外所有那些尚不成熟的电动车彻底击溃，让他们毫无还手之力！更何况，他手里还捏着新型铅酸电池的技术……电池是白云天的第二个杀手锏。现在的电池技术，就如同电机一样不成熟。容量低、输出功率低、额定电压同样低！低到什么程度呢？

用实例来说明，现在的电动自行车，标称最大行驶里程为二十公里，其实是扯淡。

正常在市区行驶，时常会停车、刹车，每次重新启动，都会耗费大量电流，所以一辆电动车的正常行驶里程，通常只有十二三公里。要不为啥日本要做助力车呢！

跟汽车、摩托车区别客户是一方面，但有钱谁会不赚，实在是因为做不到啊！

直接电机推动，十二三公里就歇菜了，这东西谁都不会买。

但别说，日本人脑子的确很灵光。直接推动电池不够是吧，好，那我让用户半踩半电机驱动，加起来也有二三十公里，足够一般的家庭妇女去菜市场买个菜什么的了，在最低限度上，达到了最低的实用要求。所谓无须考驾照，只不过是一句销售口号。说只有半踩半电机推动，才能勉强达到最低使用要求，这话一传出去，用户还不把他们骂死: 拿没用的半成品，来骗我们的钱！换个说法: 无须驾照即可使用。

用户一听，呃，是啊，我只要会骑脚踏车，不用考证就能用，这多方便。需要自己脚踏……，唉，虽然很讨厌，但是人家也是没法子，不这样不准卖啊。

就这么着，通过偷换概念，让用户反而觉得助力车是个高大上的产品。认为这是厂家在为用户着想，特意发明了这款方便、省力的交通工具，还规避了可能的麻烦。

多替用户着想啊！于是就被骗了，高高兴兴把它买回家，让研发商开开心心收钱。有了利润，又可以投入进一步研发，让它真正变成实用的产品。

这就是宣传的作用！别人可以颠倒黑白，故意扭曲用户认知，但白云天无须这样。他所推出新型电池，即便不是最好的，但相对于这个时代，也可称得上是阶梯式的跨越了：所有指标，都比现行铅酸电池，整整提升了一倍多！

无须脚踏，全电力驱动，经常遇到行人、红绿灯刹车，没关系，实际行驶里程货真价实的四十公里！大电流输出，不限速状态下，行驶速度可以达到四十公里！

大功率，配合大扭力无刷电机，任何三十度以下的坡度，都可以无须助力，轻松通过。以上技术指标，绝无半分虚假！在众人比小学生上课还要专注的倾听下，白云天将现在的电动自行车所有相关技术，以及遇到的难点详细跟他们讲解了一遍。

等他们理解了以后，他才将在香港申请的两项关键技术，所代表的意义透露给他们听。"这，这是真的？"杜炜逸把凳子都掀翻了。在座众人，能跟得上白云天讲课的节奏，听懂主要相关技术名词，理解其所代表的意义的，除了包前进，还有一个就是杜炜逸。包前进从事机械行业这么多年，基本的电工知识是具备的，只是听了以后，对各项技术指标所代表的含义，还有些模糊，不能完全正确定位，了解其价值。但杜炜逸不同。他在参加完招聘以后，第二天就拿着从专利局得到的少量资料去找了理工大的教授，向其请教。

只不过，专利申请是以提供的资料，能够让其他所有技术人员重复实现，以确认其真实性为目的。所以白云天肯定不可能提供全部详细的资料，只是提交了必须的部分资料。凭着这些局部数据，理工大的教授在思索，并通过严谨的计算以后，向他证实这项技术的确可行。对于轮毂式电机的发明思路，那名理工大的教授赞不绝口，激动不已。也正是教授的认可，才让杜炜逸最终下定了决心。

然而白云天现在公布的技术参数，更是直接把他吓了个半死——所有技术指标，全部提升一倍以上！你这哪是创新，这是黑科技啊！技术进步，从来都是一步一个脚印，付出很多，收入可能只有一丁点。

正所谓广种薄收。而且每一点进步都极为艰难，上下两个技术代差，间隔的时间段，都不敢以天、月、年来计算，而是十年、二十年为一个阶梯段。

人家日本人研究了这么久，还没有成果，你一来就拿出比人家更好的技术，而且一跨就跨那么远，整整提升了一个数量级啊！这不是意味着，日本、欧美那么多厂商、研究机构、科学家，花了那么多的研究经费，全都打了水漂？

那是数以百万、千万，甚至有可能上亿美元的研究投入啊！哪怕这些年他们也有一定进步，但肯定不可能比白云天公布的指标更吓人。可以说是还没有问世，就已经落后于时代——落后于白云天的时代！落后的意义，即意味着按照这种技术工业化生产毫无价值。谁会买落后的东西！你不就一个民间科学家吗，有这么牛？

在杜炜逸费尽口舌解说以后，其他人也听懂了这些技术指标所代表的意义，顿时也跟他一样，瞪大了眼睛，用不可思议的眼神看着白云天。

面对所有疑惑、质疑、不敢相信的眼神，白云天只是呵呵一笑。

你们爱信不信！我又不求着你们相信，让事实说话！

"好了，该说的我也说了，不该说的我现在也不想说。这都与我们今天要讨论的问题无关！"他握着拳头，在椅子把手上咚咚敲了几下，让众人不要再纠缠这个话题。"现在的问题，是电机、电池的生产，都需要专用设备，而且对工人的技术水平有很大要求，商机厂肯定是无法胜任的。所以，我们需要找一个新的合作伙伴……，并且，这次不再是承包，而是共同成立正式的合资公司！"他沉声道。

这才是他专程去香港一趟的主要原因。有了变速车这头资金奶牛，他才有了更进一步的可能。有了港资公司的皮，他才能在国内毫无顾忌地大展身手，拥有自己真正的基业。电动车，亦是如此。

产品，不过是回馈资金的工具。制造能力的高低，才是他能否在这个时代立足、继而复原星际时代科技，迈向茫茫星海的根本之所在！

一辆加长型克莱斯勒帝王以这个时代所没有的拉风造型，吸引了路上往来车辆、行人的注意力，缓缓驶过饮马桥，转弯停在一座广阔的建筑群入口。

这里就是苏城市委及市政府所在地。门口执勤的武警也没见过这样豪华的轿车，愣了一下，然后立即尽职尽责地跑了过来。"他们拿的是真枪吗？"杜炜逸坐在车内，望着荷枪实弹的武警战士，惊讶地问道。"大概是吧……"白云天今天是充当他的秘书兼技术顾问，坐在他旁边瞄了一眼，不是很肯定地答道。

"啧啧，真是保卫森严！"杜炜逸感叹道。

白云天耸耸肩。你见过政府部门充当警卫的离子炮塔么？你见过全副武装的机甲战士么？你见过头顶随时待命的太空堡垒么？这也算森严？武警战士快步过来，杜炜逸迅速降下车窗，脸上露出和善的笑容："我是中华制造的总经理杜炜逸，应市委徐书记邀请过来，你可以向陈秘书查询一下。"

"请稍候！"武警快速返回，通过内线向上汇报，一分钟不到就升起横杆，示意可以进入。市委市府办公地，位于城内第三横河的拐角处，办公楼不是面朝人民路方向，而是向下，面南背北的老旧苏式建筑，方方正正。

里面道路非常宽敞，近似于一个小型广场。司机跟着带路的武警，以步行的速度缓慢绕驶，然后在他指定的停车场停下。此时已经有几人在此等候。

车门打开，何长盛率先从副驾驶里钻出来。因为是市委接见，杜炜逸、白云天两人都太年轻，故此特意将他也带了过来。"欢迎欢迎，我是徐书记的秘书陈乐文。"等候的众人中，一名二十七八左右、戴着一副金丝边眼镜的青年主动迎上前来，向他伸出手。"您好，我是中华制造的财务总监何长盛，"何长盛在官府面前不敢托大，连忙热情地伸出双手，艰难地用港式普通话说道，然后向他介绍道，"这位是我们中华制造的总经理杜炜逸先生，是香港隆和银行的董事长杜坤先生的公子。这位是杜总经理的秘书，兼首席技术顾问白云天，白先生！"

陈乐文看到后面出来的两人，都如此年轻，正在诧异，一听他介绍，恍然大悟。

原来是银行世家的公子哥，难怪这么年轻就当总经理了！他不敢怠慢，脸上堆欢，双手伸出："原来是杜总经理！"随即向他介绍了身后的几人，分别是市委办公室主任朱伟、市招商引资办公室主任葛艺淳、市侨联主任张辉等等，来头都不小。可见市委的重视程度。改革开放以来，招商引资一直是个大问题。十多年来，总体招商引资规模、金额都不太理想，大多都是中小规模投资，且绝大多数都集中在深广一带。1980年代末，国际形势风云突变，中国受到以欧美为首的西方世界制裁，投资规模、数量更是大幅衰减。在此形势下，招商引资成为市委市府关注的重点。

也正因为如此，一得知有香港商人前来考察投资，市委市府立即高度重视起来，由外贸、侨联牵头，主管工业的副书记徐庆新亲自出面接见，这才有了此次市委之行。

好在杜炜逸是真正的富家公子，自小随着父亲也见过不少的港内富豪、政府高官，虽然第一次是以主宾的身份被接见，心中略有些忐忑，但还撑得住场面，并不慌乱。落座以后，杜炜逸面对徐副书记，有何长盛在旁帮衬，度过了初始的紧张期，很快就适应过来，应答得体、谈吐斯文，虽稍显拘谨，却也落落大方。

徐副书记从陈秘书那里得知，杜炜逸的父亲是银行董事长，便以此打开话题，从香港银行、金融业谈起。

杜炜逸没在家里银行待过，但自小从父辈那里耳濡目染，许多还是外界所不知的内幕消息，自然轻松应对，说得头头是道。

比如岛内的楼市兴衰、比如股灾、比如金融风暴等等，信手拈来，侃侃而谈。

内地对香港的情况，大都流于表面，许多情况只是模模糊糊有所了解，但知其然而不知其所以然。如今听他一番高谈阔论，众人竟是听得津津有味，颇有大开眼界之感。何长盛是杜坤手下的老臣子，兴之所至，卖弄起来，各种秘闻、各种趣谈更是随口而出，听得徐书记微笑不止，很是满意。

中国人在谈正事之前通常会先闲聊一番。这闲聊，一是拉近双方关系，二来也是借此盘根，了解对方的身份真假、对己方的态度、个人兴趣、此行目的等等，继而为接下来的正式交谈做预先铺垫。改革开放以后，内地人人梦想发财，骗子横行。这些骗子胆子极大，有冒充满清皇室的、有冒充军阀后人的，甚至敢打着中央部委旗号行骗。冒充港商，在各地骗吃骗喝的更是不在少数，许多急于招商引资的地方政府就屡屡被骗，成为政坛笑料。

徐书记很希望借着这一机会，招商破局，从而捞取政绩。但他更不想成为骗子的又一个目标，招商不成反被骗，在履历上留下抹不去的污点。

经过一番交谈，徐书记等人确认，这个中华制造的总经理对于香港金融业确实了如指掌，由此可见，这的确是正儿八经的港资公司！面谈合格，他们终于卸下心防，可以进入正题了。"我听市机械电子工业局汇报说，贵公司有意在我市投资建厂？"待上一话题结束，徐书记仿似随意地引出新的话题，询问道。

"没错！我这次之所以来，是源于白云天先生，也就是我的首席技术顾问……"杜炜逸跟一群中老人兜了半天圈子，要绞尽脑汁跟上对方思路，也有些疲倦了，听到徐书记询问，立即见缝插针，向市委一干领导道，"当时他来港游玩，和我偶遇。白先生谈及他吃透了国外的变速自行车技术，弥补了国内空缺，研发出了第一款国产变速车，并且深受市场好评。我就是受他的鼓励，决定来大陆发展……"

徐书记，以及其他的市委领导，闻听全都眼前一亮。

吃透了国外先进技术？弥补了国内空缺？研发出第一款国产变速车？

还是我们本市的产品？这是真的吗？如果这是真的，那其政治意义，远大于招来一个海外投资，这可是我们中国人的骄傲啊！他们刷一下，全都看向了杜炜逸身边那个长得白白净净、斯斯文文的小伙子，就像看到了一盘美食。

开放的最初目的，是以市场换技术。但十多年实行下来，进来的投资几乎全部是低技术含量的劳动密集型行业，对国内提升科技并无多少补益。

反而是国内信心，逐渐低落。领导干部也是人，也同样有自尊心，国家衰弱，领导当得再大，也没什么滋味。在这种落差悬殊的现状下，他们尤其希望看到国家强大。其心情，与普通群众并无两样。

"小白同志是我们苏城人？"徐书记看着白云天，笑眯眯地问道。

"我也不知道自己是哪里人……"白云天苦笑着，将他被人打晕、失忆、在派出所帮助下重新拿到身份证的经过，简单叙述了一遍，然后道，"不管我以前是哪里人，但现在，我肯定是苏城人！""说得好！"徐书记听得两眼放光，拍掌赞叹。

他没想到白云天竟然有如此曲折的一段经历，而且对方叙述中，对派出所闫所长以下诸多警察全是正面描述，这让他这个苏城市委副书记充满自豪感。

人长得好看，说话得体，对苏城充满感情，又突破国外技术封锁……呃，不管这技术重不重要，至少象征意义很大，他对这位年轻人是越看越满意。

"那你为何又成了杜总经理的首席技术顾问？"他好奇道。

白云天叹了口气："我也是没办法。我承包了虎丘商业机械厂精工车间，推出变速自行车，市场反响很好，从而让三十几名回家待岗的职工，得以重新返厂复工。然而由于缺乏资金，我们无法继续做大。为了让更多在家待岗的职工，可以重返岗位，我在遇到了杜总以后，就毅然决定将宝马商标直接卖给中华制造，从而吸引资金，扩充产能，帮助尽可能多的职工，能够回到工作岗位……"

他这一番话，说得沉痛而又大义凛然。实质上，却是将商标卖给中华制造一事轻轻带过。如果是在后世，旁人听了会觉得他太过浮夸，纯粹是在给自己脸上贴金。

但在此时，在亟待解决工人失业、待业问题的徐书记等人听来，却是感动至深。

听完他的话，徐书记默然许久，方才叹息道："……你也是不容易！"

他能说什么？那么多工厂开不了工，银行自身都摇摇欲坠，根本不可能贷款给白云天扩大生产。既然正规途径解决不了，那就别怪人家将这项利润丰厚的产品，卖给港商。至少人家这么做，并非是为了自己，而是为了企业！

国事艰难啊……他深深地看了白云天一眼，心中记下了他的名字。

"这么说，中华制造是想继续扩大那个变……变速自行车的制造喽？"放下遗憾，徐书记将目光重新投向杜炜逸，勉强堆起和善的笑容，和气道。

"变速自行车项目，我们自然是会继续将其发扬光大。不过，我们来苏城，也带来了自己开发的另外一个项目。"之前徐书记在询问白云天时，杜炜逸安静地在旁倾听，不急不躁，态度谦和，此时听徐书记垂询，方才微微欠身，朗声答道。

果然是显贵家庭出身，极有教养。徐书记暗暗点头，闻听惊喜道："哦？你们还有另外一个项目？""对！我们本身打算开发的产品，才是未来在内地投资的重点。不过因为白先生的缘故，我们发现两个产品有很多共通之处，这才首先前来苏城考察。"杜炜逸表现越发自然，面对苏城一干领导不卑不亢，显得既谦逊，又独立，不会轻易受外来影响所干扰。"是什么项目？""我们自己开发的项目，是电动自行车！"杜炜逸声音清朗，显得对这个项目胸有成竹。"电动自行车，变速自行车，呵呵，果然有共通之处。我对这个电动自行车不太了解，不知道杜先生是否方便给我们介绍一下？"徐书记听完，哑然失笑道。

"当然可以！"杜炜逸对技术只是略知一二，但口才很好，将白云天事先教的内容用普通人也能听明白的方式，绘声绘色地叙述了一遍，让徐书记等人，对于这个项目有了明晰的认识。尤其是突出了这项技术最早是日本所发明，但限于电机、电池技术缺陷，并无实用价值。中华制造却恰好是在这两项技术上，取得了突破性进展，将原有指标整整提升了一倍，使得电动自行车由一个昂贵的玩具，变成了相对廉价实用的交通工具。"这是你们中华制造自行研发出来的？"

听完他的说明，就连徐书记这个外行都明了了其中意义，蓦然站起身，惊喜道。

这才是独门绝技啊！什么变速自行车，说来还不是学人家国外的。这个什么电动自行车，虽说整体专利也在日本人手中，但新型电机、新型电池的专利技术，却只有他们一家掌握。也就是说，这个产品不但可以在国内销售，也是可以用来出口创汇的！如果中华制造最终确定在苏城建厂，不仅仅是解决了一部分就业问题，更重要的是，还能成为振兴苏城经济、赚取外汇的拳头产品！

这可不是服装之类毫无技术含量的来料加工，而是真正的高技术、高科技产业。

说了这么多年的引进技术，这才是苏城第一例！其意义，远比变速自行车大太多了！难怪他会动容失态。"当然！我们已经在香港专利部门申请了技术专利，未来还将在美国、日本、欧洲申请专利！我可以提供专利编号，一查便知！"杜炜逸谦逊中，带着一丝傲色回答道。"好好，太好了！"徐书记喜形于色，"我代表苏城市委，真诚邀请贵公司来我市投资建厂。无论是审批、用地、建厂、水电、税收等各个方面，我们都会提供最优惠的条件！"

面对徐书记邀请，杜炜逸显得很冷静："徐书记，各位领导。我们中华制造，来苏城并不是为了独占利益。我知道现在内地的企业遇到了一些经营困难，但我相信国内的企业必有其自身优势，如果有可能的话，我们愿意跟内地有实力的厂家一起，合资建厂，集双方的优势于一体，共同做一番大事业，为我们苏城经济做出巨大贡献！""好！"自徐书记以下，所有在座的领导全都起立，用欣赏、钦佩、喜悦、感动的眼神注视着杜炜逸，一起鼓掌。

爱国港商！这才是一个真正的爱国港商啊！

第二十三章　重选合资对象

"我的表现怎么样？"从市委出来，坐在车上，杜炜逸笑问道。

"非常好，超出了我的最高要求！"白云天一跷大拇指。

虽然国内少与外界交流，在这个鱼龙混杂的年代，上了很多当。但是就算是再好的骗子，也做不到杜炜逸这种程度，对于港岛上层掌故如此之熟稔，成功赢得了徐书记等一干市委领导的最终信任。也只有杜炜逸这个货真价实的富豪公子哥，能够办到了。他的条件已经开出，接下来，就看市委怎么回应。

市委的回应，比他预想的慢多了。别看会见时气氛那么热烈，徐书记表现出了坚定的支持态度，市委各级领导也是纷纷表态，有一种只争朝夕的壮怀激烈，似乎上午开会，下午就能办成的样子。可实际上，他们等到市委的正式回应，已经是十二月的中旬，距离上次市委见面会，足足过去了近二十天！

"这都是些什么厂啊！这是在坑人！"白云天、杜炜逸对这些厂一点都不熟悉，并不知道它们情况如何，是否能够适应加工需要，自然拿着市招商办转交的一份合资名单，找到包前进，向他请教。一看到名单，包前进直接就炸了。

"你们一个都不要选！这些厂别人不知道，我还不清楚：全都糟得不能再糟！你看，这几个厂比你们现在的商机厂还差，根本没有精密加工能力；至于这一些，情况稍好一点，厂里也有几个技术骨干，可是他们的厂领导太差劲了，没本事还贪，你们跟他们合资，搞不好赔得裤子都要搭进去！还有这个厂，工人都快散完了，还合资什么啊！这份名单一点诚意也没有，纯属是在坑你们！"

包前进在机械行业干了这么多年，对市里的所有企业了如指掌，按着名单一个个列数下来，全都批驳得一钱不值！"市里这是想用你们的钱，来养活破产企业，你们可千万别上当。这里面没有一个是合适的，如果接了，你们到时候哭都来不及！"

他冷笑着劝道。杜炜逸听他一一列举完毕，彻底傻了眼。

见面会上，不是说得好好的吗，徐书记还亲自做出了指示，一定要拿出资质合格、设备最好的企业，来跟中华制造合资，共同开发电动自行车。

可是怎么一转眼，就变成这样了。时间拖了二十来天不说，而且给的名单，全都是烂得不能再烂的企业，这是真心想要招揽投资的样子？"你们也别生气，估计市里也是想让你们，帮着拉他们一把。"包前进苦笑道。

资质合格、技术力量高的企业，基本都能经营得不错，人家自己就能活下去，哪里肯跟港商合资。就算市里支持，下面的企业领导为了自己的权力，也会极力抵抗，甚至会煽动工人起来抗议，以将合资搅黄。至于肯合资的，不是情况糟到不能再糟，就是企业领导另有心机，跟他们合作无异于与虎谋皮，到时候钱赚不到，搞不好连裤子都要赔进去。白云天不像杜炜逸那么激动，这种情况他也有所预料，只是没想到名单里，居然连一个合适的合作厂家都没有。这就太过分了。

他默不作声，拿过名单细细观察，忽然开口道："这些好像都是市属企业？"

"没错，全部是市里直管企业，区里的估计报上来也被拿掉了。省直、央企更不可能有，军工也一家都没列出。省直、央企不说，兵工除了少数部里直管，其他大都是部里、地方交叉管理。但交叉管理基本就等于谁都管不着，也谁都不想管：以前情况好的时候，部里发文，这些企业说要听省厅、市局的；省厅、市局发文，他们说要听部里的，结果谁都管不了他们，逍遥自在得很，谁都拿他们没办法。

结果现在情况不好了，他们求援时，上面也甩他们冷眼：部里说这是你们省、市的，省厅市局说这是你们兵工系统的，各方推诿，任他们自生自灭。就连银行，都不肯给他们贷款，所以他们情况其实是最糟的。"

包前进摇头道。平时想要不受约束，等事到临头，自然也不会有人前来救他们，这就是自作自受了。白云天眼神闪动："能不能不要市里推荐，我们自己联系合作企业？""你是想……"包前进话说到一半，若有所思地停下来。"没错！市里推荐的都是些什么烂玩意儿，跟他们合作我们不知要背多大包袱，还不如我们自己找。"杜炜逸对白云天的想法举双手赞成，他可不想陷入无止境地扯皮当中。

白云天缓缓说道："我请包叔叔出面，联系那些军工单位，还有另外一个考虑。"

"什么考虑？""呵呵，跟那些单位领导以前的想法一样：不受约束！"白云天咧嘴一笑，"从这次的事情可以看出，不管上面说得再好听，到实际落实时，可能就不是那样了。现在我们的投资还没落地，就已经是这样。以后厂子建起来了，他们说不定就会三天两头给我们添堵。所以我们不如干脆找一家军工单位，顶着军工的皮，让他们管不到我们。""你不怕合作的军工厂领导闹幺蛾子？"包前进反问道。他知道这个所谓的中华制造，就是个空壳子公司，成立的初衷只是为了可以合法办厂。白云天的合资设想，其实就跟现在与商机厂的合作模式大致相同，自己一分钱不出，借用合作企业的厂房、设备、工人，生产出产品对外销售。

这属于空手套白狼的升级版。可这样寄人篱下，原厂领导的话语权就重了，白云天不一定能一言九鼎。要想不受干扰，就必须有自己的地盘。

"那我们就真的投资好了！"就在白云天还在权衡其中利弊的时候，杜炜逸忽然出声说道。"真的投资？"白云天、包前进愕然看向他。他们要真有这么多钱，哪里用得着什么合资，直接独资就好，杜炜逸这是在说什么蠢话。

面对两人疑惑的眼神，杜炜逸镇定地说道："这钱，我来出！"

杜炜逸有他自己的骄傲。他之所以愿意跟着白云天来内地，一方面自然是认可对方的观点，觉得内地遍地商机，不容错过。另一方面，则是想做出一番事业，让父亲刮目相看。他打算初期先按照白云天要求，以中华制造总经理身份帮他圆港资公司的谎。在此期间，观察了解内地的经济政策、经营环境、经营方式，在熟悉以后，便离开自行创业。然而这段时间观察下来，他发觉在内地发展，比预想的要复杂。

论商机，的确遍地都是。由于内地正处于计划经济向商品经济转型的过渡阶段，市场经济模式相对来说非常粗放、落后，任何一个行业，都处处皆是商机！然而与此同时，他有发现自己在商学院学的那些知识，在这个复杂多变的商业环境中，根本玩不转！这个玩不转，既有政策方面的因素，也有现实的困难。

比如单就眼前的合资办厂一事，如果没有熟悉当地情况的内行人帮着参考，稍不留神就会血本无归！这让他不寒而栗。遍地商机，与处处陷阱共存在，他发现，要想不吃亏上当，做出一番事业，离了白云天还真不行。

摆正了心态，他决定还是干脆踏踏实实就把这个总经理当下去算了。

既然要长期干下去，他就不满意挂着一层总经理皮，其实做着公关经理的事。

他想当一个货真价实的总经理。怎么变假为真？当然是投资参股！白云天需要一个港资公司的皮，来保护自己，却又没有资金来独立建厂，不得不再次施展空手套白狼的手段，试图与某个经营困难的国企搞假合资、真承包，借以积累资金，壮大自己。他没钱，自己有啊！

白云天脑子比其他人灵活多了，杜炜逸一提自己出资，他马上就反应过来，双手抱在胸前，似笑非笑地看着他："杜先生对这个项目如此有信心？"

杜炜逸看他架势，惊讶于他的反应之快，便也不做掩饰，直言不讳道："我对这个项目不见得有信心，而是对你这个人，有信心！"通过这段时间的接触，他对白云天的能力简直可以用惊叹来形容。商业洞察力、高深莫测的技术底蕴也就罢了，但对方所表现出来，超越其本人年龄的成熟、稳重、机警、果决以及灵活的做事手段，实在是让他这个商学院的高才生，也不得不为之叹服。包前进这时也听懂了两人交谈的实质，笑笑，也不插嘴，袖手旁观白云天如何解决。

"你打算投入多少？""我父亲给了我两千万港币的创业资金，我可以全部投进来！"杜炜逸抿了抿嘴唇，严肃道。"想占多少股份？"白云天眉毛一挑。

杜炜逸皱着眉，有些为难。中华制造的注册资金只有一万港币，其中白云天个人就占百分之七十五的股份，包文山个人占股百分之十五，严季和持股百分之十。

他要入股，那么这部分股份，肯定是要由白云天转让部分给他。

两千万占股多少，意味着他对公司未来市值的判断。

关键是公司未来发展如何，谁都不知道，全靠眼前这点信息提前预测。

多了，白云天不干；少了，他又觉得自己投入这么多，才拿这么点股份，太吃亏。

"你觉得能占多少？"他想得头痛，于是将皮球反踢回去。

"你想听？"白云天还是那副似笑非笑的表情。"我想听！""好吧，那我就直说了，"白云天笑容一收，正容道，"如果从公司长远的发展来说，你这两千万，连百分之一都拿不到！从眼前来看，两千万也就刚够百分之一……"

"你……"杜炜逸面现怒容。包前进也是倒吸一口凉气。

两千万才占股百分之一，也就是说，白云天认为中华制造现在就值二十亿！

这怎么可能。白云天单掌一竖，让他不忙说话："我知道，中华制造现在就是个空壳公司，肯定不值二十亿。就算你觉得我有能力，也不可能价值二十亿。我说刚够百分之一的意思，是说其实我们现在不需要这笔资金的注入，是两百万，还是两千万，乃至两亿，都没有意义！这个百分之一，我指的是你，在公司的角色定位，价值百分之一！"他不解释还好，一解释，杜炜逸鼻子都快气歪了。

我堂堂牛津大学的高才生，在你这个注册资金不过一万港币的皮包公司里，才仅仅价值百分之一的股份？白云天像是没看到他的怒容，表情严肃而又冷静："你别生气！我给你的百分之一股份的定位，是单指眼前！为什么？因为眼前我们不需要你的商业才华，这个总经理，只是为了用于让政府方面认可我们真正是一家港资公司，仅此而已。所以，就目前而言，百分之一的评价，恰如其分。"

包前进微微颔首。杜炜逸的怒容也稍许缓和，承认白云天说得对。

现在的中华制造，就是个空壳公司，也只需要一个空壳公司，两千万多它不多，少它不少。所以白云天不可能就投资来判断股份多少，只能根据他个人对于公司的价值来给他定位。而他眼前最大的价值，就是扮演好一个香港富豪的公子哥，不需要他管理、不需他商业上的才华，只需要他当好一个演员，仅此而已。

演员，就值百分之一！"但是……"白云天等他平静下来，话锋一转，"就未来的发展而言，我们需要一个值得信任的、高水准的管理人员。如果你能锻炼出来，那么未来成为真正的总经理，也未尝不可，到那时，你的价值至少不低于百分之十！再考虑到你父亲在香港商业界的影响力，对未来企业拓展海外市场的作用，我认为你最少值百分之十五！"杜炜逸转怒为喜。

白云天也是看着他，微微一笑。其实杜炜逸在他蓝图中的地位，比他现在说得还要高，但他不会表露出来。先抑后扬，比先扬后抑，更能让人满足。

这就是人性！"我们提供的名单上的厂家，他们一家都没选？"

徐书记在自己的办公室内，听着秘书陈乐文的汇报，皱着眉，很是头痛地取下老花眼镜，揉了揉眉心。不是他们想甩包袱，而是要找合适的合资单位，并不如想象那么简单。如今国企的地位还很高。

就算是上级管理部门，他也不敢以行政指令的方式，强迫企业服从，担心被说是故意损坏企业、工人利益。那就只能说服。

可是，那些坐地虎一般的厂领导，也不是那么容易说服的。他们好好的土皇帝当着，凭什么放弃在厂里说一不二的地位，跑去跟港商合资？有些厂子，上级部门刚刚试探地跟他们通了个气，厂里就闹起来了，甚至还有工人组织起来，坚决反对国有资产流失，骂市委是败家子、跟港商合资是卖国，帽子一顶接一顶，吓得上级单位赶忙中止。他知道，工人之所以这么激动，其实很大一部分因素，是那些不甘权力流失的厂领导在背后作梗，故意扭曲上级意图，恐吓工人。

反正企业搞得好不好，关他们屁事！只有那些停工已久，都快活不下去的厂子，反正都要死不活了，才会有这个意愿，同意合资，尝试一下是否外来的和尚，就真的会念经。可人家港商也不是糊涂，凭啥给你接包袱？

"是的，他们通过机电工业局设备科副科长包前进，在试图接触一些军工厂矿，似乎是想走另一条路。"陈乐文不带个人情绪，实事求是汇报道。

"他们在跟军工接触？"徐书记诧异道。

难道是对我们推荐的单位不满意，所以打算自己寻找合作厂家？可为什么一定是军工？这里面会不会有什么问题！他警觉起来。

"联系的单位，都不是保密单位，只是一般的军工企业。"陈乐文明白他在警惕什么，马上说道。那就好。"军工那边有什么想法？"找军工合作也行，这样说服的工作就不需要市委来做了，徐书记想了想，问道。"兵器工业总公司乐见其成，他们也想剥离一部分不良资产。"自改革开放以来，军费拨款越来越少，许多军工都没了订单，全靠吃财政饭勉力维持。这才有了军转民。但是军转民太难了。当年为了备战，许多军工都搬到了深山，要不就钻地洞。这么远的距离，交通不便，生产出了产品光是运输就是一大难题。所以大多数军转民，都以失败告终。

兵器工业总公司之所以成立，就有统合军工资源、清理不良资产的用意。他们巴不得把那些负资产全部一扫而空，然后轻装上阵。

徐书记点点头："既然我们提供的名单他们看不上，那就尊重他们的意思，让他们自己选择合作厂家，我们只提供必要的协助就是了。"

关键是投资落地。落地就是政绩，假如那个什么电动自行车生产出来，真的大受好评，甚至能出口创汇，这份功劳也跑不了。随他们去吧……

……

军工编号一三七四五厂的单位，正式名称是苏城航空仪器仪表厂。

企业成立于1953年，主要任务是生产航空仪器仪表，服务对象是战斗机、轰炸机等军用航空器，为共和国空军建设做出了重大贡献。

然而自1980年代初起，来自空军方面的订单就日益减少，后来更是一年下来接不到一份订单。这也不奇怪，空军自己一年都新装备不了几架飞机，又怎么可能有那么多任务交给他们去做。就算有少量需求，也交给了技术力量更强的临海仪器仪表厂——这也是集中资源，保证部分重点企业。

上级单位的做法无可厚非，可是对于一三七四五厂的干部职工来说，就无异于晴天霹雳。三年来，没有一个生产任务！不说没有订单哪来的钱发工资，就算是有少量拨款，让厂里勉强饿不死人，但是三年不开工，技术工人的手也生了，长久下去，这个厂就等于是废了。没办法，人总要吃饭啊，上级不给生产任务，那就自己找活吧。一三七四五厂发挥自己技术力量强，工人业务水平高的特点，决定仿造日本进口的收录机。刚开始也还不错，以厂里技术人员的水平，仿制一款民用产品一点难度都没有，很快就拿出了产品。

最初的销售也还可以，毕竟工人业务能力过硬，质量检验严格，出厂的收录机播放质量比一般的国产货强不少，很是热销了一阵。

然而好景不长。随着人民群众满足了最基本的物质生活需求，逐渐开始变得挑剔起来。一三七四五厂生产的收录机，质量没得话说，但与此同时，也带着浓厚的军工烙印，那就是不重视外观设计。

他们生产的收录机，外观难看，设计极其不人性化，制作粗糙。出厂销售的收录机，一些边角处甚至还有毛边都没有清理干净，用户对此很不满意。

在与进口货、部分做工精良的国营厂家的竞争中，一三七四五厂逐渐败下阵来，销量逐年下滑。厂里不是没有想过改进，然而由于种种原因成效甚微。

更大的毛病，是成本太高！一三七四五厂从事航空仪器仪表生产这么多年，质量问题已经深深烙印在了每一个干部职工的脑海深处，生产收录机也像做军工那么认真负责，每一个零部件都精益求精，质量是上去了，可是成本也打着滚地往上翻。

人家国产录音机，都是随着生产工艺的熟悉、提高，逐年降价，他们厂的收录机却是数年如一日，雷打不动。不敢降啊！一降就亏本，哪还能挣钱养活厂子。

这么做的后果，就是销量越来越低，库房里积压的录音机越来越多。

而三角债务，又使得厂子的经营雪上加霜，变得更加困难。

到了去年底，供货厂家长期拿不到货款，终于决定终止跟一三七四五厂的合作，停止供货。全厂干部职工急得团团转，甚至组织所有的职工到街上摆摊，推销收录机，但成效等于零。夏天时，厂里最后一点流动资金也消耗一空，再也拿不出一点钱来投入生产，被迫停工。就在全厂干部职工欲哭无泪，已经走投无路的时候，忽然接到了兵器工业总公司打来的电话。即将有港商前来考察！

一根不知道有没有用的救命稻草，就这样从天而降，突如其来落了下来。

一辆军绿色吉普、一辆丰田花冠、一辆加长型克莱斯勒组成了一支风格怪异的车队，从苏城西门景德桥驶出，继续向西快速行驶。"希望这次我们不会白跑一趟。"

克莱斯勒的后座上，杜炜逸表情郁闷，苦笑着对身边的白云天说道。"争取吧……"白云天闭上双目，不能肯定地轻声说道。和变速自行车比起来，电动自行车虽然都叫自行车，但是加工难度却大幅提升。尤其是电机、控制器部分，涉及计算机软硬件、精密制造，制造要求提升了不止一个数量级，根本不是商机厂这种小型通用机械厂可以胜任的。就算在军工系统，也不是每个单位都做。

所以当军工方面询问所需要的合作厂家时，白云天优先选择的是技术力量相对较强、行业相近的企业。他第一家提出考察的单位，便是同样从事电机制造的特种电机厂。然而兵器总公司试探下来，特种电机厂上上下下反应极其强烈，坚决反对与"外商"合作，电话中的措辞相当强硬。对方的党委书记明确表示，哪怕厂子垮了，所有人都去要饭，也绝不将厂子卖给"外国人"！连续试探了好几家，情况都很不乐观。有些是基于朴素的阶级感情，觉得这样做是在出卖国家利益；有的是企业领导狮子大开口，要求合资以后，继续担任合资企业的最高领导；有的是厂干部同意，但工人强烈反对……种种原因，让合资对象的寻觅困难重重。

今天要去的这家，军工编号一三七四五厂的航空仪器仪表厂，跟电机生产其实并不对口。只是考虑到他们技术力量很强，企业主要领导态度还算配合，下面工人也没表现出太强烈的反对，所以在征求了杜炜逸的意见以后，他们被列为合作的主要对象。但据联系人透露，这家厂里同样存在着反对合资的声音，只不过没有其他几家那么强烈罢了，联系人要他们做好心理准备，不要抱特别大的信心。

兵器工业总公司，对这次合作，还是很有诚意的。

为了协调双方关系，表示上级单位对合资办厂的支持，专门派了机构改革规划处的一名袁副处长过来，陪同他们进厂考察，并亲自主持合资洽谈。

一三七四五厂位于苏城郊外，距离市区七公里。

车队穿越多条河流，跨过好几座石桥，远远在农田水乡之间，看到一条红砖砌成的围墙上方，露出一座座高大的红砖厂房。

这就是苏城航空仪器仪表厂。还没到厂门口，就见大门上挂着一条红色的横幅"热烈欢迎兵器工业总公司莅临指导"。一支西服、中山装、军装混杂的欢迎队伍，已经候在了大门外。这时代还没有手机，车队也是在出发前才给厂部打了个电话作为通知。由此可见，这些人至少在这里等了半个小时左右。

"袁处长，欢迎欢迎，我是航仪厂的党委书记马向阳，这是我们厂的厂长任荣，这是我们厂的副书记何春华……"车队刚停稳，一名五十左右、气度威严的老干部，就带着一干厂领导迎了上来，向从花冠车上下来的袁副处长，一一介绍厂里的相关领导。"你好，你好……"袁处长态度温和，挨个跟他们握手，又将从后面克莱斯勒下来的杜炜逸介绍给他们，至于白云天，表面上只是杜炜逸的技术顾问，便没有介绍。"请袁处长给我们说两句，大家欢迎！"介绍完毕，马书记便带头鼓掌，邀请袁处长做现场指示。

袁处长面带笑容，连连作势下压，示意不要鼓掌："同志们客气了，我只是受总公司委托，前来协助联系合资单位，没有什么要说的。"

他知道航仪厂的厂领导，想听什么，但他要说的，必然会让他们失望。

而且是彻底失望。"随便说两句嘛！"马书记不肯放过，还想坚持。

"那好，既然大家一定要我说两句，那我就简单说下总公司领导的态度。"袁处长无可推却，沉吟了一下，无奈答应简单说两句，脸上的笑容渐渐褪去。

见他表情认真，一众厂领导也严肃起来。

"大家都知道，自从十一届三中全会以来，国家就将重心转向经济建设。随着世界局势的变化，我们与美苏相继由对抗转向合作，全球的总体局势是趋向于和平。

总公司领导认为，在这种大形势下，我们军工人也要转变思想，要从传统的重视数量，向高科技武器研究、制造转变。去年的海湾战争，更是向我们指明了未来的发展方向：不提高我们的军工科技水平，朝高、精、尖方向发展，哪怕有再多的坦克、大炮，以后也是会落后挨打的！因此，我们有必要集中资源，集中力量办大事。在这个过程中，部分厂矿会被合并、裁撤，更多的军工企业，会由军工生产，转向民用生产。这是大势所趋，不以个人意志为转移。

军转民，有些企业会先走，有些会后走。但无论是先走还是后走，都要走！

我相信，我们军工人，以前能为国防做出巨大的贡献，那么在未来的军转民过程中，也一样能发挥我们一不怕苦二不怕死的优良传统，奋力拼搏，为国家的经济建设，做出应有的贡献！我的话就这些。"

随着他胳膊大力挥落，慷慨激昂的结束词，马向阳等一干厂领导一起用力鼓掌。

只是，在他们的脸上，看不到一丁点笑容。

袁处长这番话，明确向他们传达了总公司的态度，没有给他们任何幻想的空间：军转民，势在必行！

一三七四五厂，没有可能再重获军工订单，势必要从军工队伍中被淘汰！

只是企业未来到底是被裁撤，还是合并，或者是自谋出路，抑或是跟海外投资者成立合资企业，由企业自行选择。

但除非是自己在市场经济中杀出一条血路，生存下来，否则一三七四五厂这个名字，都将成为过去！

残酷的现实，就摆在他们面前！他们必须丢掉幻想，认真地面对这次有可能决定企业未来生死的考察。

第二十四章　谈判成功

马书记挤出一丝笑容，邀请袁处长一行人先去厂办大楼休息。

白云天凑到袁处长身边，低声说了两句。"港商方面，希望先在厂里走走看看，你们意下如何？"袁处长脸上又恢复了笑容，笑呵呵地看着马书记，问道。

"没问题，没问题！"袁处长传达的信息，打破了一三七四五厂最后的侥幸，马书记在面对白云天、杜炜逸等人的时候，脸上的笑容真诚了许多，带着他们拾步而行，热心地向他们介绍厂里的情况，耐心地回答白云天等人提出的问题。

在军工系统中，航仪厂不算太大，但也不绝非小厂。全厂一共有三千多名员工，可以归类于大厂行列，仅比机床、发动机、飞机厂等动辄上万、数万人的超大型国企，稍小一点。因为是在郊区，所以厂区规模很大。

厂区占地总计两百一十九亩，在这片四面环水的地块中，占据了大半的面积。

其东西宽三百零五米，南北长四百七十九米，是一个南北向的长方块。这个面积，基本相当于市区内，一整个街区的面积，非常大。厂内格局和大多数军工企业类似，前面是家属区，后方是工作区。家属区种了很多树，不少树木已经有几十上百年的树龄，枝繁叶茂，走在其中，像是进了一个公园，而不是一个普普通通的工厂家属区。像这个时代的大多数国企一样，一三七四五厂也是搞的大而全、小而全这一套。厂内有自己的工人俱乐部，有一座小型的厂区医院，有幼儿园、小学、初中，有游泳池，还有自己的派出所、保卫处，甚至有一个装备着高炮、高射机枪的民兵防空连。因为是军工企业，家属区与工厂区之间，有围墙相隔。从家属区进入厂区，需要经过一道铁门。而铁门前，甚至有荷枪实弹的现役军人把守。

只是由于厂区停产已久，厂内只有相关的设备，不再存在需要保密的地方。除了几个存放航空仪表的仓库不许进入，其他厂房、车间，都任由他们参观。

一三七四五厂，内部有三个分厂、十四个车间，有自己的电冶车间，可以自己精炼仪器仪表所用的合金材料。有自己的热处理车间，热处理设备比商机厂那座简易热处理炉强不知多少倍，一点也不比专业的齿轮厂、刃具厂的热处理水平差。

并且，厂内除了厂部的技术科，还有一所独立的研究所。研究所拥有一支三十余人的研究队伍，全部都是大学理工科毕业，其中所长还是1950年代从清华大学分配过来，具有相当的技术实力。杜炜逸不懂技术，一路走马观花。

白云天却仔细向马书记询问厂里的各种设备型号、数量、加工参数，然后与脑子里吸收的制造史相关数据进行对比，确认航仪厂的加工制造能力。

据马书记介绍，仪器仪表属于精密制造业，且因军用航空仪器仪表的特殊性，厂里的设备，除了少量用于初加工的通用机床，其他全部是专门制造军用产品的特殊设备。其制造精度，基本达到了国内的先进水平，仅比个别顶尖军工企业略逊一筹。

而且由于仪器仪表的制造精度要求极高，所以厂里有多名八级工，车工、磨工、热处理工中各有一名八级技工，同时还有七八个七级工，六级工更是多达四五十人之多。就算是最普通的车间工人，最差都是五级工！

赚到了，赚到了！白云天听得口水都快流出来了，差点就要掩饰不住对这家厂的觊觎之色。在他看来，这家厂简直是太牛了！最棒的制造设备，最好的技工，结合起来发挥好了，能做出不逊于国外最先进的设备——少量制造的话。

企业之所以落到今天这个地步，纯粹是企业领导不会经营，不知道将自己的特长发挥出来，寻找到适销对路的产品，更不会营销。此非战之罪，完全是一将无能，累死三军！当然，也不能怪这些厂领导。几十年来，他们习惯了按照上级意图生产，基本上已经失去了洞察市场需求的观察力。突然取消订单，无异于不给救生圈，直接扔到水里，让他们学着游泳。一三七四五厂起码还没有淹死，而是游起来了。

他们至少曾经通过仿制日本的录音机，获得了一口喘息之机。只可惜他们在暂时活下来之后，仍摆脱不了旧有的痼疾，没有清醒认识到军工生产与民品生产的区别，一味提倡高质量，抬高了成本，又不懂得产品外观设计，才再次跌入困境。

他们不缺技术力量，只缺一个合格的统帅而已！而白云天，认为自己，就是这时代当之无愧最优秀的统帅！如果把这个厂拿到手，只要有一到两年的积累时间，他的许多设想，便可以借此得以实现。要想实现跨越式发展，这就是一个最好的机会！这么大个工厂，内部又有那么多车间，白云天又一边走一边问，全部看完下来，用了足足两个多小时。

袁处长拒绝了厂领导的好意，全程陪着他们，走了两个多小时，走得满头都是大汗。这也体现了总公司，对于推动此次合作的决心！资源要整合，当然要切割那些不赚钱，反而需要不断投入的不良资产。

对于总公司而言，除了极个别特别重要的企业，其他万人以下的中小企业，都属于不良资产，巴不得全部丢出去，然后无重一身轻，可以甩开包袱大步前行。

难得有一个港商，愿意来接包袱，袁处长接到的命令，就是务必促成此次合资——哪怕吃点亏都行！回到厂部办公楼，在三楼会议室坐下，他当仁不让地坐在主席席位，一三七四五厂领导、杜炜逸白云天所代表的投资商，隔着椭圆形会议桌，相对而坐。一副正规的谈判架势。

"下面我代表兵器工业总公司，主持这次合资洽谈会。在会议开始之前，我再转达一下总公司领导的意见：军转民，是军工转型的必走之路，公司领导全力支持。我也代表我个人，预祝此次会议取得圆满成果！下面洽谈会正式开始！"

听到这开幕词，马书记等人一脸苦涩，杜炜逸、白云天却是满面春风。

周英祥慢慢地向厂区走去。家属区与工厂区之间的隔离门处，站岗的军人仍尽忠职守，把守着后面静悄悄的厂区。但当他走进去的时候，对方并没有检查他的工作证，只是目送着他，佝偻着背，慢吞吞绕过横杆，向着总厂走去。

周英祥，一三七四五厂唯一一名八级车工。厂里中生代、新生代的车工，百分之六十都是他教出来的。八名七级工里面，有三名都是他的徒弟。厂里最年轻的青工，要叫他师爷。他的脸，就是出入的工作证。

周英祥来到精工车间，取出钥匙打开大门。尽管高大的厂房，足有四层楼高，上下开有两层玻璃窗用于透光，但没有开灯的车间里，光线仍显不足，略微有些阴暗。

一排排机床，就像是潜伏的怪兽，露出狰狞的棱角。周英祥目光转动，缓缓地从第一排，一直看到另一头的最后一排。这里的每一台机床，他都铭记在心。

哪些是从其他厂购入的，哪些是厂里自制的。购入的时间他能具体到天，自制的设备通过正式验收他能精确到小时，一点一滴，就像是演电影一般，在他脑海中浮现出来，没有丝毫的模糊。他沿着生产通道，缓缓走到正对大门，西北角的那台车床前站定，久久地凝视着它。浑浊的眼睛中，所流露出来的神情，比看自己妻子更加温柔。

比起周边的车床，这台车床体型更加硕大，横卧在地面，就如同猛兽之王。

他清晰地记得，这台车床是 1953 年 7 月 2 日进的厂。

车床是从东北万里迢迢运过来的，在此之前，它曾在国民党的火炮厂工作过。更早的时候，它在伪满洲国的军工厂里。再早的时候，它还曾在张作霖的军工厂里，发出机器的轰鸣，飞速地运转着。它的制造厂家，是日本的三菱重工。

到今天，它已经六十八岁了，比周英祥还大五岁。就是这台车床，陪伴着周英祥，度过了四十年光阴，从青年，迈入老年，从一个没有文化的新进厂工人，变成了这座厂里年资最老的祖师爷。后来随着国家的制造能力逐步提升，厂里配备了越来越多的国产车床，许多车床的制造精度，还超过了这台老车床。但他从来没有换过，依然开着这台比他年纪还大的车床，为工厂加工出一个又一个的精密零部件。

虽然车床很老了，可在他的手上，加工出来的零部件，精度丝毫不比后来那些国产甚至进口车床差。这无关于车床本身的加工精度，因为在他手里，加工已经不是一种技术，而变成了"艺术"！他能根据车床转动的每一丝震动，精确地把握住最正确地给进量，让这台老旧的车床，发挥出超出其本身加工水准的能力！因为诚而精，因为精而近乎于道。这就是他的绝技！

然而自从三年前，工厂停工开始，他的老伙计就没有再转动过，就这样静悄悄地躺在这里，像他一样，慢慢地老去，直到被人遗忘。

周英祥打开厚木制作的工具箱，取出一团新棉纱，打开一桶机油，将散发着金黄色泽的机油倒在棉纱上，慢慢将其浸透、淹没，让每一根棉纱，都饱满地吸足了机油。他握着棉纱，来到机床前蹲下，像往常一样，一丝不苟地擦拭起来，连每一颗螺丝都不放过。静静地厂房里，只有他一个人，在默默地擦拭着机床。

阳光斜射，将一条长长的人影，投射进来。

冷清的厂区，忽然变得热闹起来，外面传来了很多人说话的声音，闹哄哄地什么也听不清。"师傅，会议开始了！"一个中年人浑厚的声音，在他背后响起，声音里，带着几丝迷茫。"嗯！"周英祥嗯了一声，仍旧专注地才擦拭着。

"厂里所有的人都来了，就连退休工人也来了，都等在办公楼外，等待消息。"中年人又说道。怪不得外面那么闹。

"大家都怕，怕这次谈判会吃亏。"中年人继续唠唠叨叨说着外面的情况。

有陪同考察的厂办工作人员透露，总公司来的袁处长表态了，航仪厂要么接受合资，要么就自己挣扎出一条路来，反正上面下定决心，不管航仪厂的死活了。

听到这个消息，全厂所有人都绝望了。他们虽然没有明说，但心里是极端抗拒这次与港商合资的。

他们怕，怕自己的利益受损。周英祥手停住了，直愣愣地望着眼前的机床，两眼茫然。他不相信国家会真的不管了，而且他也不知道如何面对这种从未遇到过的情况。他感到无尽的惶恐。他的青春，他的毕生都献给了航仪厂，如果这个厂不在了，那他还剩下些什么？厂办里，不停地有人将会谈情况，向外传达。

　　中年人也来回穿梭，将听来的消息，转述给周英祥。

　　"那个香港商人表示，对航仪厂的情况非常满意，决定正式展开跟厂子的合资洽谈……"周英祥手一抖。这个厂，是他亲自参与，一手一脚建立壮大起来的，厂子成长的每一步，都浸透了他的汗水，甚至还有鲜血。可是，这个厂就要卖给外人了！他接受不了！他感到极度的痛苦，一种悲愤莫名的情绪，在胸腔积聚，让他喘不过气来。"港商说了，他们要占绝对股份，企业的管理要由他们说了算……"中年人再次传来消息。"不可能！这是国家的企业！"周英祥怒吼道，他手指死死地攥着纱团，金黄的机油从棉纱中像水一样被挤出来，流到地上，在他脚下聚成一摊。

　　"马书记拒绝了港商的要求，明确表示管理必须依靠现有的干部……"

　　"马书记表示，港商所占的股份，不能超过一半……"

　　"港商表示，企业现干部层，可以部分留用，但是需由他们考核通过以后，再分配到合适的岗位……""马书记坚决不同意，表示要么全部留下，要么就反对这次合作……"中年人来来回回，将会谈的过程，一五一十，转述给他师傅。

　　通过传出来的消息，所有人都明白，谈判已经陷入僵局。

　　"我建议大家先休息几分钟，冷静下来再继续，这样谈下去，是谈不出什么结果的！"会议室内，烟雾弥漫。一三七四五厂那边，人手一支香烟。这边，杜炜逸、何长盛、包文山，以及两名临时充作工作人员的保镖李强、姜杰，也是烟不离手。

　　所有人都不停地抽着烟，一支还没抽完，就接上另一支。会议室不算小，可是烟雾来不及消散，就有新的烟雾加进来，让房间里烟雾缭绕，犹如大雾笼罩。只可惜这个雾，太过呛人。白云天努力克制，仍是被呛得不停咳嗽，眼泪不停地流，眼睛都被熏得睁不开了。天！如果再不休会，他怕自己会被熏晕过去。

　　"好！先休息几分钟。我看小白顾问已经快憋不住了，不如先去洗把脸吧……"袁处长手里也捏着一支烟，虚着眼坐在主位，见谈判陷入僵局，双方已经不是在谈判，而是在赌气，便当机立断，同意暂时休会。白云天在他同意的一瞬间，就连滚带爬冲出会议室，留下身后一阵哄笑。他冲到走廊尽头的自来水池，扭开水龙头，捧着水就往脸上泼。太难受了！"你不会抽烟？"何长盛带着笑意的声音在身后响起，"其实你可以学着抽，习惯了就好了。"

干脆出去抽！白云天没好气地又往脸上泼了几捧水。

星际时代，禁绝香烟简直太正确不过了，这哪是享受，简直就是受刑！"这谈判怕是进行不下去了……"何长盛漫不经心地又在身后说道。

"我看他们一点诚意也没有。"杜炜逸也跟了过来，愁眉苦脸地说道。

"要不我们让让步？"包文山怯生生地建议道。"不行！"杜炜逸、何长盛同声厉喝道。"股份不过半，我们就没有话语权，航仪厂想怎么经营就怎么经营，我们不过是送宝童子，这是绝对不能允许的。""那就只能放弃，我们再另找下家……"包文山垂头丧气道。"再找下家也难！我看这些国企都是一个样，跟他们说什么都油盐不进！我说就不该来内地！"何长盛明显不看好这次合作，当然也有故意泼冷水的含义，悲观道。"就是这家厂！我选定它了！"白云天洗了半天，眼里火烧火燎的感觉终于褪去。只是他的眼睛里，仍残留着许多血丝。

"可我们跟他们根本谈不下去，双方的要求差距太大了！"杜炜逸郁闷道。

"错！我们跟他们根本没有利益冲突！是你一开始，就被他们带偏了，搞错了我们的目的——我们求的是合资，不是并吞！"白云天用泛红的眼球，盯着杜炜逸说道。他开始放任杜炜逸主谈，给他实践的机会，但是现在，他必须出面了。

回到会议室，白云天不管已是十二月，毫不客气打开屋顶吊扇，将屋里的烟雾吹走。屋内没有空调，风扇一转，所有人都哇哇直叫。便是袁处长，都打了个哆嗦。

"麻烦大家稍微克制一点，少抽点烟好吗？我不是不让大家抽，只是略微少抽一点，这样对我们都好。"白云天笑眯眯地说道，但是他兔子一样红通通的眼睛，让其他人都感到好笑。"都少抽一点！"袁处长笑着说道，正准备伸手去抓烟，又咳嗽了一声，缩了回来。众人都笑。

"下面我们继续，"白云天也不坐下，站着就宣布继续谈判，"这次我们并非要并吞航仪厂，而是来寻求合作，所以我们之间并无直接矛盾，诸位无须对我们表现出强烈的敌意……""哪有！我们只是就事论事罢了！"一位副书记大声反驳道。

"好！陈书记既然这么说，那我就信了！既然就事论事，我们就来就事论事。

假设，我是说，假设我们根本不与航仪厂合资，只是寻求代工，你们愿意吗？"白云天开门见山，直接问道。他这话一说，会议室内沉闷的气氛顿时变得活跃起来，一众厂领导都振作了精神。"当然愿意了！你打算请我们代工？"

"好！这第一步，就算我们谈成了，你们没有意见吧？"白云天紧扣话题。

一群人相互看看，齐声道："没有意见！"袁处长见到谈判开始走上正轨，也是松了口气，笑眯眯取出一支烟，点燃，全然忘了刚才的承诺。"那么接下来，我们租用贵厂用于录音机生产的二分厂，从厂房到设备，全部都租用，贵厂同意吗？"白云天不给他们思索的时间，一环扣一环，又问道。难道还要我求着你们不成！

"这……"马书记哑然。犹豫了一会儿，他才不确定地说道："你给多少钱？"

"钱的事，我们再谈，先确定能不能租！"白云天才不跟着他们的节奏走，单刀直入道。"只要价格合适，可以！"马书记也不纠缠，爽快道。

"OK！那么第二步，我们也达成共识了！"白云天满意地点点头。

杜炜逸就在旁边，仰头看着他，眼神复杂。"光有厂房、设备，是没法开工的。我想从厂里招一批工人，你们同意吗？"白云天再接再厉，又问道。

"这个……"房间里渐渐安静下来，航仪厂一干领导，眼睛里闪烁着怪异的眼神，感觉自己被这小子带进了沟里。代工，这是好事，他们自然乐意。

租用分厂，也可以。那么，接下来就是招聘工人，前面两点都同意了，那么第三点，他们又有什么理由拒绝？可是这么一来，他们就被动了。

有厂房，有设备，又有工人，那么白云天他们就完全可以甩开航仪厂，自己生产。

那还有他们什么事！这小子太阴了！

这是一个圈套接着一个圈套，把他们逼到了墙角上。如果连这也反对，那袁处长就有理由出来干涉了。这比合资带来的结果，还要糟糕。

合资起码航仪厂还能从中受益，但是照白云天所说，他们除了每年可以收到一定的厂房设备租赁费，其他一分钱都拿不到！

如果之前，也就算了，多少有点收入。可他们现在却是知道，对方手中有着稳赚不赔的项目，再让他们接受承包，就有些接受不了了。马书记手指夹着香烟，却久久没有抽一口，坐在位置上，呆呆地看着对面站着的白云天，半天说不出话来。

他忽然，很想像以前一样，拍桌子骂人。这家伙，太混蛋了！

"结果出来了！""哦？"周英祥围着车床来回观察，经过几个小时的擦拭，这台老机床没有留下一点锈迹，就连名牌都被擦得油光锃亮，表面镀铬的部位，更是熠熠生辉。"厂里最终决定，将二分厂拿出来跟港商合资。其中港商出资两千万港币，二厂则以厂房、设备，折旧后账本上实际价值入资，计算各自所占比例。合资后，二分厂改称中华制造苏城总厂！"周英祥停下脚步："二分厂？"

"对！""那二厂的工人呢？"他首次流露出关切的神色，盯着徒弟问道。

对于合资，反对的声音为什么会那么大？担心国有资产被外资侵吞是一方面，更重要的是害怕自己会因此失去工作。这个时代的工人，是终身雇佣制，自进厂之日起，生老病死，都在这家企业，可说是一辈子不再用为吃饭发愁，这就是所谓的铁饭碗。工人的铁饭碗，与企业紧密相关。企业都不在了，哪还有什么铁饭碗？

工厂在，即便境况再差，它名义上还是国家的，就有国家来托底。一旦企业被外人接管——不论是外资还是港资，抑或是私人老板，企业就改名姓资了，既然性质都变了，国家肯定就彻底撒手。企业经营得好，得利的是老板；企业经营不下去，垮了也就垮了，工人全部都要跟着倒霉。这才是那些干部和工人抵制合资企业的真正原因。但是这次谈判，代表总公司来的袁处长，还没进厂，就旗帜鲜明地表示，不管合不合资，总公司都下定决心，不会再为航仪厂托底。

这个表态，击穿了全厂最后的心理防线。要想活下去，合资成为必然。

航仪厂的厂领导，能够坚守底线，保住总厂及一、三两个分厂，在周英祥看来，已经相当不容易了。更何况，他的编制在总厂，合资并未影响到他，因此只觉得松了一口气。接下来，才是为二厂的那些干部职工，表现出一丝担忧。

那可是六百多名职工！"港商同意，所有在职工人全部留用，但同时表示，要择优上岗……""他们这是什么意思？"周英祥刚为二厂的同事高兴了没一秒钟，又听到需要择优上岗，感觉会不会是港商耍的花招，不由马上关切道。"对方解释：人员留用，是继续保留他们在厂里的编制，但必须经过考核，合格后才能上岗。未通过考核的工人，只发基本工资，其他奖金、补贴一概取消……"

周英祥怒气冲冲，当场就气得咳嗽起来："咳咳，怎么，咳，怎么能这样！简直不像话！同工同酬，这是国家的规定，怎么能允许他们乱来！"

"师傅！您先别生气！"中年人赶紧上前，搀着他胳膊，拍着他背，帮他顺气，"对方还说了，这钱算是厂里给的基本生活保障，让他们可以生活无忧。虽然没通过考核，但允许他们自主择业，出去做小买卖也好，外面接零工也好，到其他厂上班也好，厂里都不管，会继续按照基本工资每月发到他们的工资存折上。"

"这是他们说的？"周英祥紧紧拽这徒弟手，疑惑地问道。

照这么说，那对方给的条件也太好了吧。基本工资算每人两百，六百人那就是十二万！每月啥都不干，二话不说先给十二万。

这也太豪气了！一边拿着厂里给的工资，一边还能自己出去找活，同时挣两份钱，到时候，怕是总厂和其他分厂的职工，都会羡慕得两眼发红。

不干活也有钱拿，能通过考核的职工，搞不好都会想法不通过了。

这还是资本家？对方给出的优惠太好，倒让周英祥不敢相信了。

"没错！他们那个年轻的总经理还说了，为了编制明年的预算，打算对二厂的工人进行一次全面体检，根据体检结果，预估出下年度的医疗费用额度……"中年人语气中带着几丝羡慕，几分感激地说道。"他们还免费给二厂的人体检？"周英祥惊得目瞪口呆。港商来之前，他们可是把对方当作洪水猛兽来防。结果对方不但没提苛刻的条件，反而一再展示善意。这，跟他们的想象出入也太大了。

"不光是二厂……"徒弟高兴地说道，"当时他那个首席技术顾问，在他旁边说了几句，那个总经理就改口说，除了二厂，对总厂、其他分厂也一视同仁，都可以免费参加这次体检，算作是他们到来后，给的一次福利吧。另外，以后每年都会组织一次全厂的免费体检！"周英祥张大了嘴，已经说不出话来。

在他内心中，已经不再为二厂的人感到担心，反而隐隐有些羡慕起来。

这个老板太仁义了。若不是留恋那份铁饭碗，他都有些想到新成立的合资工厂上班了。不但是他，闻讯自发聚集起来的工人，在听说了最终的洽谈结果以后，都放了心。甚至二厂以外的其他工人，还很不是滋味地说了些酸话。

而原本忧心忡忡的二厂工人，则是笑得合不拢嘴，为自己的好运气庆幸不已。

有些人，已经开始暗暗盘算，在拿着厂里给的工资同时，如何经营自己的事业。

"云天，你也太好心了吧，每月白白就拿出十二万出去。我知道你是想收买人心，可做得太过了！你这么做，不一定会让工人感激，说不定反会被他们当作傻瓜。人都是好逸恶劳的，一边可以从我们这边拿钱，一边又可以做自己的事，谁还愿来厂里上班吃苦。这次上岗前考核，我看搞不好一个人都找不到！"

已经被工人扣上了人傻钱多帽子的杜炜逸，此时正痛心疾首地批评着白云天。

"吃亏？不，我们是赚了大便宜！"白云天的账，跟他们的算法都截然不同。

按照合资协议，航仪厂是拿二厂的厂房、设备，作为合资筹码。

可是这时代，在计算企业价值时，只算厂房价值，而完全忽略了地皮价格。

并且，二厂原本是用于录音机制造。说是制造，其实航仪厂只是自己做外壳、电路板等少量配件，主要元器件都是外购的散件，实际就是一个组装厂。

因此根据协议，录音机制造设备合资厂一个不要，全部退还，然后重新拟定一个设备清单，从其他厂调入。这些新调入的设备，按照折旧后账本上的现值计算。

仅此一项，合资厂就赚大发了！

第二十四章 谈判成功

第二十五章　福利

国内几十年来，实行的都是计划经济。计划经济就是将国家的方方面面，全部按照计划进行规划。从工人的工资，到物价；从原材料采集，到流通、制造、销售，全部都在计划范畴之内。而且人民币的币值，是直接比照美元。

最高的时候，人民币兑美元曾达到过一点四九人民币兑一美元的汇率。

以当时人民币在国际上的流通程度，这个汇率显然除了自娱自乐，毫无意义。

也就是到了近些年，国内才逐渐承认现实，将人民币汇率逐年下调，按照今年的最新汇率，五点五人民币才能兑换一美元。汇率下调了，但是工人的工资还没怎么变。本地城市人口的平均月工资，也才一百七十多块，不到两百。

不算汇率差异，单是工资数额，仅有美国的十分之一。若是再算上汇率差，两国工人的工资差额，甚至达到了五六十倍之悬殊！

故此，国内的实际工业产品价格，非常低。就拿航仪厂的这些机床来说，对比与美国的同类设备，价格只有对方的十分之一到二十分之一。

扣除折旧，其价值简直是百不足一！这些设备，从制造效率、加工精密程度、自动化程度来说，自然是不如国际先进设备优良，但也是国内先进水平。

尤其这些还不是通用设备，而是专用于仪器仪表行业的特种精密制造设备，价值更高。然而在账本上，这些设备总值才仅仅五千余万！

白云天心中拟定的设备清单，账本现值充其量能够达到四百来万，但要是从国外进口同类设备，至少要花两千万，且是美元！这么大的价差，简直不可想象！得了这么大便宜，帮着安置一下工人，算得了什么？地皮、设备、厂房，其实际价值加起来，少说也价值好几千万，未来甚至上亿也不止。

现在充作入股资本，折价总值才六百来万，他们根本是赚翻了。

其实在白云天眼中，钱，不算什么。赚再多，也就是个数字罢了。

他看中的，始终是自己的制造能力的提高。多了这些专用设备自然是意外之喜，而那些高水平的工人，才是实现他未来目标的根本所在。

在这个时代，工人的培训周期是漫长的，优秀工人是极少的，顶尖技工那就是凤毛麟角。能够将这些人绑上战车，为他的事业添砖加瓦，他就毫不介意将全厂三千多工人全部养起来。眼前才仅是二厂的六百来人，算得了什么。

所有能用钱解决的问题，都不是问题！当然，眼界不同，看问题的角度也不同。

对杜炜逸、何长盛这种商人，他只谈钱。在将合资以后，在地皮、设备上的好处简单讲解了一下，就立即让这两人满面红光，击掌赞叹，坚决拥护他的决定。

所谓打造有凝聚力的集体，就是将不同人的不同利益诉求激发出来，共同向着一个方向努力。如此，则凝聚力自现。"好家伙，这么多人！"

周英祥看着厂医院外面，里三层外三层，到处都是黑压压的人头，很是震撼。

自从企业停工以来，好久没见到人群这么密集的场景了。

福利一词，诱惑太大。计划经济过来的人，对福利习以为常。

逢年过节，企业发放各种福利，已经是惯例。在这些明面的福利之外，还有隐性福利。商场的员工，能够不需各种票证、不用排队，就能买到紧缺商品。在家家户户一年吃不上几次肉的时候，屠宰场的职工，每月都有定量肉类供应。

工厂的工人，可以免费使用公家的设备，做自己的私活。

即将成立的合资厂，打算给全体干部职工来一次免费体检，大家都将之视为一种新的福利。既然是福利，当然不要白不要，于是，除了极个别发扬风格的人，其他能来的人基本上都来了。就算是职工家属，也都来了，想着免费的便宜不占白不占，悄悄过来浑水摸鱼。小气的何长盛最先发现不对，跑来请示。

白云天自然是统统放行。体检无非是测测身高，量量血压，检测一下肺部有没有问题，按按肚子看看内部是否有异常病变，再抽个饿血，检查一下指标，能花得了几个钱。打死也就几万块钱。来是好事。

说实话，福利既是时代特征，又是笼络职工最有效的方法。对比不同单位的福利待遇，是这个时代职工最喜欢做的事情。这可以让他们精神愉悦，间接提高对于企业的忠诚度。花小钱，办大事。值！航仪厂有自己的厂医院，不过医生不多，科室设置不全面，只能看个感冒之类的常见病。

真要有个大病，还是得去市里的大医院。

　　这次来参加免费体检的职工和家属，粗略估计就有六七千人，足足比工人总数翻了一番还多。厂医院里十几名医生集体上阵，根本忙不过来。

　　人群就像潮水一样，乌泱泱一拨过来，医生像是打仗一样，忙着给每个人快速测量完身体数据，就赶紧让他们离开，去下一个科室测量下一指标。

　　这拨才出去，下一拨，又乌泱泱涌进来一屋子人。

　　从早到晚，就没个停歇，就连上个厕所，都是连奔带跑，快速处理完，然后又撒丫子赶回来，继续给新来的职工进行体检。医生们很累，但他们很高兴。

　　这次体检，港商很大方地给出了高额补贴，只要忙完，每人就能拿到一千块钱的特殊奖金。一千块啊。这都是半年的收入了！看在这笔钱的份上，厂医院这些医生、护士，也要玩了命地坚持。周英祥没有像其他人一样，慢慢排队。

　　以他在厂里的资格、地位、号召力，所有人都主动让他先体检。

　　老头子也习惯了这种特殊待遇，坦然接受了。

　　别人还没开始第一项体检项目，他已经完成了其他项目，只剩下最后一个脑波透视还没做。"脑透视？这是什么？"周英祥看着体检表上，最后一个项目，有些摸不着头脑。他听过心电图，听过 X 光透视，听过最新的 B 超，可是从来没听过，还有个脑透视的。前面检查的医生，也不知道这是什么玩意儿。

　　据说，这是国外最新的医学科技，需要特殊的检测仪器，成本较高。所以无法惠及所有职工，只有少数领导，以及高级技术人员才能参加。

　　周英祥，也名列其中。周英祥还是很高兴的。

　　这体现了他在厂里的地位，体现了自身的价值，虽说有些脱离群众，可他心里还是挺享受的。来到厂医院二楼，右侧最靠里的一间，由病房临时改做的体检房间，他看到黄色的大门上，贴着"脑波透视"四个大字的白纸。

　　就是这里了。周英祥推开门，惊讶地发现，穿着白大褂，坐在诊断桌后面的，竟然是那个名叫白云天的港商首席技术顾问！"怎么是你？医生呢？"他狐疑地问道。"这个脑波透视仪，是国外的最新医学成果，国内医生都不会用。我正好在去香港时，请教过这个仪器的使用方法，所以只好暂时过来，充当一下操作员了。"白云天露出标准的八颗牙，礼貌地站起身，微笑着请他坐下。

　　"这玩意儿到底是检测什么的？"周英祥按他指示，在一张单人沙发上坐了下来，头向后仰，靠在沙发背上。"放轻松，就当是休息，想睡就睡一会儿也没关系，醒过来就检测好了。"白云天放低语气，用类似催眠的方式，示意他放松，然后才解释道，"这个仪器是用来透视大脑的，可以检测大脑内部有没有异常病变，及时发现病因，避免因为耽误而造成严重后果。"他这话，倒不是瞎说。

学习机虽然不是专职用于健康监测的，但它本身就是一台脑波检测仪。通过脑波扫描，学习机能够及时发现大脑内部存在的病变，提醒用户及时就医。

但这只是它的附带功能，谁也不会真把它当作家庭健康诊断仪来用。

在星际时代，专用的健康监测设备太多了，还轮不到它唱主角。

不过在这个时代，拿来蒙人足够了。白云天安抚着周英祥的情绪，让他放松思维，然后拖过一个移动式铝合金架。这个铝合金架，还是他在商机厂昨天才焊接完成。

经过他的设计和焊接，这台冒充移动设备架的合金架，看起来比医院的更加洋气、漂亮，一看就给人一种专业的感觉。杜炜逸在看过以后，连声赞叹，夸奖他心灵手巧之外，还怂恿他将其作为一项产品，生产后对外销售。

合金架上，上下几层摆了好几台设备，开机后到处都是二极管发出的红绿色光芒，看起来更加高大上。周英祥不知道这是些什么设备，不明觉厉，对白云天居然能操作如此复杂的设备，深表敬意。白云天将好几个软吸盘，贴到他的头部，随即乘隙将隐藏在那些乱七八糟设备中的学习机脑波扫描仪牵出来，将两个银光闪闪的吸盘，紧贴到他太阳穴。"闭上眼睛，放松身体。"他嘴里说着鬼话，见周英祥没有察觉到异常，便转回到设备架后面，东按按，西扭扭，装模作样在操作着他都不知道是什么玩意儿的设备，暗地里则启动了学习机。学习机被设定为静音模式，同时关闭了立体投影，只能通过显示面板，触摸操控。为了避免周英祥发现异常，他把让扫描者静心的音乐也都关闭了。这里是厂医院最角落的房间，没有外来的杂音干扰。屋里静悄悄的，只有那堆功能不明的设备，发出嗡嗡的声响，就像是在催眠。

周英祥坐在软软的沙发上，昏昏欲睡。

白云天保持着静默，眼睛盯着学习机屏幕上，缓缓变长的进度条，耐心等待。

咚咚！响起敲门声，沙发上周英祥一个激灵，睁开了眼。

白云天快步来到门前，打开门，发现外面站着马书记，他发现开门的是白云天，也是吃惊不小，探头向屋里一望，看到了红绿光闪动的莫名设备，躺在沙发上的周英祥，以及连接着设备与周英祥之间的各种连线，惊讶道："这个房间，是你在检查？""是的，因为这是国外最新的医疗技术……"白云天又把他那番鬼话，拿出来说了一遍。他虽然年轻，但是穿着白大褂，屋里又是一大堆不明用途的设备，以及贴在大脑上的连线，让房间里充满了美国电影中那种科幻感，马书记也是肃然起敬，说话的声音都不由自主放低了。"这个检查要多久？"

"很快，几分钟就好。只不过这项检查只能一个一个来，所以没法为每位职工检测……"白云天，摊摊手，抱歉地笑笑。"理解，理解！"

资源短缺，是国内长期以来的现状，食品资源、通讯资源、交通资源、教育资源，乃至医疗资源，概不如此。这些资源只能惠及少数群体，绝大多数群众都无缘享受。

白云天将这项技术吹得那么高，又是国外，又是最新，又是从香港进口，又是只能一个一个单独检查，他早就有了心理准备。若是白云天表示谁都能来检查，他反倒不那么开心了。马书记自觉地关上门，耐心地等在门外，不催不闹，表现出了几十年的养气功夫。很快，又有几名先检查完，有资格接受脑波透视检查的干部和技术人员前来。在他的解释下，这些干部也对这项从未听闻的新技术，产生出一丝敬畏。"老李，你是搞技术的，你听说过这项技术吗？"有干部小声询问厂研究所的所长李敬谦。"从来没听过！"李敬谦肃容道。

他不但没听过，只能从字面意义，猜测是通过某种波，扫描大脑，通过波的反馈，来判断内部是否出现病变。但问题是，仪器本身是没有智能的。

是否病变的判断，按理说，只能由经验丰富的医生来下，这白云天会操作仪器也就算了，他还懂医学？该不是糊弄人的吧……他看看其他干部，一脸畅想的表情，把自己的怀疑吞下肚去。算了，最多是检测无效，又不会死人，何必做这个坏人，说让大家扫兴的话。在众人耐心的等待下，房门打开。"谢谢，谢谢白医生，要不是你，我也不知道大脑的血管问题已经这么严重了。我会尽快去市医院，做一次详细的脑部检测……"周英祥一反在别人面前的高傲，仍在对白云天连声感谢。

"老周，这脑波透视有这么好？"李敬谦惊讶地问道。"当然厉害了！它把我以前所受的老伤都探测出来了，就连1969年脑瓜子开瓢，留下的暗伤都能检查出来！"周英祥激动地说道。这么神？闻听的一众厂干部、技术员，顿时都对这扇门后面，那台神秘的脑波透视仪，油然心生敬意。这技术真发达！车间管理技能……

生产调度技能……工厂人事斗争技能……车工技能……白云天看着列表中，一项项数值或高或低的格式技能封包，笑得合不拢嘴。配发给他的这款学习机，只是最基础型号。由于运算芯片老旧，对从每个对象大脑中提取的技能，只能单线程运算，制作一个技能封包。存储单元也偏小，仅能同时存储上百个技能。

但这上百个封包，标准是星际时代的技能，是纵贯人类历史的总汇。哪怕是单独一个分支技能，也涵盖了几千年来的所有知识，且音、图、影像、文字俱全的完整技能封包。这么一个封包，容量就足以媲美全航仪厂三千职工一生的所有记忆！区区上百人，挑选其最擅长的技能，制作封包，所占的存储空间，连一个标准技能封包的十分之一都不足。而现在白云天手中，却拥有了上百个在本时代，堪称高级的技能封包。这些技能有很多重复之处。就像封包的命名，就有车工—周英祥技能封包、车工－张春生技能封包等等。这些技能可以重复灌注。毕竟哪怕一个看似再碌碌无为之人，也注定会有他自己独特的一孔之见。而这一点见识，有可能就是一个顶尖的学术高手，也没注意到的优势所在。但这究竟是正确，还是谬误，则需要专家来判断。这就是星际时代，一个技能封包会卖得那么贵的主要原因：读取记忆很容易，但剔除错误、增补遗漏的工作量太过浩大，且需要极高专业技能才能胜任，人力成本太高。白云天身边，自然是没有这样的专家存在。

即便是有，他也不敢将自己的秘密向对方透露，任何一个有两人以上知道的秘密，即不成其为秘密！这项工作，只能由他独立来完成。

不过，他不着急。这项工作涉及的专业知识，工作量暂时不是短期内能够完成，只能在接下来的时间，利用空余逐渐修订。

这次技能提取，还产生了一个附带的作用，却是他当前最需要的。

那就是人才选拔！"周英祥，最高的技能是车工，评分是九十三分，厂里对他的评价相当高的啊。车间管理是三十六分，也就是说，其他人觉得他的管理很糟糕，连及格分都没有，显然只能充当一个专业技术人员使用……"

白云天对着一个小本子，认真地看着。技能扫描，虽说每人一次只能制作一个技能封包，但该人所拥有的所有技能却都显现出来，并以他本人的理解进行了评分。

这些评分，白云天都专门用一个本子，如实地记录了下来，作为参考。

一个人的眼界，决定了他的认知。这些评分，全部来自周围人对他的看法。受眼界高低，自然存在着很大偏差。

比如说一个终生就在厂里厮混的技术员，对他的评价，最高就是来自厂研究所的同仁。这些人觉得他技术不错，显然只是基于厂研究所这个水平而言，多半是偏高。

而研究所的李所长，可能经常跟兄弟单位，跟国内在该领域中最出类拔萃的研究所交流。那他的评分，很可能就来自于国内顶尖的研究员，给他的分值，可能就略微偏低。但不管是偏高还是偏低，起码在航仪厂，得分最高的，肯定是厂里所公认的最优秀的技术人才。这毋庸置疑。这就足以让白云天，这个刚到航仪厂，对情况一无所知的人，立即了解哪些是真正的人才，对他们擅长哪个方向、适合什么样

第二十五章 福利

的岗位，有了一个正确的定位。有了这个定位，他才能迅速选拔出合适的人才，充实到正在筹建的中华制造苏城总厂的合适岗位，从而带领总厂快速走上正轨。

这次组织的全厂免费体检，在帮助白云天收获技能、筛选人才之余，在航仪厂也取得了良好的效果。全厂从上到下、从职工到家属，几千人的体检，还真的查出了几个身患隐疾，但自己并未发现的病号。他们在拿到体检结果，去市里医院做相应检查后，被确诊了病情，于是及时就诊，为病情的救治，创造了条件。

厂里职工对这名港商的态度，也好了很多。他们不再是抱着敌视，而是隐含期待地希望对方能如实兑现诺言，带领企业取得好成绩。受此影响，二分厂原有设备的搬迁、白云天提交清单上设备的移入、工人的选择，都得以顺利进行。

最让大家惊奇又服气的，是白云天代表中华制造约谈的管理干部、技术人员、工人，都是厂里公认水平最好的那一批人，其中没有一个是滥竽充数。

也无一遗漏！他们不知道，新成立的管理层，是如何在如此短的时间，就将厂里的情况摸得一清二楚，知道什么人可用，什么人不行，没有出现任何错漏。

整个航仪厂都在说，厂里肯定有一个熟悉情况的人，私下里找到了港资管理层，将情况一五一十全部告知了对方。而且这个人以前多半是不受厂里重用，怀才不遇的高手。要不然，就无法解释管理层对航仪厂的情况会如此熟悉，一抓一个准。

这一点，便是在厂里干了几十年的老人，也不见得就能够说得如此通透。

就在众人议论纷纷中，中华制造苏城总厂聘用名单，就贴到了厂部的公示栏。

大红的名单，一口气贴了十几张。公示的名单分为两部分，一部分是中华制造（中国）总公司的聘用名单，这是管理层，另一部分才是中华制造苏城总厂的聘用人员名单。厂里的干部职工，乃至家属都涌了过来，怀着各种各样的心思，来观看港资管理层公布的合资厂聘用名单。

"高明成！""高明成居然被任命为港资公司的副总经理？""怎么会是他？"

"这可是个能人，曾经跟马书记争过总厂副厂长的位置。后来马书记上位，就开始排挤他，慢慢把他踩到了生产科长的位置，后来又调到二分厂当副厂长，之后又不断挑错，最后把他降为了车间副主任。想不到他熬了这么些年，如今在港商手下，咸鱼翻身了……""可惜了，这么能干的人，总厂不能用，现在让港商捡了便宜。""谁说不是呢，唉！"看到名单的人，有的为他高兴，有的表情酸涩，有些幸灾乐祸。"你们说，马书记要知道他当上了公司副总，会是怎样的表情？"

人群中，突然有一个人说道。话音未落，闹哄哄的公告牌前，忽然安静下来。

第二十六章　调令

嘭！总厂书记办公室里，马向阳愤怒地将茶杯往办公桌上重重一顿，一把扯开衣领，面色阴沉地坐在椅子里，一言不发。虽然他没有说一句话，可是办公室里却充溢着强烈的低气压，让人心头发怵。马书记和高明成的恩怨，厂里谁不知道。

合资厂成立，航仪厂的股份被压缩到百分之三十一。董事会完全被港商掌控，航仪厂只能当个举手股东，并无任何左右决策的权力。马书记一怒之下，差点连这个董事也不想当。在航仪厂没有说话权的现状下，被马书记压制了多年的高明成，却一跃成了公司的副总。以后开会，高明成能够坐到总经理两侧。而他这个正牌子书记，却只能在两边旁听，甚至搞不好还有可能被赶下主席台，与普通干部坐到一块。

这根本是羞辱。人活一张脸，树活一张皮。昔日的竞争对手咸鱼翻身不说，还有可能骑到自己头上，这让性格刚硬的马书记，如何能忍。"港商才刚来没几天，就把厂子的情况摸得一清二楚。厂里都在传，说是有熟知内情的人，在向他们透露消息。现在公布新的领导班子，高明成出人意料地成了副总，我看背后透露消息的人，很可能就是他！"一分厂的厂长靳晓军狠狠地说道。"对，一定是这样！"

"高明成这个叛徒，放在以前，他这就是泄露国家机密，是要被枪毙的！"

"我当初就看他不是东西！"办公室里，一群马向阳的铁杆支持者，同仇敌忾地骂着高明成。有那激进的人，还吼着马上让保卫处把他抓起来，把他痛打一顿，也有人说应该向上面举报，让纪委前来调查这起泄密事件。马书记在上面一声不吭。喊打喊杀，听起来很解气，可是于事无补。这不是造反派的时代了，随便给人扣个帽子就可以置人于死地。如今讲的是改革开放，主要方向是经济建设，连外国人都能引进来，一个厂干部向合资方管理层汇报工作，这有什么可指责的？连错都不算，更别说是犯罪了。至于保密守则。

航仪厂脱离航空仪器仪表生产多年，从时间上来说，已经过了脱密期。相关的资料早已封存、上缴归档，就是驻厂军代表，都已离厂。而且总公司的意见，航仪厂军转民已是定局。简而言之，航仪厂现在就不是一个保密单位，也无密可保，以此来给高明成定罪，那也只能说是莫须有。可是眼睁睁看着曾经被自己踩在脚下的对手，重又爬起来，在自己头上耀武扬威，这是他绝对不能接受的。

除了面子上的难堪，更重要的，他担心高明成在合资厂真的做出一番成绩。

虽然二厂的人，都被合资厂接收，但组织关系仍在航仪厂。

他与高明成敌对这么多年，对方的能力如何，他非常清楚：比自己强，还强很多！一旦高明成在合资厂工作出色，做出让上面也重视的成绩，说不定总公司就会对他另眼相看，觉得他是一个搞企业的好手，未来替代他的位置，成为航仪厂书记，也未为可知。这个威胁，比面子难堪，更加可怕。无论如何，不能让高明成当上这个副总，否则将来他一定会成为自己的心腹大患！他听着下面吵吵嚷嚷，心中默默盘算，已经有了主意。"这里这里，看贴着的大字：'香港中华制造（中国）总公司，苏城大学校园招聘处'，就是这里没错了！"苏城大学，教学楼二楼，阶梯教室外，传来一阵叽叽喳喳的说话声。从玻璃窗看出去，可以看见一群年轻的女孩子围在教室外贴的通知前，确认着招聘教室。有几个女孩子，还凑到窗前，隔着玻璃向里面望。看到阶梯座椅最前方，摆的一排桌子，后面坐着几个身着笔挺西装的企业面试人员，这些女孩子才嘻嘻哈哈地从外面进入教室。

国内的大学，实行了几十年的分配制，如今取消分配，转向推荐、企业招聘、自主择业等多种方式并行的就业模式，对于这些大学生来说，也是开天辟地头一遭。

她们觉得既新奇，又好玩，同时还有些自我决定命运的庄严感与神圣感。

她们的笑容，在踏进教室的那一刻起，就不由自主从脸上消失，代之以严肃的表情。有些人已经紧张得面部肌肉都绷紧了，显得表情呆滞。

几个人你推我，我推你，想上前又不敢。"有人站起来了！"

"呀，他走过来了！""是个长得很好看的男生，看起来比我们还要小的样子，他也是面试官吗？"一群进退不能的女生，见到面试官中有人站起，绕过桌子向他们走来，都尖叫起来，前面的往后躲、后面的抓着她们挡在面前，像群鹌鹑一样你推我挤。白云天莞尔一笑。真单纯。

"你们是来应聘的么？"他怕吓着她们，站在距离这群女生还有三五米的地方，温言道。"我们，我们只是过来看看……""我们在你们这里这边应聘了，是不是学校就不管我们的分配了？""你负责招聘？可是年纪怎么这么小？""这会不会是假的呀？""乱说，这是学生会通知的，怎么可能是假的！"

这群女生胆子很小，说话都是怯生生的，只有在自己人争论的时候，才敢用正常的语调说话。白云天展颜一笑："没事，反正你们也来了，不妨填张表，试一下。不管通不通过，总是一个锻炼嘛，以后再参加其他单位组织的招聘，就有经验了。如果通过了我们的招聘，又不想来，只要通过班主任、学生会通知一声，我们也不会责怪你们，毕竟谁都有选择自己职业的权力，你们说，是吗？"

"他说得真好！""是呀，长得有那么帅，要是应聘上了，以后天天对着这么个帅哥，心情都会好好！""那就试试吧？""嗯！""试试吧！"

白云天的态度，打消了女生们的恐惧，紧张的表情也有些放松，她们随他来到前方，每人领了一张应聘表格，坐在第一排课桌上，认真地填了起来。包文山看着一张张洋溢着青春朝气的娇颜，向他竖起了大拇指。想不到老白技术高，管理出色，连哄女孩子也这么了得！白云天哂然一笑，听到外面又传来阵阵喧嚣，转头看处，又有一群男生、女生涌了过来。他脸上，浮现出一丝笑意。

这些年轻的大学生，虽然还是职场新人，估计也没有什么工作经验，需要长期的耐心培训。但是，一张白纸，正好画最新最美的图画。

相对于思维早已固化，并且有着多年相处、习惯抱团的航仪厂，这些人，才是他未来真正的班底！他望着他们，就像是看着最甜美的果实……

同时成立中华制造（中国）总公司，和中华制造苏城总厂，杜炜逸与何长盛是不赞成的。在他们看来，在这么小的一个地盘里，成立两个经营内容完全一致的机构，属于人力资源浪费，完全没有必要。但白云天却不这么认为。

管理一个国家也好，还是一个企业也好，哪怕是一个班级，靠的都不是人，而是制度。权责分明，责任落实，这是企业管理的基本要求。

以前做外卖、承包商机厂精工车间，那都属于小打小闹，不需要太严格的管理。

但是原来的二分厂，现在的中华制造苏城总厂，则是他第一个真正掌握在自己手中的实体。既然是第一个，那就是未来事业发端的基石。基石就必须牢固。

依靠管理者的个人魅力、能力，不如依靠严密的制度，更加可靠。

而且随着苏城总厂的成立，他手下已经有了变速自行车、电动自行车两个项目。这两个项目与其分散管理，不如合起来，在上面成立一个更高层次的管理机构，也就是总公司，将集团公司的架子，搭起来。

第二十六章　调令

从长远来说，他的事业会越做越大，涉及的行业会越来越多，手下管理的分厂、合资厂、合作厂会越来越庞大，预先建立一个正规的管理体系，更胜于到时候手忙脚乱。提前建立集团公司架子，正适合在如今业务还不太繁重的时候，让这些职场新人有时间逐步成长。白云天不怕他们不懂，也不怕他们犯错，只要有他在，再大的错，他都能扭转过来。哪怕是手下犯的错，大到让公司垮了，只要这批经过锻炼的人还在，仍然忠心耿耿跟随他，他就有信心领着他们再一次白手起家，从头再来！

他清晰地懂得，在这个无法通过记忆传输灌输学识的时代，人才，才是最可宝贵的！而且，这些由他一手打造、培养起来的人才，才是他力压马书记的影响力，打破航仪厂内部抱团，将自己的意志毫不动摇地贯彻下去的有力臂膀！

随着时间流逝，赶来的大学生越来越多。其中以大四的学生最多，但也有少量的大三、大二生，甚至还有几个研究生也过来询问了一下情况，并在他撺掇下，填了申请表格。因为是要建立一个健全的集团公司管理机构，所以这次校园招聘，白云天拿出了包括文秘、行政、后勤、人事及培训、法律、政策研究、市场调研及分析、生产、销售、公关等在内，十多个部门，共计三十多个岗位、八十多个招聘名额。

从现场的情况看，来应聘的大学生们反响还算踊跃，前后已经有上百人报名，接受初步面试。白云天将在苏城大学，召开三天校园招聘，然后转战丝绸工学院、铁道师范学院、常熟专科学校、苏城工业专科学校等大专、中专、职高院校，进行一次全面的招聘，尽可能招聘到最好的人才。哪怕招的人数多一点也没问题，大不了总公司放不下，就放到总厂，让他们接触一线，了解详细的工厂生产，也是一个很好的锻炼。第一天的招聘结束，白云天一共收到了四百八十三份表格。

这次校园招聘，对于国内的大学生来说，也是一次未来就业的预演，本着对自己负责的态度，所有学生都很认真。他们用心地填写了表格，每一个栏目都写得满满的。比如工作经验，参加学校组织的义务劳动也被他们端端正正地写了进去。

比如成绩，有同学将自己小学参加运动会得了跳远第三名，也写了下来。

所有人，都绞尽脑汁将自己最好的一面表现出来，没有谁敷衍应付。

这种态度，即便是后世求职者，也不见得能够达到。

何长盛这个被白云天硬拉过来充门面的社会老油子，都感叹地说，这批大学生是他见过最好的，甚至比香港前去求职的大学生，表现还要好。

最起码这种态度，就值得肯定。

合作达成以后，原二分厂的那栋五层办公楼，顶楼的两层就被清理出来，作为未来总公司的办公场所。除了杜炜逸、何长盛以及杜炜逸老爸为他聘请的司机兼保镖还继续住在市内的酒店，白云天在航仪厂家属宿舍租了两个套房，与包文山，李强、姜杰两名保镖一起，住到了航仪厂内。车子将他送到航仪厂，准备载着杜炜逸、何长盛返回市区酒店。才见杜炜逸面，他就快步跑了过来，一脸严肃地说道："云天，航仪厂将高明成调回总厂去了！还有我们公布的那些管理层干部，全部都被调回总厂以及其他分厂，一个都没有给我们剩下！"

"什么？"包文山大惊。何长盛也是一脸铁青，咬牙切齿道："他们这是要釜底抽薪，断我们的根啊！"杜炜逸当然知道这一点。

他们才刚刚公布了干部名单，所有的人就被全部调回总厂，这是摆明了要跟他们打擂台！没有这批干部协助，管理工厂就是一句空话！"我打算去找袁处长，如果他也没办法，就直接去市委向徐书记反映情况！"杜炜逸怒气冲冲地说道。

"对！有他们发话，马向阳就只能服从！"包文山也同意道。

何长盛却不像他们这么乐观，皱着眉说道："就怕是徐书记、袁处长的话，也不管用啊！我听说，航仪厂虽然表面上是接受交叉管理，但实际上谁都管不了它，基本属于自己独立管理。"白云天面容一样凝重，点点头，又摇摇头道："真管，没有说管不了的。真把上级主管部门惹火了，直接把马向阳调走，他的派系就会被打散。问题是上面部门，谁也不想为了我们而跟企业撕破脸。他们要的是盘活企业，而不是帮我们对付他们自己的干部。""可航仪厂这么做，上级部门不能出来说句公道话？"包文山还有些书生意气，愤愤道。

"说什么？"白云天面带嘲讽道，"人家是正常的工作调动，你就是说破天，又能拿他们如何？""那怎么办？他马向阳今天可以调这批干部走，明天就可以调其他人，厂里人心惶惶，谁还能安心工作？"杜炜逸满心愤懑，扯开衣领，狂乱地踢着树木，怒发如狂。白云天沉默了一下，说道："我去找他们谈谈，看看有没有转机。""找谁？"杜炜逸愣了一下，"马向阳？"

"不！我找高明成！"高明成坐在家里狭小的六平方客厅沙发上，两眼无神地看着对面白灰墙壁。指间没有过滤嘴的香烟袅袅升起，他却一口也没抽。

里面卧室，传来妻子低声抽泣声。大概是怕他听见，心烦意乱，哭声很小，多半是又躲在了被窝里哭。高明成眼圈微红。他现在也很想哭，但心头憋着的一股火，又让他想要怒吼，想要摔东西，想要骂人。但是这么多年下来，那个热情、开朗、做事有冲劲的他，早已不复存在。留下的，是一个夹着尾巴做人的高明成。哪怕有

第二十六章　调令

再多愤怒，他现在只敢躲在屋里，抽几口闷烟，望着墙壁发呆而已。他惹不起马向阳。刚进厂的他，怀着为国家国防现代化贡献毕生的志愿，认真向老工人、周围的同事学习请教，靠着自己的刻苦钻研，成为厂里的技术骨干。

由于他的干劲，当时的书记很赏识他，在1970年推荐上大学的时候，力排众议，以厂党委名义推荐他上了清华大学，成为高考停止后第一批工农大学生。

他感激于领导重视，在校学习期间，不放过一分一秒，成为班上成绩最好的优秀学员。回到厂里，他被提拔为一分厂厂长。靠着在校期间学到的知识，他带领一分厂的技术员，通过对进口仪表进行反向研究。在吃透了国外技术后，研发出国产新型气压型高度表，成功解决了高空气温变化对高度测量带来的影响，为航天事业做出了巨大的贡献。该项高度表，荣获国家科技进步三等奖。

这项荣誉，也让他更加受到厂领导的重视，领导决定将他由分厂调到总厂，担任主管技术方面的副厂长。他当然愿意去更高的位置工作，这一来是对自己能力的认可，二来去更高位置，就能做出更大贡献，从而实现人生价值。

然而当时马向阳，也在积极争取这个位置。双方斗了半天，各尽所能，想尽办法努力上进。靠着老书记的赏识，靠着自己突出的能力，他眼看距离副厂长一职仅有一步之遥，谁知老书记突然意外去世。新上台的书记，却更喜欢做事八面玲珑的马向阳。结果，当尘埃落定，最终当上副厂长的不是他，而是马向阳。

从此以后，他就活在了马向阳的阴影之下。由于副厂长之争，双方都斗出了真火，双方的恩怨，由正常的竞争变成了你死我活的职场倾轧。当然，这个职场倾轧不单单是对方，他也用了一些不光彩的手段，目的是让对手名誉扫地，为自己上位，获得更多筹码。当马向阳当上副厂长以后，双方已经结下了不解的仇怨，即便夺位之争已经结束，但马向阳对他的报复，却始终没有停止。

高明成没有认命，他还想努力在工作中做出成绩，从而再次得到上级肯定。

但做事难免犯错。马向阳就抓住他犯错的机会，一再对他打击报复。

先是将他从承担重要仪器仪表的一分厂，赶到从事辅助工作的二分厂。然后又利用二厂职工的一次失误，追究他的领导责任，将他由厂长，降为副厂长。

他还想挣扎，那段时间，他像玩命一样工作，每天第一个到厂，认真检查每一项工作，不管是不是该他负责的部门，都不放过。每晚，他都忙到夜深人静时，才最后一个离厂。当年，二分厂被评为航仪厂的先进单位，全年没有发生一起生产事故，生产率、合格率高居行业前列。

眼看着就能从泥沼中挣脱出来，噩梦又来了。

马向阳在成功接任厂长一职后，恰逢书记高升，他也顺利接任了航仪厂新的党委书记。在这种情况下，他就是干出再大的成绩，都是无用。

成绩可以视而不见，但是错误，哪怕是再小的错误都会被马向阳放大，拎出来训斥。那段时间，是高明成最黑暗的时候。但逢开会，不管是大会小会，他都会被当作落后典型，被马向阳骂得狗血淋头。最悲惨的时候，他曾被降到了车间班组长的地位。那几年，他活得痛苦不堪，几欲轻生。就在他痛苦到想要自杀的时候，厂子经营开始出现问题，马向阳无暇顾及，才让他过了一段安稳日子。在妻子的安慰下，看着孩子，他收起了轻生的念头，埋头做事，夹着尾巴做人，再也不复年轻时的雄心壮志。这次合资，他是最激动、最赞成的。他渴望借此摆脱马向阳的控制，他渴望妻子能够不受牵连，他渴望孩子能够在学校不被欺负……他渴望，能够活得像个人样！港商约谈的时候，他说了很多很多。他谈了合资厂该如何管理，如何处理人事关系，应该要重视任用哪些干部，他谈了需要技术创新，他谈了如何调动职工积极性，他谈了工厂管理中的奖惩平衡……

这些年，自己沉淀下来观察到的情况，他全部和盘托出。他并不在乎自己是否能够得到重用。他只希望，港商在听了他的话以后，合资厂能够快速走上正轨，长久地经营下去。仅此而已。说实话，当别人说，他被港商选定为新成立的总公司副总经理的时候，他都愣住了。受尽了磨难以后，他已经不堪再迎接喜悦。他怕又是一场空欢喜。事实也是如此。

公告才贴出，总厂人事处就发来调令：他被调离二分厂，进入总厂车间，担任副主任。他很清楚，这不是马向阳对他有多看重，纯粹是不想让他脱离自己的五指山。

他还没玩够！对他而言，这无异于晴天霹雳，感觉就像是天都快塌了。

他已经这样了，马向阳还不肯放过他！此时的他，真的是不想再活了，他想找个没人的地方，就此结束自己的生命，离开这个污浊的世界。

小燕，我实在是坚持不下去了。诚诚，请原谅爸爸，爸爸对不起你，爸爸没用，保护不了你和妈妈，保护不了这个家，就是连自己都保护不了！

两行泪水，悄然从脸颊滑落。他站起身，最后再留恋地看了一下熟悉的家，听着里面房间里妻子隐约的哭泣，他木然走向房门。

第二十七章　对策

月光如水一般，透过家属区茂密的树荫，在水泥地面投射出一块块斑驳的银辉。

白云天慢慢地走着，脑子里考虑着待会儿该如何说词。对于这次说服，他是有信心的。高明成与马向阳的关系，在航仪厂可谓是众所周知，双方可以说是死敌。

正因为如此，他才决定将高明成，任命为公司副总。而马向阳以航仪总厂名义下发的调令，更是将双方水火不容的敌视态度凸显无遗。这等于是将高明成推到了悬崖边缘，再退一步，就是深渊。在原有的计划体制下，这是一个妙招。

可是当有第三方介入的时候，这就相当于把高明成硬生生推到了对方怀抱。

原本的妙招，变成了绝对的昏招！这就是没有经过市场洗礼，习惯了计划经济惯性思维的结果。他们还不明白，时代已经不同了……

高明成受马向阳排挤，住在家属区的老红砖楼，分配的住房是最差的。

这几栋楼房，外墙缝隙可以看到黏合剂明显脱落的痕迹。有些地方，红砖之间都空了，用手就可以将转头从墙上抽出来，看着就给人一种摇摇欲坠之感。

白云天看得心里直发毛，面对着红楼，心生畏惧，在楼道口踟蹰了好一会儿，竟然不敢踏进去。放到星际时代，安排人住进这种房子的官员，是要被枪毙的！

这楼不会垮吧？应该不会，你看这楼里每个房间都亮着灯，人家住了几十年都不怕，你怕什么！白云天一个劲给自己做心理建设，可是看着一段段缺失的缝隙，硬是没敢进去。正在他徘徊不前的时候，就听到没有照明，黑洞洞的楼梯里，传来沉重的脚步声。月光透过花墙，隐约显出一个人影，缓慢地走下来。

当对方下到一二楼转拐，发现了下方的白云天，停住脚步。"您是……白顾问？"

黑漆漆的楼梯上方，传来沉闷的男子声音，音调很生硬而又缓慢，似哭似笑，音调忽高忽低，就像是鬼片中鬼怪的声音，让人不寒而栗。

白云天起了一身鸡皮疙瘩，壮着胆子问道："是我，请问您是？"

"高明成！"对方一步一步，从楼梯下来。当他从黑暗处，走到月光下，蓦然露出一张惨白的面容，正在对着他笑。白云天吓得头发都差点竖起来了。

这是人是鬼？"您这是要出去走走？"他试探道。"是呀，走走，然后再也不会来了！"高明成眼睛对着他，却仿佛没有焦点，脸上还凝固着刚才的笑容，看起来格外诡异，让人心头发怵。近前面对，白云天确认对方是人不是鬼。

他定神看去，才发现高明成神色异常，明明一脸凄苦，却又有一种似乎要解脱的松弛。再听他言，白云天心头骤然一紧。难道他打算……

一股无言的凝重，瞬间笼罩他全身，让他感到头皮发麻，不忍之情油然而生。

谢天谢地，幸好自己及时赶来了，要不然……任何生物，在看到同类遭遇不幸的时候，都会感到悲伤，会为之流泪，在对方身边徘徊不去。这是共情。说穿了，就是物伤其类，害怕自己也落到这般田地的恐惧使然。此刻看到高明成的神色，猜到他可能将要去做的事情，白云天感到一种莫名的悲伤，涌上心头。他决定不再迂回。

白云天拉住将行的高明成，抓住对方肩头，强迫对方与自己目光交接，调整了一下呼吸，用极其郑重地语气，一个字一个字缓慢说道："从航仪厂辞职吧！"

从出现开始，高明成就呆滞的眼神，在听到他这句话后，瞳孔猛然一缩，然后迅速扩张开来。"你说什么？"他反手抓住白云天胳膊，眼中光芒一现，犹如一道冷光。"辞职！现在就去找马向阳，告诉他老子不干了！他能欺负你，不就因为你是航仪厂的职工吗？没了这个身份，他还有什么借口对付你？"在这种状况下，白云天不忍再用什么话术，趁他心情激荡之时，游说他来中华制造，只就事论事，劝他赶紧离职。"可是，我爱人还在厂里，还有小孩……"高明成眼中的亮光一闪即逝，流露出痛苦的表情。"都到我们公司来！"话说到这份上了，白云天不再回避，当即坚决说道。"可是……"高明成表情还在犹豫。

"你到底还在怕什么！"白云天忍不住了，抓着他肩膀，厉声骂道："你连死都不怕了，还用得着怕东怕西啊！你还是不是个男人？马向阳欺负你，欺负你们一家，那就还回去啊！现在还不了，那就努力做出成绩来，只要人还在，就有希望。总有一天，马向阳给你的屈辱，你都会全部还给他！"

"还给他……，还给他，还给他！"

高明成嘴里喃喃自语，不断重复着这几个字，声音越来越大，最后近乎于是在嘶吼。"还给他！"他的情绪终于彻底失控，扑倒在地上，抱着白云天的脚，一边嘶吼，一边痛哭流涕，反复不断地说着"还给他！"

他的哭声、喊声，惊动了这片宿舍楼，周围的楼房里，都有人从阳台、窗户探出头来，循声向这边张望。"是高明成！""他也是可怜，被马向阳整惨了！"

"杀人不过头点地，马向阳做得也实在是太过了。再说你整高明成就算了，整他老婆、孩子做什么……""你发什么酒疯，马向阳你也敢骂，你不看看高明成是啥下场！""怕什么！他做得，我还说不得了！"白云天静静地站着，抬头看去。

他视线所及，那些围观的职工及家属，都并不回避，大胆地与他对视。

公道，自在人心！嘭嘭嘭！楼道里传来快速往下跑的声音，一个瘦瘦小小的女子，与一个更加瘦小的男孩，从楼房里奔出来，深一脚浅一脚跑高明成面前，一下抱住他，带着哭腔喊道："明成，明成，你怎么了？别吓我啊，你这是怎么了，你倒是说个话啊！"小孩子似乎被吓得不轻，抱着高明成，哭得声嘶力竭。

高明成哭了这一阵，像是把心里多年的委屈全都宣泄出来了。他抬头看向妻子，原本死灰一般的眼神，如今再次恢复了生机："小燕，我不在航仪厂干了，我今天就要辞职！我不干了！""我不干了"四个字，如同怒吼，传遍了整个家属区。

高明成"我不干了"的怒吼，在第二天就传遍了全厂。

据说消息传到总厂，马向阳愤怒地摔了杯子。当天早上，高明成就站到了总经理办公室。卸下了包袱之后的高明成，像是突然之间焕发了活力，整个人完全不一样了。他穿着一件老式棉衣，两鬓依然斑白，深深的抬头纹、眼角的鱼尾纹，都清楚地见证了他这些年内心的煎熬。但此刻，他的眼神却是格外坚定，沧桑的外表，却透露出年轻人所不及的锐气。

"那些接到调令的干部，我负责去游说。"不待杜炜逸说话，他就主动开口道："但我有要求！""什么要求？"杜炜逸惊异于他的改变，静静地问道。

"第一，他们违抗总厂命令，有可能会被开除，所以我要求授权代表公司，将他们纳入正式工编制！"正式工编制？杜炜逸表情严肃。

他知道，在内地，正式工编制所代表的意义。"你是要签终身雇佣合同？"他眼神锐利，盯着高明成质问道。"没错！他们每个人都是国家正式干部，是铁饭碗。虽然这两年经济不好，这个铁饭碗也不知道还能捧多久，但是不给他们个更好的选择，他们是不敢随便辞职下海的！"高明成毫不畏惧，跟他眼神对视。

"这个……"杜炜逸有些犹豫。1980年代前，欧美公司普遍也是终身雇佣。但是随着人才的不断涌现，劳动力选择面扩大，职业经理人制度推广，股份制公司逐步认识到终身雇佣所造成的阶级固化，阻碍了公司员工的上进道路，终身雇佣制便渐渐退出历史舞台。历数西方社会，仍在坚持终身雇佣制的，也只剩下日本一个国家了。"可以！"一个声音在办公室门口响起。

杜炜逸一拍脑门，没好气道："云天，你懂不懂管理！这个口子怎么能乱开！签了终身雇佣合同，那么他们不干活，我们是不是也要发工资？"

"终身雇佣不代表就没有了激励手段：奖金、培训机会、加薪、升职、管理层干股……，有太多可以继续激励员工向上奋进的方式了。"白云天靠在门框上，抱着手臂冷静道，"而且，我们现在最需要的，是千金买马骨！"

"好吧好吧，我说不过你。"杜炜逸耸耸肩，放弃了自己的主张，看着高明成道，"还有什么条件？"高明成观察着两人的互动，目光闪烁，闻听整理思路，继续道："第二个，是他们的工资要高于原标准。"

"基本工资、特殊补贴、职务补贴等，乱七八糟加一块，分厂厂长大概两百一十块左右，科长一百八九十，车间主任比科长高，班组长略比普通工人高，工人则按技术级别发放，二级工七十八块、三级工九十五、四级工一百三、五级工一百六、六级工一百九、七级工二百四、八级工二百八，大致差不离。"

高明成对工厂的情况了如指掌，随口就能答出来。

杜炜逸笑了。就这点？"全部翻倍！"他大手一挥，豪爽道。

白云天在门口补充道："六七八级属于高级技工，是非常重要的稀缺人才，如果有可能，最好能全部留住，所以我建议可以再高点。"

"好！六七八级工，工资再翻一番！重要部门的负责人、有能力的技术人员，你觉得有必要的，都可照此办理！"杜炜逸对他的意见全盘采纳，舌头都不打颤，当即再次加码。再加又能加多少？和欧美、和香港相同职位的薪资要求相比，就算是连连翻倍，他们也仍只有人家的几分之一。

内地的人工，实在是太廉价了！高明成倒吸一口凉气。

翻倍，再翻倍，这就是四倍了。照这个标准，八级工每月岂不是能拿到上千块！

他只略一迟疑。杜炜逸沉吟了一下，便又继续说道："这是基本工资。我们在基本工资之外，还设有奖金，每月超额完成任务，就能拿到奖金。如果干得好，奖金完全有可能比工资还要多！"白云天微笑着点头。

高明成眼珠子都快瞪出来了。港商就是港商，这气魄！

看到他震惊的表情，杜炜逸心中很是舒坦，笑着问道："还有什么条件，只要合理，公司都能答应。"

高明成本来还准备提一个要求，但听到公司给出的条件如此优越，他倒有些不好意思了，犹豫了一下，说道："没了，就这两条。有这两条，我保证能说服他们留下来。""我看你刚才有点犹豫，应该还有话没说完吧？高副总，我们公司的原则是，有事情当面就说清楚，定了就不能改。你不能现在不说，事后又来埋怨。所以如果你还有未尽之言，我希望你现在就说出来！"白云天看他要走，好心提醒道。

"没错！现代管理讲究责任落实。需要上级支持的力度，最好当面讲清，一旦定下来就要遵照执行。你现在碍于面子不说，事情办不下来，公司可不会在乎你有多努力，不会说什么没有功劳也有苦劳什么的，而只会觉得你能力不足以胜任工作。"杜炜逸也收起笑容，正色说道。高明成深深吸了一口气，将之铭记在心："我知道了。那我还有一个要求。""你说。"杜炜逸静静地看着他。

"我希望，能让这些干部的家属，也到公司工作，以彻底解决他们的后顾之忧。"高明成心中忐忑地将最后一个要求，也说了出来，等待杜炜逸给出回答。

杜炜逸哈哈大笑："我当是什么大不了的呢，可以。只要他们愿意，公司能给他们安排合适的岗位。还有吗？""这次真没了。"高明成脸一红，"杜总，那我这就去办事了。""辛苦你了。"杜炜逸离开椅子，微微欠身，感谢道。

脚步声远去。白云天向杜炜逸伸出大拇指，笑道："杜总可以啊，像个领导的样子。"杜炜逸苦笑着坐下，倒靠在椅背上，叹息道："我要连这点都做不到，你大概不会再跟我合作了吧？"在来内地之前，他觉得自己所学，足以让他掌控一家公司。可是实际接接手，他才知道差距有多大。尤其是跟白云天这个怪胎相比，让他明白什么叫作生而知之，严重地打击了他的自信心。

现在别说创业，就是这个总经理位置，他都坐得战战兢兢，生怕让他失望。

你说，这人与人的差距，怎么会这么大呢？他看着白云天，心中哀叹道。

冬日的清晨，天亮得较晚。天还黑着，一群群身穿蓝色工装的工人，就通过门岗，来到了原二分厂，现改名为中华制造苏城总厂的厂门前。

"老周，来这么早？""老李头，你也不比我晚啊！""哈哈，第一天上班么。现在厂子归港商管了，早点来，免得挨领导骂。""你还别说，我还真有当青工时，第一天上班的感觉……""哈哈哈哈！"相熟的工人三五成群，聚集在厂门前，一边向门卫出示新发的工作牌，一边抬头看着重新涂装后的厂部办公楼。

楼还是那个楼。老式的苏式建筑，方方正正。

可是在重新抹刮腻子以后，毛糙的外墙显得非常细腻了许多。在保留了大楼严谨庄重的内涵之余，浅色调的外墙漆，反光能力增强，让整栋楼都显得亮堂了起来。

原来黄色的木制窗框，全部被替换为铝合金，配合镀了反光膜的玻璃，把办公楼的格调猛然提升了一个档次，像是那些涉外酒店一般充满了科技气息。

与办公楼一同改变的，还有大门。原本空旷的厂门前方，多了一座写着"中华制造苏城总厂"字样的朱红色卧式大理石碑，既美观，又挡住了外人偷窥的目光，可谓一举两得。来自两侧的高倍数聚光灯，将门前照得亮如白昼。

土里土气的铁皮门，现在被一道银光闪闪的伸缩式自动门代替。

就连原来灰头土脸的门卫室，都变得漂亮了许多。

工人们大都不懂得优美的企业环境，可以增强职工自豪感这个道理，但是他们在看到大变样之后的工厂，仍然觉得眼前一亮，脸上不自觉就露出了一丝笑容。

特别是这批新定制的工装，更是让他们喜欢不已。

和原来满是油污的工装相比，现在的工装计厚实耐用，又好看，哪怕下班以后穿上街，也不显得不合时宜。工装背后，"中华制造"四个大字，莫名就让他们有了一种归属感。而摆在门卫室旁边的打卡机，冷冰冰、单调的打卡声响，潜移默化中，让他们生出自己是在一个严格、公正的企业中工作的感觉。

冬日的寒风中，工人们却自发地排起了队，一个个有序地通过门岗检查，然后上前打卡。一种说不清、道不明，但能够感到的情绪，在他们心头油然而生。

办公楼五楼，开放式走廊上，几个人正手扶着栏杆，静静地看着下方一个个工人从家属区方向赶来，汇聚在厂门口，通过检查，又分散到各个办公室、车间。

"云天，你的这些小手段，我真是佩服！"

远在楼上，杜炜逸也能感到工人们情绪的变化，从好奇、漫不经心，到惊讶、喜欢，然后回到严肃，奔赴各自岗位，就像是经过了一次从外到内的洗礼。

只不过花了一点小钱，对人心士气的提升，却立竿见影。

白云天轻笑出声："你都说了是小手段。我这些小手段，也就能起这点作用了，真正要让工人们发自内心地喜欢这个企业，光靠手段是没用的，最终还是要用业绩、前景来说话。""没错！那就走吧，我们开会！"

杜炜逸振作了精神，大跨步向刚装修好的会议室走去。

办公楼不光是外墙做了装饰，内部各办公室也进行了一番紧急装修。

老式的带顶窗木门，被实木包门所代替。

第二十七章 对策

由于时间不够，内部墙壁只抹了一层腻子，涂了一层亮光漆。来不及做完整吊顶，只有大型圆盘状顶灯、周边一圈用于调节亮度的小灯处，做了简单的装饰。

贴墙的小型射灯就直接装在墙壁上，墙上挂的只是一张廉价的印刷版徐悲鸿奔马图，装饰画框只来得及涂了一层清漆，窗帘导轨还是手动，柜式空调的连线就摆在外面，椭圆形实木会议桌上还贴着厂家商标，会议桌中间凹槽里摆的花盆一看就是普通的家用土陶盆，软式办公椅外的塑料护套也还没来的撕，一切都显得那么匆忙。可即便如此，也让房间格调大增。进来开会的干部，眼前不由得为之一亮。

如果不是房间格局、位置没变，打死他们也不敢相信，这就是二厂的办公楼。

变化太大了！别的不说，起码在这样的企业上班，心情都要舒畅几分。

他们听从高明成的劝说，留下来，看来这个选择从目前来说没有错。

来开会的干部、技术人员，带着笑容，在几名漂亮的后勤女文员带领下，进入会议室。各部门的负责人，被请到会议桌边，依次入座。

部门参加会议的其他工作人员、技术人员，则分别在靠墙的一圈矮靠背座椅上坐了下来。在座椅之间，还间隔放置有一张木几，以便摆放茶杯。

杜炜逸坐在主持人位置，白云天在他左手边，高明成居右，包文山、严季和跟在白云天后面。看着整整齐齐一屋子人，他们对高明成的本事，深深为之震撼。

重新振作起来的高明成，竟然成功说服了绝大多数干部和他一起提交了辞呈，彻底脱离了航仪厂，义无反顾投身中华制造。

服从总厂调令，坚决离去的，只有六个人！这份影响力和号召力，就算是白云天也为之惊叹。他不光说服了这些骨干，甚至不辞辛劳，一家家拜访，连厂里的普通职工家也全都去过。竟然说服了四百多人，在中华制造跟他们签订了终身雇佣合同以后，立即向航仪厂提出了停薪留职的申请。据说这段时间，总厂人事处都快疯了。

几百人涌到人事处，众口一词提出停薪留职，这在航仪厂乃至苏城，都堪称首例。

其场面之壮观，让整个航仪厂都为之震动，所有人扶老携幼前去看热闹。

听说，马向阳在办公室，又摔了几个杯子。

白云天坐在首席，视线缓缓扫过那一张张还显陌生的面孔，面上依旧保持着沉稳，内心却激动万分。这就是我们的队伍！这些，就是我们未来必将震惊全世界的中华制造的元老重臣！如今这一刻，就连他，也忍不住心情激荡。

他深深吸了一口气，朝杜炜逸以目相视，杜炜逸会意地双手撑桌，用竭力保持沉稳的语气，略许颤抖地开口道："下面我宣布，中华制造第一次会议，现在开会！"

第二十八章　第一次会议

第一次开会，相当于是个见面会。

公司的主要干部在会上彼此认识对方，了解各自所负责的工作范畴，便于在以后的工作中相互配合。公司的干部，现在由三部分来源所构成。

这三部分来源，分别为原航仪厂干部、杜炜逸老爸为他调派来的协助他工作的隆和银行干部、白云天校园招聘的大学新人。

航仪厂干部主要是在总厂，负责工厂的生产管理。同时为了充实总公司的技术部门，也将原二厂的技术科科长、车间主任，上调至总公司技术、生产部门，负责上令下达，协调组织工作。隆和银行干部，基本集中在总公司这一块。

他们存在的目的，一是杜坤对儿子事业的支持，通过这些忠心臣子，维护杜炜逸的利益。二来，也是通过他们，将完善的市场经济运作方式、集团公司管理模式，教给内地员工。至于白云天校园招聘的大学新人，则全部下放工作，实习三个月。

他们要在这三个月中，不断轮岗，了解工厂生产管理的方方面面。

当实习结束之后，他们将全部被充实到总公司，组建总公司各个部门。其中一名叫钟海峰的原苏城工业专科学校机械专业教师，在这次招聘会中被白云天说动，毅然辞职跳槽来到中华制造，被任命为科技规划部部长。

同时还有两名应聘的硕士研究生，也分别被任命为政策研究室室长、生产部副部长。通过一番自我介绍，与会众人对公司的组织架构、部门构成、负责人有了一个明确的认识。同时大家也对被任命为首席技术顾问、技术总监的白云天，有了一个新的了解。最初大家对这么一个小年轻，居然被任命为首席技术顾问、技术总监感到诧异。但在听过杜炜逸的介绍后，众人才恍然大悟，原来这个看起来文文弱弱的年轻人，居然不靠任何支持，拉着几个同寝室的室友，就白手起家，用做外卖的方式在两个月内挣到了第一笔起家资本。随后又不顾外卖生意的火爆，带着两名创业伙伴包文山、严季和，毅然离开，承包了商机厂精工车间。

通过吃透国外山地车变速系统，仿制了国产变速自行车，仅仅两个月时间，就行销各地。但是上个月一月，创造的利润，就达到了八十余万元！

听到这个数字，在座的干部全都惊叹不已。几个原隆和银行的女干部，更是面泛桃花，眼睛里充满了小星星。便是几个负责会场端茶倒水的大学女生，也忍不住目光如水，在白云天身上流连忘返。

月利润八十余万，年利润上千万。而且还是不靠父母，一个人白手起家，长得英俊又有才有能力……如此佳配，谁不喜欢。倒追也愿意啊！"就是云天说服了我，我才决定来到内地发展……"杜炜逸笑着对在座干部们说道。原来如此！

难怪杜总对他如此信任，还把最重要的技术部门负责人的权力，交到了他的手上。世上何处没有拉关系、走后门。

内地如此，港台也如此，就连商业经济最发达的欧美，亦是如此。

一旦发达，就将起家的老人赶尽杀绝，这样绝情寡义的老板，谁敢追随？就拿何长盛来说，他本事是有的。但是如果不是杜坤念旧，比他有本事的人多了去了，又哪轮得到他身居高位？有了这层关系，白云天担任总经理首席技术顾问，便理所应当，无人质疑。认识完毕，接下来进入到第二项议题。

成立新的分公司。宝马商标转卖给中华制造，变速自行车也成为公司的一项业务，而且是目前唯一在持续产生高额利润的主营业务。

公司既然已经成立两层管理体系，自然也要将变速自行车这一块，独立成立一个新的实体。新的实体，被命名为中华制造苏城自行车厂。

这个决定，代表总公司并不想将变速车项目与电动自行车项目合并，而继续保持变速自行车项目的独立性。总公司对自行车厂实行直管。

严季和任自行车厂副厂长，全面主持工作。听到这项任命，严季和先是惊愕，然后望向白云天，眼中流露出感激之色。他一个在校大学生，如果不是遇到了白云天，何曾有可能走到今天，成为一厂之长！对于白云天，他只有无尽的感激。

白云天看着他，微笑着点点头。这项任命，自然是他在与杜炜逸商量以后，做出的决定。严季和作为最早跟随白云天的创业伙伴，虽然能力不算特别突出，但胜在做事认真负责，勤勤恳恳。既然白云天要从变速自行车抽身，焊接这块已经另外聘请技术好的焊工接手，包文山也调至总公司，自然要将严季和扶正，让他获得应有的回报。不过扶正，并不代表完全放手。

严季和毕竟才从学校出来，不到半年时间，历练得还太少，各方面经验也很欠缺。如果一来就让他骤居高位，不给他任何帮助，这种做法，不是在为他好，而是在害他！初期的他，只需要按部就班做好公司交代的任务即可，不用被各种琐事搞得焦头烂额。大政方针、决策、财务、人事等方面，总公司会直接给出处理意见。让他可以在闲暇时，通过学习、实践逐步提升自我素质，学习如何管理工厂事务。

然后，白云天才会一点点撤回对他的支持，直到全部交给他管理。

通过一段时间的锻炼，他相信严季和一定能够独当一面，成长为他可靠的臂膀。

对严季和如此，对包文山以及新招聘的这批员工，他也会如此。他有足够耐心。除了极个别，这个世上没有真正的笨人。只要给他们机会，从扶着他们走，到逐步放手，允许他们犯错，让他们学习、成长，每个人都能挖掘出他们自己也不曾注意到的潜力。即便是中人之资，也能成长为一个合格的中层干部。

对于又一个年轻人，被任命为一方大员，在座的干部羡慕而又无奈。

他们很清楚。变速自行车是白云天搞起来的，他虽然被提拔到总公司，但这块肥肉，也不可能就让给别人。能够接手的，只能是他的创业伙伴：不是包文山，就是严季和。其他人，想都别想！纵然再羡慕，他们也只能看着流口水罢了。

该项任命，无异议通过。"下一项，讨论苏城总厂成立后，我们即将研发的新产品……"杜炜逸口中说出的内容，让一干艳羡的航仪厂干部，立时坐正了身子，专心聆听。他们知道，接下来的议题，轮到他们唱主角了。

电动自行车，在最近的苏城国有企业中，成了一个热点词汇。

杜炜逸，就是带着这个项目，敲开了市委、兵器工业总公司的大门，吃下了航仪厂二分厂，并豪言要靠着这个项目，获得巨大成功。

如此劲爆的消息，那些找项目找得昏天黑地的国营厂，怎可能视而不见？许多厂的主要负责人，都在想：如果我们抢先把项目做出来……

在这种想法驱使下，不少厂矿都投身到了电动自行车的研发之中。部属、央企的部分企业，甚至托关系，找到了中科院部分学部委员、老专家，请他们协助论证。

中华制造在香港申请的专利，也被他们查到，成为各个研究机构、厂矿技术部门研发的方向。中科院多名老专家经过论证，确认了新型无刷电机、新型铅酸电池技术的真实性，优于目前国际上的同类产品。

消息迅速在内部传开。所有有志于从事电动自行车生产的单位，全都振奋不已，

第二十八章　第一次会议

投入了更多的人力、物力、财力研究。白云天对此也心知肚明。

以国内目前的知识产权保护力度，只要公开了，就别想其他人会严守专利。

他也懒得理会。反正工业，最重要的是不是设计，而是制造环节。没有全套的制造设备、制造技术、合格的技术工人、严格的品质控制，研究出来又能如何？你做不出来！这就是他，为什么要投身制造业。

杜炜逸将众人的目光尽收眼底，环视了一遍，笑着说道："没错，我们接下来要做的，就是电动自行车！"轰！会议室内，顿时一片骚动。

从隆和银行调过来的干部还算情绪稳定，对这个电动自行车没有太大的期待。但是原二分厂的干部，却就激动得很了，他们之所以不惜与航仪厂翻脸也要留下来，就是冲着这个项目，希望能借此一飞冲天。

眼看这项技术，就要在他们面前揭秘，谁不激动。

杜炜逸笑着摆摆手："关于技术，我是不懂的，下面就请我们的技术总监白云天先生，来为大家做说明。"白云天？让他来给大家做说明？下面坐着的干部，不少人悄悄地撇了撇嘴。对于他被任命为技术总监，因为有了杜炜逸的关系，其他人不好说什么，都默认了。

但这只是对权力的低头，并不代表他们就认可白云天在技术上也有相应的实力。

特别是原二分厂技术科一干人，更是相互挤眼作态，等着一会儿看笑话。

一个毛都不懂的小屁孩，他也懂技术！白云天像是没看到其他人的表情，泰然自若站起身来："我接下来的说明，要向大家展示具体的设计图，所以要利用到一些专门的设备，大家可以稍微休息一下，等我们将设备安装好，就继续开会。"

专门设备？不就是幻灯机嘛，说得那么高大上！几名技术人员在下面偷笑。

幻灯机又不是啥高科技，无非是一个高光质灯泡，一块放大镜。将画在透明塑料上的幻灯，放在透光平台，然后经过一块镜片反射到幕布上。

在国内早就用烂了，就连小学，都有一两台。这有啥稀奇的。

白云天让工作人员将窗帘拉上，然后与包文山一同离开会议室。很快，他俩吃力地抱着一个硕大的设备，小心地进入会议室。看见他们各自抱着的东西，干部们张大了嘴。"这是电脑？""显示器都搬进来了，还有机箱，肯定是电脑！"

"难道电脑也能用来演示？这么小个屏幕，我们总不能都围在他身后吧？"

"不知道，看看他怎么用……"这个时代，电脑在国内还是稀罕玩意儿，绝大多数人都没见过。事实上，就是香港那边，用上电脑办公的也不多。更别说航仪厂退出前沿科技多年，早就泯然众人。

看到电脑搬进来，大家都坐不住了，一窝蜂聚了过来，热情地帮他将电脑搬上会议桌。呼！白云天小心地将电脑主机，交到高明成手上，看着他将主机放好，这才安心地甩甩手。这年代，电脑也太落后了，主机、显示器分离不说，还重得要死。

"这电脑该怎么接？"高明成手里拿着几根线，有些不敢确定地问道。

"你手上那是视频信号线，先等等，我把电源线接上再说。"白云天熟练地插上电源、然后在众人的围观下，连上显示器，接上键盘，最后插入鼠标接口。

"这就好了？"高明成代表其他人，问道。

"没呢！"白云天露出牙齿一笑，"这才装了一半，接下来还要把投影仪搬进来……"不是幻灯，而是投影仪？几个卖力挤到最里层，正对着电脑抓耳挠腮，想摸不敢摸的技术员你看看我，我看看你，苦笑起来。

白云天技术究竟如何，他们仍不知道。但是论到最新的电脑技术，他一个人就足以打败全场所有人！白云天瞥了他们一眼，微微一笑。

幻灯机？他怎么可能用这么落后的演示设备，让你们看看，什么才是现代办公演示！"……现在国外的电动助力车，所使用的电机，大多是传统的永磁电机。在座的诸位大多是行内人士，应该知道，这种电机的特性是结构简单、制作容易，并且比较省电，也正是因为它省电的特点，被选作了电池供电的助力车驱动动力。

然而我们发明的轮毂式电机，却放弃了永磁铁，采用的是却是串激电机。

而这种电机，由于转子和定子都是线圈绕组，通过电流产生磁场，所以要比永磁电机更费电。那么，我们为什么要采用串激电机，而不是更省电的永磁电机呢……"

拉上了窗帘后，显得阴暗的会议室内，白云天借着投影机发出的光芒，看到满座干部都在认真倾听，满意地点了点头。自从他将电脑、投影仪摆出来，将一张又一张图片，投影到幕布上以后，那些怀疑的眼神就消失了。现代化的会议工具，镇住了所有人。这就是他采用电脑、投影机配合说明的目的。

要知道，他一点也不喜欢现在的电脑，太重、太大，运算速度缓慢，一张图片要好几秒钟才显现出来，还缺乏专业的幻灯制作软件。

分辨率也太低，仅能达到 640×480 分辨效果。稍微精致一点的图，就超出了屏幕。他只能用英文版的 Auto CAD 软件，制作简单的示意图，粗略地做大概演示，根本无法细致地向技术人员详细说明每一个具体细节。

在他看来，这样的演示效果，也就只能哄哄小孩子。

可是在这个时代，这却是最先进的办公演示模式，所有与会的人，都被这种图文并茂的演示效果所震撼，再也无人敢小觑他。

便是隆和银行来的那些干部，也规规矩矩坐着，透露着不明觉厉的神情。

凭着这一手，再也没人敢质疑他，不懂技术。

"我们传统上，加工矽钢片用的还是落料模。但模具的制作成本高，并且制作型号单一。而在新型电机制造中，我们将采用剪冲模式，用剪圆机来剪切矽钢片，这样做的好处是效率高，冲片精度高，可调节及易维护……"

"国内的定子铁心制作工艺，存在严重问题！大家在这一行干久了，就知道国内的电机功率不如进口货，散热性差、绝缘部件容易老化。

为什么？就是因为不重视加工中的细节。

我们在做铁心时，为了简便，使用的是涨胎结构。在叠矽钢片时故意不叠紧，等到安装完毕，才最后加压，将其压成一个完整的铁心。

这是定子啊，是电机效率中最重要的定子，怎么能这么做呢？定子的圆柱粗糙度，直接影响到电机的稳定性，这样粗制滥造，怎么可能有好的产品？有人问，正确的做法是什么？我告诉你们，正确制作定子，首先要加工一道键槽，然后让每一片矽钢片准确定位。完了以后，再在车床上车出符合要求的尺寸！

这样做，并不复杂，但是效果却比传统的加工强很多！"

白云天在上方滔滔不绝，从电机的原理、结构，到具体每个零部件的加工方法，都结合着相应的图例，做了全面的阐述。在他讲述过程中，会议室内鸦雀无声。

几个曾经想要看笑话的技术人员，更是大气不敢出，只是借着会议桌边的小型照明灯，拼命地做着记录。白云天讲的这些，有许多连他们都不知道。

一般的电机知识他们懂，但专业的制造方法、加工工艺，他们也需要去查资料以后，再根据资料、图纸一步步摸索。只是他们起点高，有信心比别人更快研究出来而已。但白云天讲的，他们是完全没有发言权。谁说他不懂技术？谁说他是裙带关系？他都不懂技术，那我们算什么？彻头彻尾的门外汉？

一场在国内这时代从未见过的技术说明会，让这些高傲的技术员们，低下了头，再也不敢有丝毫瞧不起白云天的心理。这个技术总监，他们心服口服！会议大获成功！散会以后，一众之前还有些隐隐看不起白云天的技术员、生产部门干部，纷纷涌到白云天身边，就刚才所讲的内容向他请教。

这正是白云天最擅长的部分。

你要问他设计、计算，他还有些不太确定，但只是制造，那就太简单了。

白云天先叫住了杜炜逸、高明成，请他们稍等一下，然后才开始回答问题。

靠着脑子里的知识储备，他是有问必答，每答必中。

每一个向他请教的人，经过他一番深入浅出的解答以后，都带着满意的笑容离去。"杜总、高副总，这个电动自行车，光靠我们一家厂，是做不下来的，必须要找外协。"送走了最后一名请教者，白云天向杜炜逸、高明成开诚布公，坦然道。

"高副总觉得呢？"杜炜逸在听了白云天详细的讲解以后，也觉得靠中华制造一家，要完成所有工序似乎有些困难。但他比较会做人，没有马上表达自己的意见，而是谦虚地询问高明成的意思。

"我也这么认为。"

生产一个小小的航空仪器仪表，都需要多个车间、多个分厂相互协作，电动自行车看起来结构简单，但涉及的工序并不少。

光是一个电机部分，怕就占据了厂子的大部分生产岗位。

要想全部自己加工制作，显然心有余而力不足。

"那么外协方面，高副总有什么建议没有？"白云天询问道。

"这个……"高明成有些犹豫。

按说，本厂无力完成的部分，交给航仪厂来做最合适。一个总厂、两个分厂，正好将各个工序包圆。几个厂又在一块，相互交接也非常方便。

但以他和马向阳的矛盾，他却并不愿意把活交给航仪厂。

白云天与杜炜逸相互看看，然后正色道："高副总，既然你对军工系统熟悉，我看不如就把联系外协的工作交给你。你觉得哪一家合适，就跟他们联系，怎么样？"

高明成迟疑了一下，抬起头道："我觉得，还是应该先问一下航仪厂。如果他们愿意接外协，那么就不必舍近求远，去找其他外协厂家了！"

白云天看着他，心情很复杂，久久不语，站起身，在他肩头轻轻按了按，向会议室外走去。

高明成，厚道人啊！

第二十九章　编程

高明成的善意，没有得到回报。

许是因为他脱离了马向阳的掌控，让对方暴怒。更有可能是二厂干部随同辞职，以及大批职工提出停薪留职，让航仪厂成了同行中的笑柄，令他觉得难堪。

总之，航仪厂拒绝代工。

这个答复，让高明成松了一口气。

从内心讲，他不希望马向阳跟着得利。但他在航仪厂那么多年，更不忍心看着厂里的干部职工没有活干，天天苦熬。

若有机会，让厂里复工，哪怕是马向阳跟着沾光他都忍了。

可马向阳拒绝得非常坚决。

他是书记，他不同意，其他人全部反对也无用。

"这个混蛋，他根本不管职工死活。明明有这么好机会，他却硬往外推！"高明成从书记办公室出来，愤怒得捏紧了拳头，强压着怒火快步离去。

他怕自己再多待一会儿，会忍不住跟对方打起来。

"我要向上级反映！"从马向阳办公室回来，他就找到杜炜逸，愤怒地说道。

杜炜逸身子后靠，平静地看着他："如果上面不管呢？"

"那我就向更上一级反映！马向阳这么做，是在把个人喜恶带到工作中去，是要毁了航仪厂！"高明成怒不可遏。

"那么你再想想。如果上级压他低头，让他接了代工，你觉得我们能够相信马向阳能不计前嫌，老老实实给我们做代工吗？"杜炜逸冷静道。

"这……"高明成语塞。

"你呀，还是太善良！"杜炜逸叹了口气，"牛不喝水，我们也不能强摁头。

现在国企经营困难，这么多企业停工、半停工，到哪儿找不到代工厂家，这个时候，正是我们拉拢同行的机会，何必跟他较劲！善有善报，恶有恶报，不是不报，时候未到。马向阳那边，你看着就好。"

"我知道了。"高明成憋着一肚子火，走出办公室，愤懑地吼了一声，大踏步而去。

杜炜逸摇摇头，继续低头办公。

……

车间里，师傅们站在机床边，全神贯注看着正在加工的工件，眼睛一眨不眨，连水都顾不上喝。

经过重新填敷的水泥地面，平整如新。

所有的待加工材料、半成品、成品，都摆放有序，既方便工人就近取用，又不堵塞车间通道。

车间里一派忙碌的景象，却一点不显杂乱。

"你们车间管得好，这么忙碌，却都整齐有序。工人全部遵照了规章制度，车间的环境也很好，比我见过的其他厂矿都强。"来自铁道师范学院，现在下基层学习的生产部门工作人员感慨道。

"你下过车间？"陪同的车间主任苦笑着不想接这个话，故意将话题引开。

干部也好、工人也好，又不是不知道规章制度。

只是以前管得不严，大家懒得遵守，得过且过罢了。就算是被干部发现，也能嬉皮笑脸应付过去。

可是现在不一样了。

厂里有公司派驻的安全员、督察员，一旦发现工人没有遵守安全操作制度，立即记下对方名字，并勒令当场改正。

被记下名字的工人，要被扣奖金。

三次犯规，当月奖金扣光，并且离岗学习规章制度，通过人事培训考核通过后，才能再次上岗。

而且嬉皮笑脸也没用了。

那些由大学生担任的巡查员，最是铁面无私。他们刚入职，还没被社会所污染，胸有正气，做事不像老工人那么油滑，逮到一个就不松手。

开工三天，已经有五名屡教不改的工人，被勒令下岗学习。

受罚的不只是工人，他的班组长也会跟着接受处罚，就连车间主任，也脱不了干系。

一层层逼下来，谁都不敢再把制度不当回事。

在这么严格的监督环境下，工人们不得不照章办事，车间少了许多扯皮，工作效率一下就提升起来了。

人啊，总是这样。

非要被人逼着、管着，才能认真做事。

偌大的车间内，如今只有一小半摆放着各式加工机床，还有一大半的地方空着，看着格外空旷。

电机生产和仪器仪表一样，都需要专用设备。

当初之所以合资，要求港商投入资金，就是为了购买加工电机的专用设备。

可是白云天在合资完成后，直接扔出了一摞生产图纸，交给技术科，让他们消化以后，指导车间生产。

技术科在看完图纸后，直接傻眼了。

白云天交给他们的，就是电机生产所需的专用设备，包括了每个零部件的具体尺寸数据，而且将加工方法，也不厌其烦地详细备注在一旁。

技术员们很是头痛。

机械制造是一门很严肃的科学，如何减少运动部件对设备的震动影响、如何设计传动部件，都有严格的规定，不是随便哪个人，信手画张图就能做出所需的设备的。

白云天交给他们的图纸，一说不出来源，二不能给出计算公式，这根本是乱来！

可是他强令技术科，照图纸加工，一丝一毫都不许改。

最可气的是，杜炜逸也站在他一边，要求技术科完全按照白云天要求，指导车间将图纸原封原样实现出来。

没有为什么，只有执行！

迫于压力，技术人员只能每人分派一部分，在吃透之后，下到车间，指导工人加工。

工人倒不像技术人员，要问那么多为什么。

他们只管做事。

图纸怎么样，他们就怎样加工，反正连加工方式都事无巨细交代清楚了，就是一个新进厂的青工都能看懂。接下来能不能做到，考的就是手艺而已。

此刻车间里热火朝天的工作场景，就是大家在按照图纸，认真地完成自己的工序。

在车间的一角，白云天也在一台车床前奋战着。

他把大多数设备的加工，分给了车间各个班组完成。他自己，则独立承担了定子绕组设备和转子绕组设备这两个最核心设备的制造加工。

火花迸溅，钢屑飞旋。

工人们送来的一个个毛坯，在他手下，变成了一个个精密的零件，一点点占满了身边的空间。

有那好事的老师傅，带着挑剔的眼光在他旁边站了一会儿，就无声走开。

乖乖，这手艺，比他们还强！

见过厂里周英祥老师傅车工手艺的工人，在观看了白云天加工之后，都有一种仿佛在周师傅亲自出手的错觉。

不论是那加工的精度，还是细节，都太像了！

他们一边赞叹着白云天的加工技术，一边心中嘀咕：这小子该不会是周英祥的徒弟吧？

不！

与其猜是徒弟，还不如说是师弟。

因为就是徒弟，也没这份本事啊！

"白总监，这是您要的 MCS-51、EPROM，还有这个，是烧录器。"

技术科长陈伟将一个方盒，以及带着托盘的芯片，交到白云天手上。

航仪厂是制造仪器仪表的老厂，编程烧录器、可擦写只读存储器、工程单片机芯片都是现成的，白云天说了一声，他很快就从库房里找了出来。

"啊，对对，就是这个。我电路板都做好了，就等它呢！"白云天欣喜地接过来，检查过芯片上的型号代号，非常高兴地感谢道。

"你这是要自己编写工控程序？"陈伟好奇地问了一句。

航空仪表很多地方都需要自动控制，编写主控程序对技术科而言并非难事。

问题是，他们编写程序，是建立在对这个仪器内部电路十分熟悉的基础之上的。编写完毕，还需要经过多次验证、反复修改，才能最终定稿，然后才烧录芯片。

哪有像白云天这样，一来就直接烧录芯片。

自动化，不过是按照既定程序运行的一项规定而已。

第二十九章 编程

在加工中，主控程序通过控制电机前进、后退，来驱动相关加工部件，做出如工人手工相似的动作，从而完成既定的加工流程。

你对设备的机械性能不熟悉，在对进多少、退多少，什么时候停止都一无所知的情况下，就开始编写主控程序，这不是空对空吗？

当他正要转身离开，就听到白云天开口问道："那个，这个烧录器该怎么使用？"

陈伟身子一晃。

你在逗我，连怎么用都不知道，就准备烧制主控程序？

像你这么干，就是有再多备用芯片也不够你败的！

他转过身来，脸色很是难看。

MCS-51 是八十年代初，英特尔公司出品的一款微处理器。由于其结构紧凑，在一枚芯片上集中了大多数主要功能，因而被大量使用于工业控制。

虽说作为工控芯片不算太贵，可每一枚也价值上百元。

而且当初从国外购买，花的可都是外汇！

看着白云天这么不负责的行为，他作为一名老技术员，实在是心痛。

面对陈伟难看的脸色，白云天却是轻轻一笑，一点也没有不好意思的样子。

他本来就不会，有啥难为情的。

要不是这个时代技术太落后，你以为他喜欢自己动手，烧制主控程序？

"算了，我教你怎么用吧。要不然随你自己瞎搞，弄不好你把烧录器也烧了。"陈伟无奈，只能从最基础讲起，手把手一点一点教他如何使用。

"我明白了，谢谢陈科长，耽误您时间了。"白云天很有礼貌地感谢了对方。

"没什么，没别的事了吧，那我走了。"

他的礼貌，让陈伟稍稍缓和了态度，点点头就准备离开。可刚走到门口，他无意间一回头，猛地就翻身扑了回去，怒道："你这是要做什么？"

"烧程序啊？"

白云天停下将 EPROM 插入烧制器插槽的动作，不明白他在生什么气。

"烧程序！"

陈伟快要气疯了，他顾不得对方技术总监的身份，口水乱喷地吼道："程序呢，拿来我看看！"

碰上这么个家伙实在是让人心烦，干脆让自己帮他把把关，看看程序写得怎样吧。

要是他的程序写得中规中矩，那就由着他去，最多自己在旁边帮着看看，有差错也能及时阻止。

毕竟对方连电脑都会用，不能说不懂。

"程序？在脑子里呢！"白云天指指太阳穴。

陈伟彻底爆发了："你白痴啊！哪有程序存在大脑里的？你确定你编的程序就绝对正确？你不做仿真测试？你不修正BUG？就敢这么直接烧！"

白云天无语地耸耸肩。

没办法，他的程序就是能保证绝对正确。

因为他这可是原汁原味地复制，为了保证相关参数一致，他连驱动电机都是拜托杜炜逸老爸，从香港购入，长途驱车送过来的。

就连主控电路，都选用了和原版一样的元器件。

型号、参数完全一致。

简单地说，就是复制了一台绕组机而已。

复制成功的关键，不在于他有全套的设计图纸，也不在于有每个零部件的加工方式，最主要的是他吸收了周英祥老师傅等八级工的技能！

这可是在七十年代，就能手工做出IT0级别的丝杆、超高精密车床的顶级手工技能！

它的缺点无非是只能极少量制造，无法大规模生产。

但白云天本就不打算做成产品对外销售，只是利用其生产出自用的设备而已。

这样的话，自然没有必要对陈伟说。

"要不，我把程序写出来，您帮着看看？"他不想跟对方较劲，无所谓地说道。

"行，我就帮你看看！"陈伟面色稍霁。

对方已经退让了，他没有必要咄咄逼人，技术员虽说比普通人木讷一些，但也不是完全不通情理。

白云天找来一张信纸，快速将脑子里的主控程序默写出来。

陈伟看着他飞快写出一行行代码，怀疑自己是不是错了。

这样流畅地默写，显然白云天在脑子里已经过了不知道多少遍，对这些代码已经熟稔之极。

或许，人与人，生来就是不同的。

图书在版编目(CIP)数据

大国工业.1 / 玄蓝狐著.

—武汉：长江出版社，2020.6

ISBN 978-7-5492-6949-5

Ⅰ.①大… Ⅱ.①玄… Ⅲ.①幻想小说－中国－当代 Ⅳ.①I247.5

中国版本图书馆 CIP 数据核字(2020)第 083403 号

大国工业.1 ／ 玄蓝狐 著

出　　版	长江出版社	
	（武汉市解放大道 1863 号）	
选题策划	长江出版社动漫编辑部	
市场发行	长江出版社发行部	
网　　址	http://www.cjpress.com.cn	
责任编辑	罗紫晨	
封面设计	青空工作室	
装帧设计	彭　微　蔡　丹	
印　　刷	中印南方印刷有限公司	
版　　次	2020 年 6 月第 1 版	
印　　次	2020 年 8 月第 1 次印刷	
开　　本	787mm×1092mm　1/16	
印　　张	18 印张	
字　　数	312 千字	
书　　号	ISBN 978-7-5492-6949-5	
定　　价	42.80 元	

版权所有　盗版必究(举报电话:027-82926804)

(如发现印装质量问题,请寄本社调换,电话 027-82926804)